L'héroïne

L'héroïne

Michel Zévaco

I – Annaïs de Lespars

Seul, immobile dans l'éblouissant décor de ce salon somptueux, tout raide sous la robe rouge que couvrent quinze cent mille livres de dentelles et de diamants, vous le prendriez pour quelque sombre et magnifique personnage de Philippe de Champagne qu'une douleur aurait fait vivre un instant et descendre de son cadre d'or...

Cet homme porte un nom formidable.

Il s'appelle Richelieu !

Le palais Cardinal est à peine achevé. En cette matinée de mars 1626, Richelieu l'inaugure par une solennelle messe que lui-même va dire en sa chapelle où il a convié la cour, ses amis, ses ennemis, tous, pour leur montrer son faste et les fasciner de son opulence. Et voici ce qu'en cette minute il râle au fond de sa pensée :

« Elle ne vient pas !... Par un laquais comme à un laquais, elle m'a signifié que peu lui importe cette cérémonie, consécration de ma puissance !... Elle m'écrase de son dédain. Ô ma reine !... Que faire ? Qu'entreprendre ? Avenir de splendeur, joies de la richesse et du pouvoir illimités, Richelieu vous donnerait, et son sang et sa vie, pour un regard d'Anne d'Autriche !... C'est fini... elle ne viendra pas ! »

Dans cette seconde, une voix, près de lui, murmure :

« Monseigneur, Sa Majesté la reine vient d'arriver à la chapelle ! ... »

Le cardinal sursaute... Devant lui s'incline un moine, tête osseuse, anguleuse, sourire cynique ou ingénu, œil naïf ou impudent, je ne sais quelle tournure de spadassin sous le froc – un grand diable de capucin long et maigre qui fleure l'espion d'une lieue. Richelieu, très pâle, saisit le bras du moine et frémit :

« Corignan ! Corignan ! Que dis-tu ?

— Je dis que, si vous voulez, elle est à vous ! Monseigneur, je reviens du Louvre, et j'ai vu Mme de Givray, votre… ambassadrice accréditée auprès de la reine. Écoutez, Éminence : Catherine la Grande a eu les Tuileries ; le roi a son Louvre ; Marie de Médicis a le Luxembourg. Seule, Anne d'Autriche n'a rien !… Et vous, monseigneur, vous avez ce palais majestueux comme les Tuileries, vaste comme le Louvre, élégant comme le Luxembourg…

— Oh ! bégaie le cardinal enfiévré, quel rêve !… Oh ! s'il était possible qu'elle daignât…

— Accepter ?… Ah ! monseigneur, vous êtes un ministre génial, mais vous ne connaissez pas les femmes comme le pauvre frère Corignan !… J'ai donc placé mon petit mot à l'oreille de Mme de Givray. J'ai dit… ma foi ! j'ai eu cette audace de dire que ce palais qui étonne le monde n'a pas été bâti pour le cardinal, mais pour une illustre princesse, et…

— Achève ! achève ! palpite Richelieu.

— Et l'illustre princesse attend confirmation de mes paroles ! Monseigneur, quand voulez-vous que je porte au Louvre la lettre que vous allez écrire à la reine Anne d'Autriche ? »

Le cardinal étouffe un cri d'espoir insensé. Il ferme les yeux. Ses deux mains compriment sa poitrine.

« Ce soir… vers minuit… en mon hôtel de la place Royale… je t'attendrai ! »

À ce moment, un homme vêtu de noir s'écarte de la tenture derrière laquelle il écoutait, traverse le cabinet obscur où il guettait, passe dans une galerie, se perd dans les couloirs du palais Cardinal…

Frère Corignan s'est humblement incliné, puis s'est dirigé vers la porte du salon qu'il ouvre – et là, il se heurte à quelqu'un qui entre : gros, court sur jambes, sorte d'avorton ventru, glabre, autre physionomie d'espion.

« Rascasse ! gronde le capucin. Toujours dans mes jambes, donc !

— Corignan ! grince l'avorton. Toujours sur mes brisées, alors ! »

Et, dévorés de jalousie, les deux espions, en chœur, se menacent :

« On se reverra !... »

Richelieu est resté pantelant. Rascasse, tout couvert de poussière, voyageur qui n'a pas pris le temps de se débotter, s'avance en trottinant, multiplie les courbettes pour attirer l'attention de son maître...

Le cardinal l'aperçoit enfin. Aussitôt, amour, passion, furieux désir, tout disparaît de son esprit. Et soudain :

« Mme de Lespars ? »

L'espion laisse tomber ce seul mot :

« Morte !...

— Elle est morte... bien ! Dis-moi maintenant qui l'a aidée à mourir ?... »

Rascasse tressaille. Il est peut-être à l'heure décisive où un simple mensonge assure la vie d'un homme. Il lutte. Il hésite. Puis soudain, en lui-même :

« Bah ! M. de Saint-Priac, jamais, n'osera se dénoncer soi-même ! »

Et, tout pâle de la lourde charge qu'il se jette sur la conscience, il balbutie :

« C'est moi, monseigneur... moi !

— Rascasse, tu es un bon serviteur. Passe chez mon trésorier : il t'attend. Ce soir, en mon hôtel, tu me donneras le détail de ton voyage à Angers, et comment se passa la chose. Va, maintenant.

— Un instant, monseigneur. Je devrais être ici depuis quinze jours, Mme de Lespars ayant succombé le 23 février. Or, si je me suis attardé, c'est que j'ai cherché quelqu'un qui a disparu le lendemain des funérailles, quelqu'un que j'ai étudié un mois durant... et qui m'a glissé dans les mains au moment où j'allais... suffit : on la retrouvera !

— De qui, de quoi veux-tu parler ?

— Il s'agit de la fille de cette noble dame... il s'agit d'Annaïs de Lespars !

— Annaïs !... Cette enfant !...

— Cette enfant inspirait la mère ! gronde sourdement l'espion. Monseigneur, nous nous sommes trompés ! Il fallait laisser vivre la mère et tuer la fille ! Là était le danger, Éminence ! Elle m'a échappé. Sans quoi, elle aurait déjà rejoint sa mère. Où est-elle maintenant ? Elle vient à vous, peut-être ! Et si cela est, prenez garde… »

Richelicu a froncé les sourcils. Il médite, calcule, combine. Et, tout à coup, il redresse la tête. Il a trouvé !…

« Rascasse, as-tu vu, à Angers, ce baron de Saint-Priac ?

— Oui, monseigneur, répond l'espion qui réprime un frémissement. En même temps que moi, il s'est mis en route pour Paris, muni de la lettre d'audience qui lui permettra d'être admis sans retard auprès de Votre Éminence. Précieuse acquisition, monseigneur ! Vingt-trois ans, pas de scrupules, prêt à tout entreprendre, l'esprit vif, le bras solide, et, au bout de ce bras, une épée plus redoutable peut-être que celle du fameux Trencavel lui-même !

— Trencavel ? interroge le cardinal.

— Le maître en fait d'armes dont l'académie est la plus courue de Paris. Je le connais. Encore un que vous devriez acquérir, monseigneur !

— Nous verrons. Les rapports disent que ce Saint-Priac est épris de Mlle de Lespars. Est-ce vrai ?

— Il vendrait son âme au diable si le diable lui offrait Annaïs…

— Eh bien ! dit froidement Richelieu dont le regard s'illumine d'une funeste clarté, ne t'inquiète plus de cette enfant, Rascasse. Tu m'as débarrassé de la mère… Saint-Priac me débarrassera de la fille !
…

— Et comment, monseigneur ?…

— En l'épousant ! » répond Richelieu dans un sourire aigu.

Et l'espion, l'homme des besognes de mort, Rascasse, ne put s'empêcher de frissonner !… Et lorsque, sur un signe, il se retire, il balbutie :

« Saint-Priac, époux d'Annaïs de Lespars !… Saint-Priac !… Horrible, ceci est horrible ! »

Alors, le cardinal de Richelieu frappe sur un timbre. Un valet solennel entre et ouvre toutes grandes les deux portes à double battant qui se font vis-à-vis. L'une donne sur une immense galerie, l'autre sur la chapelle. Le salon se remplit de gentilshommes, d'évêques, de chanoines, d'archevêques…

Richelieu saisit les insignes de sa dignité cardinalice, et s'avance entouré de ce grandiose cortège de prélats qui entonne un chant semblable aux hymnes de gloire. Dans la chapelle, prodige de luxe et d'art combinés, les orgues grondent, les nuées des encensoirs d'or massif montent dans la lumière des cierges que supportent des flambeaux incrustés de pierreries. C'est un tableau d'une incomparable magnificence.

Et dans ce cadre, pareille à une vision de splendeur irréelle, c'est, chatoyante, rutilante, une assemblée d'une saisissante majesté : c'est Louis XIII, c'est Anne d'Autriche, ce sont Marie de Médicis et Gaston d'Anjou, Vendôme et Bourbon, les Condé, les Rohan, les Combalet, les d'Aiguillon, les Montpensier, les Chevreuse, Ornano, Soissons, Montmorency, Chalais, tout le grand armorial, la cour, toute la cour de France courbée devant un homme !…

Un instant, Richelieu s'est arrêté à l'entrée de la chapelle. Très droit, rayonnant et superbe, il voit toutes ces têtes illustres se baisser. Soudain, comme il va marcher à l'autel, il vacille : là-bas, au fond de la chapelle, il y a une femme qui demeure debout et le regarde en face, et le défie de toute son attitude !…

Une jeune fille. Blonde, avec des yeux noirs. Belle, fière.

Et lorsque le cardinal, d'un pas convulsif, monte vers le tabernacle, c'est d'une voix grelottante qu'il murmure :

« La fille d'Henri IV !… La fille de la morte !… Annaïs de Lespars !… »

Fille d'Henri IV !

Elle est donc sœur d'Alexandre de Bourbon et de César de Vendôme ? Sœur de Monsieur, duc d'Anjou ? Sœur de Louis XIII, roi de France ?…

Quel drame y a-t-il dans cette royale naissance ? Qui est cette Mme de Lespars dont nous venons d'apprendre l'assassinat ?

Celle qui porte ce nom d'Annaïs de Lespars est sortie de la chapelle au moment où commence la cérémonie. Par une héroïque bravade, elle a voulu crier des yeux au maître de tout et de tous :

« Me voici ! Garde-toi. Je me garde !… »

Elle va d'un pas noble et hardi, sans demander son chemin à

personne, comme si elle connaissait les détours de ce palais, elle va jusqu'à ce que, dans une salle déserte, éloignée, elle trouve celui qui l'attend…

Et c'est l'homme vêtu de noir qui, du fond d'un cabinet, a écouté, entendu ce qui s'est dit entre le cardinal et le moine ! L'homme qui a surpris le terrible secret de l'amour de Richelieu pour la reine Anne d'Autriche !…

Alors, à mots rapides, fiévreux, Annaïs interroge. Cela dure deux minutes à peine, et l'homme, tout effaré, s'élance vers l'intérieur du palais, tandis qu'Annaïs de Lespars s'éloigne en murmurant :

« Le moine… ce soir… minuit… place Royale, oh ! je le tiens !… Ma mère, vous serez vengée ! »

Dehors, elle traverse de sombres groupes de peuple qui contemplent le palais neuf… Elle s'avance vers l'extrémité de la ville, dans la direction du Temple. Elle arrive rue Sainte-Avoye. À l'angle formé par la rue Courteau se dresse un hôtel qui paraît abandonné. D'un coup d'œil rapide, Annaïs s'assure que l'endroit est désert… elle va s'élancer vers cet hôtel où, coûte que coûte, il faut que nul ne la voie entrer… À ce moment, soudain débouche un cavalier… Il la voit, jette un cri, saute à terre, s'approche – et la jeune fille frémit :

« Le baron de Saint-Priac !… »

Costume d'élégance outrée, moustache rousse en crocs, cheveux presque rouges, lèvre hautaine, regard insolent, voilà le gentilhomme en raccourci.

« Le destin refuse de nous séparer, ricane-t-il d'une voix âpre, mordante. Je pars d'Angers, croyant vous avoir perdue à jamais. J'entre dans Paris. Et vous voici !… Vous avez eu tort d'essayer de me fuir ! »

La riposte d'Annaïs le cingle.

« Vous vous vantez. Pour vous fuir, il faudrait vous redouter. Or, vous ne m'êtes qu'odieux. Adieu, monsieur…

— Je ne vous quitte plus ! bégaie Saint-Priac avec une rage concentrée. Odieux ou non, vous m'entendrez ! Je vous aime ! Dix fois vous m'avez repoussé. Mais, maintenant, votre mère est morte. Il vous faut un bras pour vous y appuyer… Écoutez encore ! Ma fortune était belle – et elle va devenir magnifique : c'est le cardinal de Richelieu lui-même qui m'appelle ! Soyez baronne de Saint-Priac, et la cour vous est ouverte, une magique existence de plaisirs et d'honneurs se déroule devant vous !... Dites, oh ! dites... un mot... un mot !

— Vous me demandez un mot. Je voulais vous l'épargner. C'est vous qui me contraignez à le prononcer : baron de Saint-Priac, Annaïs de Lespars ne peut être la femme d'un voleur. »

Le gentilhomme demeure livide, stupéfié, foudroyé.

« Voleur !... Oui ! Et ce n'est pas le seul mot qui convienne !... Il y en a d'autres !... Peut-être saurez-vous un jour qui je suis... ce que je suis ! Voleur !... Ah ! vous savez cela, déjà ! Eh bien ! raison de plus pour que vous soyez mienne !

— Vous osez...

— J'ose tout ! rugit Saint-Priac. Puisque je te trouve, je te prends ! ... »

L'œil en feu, il se ramasse pour une ruée de truand, il lève la main... À cet instant, un homme bondit d'une porte voisine, un coup violent en plein visage repousse à quatre pas le baron de Saint-Priac, et une voix jeune, acerbe, ironique :

« Fi donc, mon gentilhomme ! Comment ne voyez-vous pas que vous ennuyez Madame ! »

Ivre de fureur, Saint-Priac se relève... regarde autour de lui : Annaïs de Lespars a disparu !... Le gentilhomme ne voit plus devant lui que l'inconnu dont la rude main vient de lui infliger cette sanglante leçon. Il s'avance, il bégaie :

« Vous portez l'épée ! En garde ! Tout de suite !...

— Un instant, monsieur ! dit froidement l'inconnu. Je veux bien me couper la gorge avec vous, mais non mourir sur l'échafaud. Il y a des édits, vous savez !

— Par l'enfer, c'est trop vrai !... balbutie Saint-Priac. Les édits ! ... Richelieu !... Ma lettre d'audience !... Ma fortune !... Oh ! qu'allais-je faire ? Où et quand, sans être vus ?...

— Demain, à la nuit tombante, dans la Courtille du Temple.

— Bon. Et maintenant, je veux savoir à qui je vais, demain, arracher le cœur pour mes chiens. Votre nom ?

« — Le vôtre d'abord, s'il vous plaît ?

— Baron Hector de Saint-Priac !

— Et moi Trencavel ! dit l'inconnu en saluant. Trencavel, prévôt des académies de Florence et Milan, Murcie et Tolède, élève de Barvillars, directeur de l'académie de la rue des Bons-Enfants, maître en fait d'armes ! À demain, monsieur ! »

Saint-Priac esquisse un furieux geste de menace, puis s'élance sur son cheval. Le maître en fait d'armes hausse les épaules, rentre dans la maison d'où il vient de bondir, s'arrête un instant au pied du raide escalier de bois, et, la tête penchée, murmure :

« Elle ne m'a même pas regardé ! »

C'est vrai ! Elle ne l'a pas regardé.

À peine l'a-t-elle vu. Au moment de l'intervention de Trencavel, sans chercher à savoir qui la sauve, Annaïs de Lespars n'a qu'une pensée : assurer sa rentrée sans que Saint-Priac puisse jamais savoir que cet hôtel l'abrite. Prompte comme l'éclair, elle a tourné l'angle de la rue Courteau et s'est jetée dans l'entrebâillement d'une porte qui, sans doute, n'attendait que son arrivée pour s'ouvrir et se refermer ensuite hermétiquement. Là, dans un large vestibule, elle se calme, se ressaisit. Son sein se gonfle. Elle palpite :

« Ce généreux inconnu qui va se battre pour moi… Oh !… je voudrais savoir qui il est… »

Le maître en fait d'armes est monté en haut de la maison, tout en haut et pénètre sous les toits, dans la claire mansarde qu'il a transformée en un charmant logis. Il court ouvrir une lucarne, se penche sur un grand et beau jardin, et :

« Vais-je la voir, comme je la vois depuis dix jours, assise sur ce banc ! »

Et ce jardin, c'est celui qui s'étend derrière l'hôtel qu'habite Annaïs de Lespars !

Deux hommes entrent dans la mansarde : l'un, de formes et de taille athlétiques, large figure joviale ; l'autre, froid, sobre de paroles et de gestes, incarnation de scepticisme hautain, gentilhomme à l'impeccable tenue. Trencavel se retourne, les deux mains tendues :

« Maître, dit le colosse, vous abandonnez donc votre académie ?

— Tu as pardieu raison, mon prévôt ! J'y vais, Montariol, j'y vais !…

— Trencavel, dit le gentilhomme avec flegme, je me suis enquis du nom de votre inconnue…

— Mauluys ! palpite Trencavel dans un cri. Cher comte !

— Elle s'appelle Annaïs de Lespars.

— Annaïs ! L'adorable nom qui va fleurir sur mes lèvres. Montariol, mon bon, demain soir, bataille ! Je me bats contre un certain Saint-Priac qui l'a insultée ! Annaïs !

— Oui, le nom est merveilleux. J'ai connu ce Saint-Priac en Anjou, dit Mauluys du bout des dents. C'est un spadassin.

— Qui est-il ?… Que fait-il à Paris ?…

— J'ignore. Mais tenez… interrogez donc mon valet… ce bon Verdure… Il vous dira ce qu'il sait sur ce Saint-Priac avec qui il a vécu quelque temps, et il en sait long. Tout ce que je puis vous dire, moi, c'est qu'il est capable de vous tuer.

— C'est le moment de vous refaire la main ! dit Montariol.

— J'y vais, prévôt ! Cher comte, merci de m'avoir apporté cette joie… »

II – La lettre de Richelieu

C'est la nuit. Tout dort, sauf, pour nous, trois logis où se déroulent trois scènes différentes.

La première, en l'hôtel du cardinal de Richelieu, place Royale. La deuxième, en l'hôtel d'Annaïs de Lespars, rue Courteau. La troisième, en l'académie de la rue des Bons-Enfants où nous allons tout à l'heure retrouver Trencavel, le maître en fait d'armes, Montariol, son prévôt, et le comte de Mauluys, son étrange ami.

Place Royale, un immense cabinet de travail, tendu de rouge. C'est l'oratoire du cardinal !… C'est de là que, dans la journée, se sont élancés les espions chargés de découvrir Annaïs de Lespars.

Cette besogne accomplie, sûr que la jeune fille lui sera livrée dès le lendemain, Richelieu s'est abandonné à l'orgueil et à l'amour. La cérémonie du matin a été un double triomphe : il a humilié le roi ! Et la reine Anne d'Autriche, pour la première fois, lui a souri !…

Richelieu, donc, vers cette heure tardive, est assis près d'une table sur laquelle se trouve une lettre qu'il vient d'écrire et qu'il relit à dix reprises. Devant lui, dans un fauteuil, un vieillard, portant l'habit de capucin, darde sur cette lettre un regard perçant, comme si, de loin, il voulait en déchiffrer le mystère ; cet homme, c'est le Père Joseph, l'Éminence grise !…

« Mon fils, dit le Père Joseph, il faut au plus tôt vous installer en votre palais. Cet hôtel est désormais indigne de vous…

— Peut-être n'habiterai-je jamais le palais Cardinal !…

— Pourquoi ? demanda d'un ton bref le Père Joseph.

— Parce qu'il va peut-être s'appeler le palais Royal !… Lisez ! … »

Le capucin saisit la lettre sur la table, la parcourt d'un trait, un instant il ferme les yeux, et, quand il les rouvre, ces yeux sont hagards :

« Si ceci tombe entre les mains du roi, c'est la chute effroyable, l'exil, la prison peut-être…

— C'est l'échafaud, interrompt Richelieu. Le tout pour le tout ! Je joue une partie. Ma tête est l'enjeu. Soit ! – Si je gagne, je suis plus roi que tous les rois de la Chrétienté. – À un Richelieu, entendez-vous ! il faut une reine pour maîtresse !…

— Cette lettre ne partira pas ! gronde l'Éminence grise.

— Dans une heure, frère Corignan la portera au Louvre !… »

Le Père Joseph, lentement, lève les bras au ciel, et d'un accent de morne désespoir :

« Fiat volontas tuas !… »

Vers la même heure, rue Courteau, en l'hôtel d'Annaïs de Lespars, un salon vivement éclairé, sur lequel ouvrent plusieurs portes. La jeune fille est là, toute seule, calme, résolue, mais pâle de ce qu'elle va entreprendre. Elle a revêtu un costume qui lui laisse toute liberté pour la violence et l'agilité des mouvements. À sa ceinture, un court poignard.

Annaïs marche à l'une des portes et l'ouvre, puis à une deuxième, troisième et quatrième. Alors, de chacune des chambres qui donnent sur ce salon, s'avance un gentilhomme… Tous les quatre sont encore en habit de voyage.

« M. de Fontrailles ?…

— C'est moi ! répond l'un d'eux en s'inclinant très bas.

— M. de Chevers ?…

— C'est moi ! dit un deuxième dans une même salutation.

— M. de Liverdan ?…

— C'est moi ! dit le troisième en se courbant aussi.

— M. de Bussière ?…

— C'est moi ! dit le quatrième à demi prosterné.

— Messieurs, je ne connais aucun de vous ; mais je sais à n'en pas douter que vous vous valez par la noblesse du cœur. Je puis donc dire tout haut devant vous quatre que j'ai reçu vos lettres où chacun de vous m'offre son nom et sa vie. »

Fontrailles, Chevers, Liverdan, Bussière tressaillent, frémissent… Ils sont amis. Dès longtemps, ils se connaissent et s'estiment… Et les voici rivaux !

Annaïs continue :

« Messieurs, je vous ai, depuis trois mois, étudiés tous sans vouloir connaître vos personnes. Je vous ai choisis, parce que j'ai acquis la certitude qu'il n'est pas un de vous à qui je ne puisse confier mes espoirs et mes désespoirs, ma vie, mon honneur… Alors, je vous ai écrit. Vous étiez tous à Angers, il y a vingt jours. Et vous savez que ma mère est morte… Mais ce que vous ignorez, c'est le mal qui l'a emportée en quelques heures… Messieurs, Mme de Lespars est morte assassinée, empoisonnée ! »

Un quadruple cri d'horreur et de pitié :

« Par qui ? Par qui ?…

— Par Mgr Armand-Jean Duplessis, cardinal de Richelieu… »

C'est un funèbre silence qui s'abat alors sur ce salon. Il y a de la terreur dans l'air.

« Messieurs, reprend Annaïs avec fermeté, ma mère est morte parce qu'elle a entrepris une œuvre que vous saurez. Cette œuvre, je jure de la poursuivre. Je puis donc être frappée aussi, et entraîner avec moi dans la mort ceux qui m'auront suivie. Si donc vos cœurs tremblent, retirez-vous. Si vous avez peur de la hache, fuyez-moi… Mais si vous avez de ces âmes intrépides faites pour l'amour qui lutte, conquiert, ou succombe dans la mêlée sans se plaindre, oh ! alors… voici ma main ! Elle sera à celui de vous quatre qui, survivant à ses compagnons d'armes, m'aura soutenue dans mon entreprise, aura vengé ma mère, et terrassé Richelieu !… »

Quatre voix vibrantes éclatent, confondues :

« À vous nos épées ! – À vous nos existences ! – Vous êtes notre chef ! – Donnez l'ordre de guerre !…

— Eh bien ! donc, voici l'ordre de guerre ! Le défi est lancé ! Dès cette nuit, sur la place Royale, dès cette heure même, l'action commence ! »

Guidés par Annaïs de Lespars, les quatre jeunes gentilshommes, d'un pas rapide, se dirigeaient vers la place Royale. Une fièvre faisait battre leurs tempes. Ils sentaient qu'ils entraient dans une formidable aventure. Arrivés place Royale, ils s'arrêtèrent devant l'un des trente-cinq pavillons uniformes bâtis par Sully, et qui encadraient cette esplanade non encore entourée de grilles. C'est là que Richelieu s'était installé depuis trois ans, que, renonçant à l'hospitalité de Marie de Médicis, il avait quitté le Luxembourg et donné à l'architecte Lemercier le plan grandiose du palais Cardinal.

Assemblés autour d'Annaïs, ils l'écoutaient ardemment.

Cette lettre que le cardinal devait écrire à la reine, qu'il écrivait sans doute à cette heure, cette lettre que le frère Corignan devait, vers minuit, porter au Louvre, cette terrible imprudence de Richelieu, elle expliquait tout cela avec une sorte de calme farouche. Qu'elle eût la lettre ! Et la campagne entreprise était terminée du coup !

La demie de onze heures sonna à Saint-Paul.

« Les voici ! dit Annaïs.

— Ils sont une quinzaine, observa l'un des quatre.

— Tant mieux ! dirent les autres. Il y aura bataille ! » C'étaient frère Corignan et Rascasse. Corignan, le premier était sorti, très vite. Rascasse l'avait suivi presque aussitôt, entraînant derrière lui une douzaine de gaillards silencieux, souples, rapides. Et Rascasse, d'un bond, avait rejoint Corignan. Rascasse avait flairé qu'une mission d'effroyable importance était confiée à Corignan. Et Rascasse étouffait de jalousie.

La bande, à distance, était suivie par la frêle guerrière et ses quatre chevaliers prêts à bondir.

« Frère Corignan ! implorait Rascasse, laissez-moi seulement vous suivre, vous protéger si des tireurs de manteaux vous attaquent. Mon bon frère, je vous aime au fond, je mourrais de chagrin s'il vous arrivait malheur.

— Rascasse, je dois être seul et nul ne doit savoir où je vais.

— C'est donc bien important ? larmoya Rascasse.

— Rascasse, mon petit, tu me romps les oreilles. Si tu continues, je retourne droit à Son Éminence… Et je lui dis que vous m'espionnez pour le compte du roi ou de Monsieur !…

— Eh bien, je m'en vais ! grinça Rascasse, qui cessa instantanément de sangloter. J'aurai ma revanche ! »

Rascasse fit signe à ses mouches et l'essaim, tournant à gauche, disparut vers la Seine. Corignan, demeuré seul, continua son chemin vers le Louvre, la bouche fendue par la jubilation. Soudain, il sursauta :

« Holà !... Que voulez-vous, païens ?... Sacrilège !...

— Ce que tu portes ! » dit une voix claire.

Ceci se passait à dix pas de la croisée de la rue Sainte-Avoye avec la rue de la Verrerie.

« Au large, tireurs de manteaux ! tonitrua le frère.

— Allons, moine, dépêche ! » gronda l'un des quatre chevaliers d'Annaïs.

D'un tournemain, Corignan se débarrassa de son froc et se campa, solide, la mâchoire serrée, une forte épée dans la main droite, un poignard au poing gauche.

Les rapières, dans la nuit, jetèrent des éclairs et les quatre se ruèrent. Il y eut un rapide cliquetis. Une voix cria :

« Il est touché !... »

Puis une grande clameur du moine :

« À moi !... À moi !... À moi !... »

III – Trencavel

Rue des Bons-Enfants, une vaste salle élégamment décorée, avec, à mi-hauteur, une galerie à rampe de bois sculpté, au long de laquelle des fauteuils attendent des spectateurs. Tentures de velours. Aux murs, des gants, des masques, des plastrons, des fleurets, des épées en bel ordre. Une magnifique salle d'escrime.

La journée avait été rude. Les prévôts étaient partis depuis longtemps. Vers dix heures, Trencavel se reposait en buvant un flacon de vin d'Espagne avec Montariol et le comte de Mauluys. Un homme, portant costume d'enseigne aux gardes, entra, se dirigea vers le groupe étonné.

« Monsieur Trencavel, dit-il en saluant, j'ai eu l'honneur d'être chargé de vous informer que Son Éminence Monseigneur le cardinal de Richelieu désire vous voir.

— Moi ! » dit Trencavel en se levant, tout ému.

Le visage de Montariol resplendit d'orgueil… Mauluys demeura impassible.

« Vous-même, reprit l'envoyé. Son Éminence a fort entendu parler de vous. Elle prise vos talents et veut vous le dire elle-même. Quand pourrai-je vous apporter votre lettre d'audience ?

— Mais, balbutia timidement Trencavel en qui s'échafaudaient déjà des rêves de grandeur, dès demain, si vous le voulez bien…

— Voilà donc qui va bien. Voulez-vous me dire où vous logez ? »

Trencavel ouvrait la bouche…

« M. Trencavel loge ici même, au-dessus de son académie », interrompit froidement Mauluys.

Le jeune officier, après force politesses, se retira, escorté jusqu'à

17

la rue par le maître en fait d'armes, qui revint tout rayonnant.

Mauluys haussa les épaules.

« Je vois, dit-il, que vous en avez assez du bonheur. Alors, il vous faut, coûte que coûte, vous précipiter vers les ennuis, les périls, ce qui s'appelle les honneurs.

— C'est, répondit Trencavel en serrant nerveusement la main du comte, c'est que ces honneurs me rapprochent d'Annaïs !... Pauvre, sans naissance, n'ayant pour moi que mon fleuret, qui sait si la protection du cardinal ne comblera pas l'abîme qui me sépare d'elle… Qui sait ?… Qui sait ?… »

Ils s'étaient mis en route pour rentrer chez eux : Montariol logeait avec Trencavel, rue Sainte-Avoye ; Mauluys, non loin de là, rue des Quatre-Fils, en face les jardins de l'hôtel de Guise. Un cri d'appel et de détresse les fit tressaillir.

Tous trois, sans un mot, s'élancèrent et tombèrent, l'épée au vent, sur les quatre chevaliers d'Annaïs, au moment même où frère Corignan s'affaissait, l'épaule traversée. La bagarre fut courte. Bussière et Fontrailles furent désarmés dès le premier choc. Chevers était blessé. Annaïs, d'un coup d'œil, jugea la position mauvaise. D'un geste désespéré, elle rengaina le poignard qu'elle avait tiré, fit un signe à ses fidèles, et la bande battit en retraite, disparut. Seulement, dans la première seconde, Trencavel, s'était trouvé menacé par-derrière par l'épée de Bussière.

« À vous, Trencavel ! » avait crié Montariol en désarmant le gentilhomme.

« Trencavel ! murmura le moine. C'est Trencavel qui m'a attaqué avec ses spadassins ! Ohé ! Ce n'étaient pas des tireurs de manteaux ! C'étaient des ennemis du cardinal !… »

« Trencavel ! gronda Annaïs de Lespars. Sans doute quelque séide du cardinal qui escortait le moine ! »

Après l'action, Mauluys se pencha sur Corignan, défit son pourpoint, l'examina assez longuement. Puis ce fut Trencavel. Puis Montariol allait étudier la blessure à son tour… À ce moment, le moine revint à lui, se releva, jeta dans la nuit des yeux hagards et, rassemblant toutes ses forces, d'un bond, se mit hors d'atteinte et s'enfuit…

« Singulière façon de remercier les gens ! » grommela Montariol.

Mauluys ne dit rien… Ils s'enfoncèrent dans la rue Sainte-Avoye. Au bout de deux cents pas, le moine s'arrêta, hors d'haleine, se tâta, s'ausculta, se mit à rire.

« L'épaule déchirée… Une misère ! Ah ! Voyons, la lettre… la lettre… »

Une terrible, une déchirante clameur d'épouvante : la lettre avait disparu !… Perdue ?… Prise ?… Dix minutes plus tard, Corignan se ruait, malgré les gardes, dans le cabinet de Richelieu.

« Monseigneur !… Ah ! monseigneur !… Attaqué !… Blessé !… Évanoui !… La lettre !… Prise sur moi !… Volée !…

— Volée ! hurla Richelieu, blanc comme un mort.

— Par Trencavel ! » rugit le moine.

Le cardinal, quelques minutes, demeura écrasé par l'effroyable nouvelle. Il était perdu !…

« Va-t'en ! » dit Richelieu.

Une fois seul, pendant une heure, debout, immobile, les yeux fixes, il médita. Quand il sortit de cette méditation sinistre, il frappa un coup violent sur son timbre.

Et, sans se retourner, sachant que le valet avait dû accourir :

« Qu'un officier aille me chercher le lieutenant criminel ! »

Il allait tenter un effort. Peut-être ce Trencavel n'irait-il au Louvre que le lendemain ! Peut-être avait-il encore la lettre sur lui !

À trois heures du matin arriva le lieutenant criminel, personnage placé, avec le lieutenant civil, sous les ordres du prévôt de Paris. Le grand prévôt n'était pas sûr ; il avait été reçu le jour même à la table de Gaston d'Anjou[1].

« Monsieur, dit le cardinal, vous allez vous rendre rue des Bons-Enfants chez le maître en fait d'armes Trencavel. Il loge en son académie. Vous le saisirez au nom du roi, vous le conduirez à la Bastille et le ferez mettre au secret. Vous fouillerez l'académie et le logis. Vous prendrez tous les papiers que vous trouverez, sans exception. Vous les mettrez sous cachet et me les apporterez. Sans les lire ! Il y va de la tête !… »

_____

1 Frère du roi, plus connu dans l'histoire sous le nom de Gaston d'Orléans. Mais alors, il n'avait pas encore ce duché d'Orléans, que devait lui donner son mariage.

Le lieutenant criminel tourna les talons et s'en alla.

À huit heures du matin, Trencavel s'accouda à la lucarne de sa chambre...

À ce moment, il oubliait l'algarade de la nuit et que le magnanime cardinal lui voulait du bien, et toutes ses idées de bel avenir doré. Sa vie se concentra sur cette allée de jardin où un banc de marbre s'adossait à des arbustes dont les jeunes frondaisons pâles commençaient à percer.

Soudain, un coup de tonnerre...

La porte s'ouvrit avec fracas. Montariol entra, bouleversé. Il rugissait :

« Ventrebleu ! Têtebleu ! Ah ! les coupe-jarrets ! Ah ! les tire-laine ! Tant pis, ce fut plus fort que moi ! Je crois que j'en ai assommé deux ou trois !... Maître, on ferme votre académie ! »

Trencavel reçut le coup en pleine poitrine.

« On... ferme... l'académie !...

— On la saccage. Tout est bouleversé, éventré, ravagé ! Par les gens de loi ! Au nom du roi ! – Je suis arrivé, j'ai vu les commères rassemblées devant la porte et qui ont dit en me voyant : « Voici l'un des scélérats ! » – Un coup d'œil dans l'académie et le sang m'a sauté aux yeux. Je bondis. – « Le voilà ! » hurla un des hommes noirs. – On veut m'empoigner. C'est moi qui empoigne. Je frappe, je pille, j'assomme. Devant le nombre, je bats en retraite. On me poursuit. Je détale. Je dépiste la meute enragée à mes trousses et me voici pour vous crier : « Maître, on tue notre académie ! »

Trencavel tremblait.

« Il faut pourtant faire quelque chose... Au nom du roi. Eh bien ! ... il y a quelqu'un de plus puissant que le roi. Je vais le trouver... lui dire... ne bouge pas d'ici, prévôt... Il me veut du bien, tu as entendu... je lui dirai...

— Où courez-vous, maître ?

— Chez le cardinal ! »

La course folle apaisa Trencavel. La place Royale était pleine de gentilshommes. Trencavel la traversa, se glissa, fendit le flot dans l'escalier et, parvenu dans l'antichambre, hagard :

« Je veux voir le cardinal !

— Votre lettre d'audience », dit un huissier.

Trencavel se frappa le front.

Et l'huissier, sévère :

« Sans lettre d'audience, vous n'entrerez pas ! »

Trencavel tourna le dos et redescendit, la tête vide. À ce moment, un autre huissier criait dans la foule :

« Monsieur le baron de Saint-Priac !... »

Trencavel s'enfuit, grondant :

« Il va entrer ! Il était attendu, lui ! »

Devant la porte, sur la place, il se heurta à une splendeur de soie, costume bleu d'azur, aiguillettes d'or, manteau de satin, plumes blanches, bottes à entonnoir.

« Trencavel !...

— Saint-Priac !

— Deuxième insulte. C'est trop ! Je n'attendrai pas jusqu'à ce soir pour vous couper les oreilles...

— Soit ! dit Trencavel. Venez ! »

Ils marchèrent. Hors la place Royale, en cinq minutes, ils joignirent la ligne des remparts. À leur droite, ils avaient la Bastille, silencieuse menace. Au premier bastion, ils s'arrêtèrent. Personne aux alentours. L'instant d'après, ils étaient en garde. Saint-Priac porta botte sur botte.

« Pare celle-ci !

— Elle est parée ! » dit Trencavel.

Haletant, Saint-Priac rompit d'un bond, étonné de voir son adversaire debout. Une seconde, et il revint en ligne.

« Pare celle-là ! » dit Trencavel.

Saint-Priac s'affaissa sur les genoux, tandis que le maître en fait d'armes essuyait sa lame sur l'herbe. Il jeta un regard sans haine sur l'adversaire vaincu.

« Pauvre diable ! Il se bat bien... Voyons, l'ai-je vraiment tué ? (Il se mit à genoux, défit le beau pourpoint où serpentait un filet rouge.) Non. Tant mieux !... Heu ! ce ne sera rien... »

Il allait se relever, tout joyeux : sa main froissa un papier sur la poitrine sanglante... il le saisit, l'ouvrit... le parcourut... c'était la lettre d'audience de Saint-Priac !

Trencavel frémit, plia le papier, le mit dans sa poche, s'élança. Tout courant, il arrive au palais Cardinal, monte l'escalier, entre dans l'antichambre au moment où la voix impatiente d'un huissier criait :

« M. de Saint-Priac est-il arrivé ?

— Me voici ! dit Trencavel, sa lettre tendue.

— Enfin !… Voici la dixième fois que Son Éminence… entrez vite, monsieur le baron !… »

Trencavel, une fois dans le cabinet et en présence du cardinal de Richelieu, recouvra instantanément sa présence d'esprit. Quelques minutes, le cardinal l'étudia, le pesa, pour ainsi dire, du regard. Trencavel, de son côté, cherchait des mots.

« Monsieur de Saint-Priac, dit à ce moment le cardinal, voulez-vous épouser Annaïs de Lespars ?… »

Trencavel baissa la tête et ploya les épaules, assommé par le coup. Alors, dangers, pillage de son académie, risque de mort que lui créaient son duel et sa supercherie, tout cela s'effondra, s'évanouit. Il voulut savoir comment Saint-Priac pouvait épouser Annaïs. Et, venu pour dire au cardinal : « Je suis Trencavel », il s'incarna, se transposa en Saint-Priac ! Et il releva sur Richelieu un visage étincelant.

« Voilà l'homme qu'il me fallait ! » songea le cardinal.

« Monseigneur, dit Trencavel, pour obtenir cette immense faveur, je suis prêt à tout.

— Monsieur de Saint-Priac, je suis charmé de connaître votre personne et vous remercie de vous être si promptement rendu à l'invitation que je vous ai fait parvenir à Angers. Mais je dois vous dire que, depuis longtemps, je connais vos faits et gestes. Votre bravoure, votre force, votre habileté à l'épée vous ont fait une réputation dont je vous félicite… »

Sous cette avalanche de fleurs, Trencavel ne broncha pas.

« Il est très fort, pensa le cardinal. Écrasons-le d'un coup. »

« Monsieur, reprit-il avec un sourire féroce, vous avez d'autres qualités. Pauvre, vous passez pour riche. Sans sou ni maille, vous menez grand train. J'ai voulu savoir d'où vous venaient vos ressources. J'ai su que vous n'empruntez pas (le sourire se fit plus aigu), que vous ne jouez pas (la voix prit une douceur terrible). Alors, j'ai cherché, monsieur de Saint-Priac… et j'ai trouvé… Voyons… faut-il vous dire ?

— Dites, monseigneur ! » fit Trencavel, imperturbable.

« Hum ! songea Richelieu. Voilà un rude gaillard ! » « Monsieur, fit-il, j'ai trouvé que l'argent que vous prodiguez est de l'argent… volé.

— Oh ! cria Trencavel, frémissant de joie, voilà un détail que je suis heureux d'apprendre !… »

Saint-Priac voleur ! Indigne !… Trencavel rayonnait.

« Monsieur, reprit Richelieu avec une sorte de sévérité non exempte d'admiration, ne songez pas à nier. J'ai là vingt rapports de police. Je puis vous envoyer au gibet.

— Monseigneur, dit Trencavel avec le même accent de sincérité, je n'ai rien à avouer, rien à nier…

— Bien. Tel que vous êtes, vous me plaisez et je vous prends à mon service. Je vous indiquerai, selon les circonstances, en quoi consistera ce service. Pour le moment, je veux que vous épousiez Mlle de Lespars. Vous savez sans doute où la trouver ?

— Oui, monseigneur. Je sais son logis et l'ai vue aujourd'hui même.

— Donc, vous l'épousez. Je vous dote. Je vous donne un emploi à la cour. En revanche… Ah ! j'oubliais : il va sans dire que je détruis les preuves de vos… prouesses de grand chemin ; en revanche, donc, vous m'apportez une cassette que possède Mlle de Lespars…

« Cette cassette contient des parchemins inutiles pour vous, dangereux pour celle que vous aimez. Cette cassette, figurez-vous que c'est une mine toute chargée. Si quelqu'un y mettait le feu (le cardinal frissonna), Mlle de Lespars serait tuée du coup… Vous chargez-vous de trouver cette cassette ?

— Oui, monseigneur, répondit intrépidement Trencavel.

— Je me charge, moi, d'arracher la mèche, dit Richelieu, toujours paisible. Si c'est possible, ayez-la-moi avant le mariage. Et tenez, ceci est indispensable : que Mlle de Lespars vous aime ou non, veuille ou non vous épouser, il faut qu'elle vous remette cette cassette. »

Trencavel entrevit une sombre machination. La réalité était plus terrible encore…

« Que j'aie les parchemins, songeait Richelieu, et alors je la tiens. Je l'oblige à accepter le nom du misérable qui est devant moi. Huit jours après, son mari est arrêté, pendu. Et elle demeure écrasée à jamais sous l'infamie… À moins que, d'ici là, je n'arrive à la saisir ! À moins que Rascasse ne parvienne à achever l'œuvre commencée à Angers ! À moins que Saint-Priac ne me dénonce tout à l'heure son gîte !… »

« Oh ! songeait de son côté Trencavel, la prévenir aujourd'hui même, tout de suite ! Lui révéler l'effroyable danger qui la menace ! La protéger, la défendre !… »

À ce moment, un homme entra et annonça :

« M. le lieutenant criminel !…

— Faites entrer ! » dit vivement Richelieu.

Il faut dire que le cardinal, en s'occupant avec une pareille lucidité de Mlle de Lespars, faisait preuve d'une réelle force d'âme. Tandis qu'il jouait ainsi avec Saint-Priac, il avait l'oreille aux aguets, l'esprit tendu. En ce moment peut-être, la lettre volée par Trencavel était sous les yeux du roi !… Cependant, plus le temps s'écoulait et plus il se rassurait.

Le lieutenant criminel entra. Il jeta un regard sur Trencavel et interrogea le cardinal du regard.

« Vous pouvez parler devant le baron de Saint-Priac.

— Monseigneur, dit le lieutenant criminel, je me suis rendu rue des Bons-Enfants, à l'académie du maître en fait d'armes Trencavel et j'y ai fait une fouille complète. (Trencavel serra les poings.) Malheureusement, nous n'avons rien trouvé ; pas le moindre chiffon de papier. Quant à Trencavel, il n'habite nullement en son académie, comme le rapport en avait été fait à Votre Éminence. (Ô mon brave Mauluys, je dois la liberté à ta prévoyance !) Nous l'avons vainement attendu et n'ai pu l'arrêter, ni par conséquent le conduire à la Bastille (ouf !), ainsi que vous m'en aviez donné l'ordre. »

Chose étrange, ce rapport rassura plutôt Richelieu.

Il admettait de moins en moins une conspiration partie du Louvre. Par contre, l'idée qu'il avait en Trencavel un ennemi personnel jusque-là inconnu se fortifia dans son esprit.

« C'est bien, dit-il. Faites battre Paris par vos espions. »

Richelieu, d'un geste, renvoya le lieutenant criminel. Trencavel s'essuya le front.

À ce moment, la porte se rouvrit ! Devant Trencavel pétrifié, devant Richelieu stupéfié, apparut un homme livide et sanglant que deux valets soutenaient ! Et comme tout à l'heure, l'huissier, mais d'une voix forte qui retentit en coup de cymbale, annonça :

« M. le baron de Saint-Priac !... »

Saint-Priac fit deux pas dans le cabinet. Trencavel se redressa de toute sa hauteur, le regard de travers, et se croisa les bras. Sans doute, une explication avait dû avoir lieu dans l'antichambre, car l'huissier avait laissé la porte ouverte et, derrière le blessé, on voyait le lieutenant criminel.

Le cardinal, centre de cette scène, demeurait immobile, muet, statue de la stupeur. Saint-Priac, disons-nous, s'avança de deux pas ; son bras, secoué d'un tremblement convulsif, s'allongea, sa main désigna Trencavel, il ouvrit la bouche et tout à coup s'affaissa sur le tapis.

« Monseigneur, dit le lieutenant criminel dans un grognement de joie féroce, nous tenons le maître en fait d'armes ! Le voici !... »

Richelieu jeta sur Trencavel des yeux agrandis par la terreur. Et Richelieu recula !

« Monseigneur, reprit le lieutenant criminel, M. le baron de Saint-Priac a été provoqué sur la place Royale par cet homme qui l'a entraîné jusqu'au bastion le plus proche, l'a chargé, lui a fourni un coup d'épée, lui a pris sa lettre d'audience et a pu ainsi pénétrer chez Votre Éminence... »

Richelieu frissonna. La vérité lui apparut dans une aveuglante clarté : Trencavel lui avait été dépêché pour le tuer !

« Rendez votre épée ! »

Trencavel tira son épée et en fouetta le silence.

« Monseigneur, dit-il, un Trencavel ne peut rendre son épée. Qu'on me la prenne, si on peut !... »

En même temps, il repoussa violemment deux ou trois fauteuils, s'accula à un angle du cabinet, tomba en garde.

« Prenez-le ! » rugit Richelieu.

Ce furent de sourds grognements enchevêtrés, des soupirs rauques, deux ou trois jurons féroces, deux ou trois plaintes déchirantes. Puis, tout à coup, un cri de sauvage triomphe :

« Ça y est ! »

Ça y était : dans l'angle du cabinet, un amas de corps pesant de toute leur frénésie sur quelque chose, des bras raidis, des mains crispées, et, sous tout cela, Trencavel.

Le cardinal donna un ordre. Deux minutes plus tard, Trencavel était jeté dans un carrosse ; un quart d'heure après, il était à la Bastille.

C'était un cachot situé au rez-de-chaussée de la tour du Coin ; on y interrogeait les prisonniers qui n'y restaient jamais plus de deux ou trois jours. L'endroit était assez clair. Il y avait une table, un escabeau, un lit étroit.

Trencavel, délivré de ses liens, jeta autour de lui des yeux hagards. Il sentit la folie envahir son cerveau :

« Perdue ! Moi seul pouvais la sauver, et je vais mourir !... »

Trencavel, qui sanglotait parce qu'il ne pouvait courir prévenir Annaïs de Lespars de ce qu'il avait entendu, Trencavel, placé en tête-à-tête avec le gibet ou l'échafaud, vit soudain se lever dans ses souvenirs une figure d'homme fatigué, pâle, poussiéreux, et qui portait sur ses épaules un enfant de cinq ans. L'homme entrait dans Paris par la porte Bordet et, presque aussitôt, s'affaissait sur la chaussée. Des gens s'approchaient et disaient : « Pauvre homme, il est mort ! – Il porte la casaque, c'est un reître ! – À son épée, à son air, on voit assez que c'est un gentilhomme ! Qui cela peut-il être ? » Et l'enfant pleurait toutes les larmes de ses jolis yeux...

Cet enfant, c'était lui, Trencavel. Ce voyageur harassé qui succombait en entrant dans Paris, c'était son père...

Ni gentilhomme, ni reître. Voilà ce que Trencavel finit par établir plus tard grâce à des papiers trouvés sur le mort. Mais ses souvenirs évoquaient, dans une cité lointaine, un bel atelier que nobles et riches bourgeois venaient visiter en témoignant beaucoup de respect au maître sous la direction duquel se forgeaient des casques, des cuirasses et, surtout, des dagues, des épées, des sabres, des estramaçons, des colichemardes, des rapières, magnifiques lames ornées d'arabesques, de ciselures qu'eût admirées un Benvenuto Cellini. Quelle catastrophe s'était abattue sur l'opulente et artistique maison du maître armurier ? Quel épisode de guerre civile ou religieuse ? Quelle dénonciation ?... Rien pour reconstituer le drame. Mais l'enfant voyait le logis en flammes et le vaste atelier mis au pillage.

Il voyait des soldats dans une chambre pleine de sang, une femme égorgée... sa mère !... Il se voyait dans les bras de son père qui se défendait et, enfin, fuyait dans la nuit. Puis on marchait des jours et des semaines – et, au bout du voyage, le père tombait, tué sans doute par le désespoir... Une femme avait pris l'enfant par la main et l'avait emmené... Deux ou trois ans plus tard, cette femme elle-même était morte ! Et alors, qui avait pris soin de l'enfant ? Comment avait-il grandi, poussé ?... À la grâce de Dieu ! comme on disait parmi le pauvre peuple.

Nous le retrouvons à quinze ans, dépenaillé, en loques, mal peigné, mais l'œil vif, la main leste, muni d'une immense rapière qu'il s'est procurée le diable sait comme. Nous le retrouvons, dans la campagne, non loin des marais de la Grange-Batelière, où il s'aligne avec un grand benêt de jeune baron. Que s'est-il passé ? Le grand benêt a battu son valet, vieillard à barbe grise qui l'accompagne. Trencavel s'est élancé. Il a commis son crime : il a tiré les oreilles au petit baron. Et comme ils sont du même âge, à peu près, ils ont dégainé, se sont porté de furieuses bottes. En somme, donc, Trencavel risquait sa peau pour venger un vieux grison qu'il ne connaissait pas, et à une époque où battre ses domestiques était chose légitime et naturelle. Cependant, le jeune pendard s'escrimait à outrance, sans avoir jamais appris l'escrime, contre un adversaire qui, de toute évidence, connaissait le maniement de l'épée. Il le pressait, l'obligeait à rompre et, finalement, allait lui porter un mauvais coup lorsqu'un homme, s'élançant d'une guinguette voisine, d'où il examinait toute l'algarade, releva les épées, sépara les combattants et remit sur son cheval le petit baron, qui s'en alla en maugréant :

« Ventrebleu ! Tirer les oreilles à un Saint-Priac ! Je reviendrai à Paris et je ne les lui tirerai pas, moi ! Je les lui couperai !...

— De quoi vous mêlez-vous ? rageait cependant Trencavel en toisant l'inconnu si heureusement survenu.

— Mon petit ami, si vous voulez venir avec moi, je ferai de vous le premier maître en fait d'armes de ce temps. Vous avez plus de jarret, d'œil et de poignet qu'un vieux prévôt. »

Les yeux de Trencavel étincelèrent. La connaissance ébauchée s'acheva. L'adolescent dit son histoire et l'inconnu le mena à l'académie de la rue des Bons-Enfants, où Trencavel trouva le gîte, le couvert, des leçons d'escrime et des leçons d'honneur. Cet inconnu, c'était l'illustre Barvillars !…

Il fut pour Trencavel, dans toute la profonde et majestueuse acception du mot, un père, c'est-à-dire un ami, un éducateur, un exemple vivant. Trencavel conçut pour lui une sorte d'adoration, et lorsque, cinq ans plus tard, le vieux maître, à son tour, disparut de la scène du monde, le jeune homme sut pour la première fois ce que c'est que la douleur.

Soudain, le prisonnier entendit que le geôlier, toujours à son poste, ouvrait la porte et que quelqu'un entrait. Trencavel vit un capucin qui s'approchait.

« Que me voulez-vous, mon révérend ? Et qui êtes-vous ?

— Mon fils, on m'appelle frère Corignan, je suis capucin de mon état et je viens vous confesser.

— Me confesser ! gronda Trencavel. Et pourquoi ?

— Parce que, selon les ordres de Mgr le cardinal de Richelieu, vous allez, dans une heure, être pendu dans la cour de la Bastille !

— Dans une heure ! frissonna Trencavel.

— Dans une heure ! dit frère Corignan qui se tourna vers le geôlier et lui dit :

— Laissez-nous, mon frère. Ce pauvre pécheur n'en sera que plus à son aise pour avouer ses forfaits in silentium cabinettibus (dans le silence du cabinet) », ajouta le moine, qui ne savait pas un mot de latin.

Le geôlier s'éclipsa. Le digne capucin alla fermer la porte avec soin, revint à la couchette, s'assit sur l'escabeau et, baissant la voix :

« Si vous voulez avoir la vie sauve, rendez-nous la lettre.

— La lettre ? fit Trencavel, étonné.

— Elle-même, mon fils. La lettre que vous m'avez prise.

— Je vous ai pris une lettre, moi ?

— La lettre ! fit rudement le moine. Où est la lettre ? Ou gare le chanvre !…

— Révérend spadassin, dit-il, serai-je pendu si je vous rends la lettre ?

— Non pas ! s'écria Corignan, tout joyeux. Récompensé, au contraire !

— Eh bien, fit résolument Trencavel, si vous me faites sortir d'ici, je vous mènerai tout droit à la maison et à l'armoire où se cache la précieuse lettre. »

Corignan éclata de rire.

« Et, en chemin, vous me planteriez là ! On ne se joue pas de frère Corignan, morbleu ! »

Trencavel essuya son front. Il se vit perdu. Le moine tirait son poignard. Sa main gauche s'abattit sur l'épaule de Trencavel. Sa main droite se leva. L'acier jeta une lueur dans l'obscurité.

« La lettre ! gronda Corignan. La lettre ! ou je te tue ! »

Au même instant, le moine voulut pousser un cri, mais sa gorge ne laissa passer qu'un râle sourd : une tenaille vivante serrait cette gorge.

Souple comme une anguille, Trencavel avait glissé, échappé à l'étreinte, et sa main, à lui, s'était incrustée sous le menton de Corignan. Le moine, en secousses violentes, se débattit, mais la tenaille se resserrait, les doigts entraient dans les chairs ; la figure devint violette, et, tout à coup, Corignan demeura immobile, en travers du lit… Vivement, Trencavel ramassa le poignard tombé sur les dalles et le passa à sa ceinture.

Quelques secondes, il fixa ses yeux effarés sur Corignan. La sueur ruissela sur son front. Tout à coup, il éclata de rire :

« Capucin ? Ce sera drôle… Et pourquoi pas ? Ce moine est entré ici… Il faut bien qu'il sorte !… »

En un tournemain, il eut dépouillé Corignan de son froc et, tout frémissant, il s'en revêtit !… Alors, il allongea le moine sur le lit, lui tourna le visage au mur et jeta sur lui la couverture. Puis, ramenant le capuchon sur son visage, la main convulsivement crispée au manche du poignard, il se plaça près de la porte et cria :

« Ah ! pécheur endurci ! Ah ! damné bélître qui ne veut pas se confesser ! Confiteor belitrus, belitra, belitrum ! Eh bien ! tu seras donc pendu en état de péché mortel ! Tant pis pour toi ! »

La porte s'ouvrit. Le geôlier parut.

« Est-ce fait, mon révérend ?

— Oui, mon fils. Je m'en vais. Je quitte ce lieu de perdition. Pendez-moi ce gaillard-là puisqu'il ne veut rien entendre. Adieu, mon fils !… »

En parlant ainsi, bénissant le geôlier, il avait traversé la salle qui précédait le cachot, on lui ouvrait une porte, et là, dans l'obscurité épaissie de la cour, il distinguait un carrosse.

« Hâtez-vous de monter, nous sommes en retard », dit une voix.

Trencavel, sans hésitation, monta dans le carrosse.

Aussitôt, la portière se referma. Le véhicule se mit en route. Trencavel se tenait les côtes.

« Libre ! fit-il. Pardieu ! qui donc m'a assuré qu'on ne sort pas de la Bastille ! Je n'ai qu'à ouvrir la porte de ce vénérable carrosse, me laisser tomber sur la chaussée et… »

Et Trencavel jeta un furieux juron de désespoir ; mantelets rabattus, la portière était fermée à clef ! Ce carrosse n'était qu'une prison roulante !

À vive allure, il atteignit la rue Saint-Honoré ; enfin, il s'arrêta devant un immense portail en chêne tout neuf orné de belles têtes de clous disposées en croix. Une croix encore surmontait le portail. À droite et à gauche s'étendaient de hautes murailles. C'était le couvent des capucins.

C'est donc là que s'arrêta le carrosse qui, après avoir conduit frère Corignan à la Bastille, l'en ramenait – ou croyait l'en ramener – sous clef ; en effet, le moine était puni de huit jours d'in pace pour avoir été vu dans un cabaret avec une fille sur les genoux. Or, on lui tolérait tous les péchés véniels ou mortels, à condition de ne pas s'afficher dans l'exercice de ses péchés. Chargé de la mission délicate de confesser Trencavel, Corignan avait promesse de mille livres comptant s'il réussissait à remettre la main sur la terrible lettre ; en outre, il devait être, bien entendu, gracié de sa punition.

Le portail du couvent fut ouvert, le carrosse entra dans une cour.

« Venez, mon frère, le révérend prieur a hâte de vous voir… »

Sans mot dire, Trencavel suivit le moine qui lui parlait ainsi et qui le conduisit à la chapelle.

« Notre révérend père est dans la crypte avec Mgr l'archevêque de Lyon, reprit alors le capucin. Attendez-les ici, c'est son ordre. »

Là-dessus, le moine se retira, et Trencavel entendit la porte se refermer à clef.

« Ho ! je ne heurte aujourd'hui que gens enragés à me renfermer ! Mais comment notre révérend prieur sortira-t-il lui-même ? Et que fait-il dans la crypte ? Mais l'archevêque de Lyon… c'est un Richelieu !… C'est le propre frère de la magnanime Éminence qui me veut tant de bien ! Pourquoi le Père Joseph, conseiller du cardinal, s'enferme-t-il dans un souterrain avec le frère du même cardinal ? »

Et Trencavel s'avança vers le chœur !

Il franchit la grille et contourna l'autel. Là, un murmure se fit distinct. Trencavel regarda à ses pieds. Et, confusément tracé par une lumière venue du fond de la crypte, il aperçut le trou rectangulaire où commençait l'escalier qui s'enfonçait dans les sous-sols. Alors, une irrésistible curiosité s'empara de lui. À tout prix, il voulut entendre… Il descendit trois ou quatre marches de l'escalier tournant – et, alors, il entendit !

Voici ce que disait au Père Joseph le frère du cardinal de Richelieu :

« Vous allez savoir, messire, pourquoi j'ai quitté mon archevêché pour me rendre à Angers ! Pourquoi j'ai fui cette ville pour accourir à Paris ! Pourquoi il y va de l'honneur ou de l'infamie du nom de Richelieu ! Car je vais vous dire de quelle maladie est morte Mme de Lespars ! Et puis, alors, je vous dirai qui est la fille de la morte, qui est Annaïs de Lespars !…

— Je sais que nous avons tué Mme de Lespars, interrompit le prieur des Capucins.

Sa mort était nécessaire. Intrigante, audacieuse, cette femme devenait dangereuse pour l'État – pour votre frère. Nous avons dû la sacrifier. C'est bien assez d'avoir à combattre les enfants de

Gabrielle d'Estrées. Le roi Henri IV nous a laissé un héritage lourd à porter... Qu'importe la vie ou la mort d'un être si la communauté est sauvée ! Monseigneur, le jour où je m'apercevrai que je puis être un danger pour la société du Christ, je me supprimerai moi-même – oui, au risque de damner mon âme.

— Oh ! quel homme êtes-vous donc ?

— Je suis un moine. Un couvent, c'est une tombe. Lorsqu'il arrive que l'un de nous en sort, c'est qu'il a une mission à remplir ; c'est qu'il a reçu un ordre.

— De qui ? demanda sourdement l'archevêque.

— De Dieu ! répondit le prieur. Ma mission, à moi, c'est de conduire votre frère dans la voie qui m'a été désignée, de lui montrer sa route, une torche dans une main pour éclairer ou brûler, un poignard en croix dans l'autre pour bénir ou frapper. Mme de Lespars s'est trouvée sur le chemin ; elle a été frappée... Vous pleurez, monseigneur ? »

Louis Duplessis de Richelieu releva la tête et, avec une douloureuse simplicité :

« J'aimais Louise de Lespars... »

Trencavel frissonna de pitié. Mais sur les plis rigides de la robe monacale rien ne frémit. Louis de Richelieu, une minute, demeura pensif, le regard perdu dans le vague.

« Pourquoi j'ai cédé mon droit d'aînesse à mon frère Armand, vous allez le savoir : pourquoi j'ai brusquement abandonné le monde pour m'ensevelir à la Grande-Chartreuse, vous allez le comprendre... Nous nous aimions. Nous nous étions secrètement fiancés. Elle était tout pour moi. J'étais tout pour elle. Orpheline, maîtresse à dix-huit ans de sa vie et de sa fortune, elle habitait son domaine de Lespars à trois lieues de Richelieu. On la tenait en suspicion à cause de ses allures libres et fières. Seul, je savais quelle âme timide et pure se cachait en elle. Tout à coup il y eut un grand mouvement en notre château. Honneur et gloire au château de Richelieu. Le roi Henri IV, visitant la Touraine et l'Anjou, était à Chinon ! Le roi Henri acceptait pour deux jours l'hospitalité de Richelieu !... Les deux jours s'écoulèrent et le roi ne partit pas ; il ne quitta le château qu'au bout du douzième jour. Pendant cette période, je n'avais pu voir Louise une seule fois. Lorsque le roi fut parti, je courus à Lespars : je trouvais Louise abattue par un désespoir cruel : le malheur était passé par là… »

Le Père Joseph ne bronchait pas. Louis de Richelieu avait un geste violent.

« Pendant trois mois, continua-t-il. Louise dépérit sous mes yeux, et je ne pus lui arracher le secret de cette immense douleur qui la tuait. Un soir, je lui criai que j'allais tout disposer pour notre mariage. Alors, elle se leva, toute droite, et me saisit la main. Et elle me dit ceci : « Je ne puis être une Richelieu !… » Et brusquement, l'abominable vérité jaillit de ses lèvres blanches ; une nuit, elle avait entendu des coups violents à la porte de sa chambre, et la voix de mon frère lui criait : « Vite ! Vite ! Louis est là. Il faut qu'il vous parle à l'instant !… » Affolée, elle avait ouvert. Un homme s'était jeté dans sa chambre. Il y avait eu une lutte hideuse et elle avait perdu connaissance.

Quand elle se réveilla, il faisait jour. L'homme avait disparu… mais elle l'avait reconnu dès son entrée : c'était Henri IV, roi de France.

— Après ? demanda sèchement le prieur des Capucins.

— Louise, en me faisant ce récit, ne versa pas une larme, et ce fut d'une voix de morte qu'elle me dit : « Adieu, Louis. Notre beau rêve n'est plus. J'ai espéré mourir et me voici vivante encore. J'ai voulu me tuer, et j'ai compris… Oh ! Louis, j'ai compris que j'allais tuer le pauvre petit être qui palpite dans mon sein. Adieu, Louis ! Ni amante, ni épouse, je serai mère… et mère, je vivrai pour l'innocente créature… » J'essayai vainement de revoir Louise, mais elle avait disparu du pays. Dieu soit béni ! ajouta l'archevêque dans sa piété sincère et profonde. Je pus résister à la furieuse tentation du meurtre qui, pendant trois mois, me fit rechercher Armand. »

L'archevêque leva ses deux bras tremblants vers le Christ que, tout à l'heure, avait désigné le Père Joseph.

« J'entrai à la Grande-Chartreuse, continua Louis de Richelieu. Les ans cicatrisèrent la blessure. J'acceptai l'archevêché d'Aix, puis celui de Lyon ; je voulais, de nouveau, me mêler au monde, et peut-être me rapprocher de Louise pour la secourir au besoin. Je sus que le roi Henri IV lui avait écrit plusieurs lettres et lui avait envoyé des parchemins, attestant les droits de sa fille Annaïs… Louise ne répondit jamais… De loin, je veillais sur elle… et sur l'enfant. »

Trencavel baissa la tête et murmura tristement :

« Fille de roi !… »

« Après ? demanda le Père Joseph.

— Après ? gronda l'archevêque. Je ne puis me retrouver en présence de mon frère le cardinal. Nous aurions trop de choses à nous dire. C'est donc vous que je suis venu trouver, vous qui le guidez ! Vous lui direz que je suis arrivé trop tard pour sauver Louise, mais que je suis là pour défendre Annaïs ! »

L'archevêque se tut. Trencavel était haletant et se mordait les lèvres jusqu'au sang.

Le Père Joseph, quelques minutes, parut se plonger dans une méditation profonde.

Il reprit :

« Monseigneur, vous avouez vous-même que cette fille possède des parchemins dangereux. Vous l'avez dit : il y va de l'honneur ou de l'infamie du nom de Richelieu… Cette fille est condamnée, monseigneur !

— Par les puissances du Ciel ! tonna Trencavel à toute volée, monsieur l'archevêque, nous serons deux pour la défendre ! Et vous, frocard, je me charge de vous faire passer le goût de… »

De quoi Trencavel devait-il faire passer le goût au Père Joseph ? On ne put le savoir. En effet, tandis que Louis de Richelieu demeurait immobile de stupeur, le prieur s'était jeté sur une corde, qui, sans doute, aboutissait à quelque cloche d'alarme, et il la secouait frénétiquement. Aussitôt, le hurlement lointain d'un tocsin traversa l'espace. Mais, avant même qu'eût retenti le premier son de cloche, une rumeur s'enfla, s'approcha.

« Oh ! diable, fit Trencavel, voilà bien du tapage. »

En quelques bonds, il eut regagné la chapelle. Et, là, il ne put s'empêcher de frémir ! Les moines se ruaient sur le chœur en masses serrées…

IV – L'outil de saint Labre

Nous laisserons pour un moment le maître en fait d'armes et nous reviendrons à la Bastille, où nous avons laissé frère Corignan.

Trencavel avait serré en toute conscience la gorge de l'espion. Mais Corignan était un de ces durs à cuire qu'il faut tuer deux fois.

Du moment, donc, que Trencavel l'eut laissé pour mort sur la couchette du cachot, frère Corignan demeura longtemps inerte, sans donner signe de vie. Puis la respiration, après quelques timides essais, se reprit à fonctionner. Corignan remua les bras, s'assit au bord du lit. Presque aussitôt, le souvenir lui revint. Il poussa un grognement de rage et se précipita vers la porte sur laquelle son poing osseux commença un vacarme assourdissant.

« C'est bon, c'est bon ! glapit une voix. On va t'ouvrir plus vite que tu ne penses ! »

Frère Corignan reconnut cette voix, frémit de terreur sans savoir pourquoi, l'épouvante le faisait trembler, et hurla :

« Rascasse !... »

C'était bien Rascasse !... Le cardinal, ne voyant pas arriver le Père Joseph qui devait lui rendre compte de la mission de Corignan, avait dépêché l'avorton à la Bastille ; si Trencavel avait révélé où il avait caché la terrible lettre qu'il fallait reconquérir, ordre de le pendre dès qu'on se serait assuré qu'il avait dit la vérité. Si Trencavel n'avait rien voulu dire, ordre de le pendre séance tenante.

En entendant le prisonnier prononcer son propre nom, en reconnaissant lui-même la voix de Corignan, l'espion, d'un geste impérieux, renvoya les geôliers et gardes qui l'escortaient.

Puis ayant maîtrisé cette stupeur effarée qu'il avait d'abord éprouvée :

« Mon cher Corignan, dit-il de sa voix la plus doucereuse, est-ce bien vous que j'entends ?

— Moi-même, mon cher petit Rascasse, moi-même. Pour l'amour de Dieu, ouvrez-moi vite.

— Mais, fit Rascasse, c'est que la potence est toute dressée, mon frère !

— La potence ? Eh ! qu'ai-je à faire d'une potence ?

— Puisque le prisonnier a fui, ah ! miséricorde, c'est vous, mon cher Corignan, vous que je vais faire pendre à l'instant, selon l'ordre de Son Éminence !... »

Les cheveux de Corignan se hérissèrent.

« Allons, dit Rascasse en ouvrant la porte, pendez-moi le gaillard, et vite ! »

À l'instant même, Corignan fut saisi par les deux bras, relevé, entouré de gardes et poussé dehors, presque porté. Hébété, livide, il se laissa entraîner ; deux minutes plus tard il s'arrêtait dans la cour du Puits, au pied de la potence.

Il n'y avait là que le gouverneur, quelques geôliers et une douzaine de gardes.

« Mais je ne suis pas Trencavel, vociféra le capucin en se débattant. Je suis Corignan, frère Corignan !

— Holà ! Un moment ! dit le gouverneur, alarmé. Que nous chante là ce drôle ?

— Frère Corignan ! Frère Corignan ! Corignanus frater ! » hurla le moine en appelant le latin à son secours.

Qui croirait que frère Corignan fut sauvé par son latin d'arrière-cuisine ? C'est pourtant à ce latin-là que le gouverneur de la Bastille reconnut le capucin que sa manie et son ignorance avaient rendu célèbre dans l'entourage de Richelieu.

Il y eut une brève explication, de laquelle il résulta que Trencavel avait bel et bien accompli la plus audacieuse des évasions. Alors, le gouverneur trembla pour sa place. Corignan s'écria qu'il se faisait fort de le retrouver et de le ramener au pied même de cette potence. Rascasse se précipita sur Corignan pour l'embrasser.

« Ah ! mon cher frère, je leur disais bien que vous n'étiez pas

Trencavel. Ils ne voulaient pas me croire. Dieu soit loué !

— Laudatus dominum ! grogna le moine. Tiens, fieffé coquin, dominus vobiscum ! »

Et frère Corignan leva son genou, dont il se servait comme du poing ; le genou atteignit rudement sous la mâchoire Rascasse, qui alla rouler à six pas en crachant deux dents.

Une fois hors de la Bastille, Corignan dévora l'espace. Il atteignit le couvent, se pendit impétueusement à la cloche de la porte qui s'ouvrit, et, se ruant à l'intérieur :

« Où m'a-t-on mis ? » cria-t-il au frère portier ébaubi.

Et, se remettant, ledit portier hurla cette réponse naturelle et fantastique :

« On vous a mis dans la chapelle !... »

Dès lors que frère Corignan sut que Trencavel était enfermé dans la chapelle, il demanda dix moines de bonne volonté pour s'emparer du sacripant. Tous les capucins se précipitèrent. Le couvent tout entier envahit la chapelle au moment même où la cloche d'alarme, agitée par le Père Joseph, se mettait à sonner.

« Trencavel ! vociféra Corignan, qui marchait en tête.

— Me voici ! Tiens ! mon confesseur !

— Mes frères ! tonitrua Corignan. Sus au Philistin ! »

Trencavel, en un tournemain, se débarrassa du froc dont il s'était affublé, et, tirant sa rapière :

« Voici mon Pater ! qui veut en tâter ? »

Il y eut un recul de l'armée assaillante. L'éclair de l'acier fit tressaillir les premiers rangs. Mais, presque aussitôt, tous s'élancèrent à l'assaut du chœur.

En quelques secondes, Trencavel fut acculé à un angle de la chapelle. Le sang coulait. Des hurlements, des plaintes se mêlaient. Un coup d'escabeau lancé d'un geste frénétique brisa l'épée de Trencavel. Un autre l'atteignit à l'épaule.

Désarmé, sanglant, déchiré en lambeaux, il jeta autour de lui le suprême regard du vaincu...

Or, nous devons maintenant aviser le lecteur d'une certaine habitude qu'avait prise depuis longtemps François Le Clerc du Tremblay, baron de Maffliers, prieur (sous le nom de Père Joseph) du couvent des capucins de la rue Saint-Honoré.

Deux fois par semaine, les mardis et vendredis, il y avait, dans la chapelle, confession générale et publique : la communauté entière était assemblée, chacun, à haute voix, confessait ses actes délictueux ou ses pensées mauvaises. Le prieur prononçait la sentence, selon la gravité de la faute confessée : récitation de psaumes – le chapelet à égrener dix ou douze fois dans la nuit. – au pain sec et à l'eau pour deux ou quatre jours. Quelquefois, c'était l'in pace, sombre prison, évocatrice d'idées funèbres. Quelquefois, le prieur prononçait simplement :

« Penitentia !... » (pénitence).

Alors, le pauvre moine à qui s'appliquait cette condamnation se dépouillait aussitôt de son froc, mettait son torse à nu, se dirigeait vers un angle de la chapelle et saisissait un bizarre instrument accroché sous la statue du bienheureux saint Labre, et que, pour cette raison, les capucins appelaient l'outil à saint Labre.

Au moyen dudit instrument, le condamné se cinglait lui-même les épaules, jusqu'à ce que le prieur levât la main.

L'outil à saint Labre, lecteur, c'était un vulgaire martinet. Et même, il ne possédait qu'une douzaine de lanières de cuir. Seulement... chacune de ces lanières était munie à son extrémité, soit d'une petite boule de plomb, soit d'un clou ; cela faisait un terrible outil de torture ; le sang jaillissait dès le premier coup s'il était bien appliqué...

C'était sous la statue de saint Labre que s'était réfugié Trencavel ! ... C'est l'outil à saint Labre que rencontra la main de Trencavel au moment où il s'accota à cet angle ! Il décrocha le martinet. À l'instant où se produisit l'effroyable poussée finale, à toute volée l'outil à saint Labre siffla, cingla, se tordit dans les airs, serpent à plusieurs têtes dont chacune était armée d'une terrible dent. Frère Corignan, atteint le premier en plein visage, à demi aveuglé, recula en rugissant de douleur, les deux mains à la figure, et alla s'écrouler hors de la mêlée, fou de souffrance... Trencavel s'élança hors de son coin.

« Une sortie ! » s'écria-t-il d'une voix narquoise.

Il faisait un tel tapage, ses cris étaient si assourdissants que l'armée des moines en fut ahurie, sans compter que les coups pleuvaient comme grêle, le martinet voltigeait, tourbillonnait, devenait une de ces bêtes d'apocalypse qui mordent, griffent ; les capucins, abasourdis, effarés, stupides d'effroi, se bousculèrent, se heurtèrent, s'effondrèrent, et le victorieux outil à saint Labre, fendant le flot des robes grises, se trouva au milieu de la chapelle : Trencavel n'avait plus devant lui qu'une dizaine d'ennemis.

« Arrière ! dit Trencavel.

— Vade retro ! » firent les moines sans broncher.

Trencavel entendit derrière lui l'armée des fuyards et des éclopés qui s'avançait du fond du chœur en bande serrée : le Père Joseph la conduisait !… Le maître en fait d'armes calcula qu'il avait à peu près trois secondes, et au moment où le Père Joseph allait, par-derrière, lui mettre la main sur l'épaule, il trouva la solution… Devant lui, à deux pas, il voyait un moine à la figure énergique, à l'œil froid, la hache levée. Trencavel accrocha à sa ceinture le fameux martinet qui avait triomphé des Philistins. Il se ramassa, la face terrible, et se détendit…

Tout cela avait duré ce que dure une vision de rêve. L'instant d'après, il y eut une clameur :

« Le sous-prieur ! Notre sous-prieur est mort !… »

C'était le moine à la hache. Il n'était pas mort, mais peu s'en fallait : Trencavel avait bondi, avait empoigné le sous-prieur à bras-le-corps, et, se jetant sur la gauche hors du cercle, entre deux bancs, avait terrassé l'homme et lui arrachait la hache. Les capucins virent ceci : le sous-prieur étendu sur les dalles, et Trencavel debout, l'arme levée.

Un effroyable silence s'abattit sur la chapelle. Trencavel jeta sur le Père Joseph un regard de flamme.

« Monsieur, dit-il froidement, vie pour vie ! Si vous faites un pas, je fends la tête à cet homme ! »

Un soupir terrible gonfla la poitrine du Père Joseph. Il ferma les yeux et dit :

« Vous êtes libre !… »

Trencavel jeta sa hache, et, d'un pas tranquille, se dirigea vers la porte, passant désarmé à travers les rangs des moines qui s'écartaient.

À peine eut-il franchi la porte de la chapelle que frère Corignan, revenu depuis un instant au sentiment des choses, s'élança.

« Frère Corignan, dit sévèrement le prieur, rendez-moi compte de votre mission ; puis vous vous rendrez à l'in pace pour y achever votre punition.

— Mon révérend, dit le capucin en s'inclinant avec une humilité douteuse, avant le récit de la mission, avant les douceurs de l'in pace, j'ai à accomplir une besogne qui sera très agréable à Son Éminence le cardinal et par conséquent à Votre Révérence. Je demande la permission de la nuit et peut-être des jours suivants pour suivre cet homme, savoir où il loge, et enfin m'en emparer.

— Allez ! dit le Père Joseph, dont l'œil froid pétilla un instant. Et tâchez cette fois de réussir ! »

Frère Corignan arriva au grand portail au moment même où Trencavel se le faisait ouvrir par le portier terrorisé. Le maître en fait d'armes tourna à gauche dans la rue Saint-Honoré. Corignan, de loin, le suivait dans la nuit, pareil au loup en chasse au fond des fourrés…

V – Rascasse et Corignan

Il était près de minuit lorsque Trencavel atteignit son logis de la rue Sainte-Avoye. Le prévôt Montariol était là.

La porte s'ouvrit. Trencavel parut.

« Ouf ! J'allais éclater ! gronda Montariol. L'académie perdue ! Le maître poursuivi, traqué, arrêté…

— Non ! puisque me voici, dit Trencavel en accrochant à un clou le martinet de saint Labre. Bien ! Maintenant, que fait le comte de Mauluys ?

— Il vient de sortir d'ici. Nous avons couru tout le jour ensemble. Il vous croit à la Bastille.

— Va lui dire que j'y étais, mais que j'en suis sorti. Ajoute que j'aurai besoin de lui demain matin, et qu'il m'attende en son logis. Demande-lui l'hospitalité. Je veux être seul. »

Montariol s'élança vers l'escalier. Quelques minutes plus tard, Trencavel descendait à son tour sans le moindre bruit ; il contourna l'angle de la rue Sainte-Avoye, entra dans la rue Courteau et s'arrêta devant la porte de l'hôtel où Annaïs de Lespars avait reçu les quatre cavaliers angevins. Le cœur lui battait avec violence. À vingt pas derrière lui une ombre embusquée le guettait, l'oreille tendue, l'œil étincelant : frère Corignan !…

Trencavel, en arrêt devant cette porte, tremblait comme la feuille. Comment osait-il se présenter à telle heure ? Que penserait-elle de lui ? Mais il fallait la sauver ! La prévenir ! La mettre en garde contre Richelieu, le Père Joseph et Saint-Priac !

Trencavel, enfin, osa. La gorge serrée d'angoisse, il souleva le marteau. Une sourde rumeur, faite de rumeurs répercutées, retentit dans l'hôtel.

Puis le silence, de nouveau, régna. Il frappa encore. Puis encore. Puis à coups précipités. Rien. Aucune voix.

Lorsque Trencavel fut tout à fait sûr que l'hôtel était inhabité, il remonta chez lui et se jeta tout habillé sur son lit.

Il récapitula les ennemis qu'il s'était mis à dos : Saint-Priac, Richelieu, Corignan, le Père Joseph. Il ne savait pas qu'à cette liste il eût dû ajouter cette ennemie qui, au moment où il avait sauvé Corignan au coin de la rue Sainte-Avoye, avait entendu prononcer son nom par Montariol… Cette ennemie s'appelait Annaïs de Lespars… Puis il s'endormit.

Lorsqu'il se réveilla, il faisait grand jour. Il s'habilla d'un costume neuf, celui de la veille étant lacéré. Machinalement, il s'approcha de la lucarne – et un cri de joie lui échappa. Annaïs était là !… Mais, assis près d'elle sur le banc, lui prenant parfois la main et lui parlant familièrement, il y avait aussi un jeune, élégant et beau gentilhomme richement vêtu !…

Vers ce moment, il se produisait dans la rue Sainte-Avoye un étrange mouvement ; deux troupes, fortes chacune d'une quinzaine d'hommes, s'avançaient de conserve, l'une à gauche, l'autre à droite de la chaussée, l'une conduite par le grand Corignan, l'autre par le petit Rascasse. Voici ce qui s'était passé.

Corignan avait suivi Trencavel dans ses allées et venues. Lorsqu'il l'eut vu rentrer dans le logis du coin de rue, il attendit une heure. Il vit sortir Montariol, et ne s'en inquiéta pas. Or, le prévôt dans sa hâte et sa joie, oublia de refermer la porte. Corignan attendit encore quelques minutes, puis, résolument, pénétra à son tour dans la maison et monta jusqu'au premier palier le raide escalier de bois ; il heurta à l'unique porte, il fallut parlementer.

Mais enfin, lorsqu'il eut dit sa qualité de moine, on lui ouvrit, et il se vit en présence d'une sorte de matrone bien conservée, solide gaillarde. C'était la propriétaire de la maison. Elle s'appelait dame Jarogne – Brigitte Jarogne. Elle était veuve, honnête et rébarbative. Corignan entra, repoussa la porte derrière lui et dit :

« Vous voyez en moi frère Corignan lui-même. »

La dame fit un signe de croix et s'inclina avec respect.

« Corignan, ami et mandataire de Son Éminence le cardinal de Richelieu ! »

La dame eut un deuxième signe de croix et une deuxième révérence, plus inquiète, plus profonde.

« Corignan, bras droit de Sa Révérence le Père Joseph ! »

Cette fois, la dame omit le signe de croix, mais tomba à genoux, terrorisée.

Frère Corignan demeura une heure chez dame Brigitte Jarogne. Au bout de cette heure, la dame était subjuguée. Corignan la quitta en disant :

« Ainsi, vous surveillez le Trencavel. Vous le suivez, s'il sort. Et vous me direz où je pourrai le prendre. Sinon, vous êtes complice ! »

La femme avait promis tout ce qu'avait voulu l'espion.

Très tôt le lendemain, il entra dans le cabinet du cardinal. Rascasse était là, faisant son rapport et daubant sur son confrère ! Les deux espions se jetèrent le regard de deux dogues allongeant leur gueule vers la même gamelle. Mais le maître était là. Ils se sourirent de travers.

Le cardinal était au courant déjà par Rascasse de ce qui s'était passé à la Bastille, et par le Père Joseph de ce qui s'était passé au couvent des capucins.

Corignan acheva le rapport en signalant la présence de Trencavel au logis de la rue Sainte-Avoye et la présence probable d'un complice à l'hôtel de la rue Courteau.

Le cardinal signa deux ordres distincts.

« Vous irez rue Sainte-Avoye, dit-il à Corignan, et vous, rue Courteau, dit-il à Rascasse. Le plus habile de vous deux, celui qui m'apportera le plus beau coup de filet, prisonniers et papiers, aura désormais barre sur l'autre : il sera chef. »

Les deux espions admirèrent bruyamment ce partage à la Salomon et partirent furieux. Nous les retrouverons rue Sainte-Avoye, chacun d'eux, comme nous avons dit, à la tête d'une quinzaine d'acolytes.

Rascasse, avec son escouade, entra dans la rue Courteau, marcha droit à l'hôtel signalé et, son ordre de perquisition à la main, heurta rudement le marteau. Corignan, suivi de ses hommes, se dirigea sur le logis de Trencavel. Tout l'essaim s'engouffra, silencieux et leste, sans un bourdonnement. Au premier palier, dame Brigitte montait la faction. L'œil de Corignan la questionna.

« Il n'a pas bougé. Il est chez lui et seul. »

La bande grimpa vivement. La vieille désigna la porte de Trencavel. Corignan fit son branle-bas de combat, retroussa son froc, tira son poignard et hurla :

« Prenez-le-moi ! Ficelez-le-moi ! Emportez-le-moi ! »

Or, une demi-heure après l'irruption de la furieuse escouade dans le logis de Trencavel, frère Corignan, lugubre, le capuchon sur le front, le chapelet aux doigts, descendait la rue Sainte-Avoye en grommelant :

« Dies iræ... que vais-je dire au cardinal !... Dies illa... Ce misérable, Rascasse aura tout l'honneur et les écus... et moi la honte, l'in pace... »

Frère Corignan laissa s'envoler de dessous son capuchon un soupir rauque. Son regard, tout à coup, alla se heurter, sur l'autre bord de la chaussée, à un petit homme qui s'en allait tête basse, traînant des bottes à entonnoirs qui semblaient bien lourdes à sa marche douloureuse.

« Eh ! c'est ce coquin de Rascasse ! Il me semble que le drôle baisse bien son nez cynique ?... »

C'était bien Rascasse, lamentable et pleurnichant :

« Je suis perdu. De quel front vais-je me présenter au cardinal ? Misère de moi, que faire, que dire, qu'inventer, que mentir ?... Tiens ! fit-il tout à coup en levant la tête. C'est bien le hideux Corignan que je vois là ? Oh ! oh ! il me semble que l'infâme a le capuchon bien humble ? »

Aussitôt, ils allèrent l'un à l'autre.

« Eh ! mais, fit Corignan vous revenez bredouille, hein ?

— Et vous, dit Rascasse, vous avez fait buisson creux ?

— Compère, racontez-moi ce qui vous est arrivé, dites ?

— Oui, si vous me faites part de votre expédition.

— Tope ! Entrons là ! »

Là, c'était l'auberge de la Belle Ferronnière, tenue – et bien tenue – par la veuve Rosalie Houdart, aidée par sa fille Rose, alors âgée de vingt-quatre ans, c'est-à-dire en âge d'être mariée, mais demeurée fille jusque-là par un obstiné caprice. Cette auberge était située à l'encoignure des rues Sainte-Avoye et de la Verrerie.

Les deux espions s'attablèrent devant une bonne bouteille de beaugency.

« Je commence, dit Rascasse. J'avais disposé mes hommes de façon à envahir l'hôtel du haut en bas. Enfin, je donne l'ordre d'enfoncer la porte ; alors elle s'ouvre et un gentilhomme paraît, armé d'une trique. Mes gens se découvrent et reculent. Moi, sans regarder, je me précipite pour arrêter mon homme. Il m'assène sur les épaules un terrible coup. Il sort et se met à me rouer. Mes gens ne bougeaient pas. L'homme m'accable d'injures. Mes gens se sauvent. Je n'y comprenais rien, lorsque enfin, levant les yeux sur mon gentilhomme, je reconnais qui ! Devinez ?… Monsieur en personne !

— Le frère du roi ! s'écria Corignan, qui cessa de rire.

— Lui-même. Son Altesse Royale le duc d'Anjou !… « Cela t'apprendra, me dit-il, à me venir rompre les oreilles. Va-t'en dire à ton maître, le cardinal, que Gaston n'a rien à voir avec ses sbires ! »

Cette fois, Corignan était blême.

« Le duc d'Anjou ! le frère du roi ! fit-il sourdement.

— Oui. Le cardinal va nous désavouer. Nous serons embastillés.

— Ce n'est que trop vrai. Miserere mei !

— Dites-moi toujours ce qui vous est arrivé, mon cher Corignan.

— Mais, reprit soudain le moine, mon affaire à moi n'a rien à voir avec la vôtre. Je n'ai pas touché à Son Altesse, moi ! Je n'y étais pas.

— Oui. Mais moi, je dirai que vous y étiez, dit froidement Rascasse. Et comme le cardinal vous tient à l'œil pour l'affaire de la lettre, vous êtes perdu si je le suis. Nous nous sauverons ensemble, ou pas du tout.

— Voici donc ce qui m'est arrivé, dit Corignan. Je suis sûr de dame Brigitte – c'est la propriétaire du logis. Cinq minutes avant mon arrivée, elle a vu le sacripant, en regardant au trou de la serrure. Nous arrivons devant la porte de Trencavel. Nous l'ouvrons. Nous nous précipitons, moi, le premier. Et qu'est-ce que je vois ! Devinez ?… Eh bien ! rien. Nous n'avons rien vu. Ouverts tous les placards, enfoncés les meubles, sens dessus dessous le lit, et rien ! Pas plus de Trencavel que dans ce gobelet. Par où a-t-il pu passer ?

— Par la fenêtre, dit Rascasse.

— Bah ! c'est haut de quarante-cinq pieds. J'aurais vu son cadavre dans le jardin.

— Corignan, nous sommes perdus tous deux si nous ne nous soutenons en cette extrémité.

— Oui, mais comment nous soutenir ?

— En mentant… Je mentirai. Vous mentirez. J'appuierai votre mensonge. Vous appuierez mon mensonge. Partons. »

Un quart d'heure plus tard, ils arrivaient place Royale.

VI – L'hôtel d'Annaïs

Laissant Corignan et Rascasse en tête-à-tête avec le cardinal de Richelieu, nous reprenons la suite des aventures de Trencavel. Le maître en fait d'armes venait d'apercevoir Annaïs de Lespars sur le banc habituel – et près d'elle, un jeune seigneur qui parfois lui prenait la main.

La jeune fille et le seigneur inconnu se levèrent.

« La conférence est terminée », dit amèrement Trencavel.

En effet, Annaïs et le gentilhomme se dirent encore quelques mots, puis l'inconnu embrassa la jeune fille sur les deux joues. Trencavel recula de quelques pas. Il était pâle.

Il se rapprocha de la fenêtre et vit qu'Annaïs avait disparu, ainsi que le jeune seigneur.

« C'est son fiancé… C'est donc à lui de la défendre… De quoi irai-je me mêler ?… Oui, mais s'il ignore ?… Il faut pourtant que je la prévienne… Fille d'Henri IV !… qu'y a-t-il d'étonnant qu'elle soit recherchée par quelque grand seigneur ? »

Il se dirigea vivement vers la porte. Là, il s'arrêta court, se toucha le front :

« Si je vais frapper à la porte de l'hôtel, ce sera la répétition de cette nuit. Il est évident qu'il doit y avoir pour les familiers… pour le fiancé !… une façon de heurter que je ne connais pas… Que faire ? … Ah !… diable ! qu'en dira-t-on ?… Ma foi, je n'ai pas le choix des moyens ! »

En disant ces derniers mots, il courut à un bahut et en tira une longue corde que, prestement, il attacha au rebord de la fenêtre.

Il enjamba et commença à descendre vers les jardins.

Il arrivait presque au bout de la corde lorsqu'il se sentit tomber… La corde n'avait pas cassé : le nœud fait à la diable s'était délié, là-haut. Trencavel tomba sur ses pieds. La corde s'affaissa, se tassa dans les arbustes qu'il avait écrasés.

Tout de suite, Trencavel s'aperçut que cette manière de s'introduire chez les gens, si honorable que fût le motif, pourrait bien lui attirer quelque algarade. Il gagna le plus prochain massif, s'y cacha et, mesurant de bas en haut la distance jusqu'à sa fenêtre :

« Tiens !… oh !… ce n'est pas possible… si fait !… c'est Corignan ! À ma fenêtre ! Attends un peu, coquin ! »

Corignan, ayant achevé d'inspecter le jardin, disparaissait à ce moment.

Trencavel fit un mouvement pour s'élancer vers l'hôtel, dans l'intention de sortir coûte que coûte et de s'élancer chez lui. Au même instant, il entendit un effrayant vacarme vers l'hôtel même : c'était Rascasse qui, comme on le lui a entendu raconter, heurtait le marteau à coups redoublés…

« Me voici pris entre deux tempêtes », songea Trencavel.

Il prêta anxieusement l'oreille. Brusquement, tous ces bruits s'éteignirent.

Il sortit du massif où il s'était caché après sa descente ou plutôt sa chute. Il se trouva alors à une sorte de carrefour, et non loin du bienheureux banc que, si souvent, il avait contemplé. Par l'une des allées, il voyait venir à lui un gentilhomme qui, arrivé à trois pas, le salua ironiquement :

« Bonjour, monsieur le danseur de corde !

— Bonjour, monsieur, dit Trencavel.

— Monsieur s'entend aux sauts périlleux ! » dit une autre voix.

Et Trencavel aperçut un deuxième gentilhomme qui faisait son entrée par une autre allée.

« Monsieur devrait bien nous apprendre la manière de descendre chez les gens par les fenêtres. »

Et un troisième gentilhomme se montra.

« Monsieur ne pourra pas rejoindre son chef qui vient d'être noblement gourmé dans la rue. »

Et un quatrième gentilhomme apparut, saluant comme avaient fait les trois autres. Le maître en fait d'armes avait rendu les quatre saluts sans paraître surpris. Il y avait en lui une sorte d'indifférence.

« Monsieur, reprit le premier gentilhomme, je dois vous prévenir que vos camarades qui attaquaient par la rue, tandis que vous attaquiez par-derrière, se sont enfuis. Le chef de votre escouade, dûment étrillé, est parti. Vous n'avez donc aucun secours à attendre.

— Je n'en attends que de moi-même », dit Trencavel.

Les quatre s'inclinèrent, en gens qui appréciaient la réponse.

« Monsieur, reprit le même gentilhomme, non sans une sorte d'émotion, à votre air, à votre tenue, à votre langage, on voit assez que vous êtes supérieur à vos acolytes. Vous n'en êtes que plus dangereux. J'ai donc le regret de vous annoncer que, dès l'instant où nous vous avons vu descendre de cette lucarne, ces messieurs et moi nous avons résolu de vous tuer. »

Trencavel se redressa.

« Messieurs, dit-il, qui êtes-vous, je vous prie ? Et de quel droit parlez-vous ici en maîtres ? Seule, Mlle Annaïs de Lespars pourrait me demander des comptes… »

Les quatre eurent un tressaillement.

« Ce que vous venez de dire, gronda l'un d'eux, nous enlève tout scrupule. Puisque vous savez le nom de celle qui habite ici, vous n'avez plus de pitié à attendre. Mais, en effet, vous devez connaître nos noms afin que vous sachiez que vous n'avez pas affaire à des assassins. On m'appelle M. de Bussière, et voici MM. de Chevers, de Fontrailles et de Liverdan, gentilshommes angevins.

— Messieurs, avant de me tuer, si toutefois vous y arrivez, il est juste que vous sachiez qui je suis moi-même et que vous vous trompez sur mes intentions. Mon nom seul vous prouvera que je n'ai rien à voir avec les gens dont vous parliez : je suis le maître en fait d'armes Trencavel.

— Trencavel ! Trencavel ! hurla Bussière.

— Parbleu ! tout est clair ! vociféra Fontrailles.

— Ceci est la suite de notre rencontre de l'autre nuit !

— Eh ! cria Trencavel, je ne bouge d'un pas si vous ne me dites ce que vous voulez, maintenant que vous savez mon nom !

— Nous battre avec vous ! Tous les quatre !… L'un après l'autre.

L'un de nous arrivera bien à vous tuer !

— Ah ! ah ! j'accepte ! Pour quand ?

— Tout de suite ! Dans ce jardin. Venez ! »

Tous les cinq se mirent en marche. Bientôt, ils arrivèrent à un terre-plein qui s'étendait sur toute la longueur de l'hôtel. Trencavel jeta un coup d'œil sur la façade de cette maison dans laquelle, sans doute, se trouvait Annaïs. Son cœur battit avec force. Son cœur lui cria :

« Elle est là ! Derrière cette persienne !… Tâchons de bien mourir !… »

Il tira l'épée qui siffla dans l'air et brilla au soleil.

Les quatre gentilshommes convinrent de se battre selon l'ordre alphabétique de leurs noms : Bussière, Chevers, Fontrailles, Liverdan.

Bussière et Trencavel tombèrent en garde.

Les épées engagées, Bussière esquissa une feinte brillante et porta son coup à fond.

« Il est mort ! dirent les autres.

— Pas encore, fit Trencavel. Monsieur de Bussière, êtes-vous gaucher ?

— Non, monsieur, mais la droite me suffit. (Nouveau coup, nouvelle parade.) Pourquoi cette question ?

— Parce que j'eusse regretté de vous abîmer les deux mains. Puisque vous ne savez pas vous battre de la gauche, la droite me suffira. Tenez, monsieur ! »

Il n'avait pas achevé que Bussière lâcha son épée. Terminant par un coup de fouet une série de feintes serrées à tenir dans un anneau, Trencavel lui avait porté son coup à la naissance du poignet.

« Là ! dit-il, vous voilà pour huit jours hors d'état de vous aligner. Mes regrets et mes excuses !

— À moi ! dit Chevers avec impétuosité. Tenez-vous bien !

— C'est vous qui vous tenez mal, monsieur. Votre pointe est trop basse. Je pourrais vous toucher à la gorge.

— Morbleu ! jura Chevers, en se fendant coup sur coup.

— Je me contente de vous ganter comme M. de Bussière… »

Chevers poussa un cri. Juste au même endroit que Bussière, la pointe de Trencavel avait pénétré sans effort apparent, et les doigts crispés abandonnaient l'arme.

« Huit jours le bras en écharpe, dit Trencavel avec son plus aimable sourire. Messieurs, quand vous voudrez ! »

Fontrailles se mit en ligne.

Et, après quelques passes rapides, Fontrailles fut touché au poignet. Liverdan, le plus habile des quatre, engagea l'épée, et Liverdan fut touché au poignet. Tous les quatre ! La même blessure ! Piqûre peu dangereuse, mais qui les mettait hors de combat. Piqûres dédaigneuses par quoi il semblait leur faire grâce.

Les quatre gentilshommes à l'écart, leurs mains bandées de leurs mouchoirs, tinrent conseil. Ils étaient livides de la pensée terrible qui leur venait à tous.

« Il est impossible qu'il sorte d'ici vivant !

— Assassins, soit ! Pour elle ! Nous ne pouvons reculer !

— Aux poignards ! Aux poignards !…

— Monsieur, cria l'un d'eux – et sa voix s'étranglait – nous avons résolu de vous tuer. Défendez-vous si possible. Nous allons vous charger tous quatre ! »

Chacun d'eux, de la main gauche, saisit son poignard. Trencavel ne dit mot. Il assura dans sa main sa rapière, et, l'œil dilaté par une sorte d'horreur, les regarda venir à lui, la sueur au front, épouvantés de ce qu'ils allaient faire, horrifiés de devenir des assassins – mais une implacable résolution pétrifiait leurs traits et leurs âmes… Assassins ?… Soit !… Pour elle !

Ils marchèrent sans hâte, tous quatre en ligne, d'un pas ferme, calme, terrible. Quand il les eut à trois pas, Trencavel poussa un soupir et se mit en défense. Ils allaient se ruer… À ce moment, la porte s'ouvrit, la porte devant laquelle ceci se passait. Quelqu'un parut, qui fit un signe. Et à ce geste, les quatre blessés s'arrêtèrent net, reculèrent…

C'était un gentilhomme qu'à sa taille et à son allure on pouvait juger tout jeune.

Il avait la tête couverte de son feutre. Son visage était masqué. Il tenait une épée à la main… une épée nue – et il n'avait pas de fourreau à la ceinture. Il descendit les quatre marches du perron et s'avança vers Trencavel, immobile de stupeur. Et quand il fut arrivé, sans un mot, il tomba en garde.

L'inconnu présenta le fer à Trencavel. Les épées cliquetèrent.

Les adversaires se valaient. Tout de suite, ils se reconnurent dignes l'un de l'autre. Et ce fut une émouvante passe d'armes. L'éblouissant tourbillon des lames engagées apparut comme une nuée d'acier d'où jaillissaient des éclairs et où sonnait la mort. Marches, ruptures, attaques, parades eussent arraché des cris d'admiration aux vieux maîtres des royales académies... Seulement, toutes les attaques venaient du silencieux inconnu. De Trencavel, il ne venait que des parades. Et pas une riposte.

Il frémissait. Il dévorait des yeux son adversaire. Mais qui est-ce ? Pourquoi masqué ? Pourquoi ce feutre cachant les cheveux et ombrageant le front ? « Oh ! mais... c'est... non... si fait, morbleu ! c'est une femme ! »

Un bond en arrière soudain. Et, au fond de lui-même, un cri d'angoisse terrible :

« C'est elle !... »

Annaïs ! C'est contre Annaïs qu'il tirait l'épée !... Il se sentit l'esprit vide, l'âme éperdue, et murmura : « C'est fini ! »

Pas à pas, il rompait, lui cédait du terrain et considérait ses efforts pour l'atteindre, le coucher tout sanglant sur cette allée dont il eût baisé le sable sur chacune de ses empreintes... Son cœur battait à se briser.

Les sanglots soulevaient sa poitrine. Annaïs, hors d'elle, cria :

« Mais défendez-vous donc, monsieur, je vais vous tuer !

— Allons donc ! Il faut d'abord que je vous apprenne !... Doublez, battez sur quarte, plus leste ! Dégagez, battez sur tierce, et à fond ! À fond, monsieur ! »

Annaïs, exaspérée, partit sur le coup préparé par Trencavel lui-même. Elle partit – à fond ! Et elle cria :

« Je vous cloue à ce chêne ! »

Trencavel, d'un rapide écart du bras, se découvrit la poitrine. Un sourire fleurit ses lèvres. Une sublime malice pétilla dans ses yeux pleins de larmes, et, gaiement, il dit :

« Faites, mademoiselle ! »

Une goutte de sang pleura sur le pourpoint de Trencavel. Il demeura debout, salua de l'épée, et rengaina. Il était blessé – à peine. Comment Annaïs put-elle retenir le fer ? Quel miracle accomplit le mot mademoiselle insoucieusement jeté par Trencavel ? De fait, le coup fut porté à fond, et non paré. La pointe toucha. Mais elle ne pénétra pas !

Annaïs dénoua son masque et le laissa tomber… Et elle jeta son épée.

« Mademoiselle, je vous rends grâce de m'avoir enseigné ce coup d'épée, à moi, maître en fait d'armes. Je n'oublierai jamais que j'ai été touché… par Annaïs de Lespars.

— Vous savez donc qui je suis ? tressaillit Annaïs.

— Oui, dit Trencavel. Et que vous venez d'Angers, où Mme votre mère a été tuée par ceux qui veulent vous tuer. Et quelles haines Louise de Lespars vous transmit avec la vie. Et quels parchemins M. le baron de Saint-Priac vous enlèvera tôt ou tard. Et quelle lutte vous entreprenez contre un homme qui vous brisera…

— Un mot, monsieur, un seul : de qui tenez-vous ces secrets ?

— De M. de Richelieu ! »

Trencavel disait : Louis de Richelieu, archevêque, Annaïs entendit : Armand de Richelieu, cardinal.

« Monsieur, dit Annaïs, d'une voix qui tremblait, vous refusez de vous défendre. C'est donc autrement que par l'épée que je vous atteindrai. Vous êtes libre… Venez, monsieur Trencavel ! »

Elle se mit en marche, pensive, émue jusqu'au fond de l'être, et elle songeait : « Il sait toute ma vie. Sûrement, c'est un serviteur de Richelieu. Et pourtant… cette noblesse de regard, cette intrépide générosité, cette volonté de se laisser blesser plutôt que de toucher une femme, non, non, ceci n'est pas d'un espion !… »

Elle traversa l'hôtel et ouvrit elle-même la porte qui donnait sur la rue. Près de la porte ouverte, un instant, ils se regardèrent. Elle était plus troublée que jamais elle ne l'avait été. Il sentit sa tête tourner.

« Quelle imprudence, ma chère Annaïs ! dit à ce moment une voix railleuse. Vous relâchez cet espion !… »

Trencavel eut un violent sursaut. Il se retourna, et, sur la première marche de l'escalier, vit un gentilhomme splendidement vêtu qui le regardait avec un de ces féroces dédains plus terribles qu'un soufflet. Trencavel, à l'instant même, le reconnut. C'était celui par qui Annaïs, sur le banc du jardin, s'était laissé embrasser sur les deux joues !

Et Trencavel marcha sur lui !

« Vous m'avez insulté, dit-il. Vous êtes ici en lieu d'asile. Mais sachez-le… fussiez-vous prince de sang royal, en quelque lieu que je vous trouve, hors de cette maison, vous me demanderez pardon – ou je vous tuerai ! »

Il sortit sans tourner la tête. La jeune fille le regarda s'éloigner…

« Je vais demander à mon frère d'embastiller ce misérable. Son nom, je vous prie. Il vous l'a dit… »

Annaïs tressaillit.

« Son nom ?… Je l'ai oublié.

— Je le retrouverai, moi. Adieu. J'ai votre promesse de venir à notre rendez-vous de l'hôtel de Guise. Vous avez des droits à faire valoir. Ces parchemins que vous m'avez montrés disent formellement que le roi Henri vous a reconnue. Vous êtes de la famille, ma sœur. »

L'œil noir d'Annaïs jeta du feu. Elle se raidit en une révolte de sa hautaine pureté d'âme :

« Votre sœur ? Et tout à l'heure vous m'avez embrassée comme telle. Eh bien, non, monseigneur. Je ne suis pas de la famille. Je ne me connais pas de père. Pour vous, pour tous, je suis Annaïs de Lespars. Pour moi, le roi est le roi, et vous, monseigneur, vous êtes Monsieur, vous êtes le frère de Louis XIII, vous êtes Gaston, duc d'Anjou… Oui, j'ai ouvert devant vous cette cassette. Mais c'est une tombe. Je ne veux pas exhumer la honte de ma mère… »

Gaston d'Anjou frissonna.

« Que voulez-vous donc ? murmura-t-il.

— Tuer Richelieu, dit la guerrière. Peu m'importe sa puissance. Mais sa vie est un opprobre pour la mienne. Je viendrai donc au rendez-vous, mais ce ne sera pas pour m'y mêler à une conspiration politique. Entre Richelieu et moi, c'est un duel au plein jour, face à face, et à mort. C'est que, dès ma naissance, ma mère, penchée sur mon berceau, n'a trouvé à verser sur mon front que des larmes corrosives, brûlante rosée de haine. La moisson sera rouge, monseigneur !

— En tout cas, n'oubliez pas : dans huit jours, à l'hôtel de Guise. Après tout, nous pourrons nous entendre ; nous voulons détruire en Richelieu une force politique, et vous, vous voulez venger sur lui la mort de votre mère… »

Annaïs de Lespars se redressa, pareille au génie de l'orgueil filial :

« Vous vous trompez, monseigneur ; c'est de m'avoir mise au monde que je veux venger ma mère !… »

VII – L'auberge de la Belle Ferronnière

La grande salle de l'auberge, vers midi, était pleine d'éclats de rire, de bruyantes exclamations, de cliquetis de gobelets et de brocs. Ceci se passait huit jours après le duel de Trencavel avec Annaïs de Lespars dans les jardins de la rue Courteau, c'est-à-dire le jour même où devait se tenir en l'hôtel de Guise la mystérieuse réunion dont avait parlé Gaston d'Anjou.

Vers midi donc, un gentilhomme pénétra dans la salle, le manteau retroussé par la rapière, le feutre sur l'oreille, la lèvre dédaigneuse, l'œil insolent. Il chercha du regard une place d'où il pût bien voir la porte d'entrée, et, l'ayant trouvée, alla s'y asseoir en grommelant :

« Le diable soit du cardinal qui me commet à la surveillance de pareils maroufles. Je me demande ce qu'un Saint-Priac peut avoir de commun avec un Rascasse et un Corignan !… »

Un peu pâle encore de sa blessure, mais plus arrogant que jamais depuis qu'il était sûr de la faveur de Richelieu, le baron de Saint-Priac s'installa, et frappant du poing :

« Holà, la fille, ici ! »

La fille à qui s'adressait ce discours laissa tomber sur Saint-Priac un regard froid, et, appelant une servante : « Madelon, dit-elle, voyez ce que veut boire Monsieur.

— Oui, mademoiselle Rose, fit la servante, qui s'empressa.

— Palsambleu !… vociféra Saint-Priac, Monsieur veut boire une bouteille de vin d'Anjou. Mais il entend qu'elle lui soit versée par Rose, puisque Rose il y a ! »

La fille unique de la veuve Houdart, patronne de l'auberge, reprit d'une voix très calme :

« Madelon, du vin d'Anjou à Monsieur. Et puis, voyez ce que veulent ces mousquetaires, là-bas, et vite ! »

Quelqu'un entrait à ce moment. Ce quelqu'un, c'était le comte de Mauluys. Derrière Mauluys, un petit homme ventru fit irruption dans la salle, se hissa sur un escabeau comme sur un observatoire, d'où il domina la foule des buveurs. Tout de suite, il aperçut Saint-Priac, et, se laissant glisser du siège où il était juché, se faufila vers le baron en murmurant :

« Bon ! Le damné Corignan n'est pas encore là. Je vais prendre position dans l'esprit de ce faquin de Saint-Priac qu'il a plu à l'Éminence de nous donner pour chef de file… »

Et Rascasse, le chapeau à la main, s'approcha avec force courbettes de la table où tempêtait le baron de Saint-Priac.

Le comte de Mauluys, traversant la salle avec son aisance tranquille, arriva près de Rose qu'il salua d'un air de politesse exquise, comme s'il eût salué une noble dame. C'était la fille d'une cabaretière – cabaretière elle-même. La réponse au salut du gentilhomme fut sobre et digne.

« Trencavel et Montariol sont-ils arrivés ? demanda Mauluys à voix basse.

— Ils vous attendent dans le cabinet, monsieur le comte.

— Merci, mademoiselle » fit Mauluys.

Il tourna le dos et se dirigea vers la petite salle. Rose s'éloigna de son côté. Saint-Priac saisit Rascasse par le bras et dit :

« Sur ta vie, sache où va cet homme et ne le perds pas de vue ! »

Rascasse connaissait l'auberge de la Belle Ferronnière en ses coins et recoins. Il savait que la salle où Mauluys venait de pénétrer s'éclairait d'une petite fenêtre donnant sur une cour étroite. Portant les yeux sur cette fenêtre, il vit qu'on avait soulevé le rideau de l'intérieur. Et, dans la pénombre, derrière le comte, il distingua deux visages qu'il reconnut.

« Le damné Trencavel et son prévôt ! » murmura Rascasse.

Le rideau retomba. Alors, il rentra dans l'auberge et s'approcha de Saint-Priac.

« Monsieur le baron, lui glissa-t-il à l'oreille, vous tenez votre insulteur. Il se trouve en ce moment dans cette arrière-salle avec deux dangereux rebelles que nous sommes chargés de retrouver pour les faire pendre. Il y a complicité flagrante. Votre homme sera pendu lui aussi.

— Oh ! oh ! fit Saint-Priac. Et quels sont ces deux rebelles ?

— L'un est un prévôt qui, dans la rue des Bons-Enfants, a rossé les agents du lieutenant-criminel. Et l'autre… c'est celui à qui vous devez ce beau coup d'épée ! Celui qui s'emparait de votre nom pour pénétrer chez Son Éminence !

— Trencavel !… »

Saint-Priac se leva tout d'une pièce.

« Ne bouge pas d'ici. Toi et Corignan, vous restez en surveillance. Si les rebelles sortent, suivez-les, et l'un de vous viendra me rendre compte ici de la maison où ils seront entrés…

— Moi et Corignan ? » demanda machinalement Rascasse.

Mais déjà Saint-Priac s'était élancé au-dehors.

« Eh bien, et cette grillade ?

— Dans quelques minutes, mon révérend. En attendant, goûtez à cette friture. »

Rascasse, vivement, se retourna, et, à une table proche, aperçut Corignan qui était installé, le couteau au poing, une cruche devant lui. Lubin déposait sur la table une merveilleuse friture de menus goujons. Corignan, la bouche fendue d'un immense sourire goguenard, fit signe à Rascasse de prendre place en face de lui.

« J'ai tout entendu, dit le moine. Nous devons surveiller la sortie de Trencavel, tandis que le sire de Saint-Priac va chercher du renfort. Fratres ad succurrendum. Cependant, attaquons cette friture. »

Après la friture vint une omelette aux petits lards qui faillit réconcilier Rascasse avec Corignan.

À ce moment, une porte, au fond, s'ouvrit : Mauluys, Trencavel et Montariol parurent.

« Alerte ! » dit Rascasse, qui se glissa sous la table, tandis que le capucin rabattait son capuchon.

Trencavel et son prévôt, accompagnés du comte de Mauluys, traversèrent la salle et gagnèrent la rue.

« En route ! » firent ensemble le moine et l'avorton.

Aussitôt, ils s'élancèrent au-dehors et virent Mauluys, Trencavel et Montariol remontant la rue Sainte-Avoye. En même temps, par la rue de la Verrerie, ils aperçurent le baron de Saint-Priac qui accourait à la tête d'une vingtaine de gardes. Sur les signaux des deux espions, Saint-Priac précipita sa marche, et, voyant au loin ses ennemis :

« Je les tiens ! rugit-il. En avant, vous autres ! »

Trencavel, Montariol, Mauluys continuaient leur chemin.

Ils allongeaient le pas, mais sans courir. De distance en distance, Montariol tournait la tête et disait :

« Ils sont à cinq cents pas... à trois cents... à deux cents... »

Mauluys dirigeait la manœuvre :

« Ce Saint-Priac est décidément une laide bête. – Allongez un peu, Montariol. – Il est certain que c'est à vous seul qu'ils en veulent, Trencavel. – Voici : en arrivant à hauteur de la rue des Quatre-Fils, vous tournerez à droite, et, en quelques bonds, vous gagnerez ma maison. – M. Montariol et moi, nous arrêterons bien deux minutes les estafiers du cardinal, en les amusant... »

En prolongement de la rue des Quatre-Fils, on trouvait la rue des Vieilles-Haudriettes, laquelle, à son tour, débouchait sur la rue Sainte-Avoye, que longeaient à ce moment les trois poursuivis. Dans la rue des Quatre-Fils, en face les jardins de l'hôtel de Guise, s'élevait une maison d'un seul étage, élégante, mais assez délabrée ; le logis datait de François Ier. C'était l'hôtel du comte de Mauluys.

C'est là que ce digne seigneur vivait son existence retirée. Un seul domestique, répondant au nom de Verdure, suffisait à l'entretien de la maison.

Les trois poursuivis n'étaient plus qu'à une vingtaine de pas de la rue des Vieilles-Haudriettes. Derrière eux, Saint-Priac et sa bande arrivaient au pas de charge.

« Arrête ! Arrête ! » hurla Saint-Priac.

Ils ne se retournèrent pas. Ils touchaient presque l'encoignure de la rue.

Mauluys, sans un mot, tira sa rapière et dégaina, face à Saint-Priac.

« Au large ! Trencavel, au large ! dit Mauluys.

— Allons donc, mon cher comte, est-ce que vous croyez que j'ai pris au sérieux votre plaisanterie de tout à l'heure ? »

À l'instant, les gardes furent sur eux.

« Au nom du roi, vos épées ! cria Saint-Priac.

— Monsieur de Saint-Priac, dit Mauluys, pourquoi, en changeant de pays, avez-vous changé de métier ? En Anjou, vous arrêtiez sur les grands chemins : cela vous allait mieux que d'arrêter par les rues ! »

Les trois, bien alignés, se laissant une suffisante distance pour la manœuvre, tombèrent en garde. Les gardes s'avancèrent, Montariol commença un moulinet terrible. Mauluys était impassible. Trencavel essuyait le sol du bout du pied.

« Si je suis tué, disait Mauluys, imperturbable, et que vous en sortiez, Trencavel, allez chez moi, ouvrez le bahut de ma chambre à coucher et, dans le tiroir de gauche, vous trouverez la lettre…

— La lettre ? » fit Trencavel, étonné.

Mauluys n'eut pas le temps de répondre : les gardes fonçaient. Il y eut un choc retentissant.

« Battez et dégagez ! fit Trencavel en tuant son homme.

— Pour le maître ! Pour le prévôt ! Pour l'académie ! » hurla Montariol, enivré par le génie des batailles.

Et, à chaque cri, à fond, il se fendit : trois hommes sur le carreau.

Mauluys ne dit rien, mais son épée fut rouge tout de suite. Les gardes, stupéfaits de la rébellion ouverte, effarés par la résistance furieuse, refluaient en désordre. Ils se regardèrent, tout pâles. Saint-Priac, livide de honte, trépignait. Il y eut une nouvelle ruée des gardes sur les trois, rangés à l'angle.

Au choc, Mauluys et Montariol furent repoussés à gauche, dans la direction de la rue Saint-Martin, Trencavel fut rejeté sur la droite, vers la rue des Quatre-Fils.

Saint-Priac n'hésita pas : Trencavel n'avait que l'épée pour le combattre, Mauluys était armé de l'effroyable secret.

Il fallait tuer Mauluys !… Ce fut sur la gauche que le baron entraîna le gros des assaillants. Trencavel fut poursuivi par un sergent et quatre gardes. Mais, avec ce groupe, marchaient Corignan et Rascasse.

D'un pas rapide et souple, l'épée rouge au poing, le maître en fait d'armes s'avançait, serré de près. Il fila par la rue des Quatre-Fils et, contournant les jardins de l'hôtel de Guise, il se lançait dans la rue

Vieille-du-Temple... À ce moment, une troupe déboucha par la rue Barbette... Rascasse et Corignan poussèrent un grognement de triomphe... Trencavel était pris entre deux bandes !

Trencavel vit venir à lui cette troupe qui entrait dans la rue Vieille-du-Temple : c'étaient des Suisses – probablement quelque patrouille prévenue. Ainsi, devant lui, les Suisses, au nombre de huit. Derrière lui, les gardes, dirigés par Corignan et Rascasse. À sa droite, il y avait le mur de clôture des jardins de Guise. À quelques pas, une porte basse faisait renfoncement dans ce mur. Le maître en fait d'armes bondit jusqu'à cette porte et s'y adossa.

Les deux bandes assaillantes, Suisses et gardes, avaient fait leur jonction devant la porte. Le sergent aux gardes prit le commandement de toute la troupe et disposa ses hommes. Tout compté, ils étaient quatorze. Trencavel était seul. Mais c'était Trencavel !

Dans le même instant, ils se jetèrent sur Trencavel. Alors, au milieu des jurons forcenés, retentit un terrible cliquetis d'épées entrechoquées. Il y eut un tourbillon furieux. On vit deux Suisses et un garde se retirer de la mêlée, tout sanglants.

On vit, pendant quelques secondes tragiques, voltiger une rapière qui piquait, pointait, parait à droite, à gauche, répondait à dix rapières à la fois. Et, brusquement, on vit cette épée se briser. Trencavel était perdu. Une clameur de victoire éclata. Vingt bras se levèrent pour saisir le rebelle. Et Corignan, arrivant à la rescousse, fendait rudement le flot des gardes et laissait tomber sa main sur l'épaule de Trencavel, en hurlant :

« Il est à moi ! À moi seul !... »

Dans ce moment, la porte à laquelle s'appuyait Trencavel s'ouvrit brusquement. Le maître en fait d'armes, sous la poussée des assaillants, fut rejeté dans l'intérieur des jardins. Corignan, dont la manœuvre soudaine avait un instant protégé Trencavel contre les gardes, Corignan fut entraîné avec lui.

Les gardes s'élancèrent pour franchir à leur tour cette porte... Et, brusquement, ils s'arrêtèrent, tout ébahis : la porte venait de leur être fermée au nez ! Et ils entendirent qu'à l'intérieur on poussait un fort verrou. Ils crièrent : « Démolissons la porte !... – Halte ! fit le sergent. Démolir une porte de l'hôtel de Guise ! Diable ! je ne veux pas risquer ma tête ! » Laissant donc trois hommes en surveillance, le sergent fit le tour avec le reste de sa troupe, plus ou moins éclopée, gagna la rue du Chaume et s'en alla heurter au portail de l'hôtel pour demander la permission de fouiller les jardins.

Nul ne lui répondit. L'hôtel de Guise était désert !... La surveillance dura jusqu'au soir. À la nuit tombante, on supposa avec juste raison que depuis longtemps Trencavel et ses complices avaient dû franchir le mur sur un point quelconque des vastes jardins et se mettre en lieu sûr.

Ses complices !... c'étaient, d'après le sergent, d'abord l'inconnu qui avait ouvert la porte, et, ensuite, ce moine qui avait empêché ses gens d'empoigner au bon moment le rebelle. Corignan et Rascasse complices de Trencavel !...

Rascasse ? Parbleu ! Rascasse, enflammé par la jalousie, s'était précipité sur l'un des nombreux spectateurs qui, de loin, regardaient la scène ; il l'avait poussé contre le mur en lui disant : « Au nom du roi, mon ami, au nom du cardinal ! » – Le bourgeois, ahuri, s'était laissé faire et avait servi de vivante échelle à l'espion qui escalada le mur, se laissa retomber de l'autre côté, bondit jusqu'à la porte et tira le verrou… En voyant Trencavel débouler dans le jardin, l'avorton grogna :

« Frocard du diable, viens me le prendre maintenant ! »

Il se hâta de refermer la porte, se retourna et poussa un cri de fureur : Corignan était là !...

Il est nécessaire que nous disions ici ce que devenaient Mauluys et Montariol. On a vu qu'au moment où ils furent séparés de Trencavel, le comte et le prévôt furent rejetés dans la direction de la rue Saint-Martin par le gros de la bande que commandait Saint-Priac.

L'assaut fut effrayant. L'horreur passa sur ce groupe échevelé, hérissé d'acier, d'où jaillissaient des éclairs et dont quelques jurons brefs ne faisaient qu'accentuer le silence. En quelques instants, Montariol et Mauluys furent couverts de sang. Ils allaient succomber. Montariol ne s'en apercevait pas : il voulait tuer. Mauluys le saisit par un bras et l'entraîna.

« Non ! rugit le prévôt :

— Pour le rejoindre ! » dit Mauluys.

Tous deux d'un bond, se mirent hors la bagarre.

« Ils fuient ! Ils fuient ! hurlèrent les gardes.

— En avant ! » vociféra Saint-Priac.

Toute la bande s'élança. Les deux poursuivis contournèrent l'îlot de maisons dont faisait partie l'hôtel de Lespars et retombèrent dans la rue Courteau et de là dans la rue Sainte-Avoye. Lorsqu'ils furent arrivés à leur point de départ, c'est-à-dire à l'angle de la rue des Vieilles-Haudriettes, la troupe de Saint-Priac était loin derrière eux – mais ils ne retrouvèrent plus Trencavel !…

Ils se dirigèrent droit sur la rue des Quatre-Fils. En passant devant son hôtel, Mauluys saisit Montariol par le bras et vivement l'entraîna à l'intérieur. Le prévôt se laissa tomber sur un fauteuil, la tête dans les deux mains. Mauluys ouvrit un bahut et, du tiroir de gauche, sortit une large lettre scellée d'un cachet rouge… La lettre !… La lettre qu'il avait signalée à Trencavel !… Quelle lettre ?… Il murmura :

« Je donnerais cinq ans de ma vie pour savoir ce qui est écrit là. »

Il médita longtemps. Une heure peut-être. Il se retourna tout à coup comme s'il eût pris une résolution. Et ce qu'il venait de décider, il voulait sans doute le communiquer à Montariol – lui demander son avis, peut-être. Il ne vit plus le prévôt… Montariol n'était plus là.

Le comte de Mauluys déposa la lettre et se mit à se promener lentement dans la chambre.

« Vous feriez mieux de l'ouvrir », dit une voix aigre.

Le comte se retourna et, dans l'encadrement d'une porte donnant sur l'antichambre, vit un homme d'une cinquantaine d'années, sec comme un sarment.

« Monsieur Verdure, dit le comte, je vous prie de remarquer que je ne vous donne jamais de conseils et que je ne vous importune jamais de ma présence dans votre chambre. »

Verdure se retira. Mais revenant tout à coup :

« C'est égal, un jour ou l'autre, vous ouvrirez la lettre. Ouvrez-la donc tout de suite ! »

Et, sans attendre la réponse, Verdure disparut. Le comte reprit sa promenade. Mais, à chaque demi-tour, la tache sanglante du cachet rouge lui jetait un appel.

« Comment est-elle là ? songeait Mauluys. Comment et pourquoi l'ai-je prise ? Lorsque nous eûmes délivré le moine, lorsque je me penchai sur lui pour voir s'il était mort, ma main, du premier coup, la rencontra. Je la pris et la mis dans mon pourpoint. Et la voici. Pourquoi l'ai-je prise ? À quel mouvement ai-je obéi ? Que penserait-elle de moi, oui, que penserait-elle, si elle savait que j'ai pris une lettre ? Et que pensé-je de moi-même ?... »

Elle ! Il y avait donc une femme dont l'opinion intéressait Mauluys, lui qui ne s'inquiétait du sentiment de qui que ce fût au monde en ce qui regardait sa pensée ou son acte ?

Mauluys se rapprocha du bahut, reprit la lettre et contempla le cachet.

« Armoiries de Richelieu, murmura-t-il. Voici maintenant la question : cette lettre que j'ai volée contient-elle un secret qui vaille la vie d'un homme ? – Est-il bien certain que Richelieu, en échange, me rendrait Trencavel ? – Pour le savoir, il faut que je lise une lettre qui n'est pas à moi, c'est-à-dire que je vole la pensée d'un autre. »

Tel était le débat qui s'agitait. Débat terrible – pour un esprit tel que celui de Mauluys.

Il était environ dix heures du soir.

Mauluys était immobile au milieu de sa chambre. La nuit était noire. Tout à coup, il se leva du fauteuil où il était assis et alluma un flambeau. Sans hâte, il retourna au bahut et saisit la lettre. Il allait l'ouvrir ! À ce moment, un bruit de pas rapides ! La porte s'ouvrit. Montariol parut, les yeux fulgurants de joie.

« Trencavel n'a pas été tué !

— Ah ! ah ! » fit tranquillement le comte.

Et il remit la lettre intacte dans le tiroir.

« Il n'est même pas arrêté.

— Je m'en doutais », dit Mauluys.

Et il referma le bahut.

VIII – L'hôtel de Guise

Rascasse, donc, ayant verrouillé au nez des gardes la porte du jardin de Guise, se retourna vers Trencavel et, comme nous l'avons dit, poussa un cri de fureur en apercevant Corignan. Il y eut alors entre ces trois personnages un silence de stupeur. Trencavel, blessé au bras, haletant, harassé, trouva la force d'éclater de rire en reconnaissant le capucin. Corignan tournait alternativement la tête vers Trencavel et Rascasse.

« Ah çà ! grogna Corignan, comment se fait-il que vous n'êtes pas dans la rue ?

— Et vous ! reprit Rascasse, pourquoi êtes-vous ici ?

Corignan fut sublime d'impudence. Étendant son long bras vers Trencavel :

« Je voulais prévenir ce digne gentilhomme que les gardes le veulent arrêter !

— Moi, dit Rascasse, je l'ai sauvé en franchissant le mur et en lui ouvrant la porte !

— Il est à moi ! Sans moi, il serait aux mains des gardes !

— Il est à moi, ventre de biche ! J'en appelle à lui-même !

— Vous êtes à moi tous deux, dit Trencavel, vous êtes des estafiers de Son Éminence. Sire moine, je vous ai à demi étranglé à la Bastille. Il faut maintenant que je vous étrangle tout à fait. Qu'en dites-vous ? Maintenant, vous êtes mes prisonniers. Marchez ou je vous embroche ! »

Trencavel savait-il que l'hôtel de Guise était inhabité ? Ou plutôt vivait-il une de ces minutes exorbitées où l'esprit ignore calcul, prudence, et fonce droit devant lui ?…

Au fond des jardins se dressait la masse de l'hôtel de Guise.

Il voyait une porte ouverte, c'est vers cette porte qu'il poussait les deux espions. Ils entrèrent tous les trois et se virent dans une salle basse. Hébétés de rage plus encore que de terreur, ils marchèrent, traversèrent trois pièces et arrivèrent enfin à une grande salle.

« Halte ! » fit Trencavel, voyant qu'il n'y avait pas d'issue et fermant la porte par où ils étaient entrés.

« Nous sommes morts ! » songèrent les deux espions.

Trencavel les toisa de la tête aux pieds : ils reculèrent. Il jeta dans un coin sa rapière ; ils frémirent, songeant : « Il va nous étrangler au lieu de nous embrocher. »

« Maître Corignan, dit Trencavel, je regrette beaucoup d'avoir laissé chez moi certain martinet aux lanières ornées de clous et qui faisait l'ornement de votre chapelle.

— L'outil à saint Labre ! bégaya le moine, épouvanté.

— Et vous, mon brave sauveur, car, tout bien compté, je vous dois, en effet, la vie, comment vous nomme-t-on ?

— Rascasse, monseigneur.

— Rascasse ! Rascasse ! Mais c'est un nom de poisson…

— Allusion à ma dextérité à nager au milieu des flots agités de la politique.

— Impayables tous deux, fit Trencavel. Écoutez, Rascasse et Corignan. Je déteste cordialement M. le cardinal, votre maître. Mais enfin, si fort que je lui en veuille, ma rancune ne saurait aller jusqu'à le priver de deux grimaces aussi parfaites que vous. Allez, mes braves, allez en paix, allez donc ! »

Il les poussait, tout ahuris, hors de la salle, et le rire le secouait.

Une fois dans la pièce voisine, Rascasse et Corignan se regardèrent, encore tout pâles de l'alerte et tout ébaubis de ce franc rire qui sonnait la joie du pardon dans la salle où était resté Trencavel.

Ils se dirigèrent vers la porte qui donnait sur les jardins.

« Voyons à sortir d'ici, murmurait Trencavel, demeuré seul. Qu'est devenu le comte ? Et mon brave prévôt ? Ah ! monseigneur, s'il est arrivé malheur à mes bons amis, malheur à vous-même ! Voyons, ajouta-t-il, rendu soucieux par ces idées, allons-nous-en d'ici... »

À ce moment, Rascasse et Corignan firent irruption dans la salle.

« Encore vous ! s'écria Trencavel, les sourcils froncés.

— Ah ! monseigneur, bredouilla Rascasse, c'est que la porte... la porte par où nous sommes entrés dans cet hôtel... la porte que nous avions laissée ouverte... elle est fermée à triple tour !... »

Trencavel s'élança, suivi des deux estafiers. Il traversa les trois ou quatre pièces qu'il avait parcourues en sens inverse en entrant dans l'hôtel désert et, arrivé à celle qui donnait sur les jardins, constata que la porte avait été fermée du dehors.

Mais qui avait fermé cette porte ? Vers le moment où Trencavel, conduisant ses deux prisonniers, pénétrait dans l'hôtel de Guise, trois hommes s'introduisaient dans les jardins par la porte de la rue des Quatre-Fils. L'un d'eux tenait à la main un trousseau de clefs. Il portait la livrée de Guise et marchait respectueusement à six pas derrière les deux premiers, qui étaient des gentilshommes. Ces deux personnages arrivèrent, tout en causant à mi-voix, devant la porte laissée grande ouverte par Trencavel, et alors l'un d'eux, se tournant vers le porte-clefs :

« Bourgogne, vous avez bien visité l'intérieur de l'hôtel ?

— De fond en comble, oui, monsieur le comte. Je n'ai plus qu'à fermer cette porte, et nous serons sûrs que nul ne viendra ce soir déranger les nobles seigneurs auxquels mon illustre maître donne l'hospitalité. »

Tout en arrondissant cette belle période, Bourgogne, magnifique valet, fermait la porte.

« Voici la clef, ajouta-t-il, et voici celle des jardins. Il ne me reste plus qu'à espérer que monsieur le duc et monsieur le comte daigneront approuver les dispositions que j'ai prises. »

Sur ces mots Bourgogne s'inclina avec une majestueuse lenteur et se retira. Les deux gentilshommes firent une ronde dans le jardin pour s'assurer que toute surprise serait impossible et, à leur tour, sortirent par la rue des Quatre-Fils.

De ces deux seigneurs, l'un paraissait trente-deux ans, avait une figure inquiète, tourmentée de secrètes ambitions, et portait une barbe fine à la façon d'Henri IV, auquel il ressemblait beaucoup plus que Louis XIII et Gaston d'Anjou. C'était l'un des deux fils du Vert-Galant et de Gabrielle d'Estrées. Il était chevalier des ordres, gouverneur de Bretagne, et s'appelait César de Bourbon, duc de Vendôme.

L'autre, âgé alors d'un peu plus de vingt-six ans, très beau de visage, très élégant, portait dans le regard voilé de longs cils noirs l'ombre de quelque grande douleur d'amour. Il s'appelait Henry de Talleyrand, comte de Chalais.

Trencavel, cependant, se promenait de long en large, cherchant un moyen de sortir de la souricière sans être vu.

« Il est certain, se disait-il, que les gardes sont entrés dans le jardin et qu'ils m'ont vu pénétrer ici ; ce sont eux qui ont fermé la porte et l'hôtel est cerné. Il faut attendre la nuit. »

Cette résolution prise, il s'allongea sur un banc et ferma les yeux.

Lorsque la nuit fut venue, Trencavel s'aperçut avec surprise que la salle demeurait éclairée – très faiblement, il est vrai, et juste assez pour lui montrer Rascasse agenouillé devant Corignan. Rascasse, à tout hasard, se confessait... Trencavel constata que cette vague lueur tombait d'une veilleuse suspendue au plafond.

« Ceci, raisonna-t-il, a été allumé dans la journée, avant mon entrée en ce noble séjour. C'est donc en prévision d'une visite qui sera faite ici cette nuit. Et comme j'ignore qui sera ce visiteur nocturne, il faut décamper. Holà, seigneur poisson, et vous, messire de l'outil à saint Labre, arrêtez vos patenôtres, il est temps de partir. »

Trencavel alluma un flambeau à la veilleuse et dit :

« Suivez-moi ! »

Ils obéirent. Trencavel monta au premier étage et, voyant toutes les portes ouvertes, pénétra dans une salle immense, magnifiquement décorée de tapisseries des Flandres, d'armures luisantes, de panoplies d'épées. À droite et à gauche, vers le milieu, s'ouvraient deux baies cachées par des tentures et communiquant sans doute avec deux salons. Au fond, sous un dais, il y avait un trône.

Et, passant dans la salle suivante, il s'arrêta soudain, plus émerveillé à coup sûr par le spectacle qui s'offrait à ses yeux que par les magnificences de la salle d'honneur. Derrière lui, Rascasse ouvrait des yeux terribles et Corignan souriait d'une oreille à l'autre.

C'était une table chargée de pâtés, de volailles froides, de quartiers de venaison, de petits pains dorés, de poussiéreuses bouteilles.

Pourquoi ? Pour qui ? Ils n'en avaient cure. L'instant d'après, ils attaquaient. Trencavel dévorait. Rascasse engloutissait. Corignan portait la dévastation, parmi ces victuailles succulentes et ces vénérables flacons.

Soudain, tous trois prêtèrent l'oreille. Du rez-de-chaussée venait un bruit de voix nombreuses. Puis un cliquetis d'épées et d'éperons emplit l'escalier.

« Je crois, fit Trencavel, que nous allons avoir un rude écot à payer. Au large, au large… »

Déjà le bruit des pas retentissait dans la salle d'honneur.

Trencavel éteignit le flambeau, saisit Rascasse et Corignan chacun par un bras et les poussa dans une pièce voisine. Tous trois se tinrent immobiles, sans souffle. Qui étaient ces inconnus qui venaient d'envahir l'hôtel de Guise ? Dans la salle d'honneur, une voix s'éleva, une voix jeune, pure, un peu moqueuse, qui disait en riant :

« Puisque nous voici dans le sanctuaire, commençons nos prières…

— Madame, reprit une autre voix, grave et mâle, celle-ci, et vibrante de cette passion contenue qui, chez les amoureux sincères, dramatise les plus banales paroles, madame, peut-être vaudrait-il mieux attendre les absents ?…

— Les voici d'ailleurs qui montent ! » dit une troisième voix.

« Ceci m'a l'air d'être une bonne et belle conspiration, murmura Corignan.

— C'est un coup de fortune pour nous ! haleta Rascasse.

— Tenons-nous bien et partageons. Est-ce dit ?

— C'est dit. Tenons-nous bien ! »

À ce moment, la voix rieuse et fraîche jeta dans un joli cri :

« Ah ! voici enfin Mlle de Lespars, notre héroïne ! Venez que je vous embrasse, chère belle…

Un cri sourd échappa à Corignan et à Rascasse et s'étrangla aussitôt dans leurs gorges : Trencavel qu'ils oubliaient, repris qu'ils étaient par leur passion de l'espionnage ! Trencavel qui avait entendu jeter le nom d'Annaïs de Lespars et qui frémissait d'épouvante devant la vision de cette tête charmante, cette tête adorée roulant sous la hache du bourreau !

Si les espions entendaient ce qui allait se dire, c'était la preuve qu'Annaïs conspirait. Dès lors, il n'y avait plus qu'à la faire saisir et juger : la déposition de Rascasse et de Corignan l'envoyait à l'échafaud. Pareille à un éclair, la pensée d'un double meurtre passa dans l'esprit éperdu de Trencavel : ses doigts convulsifs s'incrustèrent dans les deux gorges.

Sous la puissante poussée, Rascasse et Corignan reculèrent, passèrent dans une pièce, puis dans une autre encore, et là Trencavel les lâcha, sûr qu'ils n'entendraient plus rien. Ils soufflèrent rudement. Chacun d'eux songeait : « Il faut tuer cet homme !... » Mais c'était Trencavel !

« La revoir ! songeait Trencavel. Ah ! la revoir, ne fût-ce qu'une seconde ! Fût-ce au prix de la vie ! Elle est là, je n'ai que quelques pas à faire... »

Oui, mais faire ces quelques pas, c'était quitter les espions !

« Écoutez-moi, fit-il – et sa voix avait un tel accent de menace froide et résolue que, tout de suite, ils comprirent qu'il était question de vie ou de mort -, je suis résolu à entrer au service de Son Éminence. (Ils tressaillirent.) Je veux donc lui rendre un de ces signalés services que le cardinal sait si bien récompenser. Donc, je veux être seul à entendre ce qui va se dire là. En conséquence, le premier de vous deux qui fait un seul pas hors de cette pièce, je le tue tout net. »

Et, sans plus s'occuper d'eux, il se dirigea – ou crut se diriger – vers la salle où avait été dressée la table. En réalité, il passa par une autre porte, franchit plusieurs pièces et, guidé enfin par des voix qu'il entendit, parvint à l'un de ces salons communiquant avec la salle d'honneur par une baie couverte de lourds rideaux de velours. La lumière passait par la fente des rideaux.

Trencavel, pâle et le cœur battant, s'approcha – et il frissonna : Annaïs de Lespars était là, devant lui, à quatre pas.

C'était une noble assemblée, et séduisante par la jeunesse et l'ardeur de presque tous les assistants. Ils parlaient en riant de choses formidables. Et la scène était tragique. Chacun de ceux qui étaient là risquait sa tête.

C'était Gaston d'Anjou, frère de Louis XIII, la seule figure cauteleuse de cette réunion.

C'était le maréchal d'Ornano ; une passion tardive le jetait, à cinquante ans, aux pieds de la duchesse de Condé.

C'était Alexandre de Bourbon, celui qu'on appelait le Grand-Prieur, le deuxième fils de Gabrielle d'Estrées, plus fougueux que son aîné, César de Vendôme, plus ouvert au sens des belles choses de la vie.

C'était le comte de Chalais.

C'était le duc de Vendôme.

C'étaient les quatre chevaliers d'Annaïs : Fontrailles, Chevers, Bussière, Liverdan, qui représentaient dans cette assemblée la noblesse provinciale en révolte contre Richelieu.

C'était le chevalier de Louvigni, jeune seigneur à la figure fine, aux grands yeux pleins de fièvre.

C'étaient Montmorency-Boutteville et le marquis de Beuvron, tous deux insouciants, gais, charmants, tous deux anticardinalistes enragés et n'ayant guère plus de cinquante ans à eux d'eux.

C'était Annaïs de Lespars…

C'étaient la princesse de Condé, alors dans tout l'éclat de son ambition et de sa beauté, et la duchesse de Chevreuse, mièvre, délicate, rieuse, une fragile porcelaine de Saxe – mais combien vivante !

Marie de Rohan-Montbazon, duchesse de Chevreuse alors âgée de vingt-cinq ans, conspirait pour tout et pour rien, pour la reine qu'elle adorait, contre Richelieu qu'elle abhorrait, et surtout pour le plaisir de conspirer, de frôler le danger.

Enfin, il y avait dans cette assemblée une quatrième femme que nul ne connaissait, dont nul ne pouvait voir le visage, soigneusement couvert sous un flot de dentelles et qui se tenait modestement un peu à l'écart. La duchesse de Chevreuse, sans la présenter, en avait répondu comme d'elle-même.

Elle était grande, de majestueuse stature, admirable pour l'harmonie des lignes et la richesse des formes. Elle était vêtue de noir. Sans dire un mot, elle écoutait avec une profonde attention, pétrifiée qu'elle était en sa rigide immobilité.

Au moment précis où Trencavel se rapprocha de la tenture de velours, César de Vendôme, d'une voix froide, disait :

« Messieurs et vous monseigneur, je veux avant tout poser une question. Nous engageons ici nos existences. Et nous savons tous ce que nous voulons. Si nous perdons la partie, nous paierons bravement en jetant notre tête au cardinal. (Le duc d'Anjou devint livide.) Mais si nous gagnons, qui nous répond de l'enjeu ?... »

Tous regardèrent Gaston d'Anjou : lui seul en effet pouvait prendre des engagements pour le cas de la réussite. Mais Gaston détourna la tête et se tut. Cet enfant de dix-huit ans avait, à certains moments, la prudence d'un vieillard.

« Je demande, reprit César, encore plus froid, je demande qui paiera l'enjeu si nous gagnons ? »

La dame noire, assise à l'écart, se leva lentement et d'une voix sourde répondit :

« Moi !... »

Il y eut un instant de silence terrible... Peut-être l'inconnue se repentait-elle d'avoir parlé. Mais bientôt, d'un geste rapide, elle fit tomber les dentelles qui voilaient sa figure et se redressa dans une attitude d'indicible majesté. Tous se courbèrent presque jusqu'à s'agenouiller et un murmure de joie enivrée, d'orgueil triomphal, monta du groupe des conjurés :

« La reine !... »

Anne d'Autriche avait alors vingt-cinq ans. Son orgueil depuis onze ans qu'elle était la reine de France, avait rudement souffert. La vérité, c'est que Louis et Anne attendaient avec impatience et inquiétude la naissance d'un héritier qui perpétuerait la royauté des Bourbons – et comme cet héritier n'était pas encore venu au bout de onze ans, il était vaguement question de répudier l'Espagnole : elle en avait le cœur ulcéré.

Depuis que Richelieu était le maître, le ménage royal qui, jusque-là, avait été un purgatoire d'insinuations, devint un enfer d'accusations, de soupçons, de surveillance.

Richelieu aimait Anne d'Autriche et le lui prouvait à sa manière.

Elle promena son regard sur les conjurés prosternés.

« Si j'ai quitté le Val-de-Grâce[2] pour venir en cet hôtel, c'est que j'ai voulu faire, de ma présence ici, une promesse formelle pour l'avenir, un consentement décisif dans le présent. Humiliée, outragée, abreuvée d'amertumes que ne connaît pas la plus coupable de mes sujettes, depuis six mois j'interroge ma conscience et lui demande si j'ai le droit de vivre, moi aussi. Je me meurs, messieurs. On me tue à chaque minute de ma vie. Je viens à vous et vous crie : sauvez-moi ! Et quant à l'avenir, Anne d'Autriche, reine de France, contresigne tous vos espoirs. Cette parole suffit-elle ?

— Vive ! Vive la reine ! hurlèrent les conjurés.

— Messieurs, messieurs, supplia Gaston d'Anjou, songez qu'on peut nous entendre du dehors. (Et le silence s'étant rétabli.) Eh ! ventre saint gris, comme disait mon père le roi Henri, s'il faut une autre parole, la reine me permettra bien d'ajouter à la sienne celle du duc d'Anjou !... »

« Le duc d'Anjou ! » râla Trencavel, ivre de joie.

Ainsi, ce jeune seigneur qu'il dévorait d'un regard tout chargé de furieuse jalousie, c'était le frère de Louis XIII, le fils de Henri IV – donc le frère d'Annaïs !... Ainsi s'expliquaient donc l'embrassade du jardin et la présence de Gaston à l'hôtel de la rue Courteau !

La reine avait laissé tomber son voile sur son visage et repris sa place à l'écart, signifiant ainsi que les conjurés ne devaient tenir aucun compte de sa présence, excepté pour ratifier ce qui allait se dire...

Il y eut alors comme un feu d'artifice d'accusations contre le cardinal.

« La noblesse de France est déshonorée si elle supporte un maître !...

— Pardieu ! s'écria le marquis de Beuvron, voici sa dernière

---

2 Anne d'Autriche, à cette époque de sa vie, demeurait presque toujours confinée en son château du Val-de-Grâce.

incartade : le duel est défendu sous peine de mort !

— Marquis, dit Montmorency-Boutteville, un pari ! »

Tous devinrent attentifs, car tous connaissaient bien la vieille haine qui divisait Beuvron et Boutteville.

« Marquis, reprit Boutteville, je parie mille pistoles que je me bats avec vous en pleine place Royale et que je vous tue au nez de Richelieu.

— Morbleu ! voilà qui me plaît ! Votre idée est adorable, comte. Nous nous alignons sous les fenêtres de Richelieu et je vous embroche sous ses yeux. Je tiens les mille pistoles.

— Très bien. Demain, nous déposerons les enjeux entre les mains de M. d'Ornano. Les deux mille pistoles seront au survivant, qui s'engage à faire une messe au champagne en l'honneur du trépassé... »

Les deux adversaires éclatèrent de rire et signèrent le pacte en se serrant la main. Un souffle glacial passa. Ces deux jeunes hommes venaient de décréter leur condamnation d'un éclat de rire.

« Messieurs, dit Bussière, voici ce que j'ai l'honneur de vous proposer : M. de Richelieu sera prié à déjeuner chez l'un de nous, de préférence en quelque maison de campagne.

— J'ai mon domaine de Chatou », fit le chevalier de Louvigni, en regardant la duchesse de Chevreuse.

La duchesse lui sourit.

Louvigni pâlit de joie. Le comte de Chalais surprit ce sourire et dit d'un ton bref :

« J'ai ma maison du clos Saint-Lazare. »

La duchesse lui jeta le même sourire enchanteur qu'à Louvigni, qui se mordit les lèvres de fureur, tandis que Chalais sentait son cœur se fondre. Ils étaient placés l'un à droite, l'autre à gauche de la duchesse, et ils surveillaient jusqu'à leurs moindres regards. Entre ces deux sincères et violentes passions, la jolie sirène manœuvrait avec un art infini. Que pesaient pour elle ces deux jeunes têtes charmantes d'amour et d'enthousiasme ?...

« Je vous adore ! bégaya à son oreille Louvigni, enivré.

— Je meurs pour vous ! » murmura ardemment Chalais.

Le mot, ce mot d'amour, sonna étrangement. La duchesse

tressaillit, pâlit, regarda Chalais. Et le mot banal qui vient à toutes les lèvres d'amoureux, ce joli mot de tendresse avait retenti avec un tel accent de passion funèbre qu'elle le vit mort... Le bourreau, devant elle, tenait une tête livide dans sa rude main. C'était la tête de Chalais !... La duchesse de Chevreuse poussa un léger cri. Et le cri mit en fuite la vision sinistre.

« Ah ! murmura-t-elle à l'oreille de Chalais, j'ai eu peur. Venez demain en mon hôtel. »

Chalais étouffa un rugissement de joie puissante... Louvigni était livide et songeait :

« Il faut que je tue cet homme. »

« Eh bien, disait César de Vendôme, puisque deux maisons sont proposées pour l'action, tirons-les au sort. De cette façon, il n'y aura pas de jaloux. »

Déjà la princesse de Condé détachait deux feuilles de ses tablettes. Sur l'une, elle écrivait : Chatou. Sur l'autre : Saint-Lazare. Puis elle plia les deux papiers. Liverdan s'approcha. Les deux billets furent mis dans son chapeau. Liverdan plia le genou devant Annaïs et lui tendit le chapeau.

Annaïs de Lespars secoua la tête ; elle ne voulait pas. Liverdan se releva. Le duc d'Anjou s'avança et dit :

« Ce sera donc moi qui tirerai. Je n'ai pas peur, moi ! »

Il saisit l'un des billets, le déplia et lut :

« Saint-Lazare ! »

Le comte de Chalais avait gagné ! Il se sentit défaillir de bonheur. Louvigni défaillait de rage.

« C'est donc au clos Saint-Lazare, dans la maison de Chalais, qu'aura lieu l'action », reprit César de Vendôme.

Alors, ils se regardèrent, tout pâles. Le moment était venu de décider ce que devait être cette action. Annaïs de Lespars n'avait pas encore dit un mot. Elle se leva :

« Messieurs, dit-elle, je vais tuer le cardinal de Richelieu !... M. de Chalais me préviendra du jour où le cardinal devra se rendre au clos Saint-Lazare. Je m'y trouverai seule – seule avec mes quatre amis, MM. de Fontrailles, de Bussière, de Liverdan et de Chevers. Mes amis n'auront d'autre mission que d'écarter les personnes qui accompagneraient M. le cardinal, ou de l'empêcher lui-même de se dérober. On donnera une épée au cardinal. J'en aurai une. Et je m'en remettrai au jugement de Dieu ! »

Elle releva la tête. Derrière elle, ses quatre chevaliers s'étaient rangés, pâles et résolus.

« Si je tue le cardinal, dit-elle, je ne demande plus rien à Dieu ni aux hommes. Et si je suis tuée…

— Nous vous vengerons ! » dirent les quatre.

La reine s'était levée. Elle alla droit à Annaïs et dit :

« Si je n'étais la reine de France, je voudrais être vous ! »

Il y eut un frémissement. Un vent d'héroïsme passa.

« Maintenant, dit tranquillement la duchesse de Chevreuse, maintenant que le sort du cardinal est réglé, il s'agit d'arrêter aussi le sort de monseigneur d'Anjou, notre chef…

— Mon sort ? fit Gaston, déjà inquiet.

— Oui, monseigneur, dit la duchesse d'une voix nette et hardie. Vous avez dix-huit ans. Vous êtes donc en âge de prendre femme. Ceci intéresse toute la noblesse de France.

— Sans aucun doute », appuya la princesse de Condé.

Marie de Chevreuse eut un éclat de rire cristallin et continua :

« Marie de Montpensier ne peut être reine de France !… »

Ce fut un coup de tonnerre. Seule, Anne d'Autriche n'eut pas un frémissement. Pâle comme si la mort l'eût touché au front, le frère de Louis XIII balbutia :

« Mais en admettant que j'épouse Mlle de Montpensier comme le veut le cardinal, comment serait-elle reine… puisque…

— Puisque vous-même n'êtes pas encore roi de France, n'est-ce pas ? Patience, monseigneur ! »

Pas encore ! Le moment était donc prévu, escompté, où Gaston deviendrait roi à la place de son frère Louis ?… Cette fois, c'était la princesse de Condé qui venait de parler.

Plus froide en apparence que la duchesse de Chevreuse, il y avait aussi dans son attitude plus de sombre résolution. Trencavel, derrière son rideau, avait frissonné ; son regard éperdu fixé sur Annaïs, il murmura :

« Qui donc la sauvera de cette effroyable algarade… qui donc, si ce n'est moi ? »

Gaston était tombé sur son fauteuil, haletant, ébloui par cette couronne qu'on venait de faire briller aux yeux de son imagination.

« Messieurs, reprit la duchesse de Chevreuse, et vous, monseigneur, écoutez-moi. Le cardinal de Richelieu poursuit un but que vous connaissez : la domination suprême, la puissance absolue avec son cortège de gloire fabuleuse, de jouissances illimitées. Il veut la royauté – moins le titre. Ici se présente un obstacle. L'obstacle, messieurs, c'est une femme… »

La duchesse de Chevreuse s'inclina profondément en se tournant vers Anne d'Autriche, toujours immobile, toujours couverte de son voile… Tous les regards se fixèrent sur la reine. La duchesse poursuivit :

« Il faut donc détruire l'obstacle, non seulement dans le présent, mais dans l'avenir. Dans le présent, le cardinal essaie d'abord de s'emparer du cœur de cette femme. Et comme il le trouve trop haut placé pour qu'il puisse l'atteindre, il a alors recours au mensonge, l'arme la plus sûre qui soit aux mains des despotes. Le mensonge a fait son œuvre, et notre reine, messieurs, n'est plus reine que de nom ! Supposez que le roi meure dans six mois ou un an. Monsieur ici présent monte sur le trône. (Le duc d'Anjou tressaillit.) Et alors, qu'arrive-t-il ? Monsieur est un fervent ami de notre reine. Ils s'unissent… et le cardinal est abattu, le colosse tombe. – Et voici le rêve du cardinal : séparer dès aujourd'hui monseigneur d'Anjou de la reine Anne. Pour cela, placer près de lui une créature à lui : voilà l'histoire du mariage projeté entre Monsieur et Mlle de Montpensier.

« Si le roi meurt, continua Marie de Chevreuse, et si monseigneur Gaston ne s'est pas enchaîné à la créature de Richelieu, il y a, messieurs, un mariage qui donne à la France un jeune roi, ami des plaisirs, qui n'aura qu'à se laisser vivre dans la joie et la splendeur (elle regardait Gaston, extasié, enivré), et une reine, messieurs, une reine digne de nous, plus belle que la plus belle, résolue à respecter nos droits et privilèges, plus résolue encore à faire de cette triste cour de France le séjour de gloire, de beauté, de magnificence, qu'elle fut sous François Ier… Cette reine, messieurs, cette future épouse du futur roi de France… »

Elle allait désigner Anne d'Autriche ! La femme de Louis XIII ! Elle allait dire : « La voici ! » À ce moment, tous bondirent, frappés de stupeur et de terreur... Il y avait quelqu'un dans l'hôtel ! Quelqu'un avait tout entendu... Une voix venait de retentir :

« Ah ! pour le coup, je te fais ton affaire !... »

Les conjurés, l'épée à la main, se ruèrent...

Ce qui se passait, nous allons le dire. Il se passait que, à vingt pas de là, Corignan faisait des siennes. Et Rascasse, naturellement, lui donnait la réplique. La dispute, commencée à voix basse, avait vite atteint un ton plus haut et c'est une réplique de Corignan que les conspirateurs avaient entendue.

Un terrible cliquetis d'épées les interrompit.

Des cris, des jurons éclataient comme une mousquetade. Les deux drôles, affolés, prirent leur course. Ils piquèrent droit devant eux, au hasard. Ce hasard les conduisit dans la salle à manger qu'ils traversèrent en deux bonds, puis dans la salle d'honneur... elle était vide. Ils jetèrent autour d'eux un regard égaré, aperçurent au fond une sorte de trône sous un dais et, à quelques pas en avant du fauteuil, une grande table couverte d'un vaste tapis.

« Là ! fit Corignan. Cachons-nous là ! »

Ils s'élancèrent et, pareils maintenant à deux rats regagnant leur trou au plus vite, disparurent sous le tapis.

Cependant, les conjurés s'étaient élancés vers ce point d'où était parti la voix. Et, naturellement, ce fut vers la tenture derrière laquelle s'abritait Trencavel qu'ils se jetèrent. Bouteville marchait en tête. Bouteville était un assidu de l'académie de la rue des Bons-Enfants. Du premier coup d'œil, il reconnut donc avec stupeur son maître d'escrime, et cria :

« Monsieur Trencavel !...

— Trencavel ! murmura Annaïs en pâlissant. Oh ! c'est donc vrai !...

— Trencavel ! Trencavel ! L'espion ! » rugirent Chevers, Fontrailles, Liverdan et Bussière.

En un instant, Trencavel fut entouré par un cercle flamboyant d'épées...

« C'est l'espion du cardinal ! cria de loin le duc d'Anjou. Tuez-le !

— Voyons comment il va mourir », dit la duchesse de Chevreuse avec un sourire.

Trencavel, la dague de Corignan dans la main gauche, la rapière de Rascasse dans la main droite, se défendait, les yeux fixés sur Annaïs.

Il la vit soudain disparaître dans la salle d'honneur et poussa un soupir. Il se défendait seulement et n'attaquait pas. L'idée ne lui vint pas de crier : « Vous vous trompez, je ne suis pas un espion ! » Le moulinet vertigineux qu'il exécutait et qui était célèbre dans toutes les académies de Paris lui faisait une étincelante ceinture que les onze épées n'arrivaient pas à franchir. Juste en face de lui, il avait Bouteville et César de Vendôme.

« Notre secret ne peut sortir d'ici, disait froidement César en essayant d'atteindre Trencavel.

— Fi, monsieur Trencavel, disait Boutteville, je n'eusse jamais cru cela de vous ! » et il lui portait de rudes coups.

Or, Trencavel ne répondait ni à Vendôme, ni à Boutteville, ni à aucune des insultes qui s'entrechoquaient, ni aux hurlements de mort qui battaient l'air. Annaïs disparue, il ne voyait plus, à dix pas de lui, par-delà le cercle des épées, que Gaston d'Anjou, entre la duchesse et la princesse, debout, devant la porte du fond, entrouverte. Il grondait :

« Voilà l'homme qui m'a insulté ! Parbleu ! avant de tomber, il faut que je dise son fait à ce prince, et c'est bien le moins qu'un frère de roi… »

Il se ramassa, le moulinet s'arrêta ; d'un bond furieux, il se jeta en avant. Boutteville et Vendôme virent la mort. Un saut de côté les sauva : ce fut la fissure dans la muraille d'acier.

Trencavel passa en ouragan et tomba sur le groupe des femmes… Il passa, entraînant Gaston qu'il saisit au collet… La meute se rua et vint se briser contre la porte ; Trencavel venait de la fermer à double tour !

Un instant, ils se regardèrent, très pâles.

Cela dura un temps d'éclair. Presque aussitôt, tous ensemble, ils se mirent à défoncer la porte.

Le duc d'Anjou n'avait pas tremblé un instant lorsque la duchesse de Chevreuse avait parlé de la mort prochaine de Louis XIII, son frère, et du mariage entre lui, Gaston, et sa belle-sœur, Anne d'Autriche. Mais quand il se vit seul avec Trencavel, une sueur froide pointa à la racine de ses cheveux.

« Monsieur, dit-il d'une voix que la terreur faisait rauque, m'êtes-vous donc dépêché par le cardinal pour m'assassiner ? »

Trencavel sourit.

« Monseigneur, dit-il, ce n'est pas par l'illustre cardinal que je vous suis dépêché.

— Par qui, alors ? demanda avidement Gaston.

— Et ce n'est pas pour vous tuer, ajouta Trencavel.

— Parlez, parlez ! Holà, messieurs, un instant, je vous prie ! (Le tumulte s'apaisa.) Parlez vite, monsieur !

— Il faut en effet que je parle, dit Trencavel en hochant lentement la tête, car, si je me tais, il est très probable que vous serez embastillé demain matin et que votre procès commencera : procès capital, monseigneur !

— Eh bien ! râla le prince, accomplissez donc votre mission ! »

Trencavel, un sourire railleur aux lèvres, s'inclina.

« Monseigneur, dit-il froidement, je ne dirai rien, à moins que vous ne me demandiez pardon.

— Moi ! fit le prince avec hauteur. Vous êtes fou, mon brave. Pardon à un Trencavel ! »

Le regard de Trencavel étincela.

Sa main se crispa sur la garde de l'épée. Sa voix grelotta :

« Monseigneur, vous allez donc mourir. Vous avez une épée, tirez-la. Moi, je n'en ai pas besoin. (Il jeta la sienne.) Pour vous faire rentrer vos insultes dans la gorge, je n'ai besoin que de cette miséricorde. (Il montra sa dague.) C'est l'arme avec laquelle on achève les fuyards dans une bataille ; elle vous convient. »

Il fit un pas vers Gaston. Le duc se sentit vaciller. Appuyé à la muraille, il fit le geste de tirer sa rapière. Mais sa main tremblait trop. D'un accent d'indicible rage, il murmura :

« J'ai peur !…

— Décidez-vous ! haleta Trencavel. Tirez votre épée, ou

demandez-moi pardon… »

Gaston couvrit ses yeux de ses deux mains et balbutia :

« Je vous demande pardon…

— De vos deux insultes ? Celle que vous avez proférée chez Mlle de Lespars, et celle de ce soir ? Dites…

— Je vous demande pardon des deux insultes…

— Allez, monseigneur, je vous pardonne », dit Trencavel.

Il recula de quelques pas. Gaston redressa alors la tête. Trencavel vit dans les yeux du duc d'Anjou qu'il était condamné à mort. Mais refoulant le sanglot de rage et de haine qui grondait dans sa gorge, Gaston reprit :

« Maintenant, parlez. Qui vous a envoyé à moi ? Qu'avez-vous à me dire ? »

« Attends, murmura Trencavel, je vais te faire payer le regard que tu viens de me jeter, et, d'avance, mettre un peu de fiel dans la joie que tu éprouveras à demander ma tête. »

« Monseigneur, dit-il, je vous suis envoyé par Sa Majesté Louis XIII, votre auguste frère…

— Le roi !… Le roi vous a envoyé à moi !… Pourquoi ?…

— Sachant que je vous trouverais ici cette nuit, Sa Majesté m'a chargé de venir vous apporter une proposition. C'est très pressé, monseigneur… le roi attend votre réponse.

— Cette proposition ?… bégaya Gaston.

— La voici : le roi est fatigué de régner. Il veut se retirer dans un cloître. Il vous prie de vouloir bien prendre son trône, sa couronne, son sceptre, son royaume, ses sujets, sa fortune et sa femme que vous épouseriez. Que dois-je répondre au roi, monseigneur ?

— Il a tout entendu, murmura le duc, ivre d'épouvante ; je suis perdu, je suis mort ! »

Et, des yeux, il chercha une porte pour fuir, un trou pour se cacher – convaincu que l'hôtel était cerné et allait être envahi. Trencavel alla ramasser son épée, et courut ouvrir la porte contre laquelle Ornano recommençait à cet instant à frapper du pommeau de sa rapière. Cette porte, il l'ouvrit toute grande, en criant :

« Messieurs, voici monseigneur le duc d'Anjou qui veut partir sur-le-champ pour aller au Louvre. Laissez-le aller, messieurs, écartez-vous, car c'est le remords qui passe !… »

L'effarement, la stupeur, le doute, le soupçon, la terreur, en un instant, bouleversèrent les visages des conjurés. Ils considérèrent une seconde Gaston, livide, muet, tremblant. Vendôme et Bourbon se jetèrent un regard désespéré. Ornano seul courut au prince et lui parla vivement à voix basse.

« Nous sommes trahis ! » grondèrent Chalais et Boutteville.

La duchesse de Chevreuse s'était jetée devant la reine comme pour la protéger contre le bourreau.

« Non, non, messieurs ! hurla Ornano, monseigneur est avec nous jusqu'à la mort ! »

Il se fit un effrayant tumulte – une explosion de cris forcenés : « À mort ! À mort ! » Et, cette fois-ci, tous ensemble, malgré le moulinet, ils fonçaient… Dans cette minute, Annaïs de Lespars, d'un bond, se jeta au-devant de Trencavel et commanda : « Bas les armes !… » Elle avait l'attitude et l'accent d'un chef. Les épées se baissèrent.

« Venez, monsieur », dit Annaïs.

Et elle entra dans la salle d'honneur, suivie du jeune homme qui marchait comme en un rêve de gloire. Les quatre chevaliers d'Annaïs se groupèrent, et Fontrailles dit :

« Qui de nous va tuer cet homme ? »

Annaïs de Lespars alla s'appuyer à la grande table couverte d'un tapis. Elle était épouvantée de ce qu'elle venait de faire sous l'impulsion d'un sentiment irraisonné. Trencavel se tenait debout devant elle, silencieux, les yeux baissés.

« Monsieur, dit-elle, il me semble impossible que vous soyez ce qu'on a dit…

— Oui, mademoiselle, c'est impossible, répondit Trencavel.

— Eh bien, écoutez. Vous avez tout entendu : après-demain, à midi, je dois me trouver derrière l'enclos Saint-Lazare, dans la maison qu'on a dite. Vous savez que je dois m'y battre, vous savez contre qui…

— Oui ! dit Trencavel d'une voix frémissante.

— Je vous demande de vous trouver vous-même dans cette maison, après-demain, à midi, et d'y venir seul.

— J'y serai, mademoiselle… j'y viendrai seul. »

— Faites-en le serment.

— J'en fais le serment », dit Trencavel en étendant la main.

L'œil d'Annaïs brilla un instant. Puis cet éclair s'éteignit.

« Jurez-moi d'être le témoin du duel qui aura lieu.

— J'en fais le serment, répéta Trencavel.

— Sur votre honneur, sur votre nom, jurez-moi, si je suis vaincue, de prendre ma place et de combattre l'homme que vous savez jusqu'à ce que mort s'ensuive.

— Par l'honneur de ce nom que je veux respecté de tous, par mon nom de Trencavel, je jure d'assister à votre duel, et, si vous succombez, je jure que l'homme dont il s'agit ne sortira pas vivant de la maison de l'enclos Saint-Lazare…

— Monsieur, après l'action, je rentrerai dans Paris – si je ne suis pas tuée. Je rentrerai soit par la porte Montmartre, soit par la porte Saint-Denis. Je vous demanderai alors de me suivre à distance jusqu'à mon hôtel où j'aurai à vous parler.

— Je vous suivrai à cent pas. Et, croyez-moi, malheur à qui tenterait de s'approcher de vous.

— Monsieur, vous resterez ici jusqu'à ce que toutes les personnes qui ont assisté à cette réunion soient sorties. Puis, vous sortirez à votre tour de cet hôtel… »

Trencavel s'inclina. Quand il se redressa, il vit Annaïs qui se dirigeait vers le groupe des conjurés massés dans la pièce voisine.

« Mauluys, murmura-t-il, vous m'avez annoncé que je vais à la catastrophe. Est-ce donc vous qui avez raison, Mauluys ? »

Dix minutes plus tard, il n'y avait plus que Trencavel dans les salles de l'hôtel.

Il sortit le dernier.

Au moment de partir, la duchesse de Chevreuse s'était approchée du comte de Chalais.

« Je vous attends après-demain, à midi, en mon hôtel », lui avait-elle murmuré à l'oreille.

Peut-être voulait-elle l'empêcher de se trouver ce jour-là à l'enclos Saint-Lazare. Chalais, enivré, avait répondu :

« J'y serai… heureux si vous me demandez alors de mourir pour vous… »

Louvigni avait vu. Il avait deviné ce qui venait de se passer. Il éprouva ce froid au cœur qui est l'avant-coureur des colères furieuses. Sans un mot, il suivit le comte de Chalais. Dans la rue, ils marchèrent côte à côte sans parler. Ils arrivèrent ainsi au carrefour Sainte-Croix-de-la-Bretonnerie, et Chalais se disposait à tourner à gauche vers la rue Vieille-du-Temple, lorsque Louvigni lui posa sur l'épaule sa main frémissante.

« Que voulez-vous, chevalier ? demanda Chalais.

— Vous faire une de ces propositions qu'acceptent toujours du premier coup les gens qui ont une épée au côté et un cœur d'homme sous le pourpoint.

— Ajoutez, chevalier, que ces sortes de propositions se font généralement en termes ornés d'une certaine politesse qui semble vous faire défaut.

— Comte, bredouilla Louvigni dont la tête s'égarait, il ne me plaît pas ce soir d'être poli, comprenez-vous ?

— Soit, jeudi matin, je vous attendrai aux abords de ma maison de campagne, derrière l'enclos Saint-Lazare. J'y serai à huit heures. Tâchez de ne pas me faire attendre. »

Là-dessus, le comte de Chalais salua et se retira. Louvigni, secoué d'un tremblement convulsif, tendit dans la nuit son poing fermé, un sanglot souleva sa poitrine... Il y avait dès lors entre ces deux hommes une de ces haines qu'il faut noyer dans le sang.

En sortant de l'hôtel de Guise par la petite porte donnant sur la rue des Quatre-Fils, Mlle de Lespars s'était rapidement dirigée vers son hôtel, suivie de ses quatre chevaliers. De la rue des Quatre-Fils à la rue Courteau, il n'y avait guère que trois ou quatre minutes. Ce chemin se fit silencieusement. En arrivant à la porte de son hôtel, Annaïs se tourna vers les quatre et leur dit :

« Messieurs, voulez-vous vous trouver ici après-demain matin, à huit heures ?

— Nous y serons, dit Fontrailles, répondant pour tous. Nous sommes à vous.

— Merci, messieurs. Allez donc, et que Dieu vous tienne en sa garde !... »

Ils s'inclinèrent profondément. Puis, dès qu'elle eut disparu, Fontrailles dit :

« Il est encore temps…

— Courons ! » répondirent les autres avec un accent de menace.

Ils atteignirent la rue des Quatre-Fils et trouvèrent Bourgogne qui montait sa faction devant la porte basse.

« Qui est sorti depuis tout à l'heure ? demanda Liverdan.

— M. le comte de Bouteville et M. le marquis de Beuvron, d'abord. MM. de Chalais et de Louvigni viennent de se retirer à l'instant. Je crois que je puis fermer.

— Attendez, dit Chevers, il y a encore quelqu'un…

— Le voici ! gronda Bussière. Rentrez, mon brave, fermez, et ne vous inquiétez pas du reste. »

Trencavel apparut.

Les quatre avaient l'épée au poing. Ils marchèrent sur Trencavel. Il avait jeté sa rapière, ou plutôt celle de Rascasse, au moment où Annaïs était intervenue. Il n'avait que sa dague – celle de Corignan.

« Messieurs, dit-il, que voulez-vous ?

— Vous tuer ! » répondit Fontrailles.

Trencavel, de ses yeux dilatés par l'approche de l'inévitable mort, sonda les ténèbres et vit reluire ces quatre épées et il distingua ces quatre ombres menaçantes.

Dans le même instant, ils furent sur lui et l'acculèrent au mur de l'hôtel.

« Une épée ! Une épée ! cria Trencavel.

— Tu vas en avoir quatre !…

— Une épée ! rugit Trencavel. Oh ! une épée !…

— En voici une ! » tonna une voix.

Liverdan et Chevers roulèrent à gauche. Fontrailles et Bussière roulèrent à droite. Trencavel se sentit une épée dans la main, une longue et large rapière. Il poussa un hurlement et fonça. Près de lui, deux hommes s'alignaient.

« Je vous avais dit, mon cher, que vous alliez vous faire découdre, dit l'un d'une voix paisible.

— Coup droit sur battement de prime ! vociférait l'autre.

— Mauluys ! Montariol ! En avant ! » cria Trencavel.

Ils chargèrent.

« Malédiction ! » hurla Bussière.

Et il s'enfuit.

Liverdan s'enfuit. Chevers s'enfuit. Fontrailles s'enfuit. À trois cents pas de là, ils s'arrêtèrent. Bussière brisa son épée sur son genou et dit :

« Nous avons, à quatre, attaqué un homme seul et sans armes : nous sommes déshonorés.

— C'est vrai, dirent Chevers et Liverdan.

— C'est vrai, dit Fontrailles. C'est pourquoi aucun de nous n'a le droit de briser son épée. Messieurs, il y a maintenant au monde un homme qui est notre déshonneur vivant. Messieurs, jurons ceci : à partir de cette minute, nous refusons tout duel, toute bataille, tout danger... même pour elle ! ajouta-t-il avec un soupir atroce, jusqu'à ce que nous ayons tué notre déshonneur vivant... »

Et, tous quatre, d'une seule voix :

« Je le jure... »

Dans la salle d'honneur de l'hôtel de Guise, après le départ de Trencavel, sous le tapis de la grande table, quelque chose s'agita, puis deux têtes surgirent, effarées, puis deux êtres se mirent à ramper et enfin se dressèrent debout.

« Croyez-vous qu'ils soient tous partis ? demanda Rascasse.

— C'est sûr, dit Corignan. Mais qui étaient ces gens-là ?

— Peu importe. Mais qui était la femme qui est venue s'asseoir près de cette table, et puis qui a parlé à Trencavel ?

— Peu importe, mon frère. L'essentiel est que j'ai entendu ce qu'elle a dit, moi !

— Croyez-vous donc que je suis sourd ? Aures habent... et audient, compère... J'ai entendu, moi aussi, – et ce qu'a répondu Trencavel.

— Mon cher frère, si je ne me trompe, il me semble que nous tenons cette fois l'infernal Trencavel.

— Nous le tenons, compère. Nous le prenons ensemble. Nous l'amenons ensemble à Son Éminence, au nez et à la barbe du Saint-Priac que le diable emporte.

— Amen. Et nous partageons l'honneur.

— Et l'argent.

— Et l'argent, cela va de soi, fit Corignan avec une grimace. Entendons-nous donc. Après-demain, à midi, le Trencavel doit se trouver dans la maison située derrière l'enclos Saint-Lazare ; puis, il doit rentrer dans Paris, soit par la porte Montmartre, soit par la porte Saint-Denis. Avez-vous un plan ?

— Oui. D'abord, sans dire au cardinal de quoi il s'agit et en lui promettant simplement la prise de Trencavel, nous lui demandons de faire renforcer après-demain les postes des portes Montmartre et Saint-Denis.

— Très juste. L'un de nous deux s'installe à la porte Montmartre.

— Admirable. Et l'autre à la porte Saint-Denis.

— Vous parlez d'or, mon petit Rascasse. L'un de nous deux, donc, fait saisir le démon.

— Et prévient aussitôt l'autre, n'est-ce pas ? dit Rascasse avec une belle envolée de bonne foi. Je m'installe à la porte Montmartre, et si c'est là que notre homme vient se faire prendre, je vous envoie aussitôt un exprès pour que nous fassions ensemble notre entrée chez le cardinal, tenant chacun une oreille du Trencavel. »

Mais, comme ils regagnaient le jardin, chacun d'eux songeait :

« Attends, misérable, tu vas voir comme je vais partager avec toi l'honneur et l'argent ! Trencavel a rendez-vous à midi. Dès le matin, je pénètre dans la maison, je surveille l'homme, je le suis, je le fais saisir à l'une ou à l'autre porte et je le mène seul au cardinal ! »

Cinq minutes plus tard, les deux acolytes, ayant franchi les murs de l'hôtel, disparaissaient dans la nuit.

IX – De l'amour à la félonie

Nous retrouvons le chevalier de Louvigni à la place même où nous l'avions laissé, c'est-à-dire au carrefour Sainte-Croix-de-la-Bretonnerie. Longtemps il demeura immobile, les yeux tournés du côté par où le comte de Chalais avait disparu. Il souffrait atrocement. Il se mit enfin en marche au hasard.

Il aimait. Et son amour pour la duchesse de Chevreuse avait pour ainsi dire sommeillé au fond de son cœur tant qu'elle n'avait pas semblé accorder de préférence à aucun rival. Il venait d'acquérir non pas la certitude mais la conviction que la duchesse aimait le comte de Chalais. Dès lors, cet amour se déchaîna. Et alors, la jalousie vint souffler à cet esprit, jusque-là généreux et probe, des pensées empoisonnées. Il eut peur de lui-même et se cria :

« Je n'irai pas !... »

Comme il se disait ces mots, trois heures du matin sonnèrent à une église. Il s'arrêta, et s'aperçut alors qu'il se trouvait devant Saint-Paul. Il rétrograda avec un geste d'épouvante. Il se mit donc à courir. Mais bientôt, il s'arrêta. Il écumait... Il revint sur ses pas, vers Saint-Paul... il passa !... Il s'arrêta longtemps, et, lorsqu'il se remit en marche, il faisait jour. Une fois encore, il se cria :

« Je n'irai pas !... »

Et, cette fois, il se trouvait sur la place Royale !

Devant l'hôtel du cardinal de Richelieu !...

Il faisait alors grand jour. Louvigni s'écarta de la place Royale et pénétra dans le premier cabaret qu'il trouva ouvert. Il y but une bouteille de vin. En passant près de lui à un moment, l'hôtesse l'entendit qui murmurait :

« Au bout du compte, je puis faire ceci sans être infâme. »

Vers neuf heures du matin, d'un pas tranquille et ferme, il se dirigea vers la place Royale et il entra dans l'hôtel de Richelieu. Louvigni marcha droit à un huissier et lui dit :

« Mon ami, voici deux pistoles que je vous prie de boire à la santé du roi. Maintenant, arrangez-vous pour que je puisse parler à Son Éminence. »

L'huissier empocha les deux pièces, cligna des yeux et dit :

« Je vais donner un tour de faveur à M. le chevalier de Louvigni. »

Quelques minutes plus tard, passant sur le ventre à vingt solliciteurs, Louvigni pénétrait en l'antre du dompteur.

Il était pâli, maigri, fiévreux. Près du brasier rouge il avait encore froid. Il était assis sous l'immense cheminée, et, pourpre sur pourpre, les reflets de la flamme faisaient courir sur sa robe des moires fugitives. Il songeait :

« Elle ne m'aime pas. Jamais elle ne m'aimera, cette reine orgueilleuse. – Il faut pourtant qu'elle m'aime, ou alors, qu'elle me haïsse ! – Je ne sais où je vais. – Si cette lettre avait été volée, je serais déjà à la Bastille, ou dans la fosse. Non. La lettre n'a pas été volée. – Perdue, voilà tout. (Il frissonna et allongea les mains au feu.) Perdue ? Est-ce bien sûr ? Il faut que cette Annaïs disparaisse, il faut que ce Trencavel disparaisse… jusque-là, je dois avoir peur. – Cette Chevreuse, quand j'y pense, pourrait bien… Oh ! celle-là me tuera… si je me laisse tuer. Le dernier rapport de Saint-Priac me dit que Vendôme et Bourbon sont à elle. Et Ornano, peut-être ! – Le dernier rapport de Corignan me dit que Louvigni est à elle. – Louvigni ! Une sombre nature, une âme indéchiffrable. »

« Monseigneur, murmura l'huissier, M. le chevalier de Louvigni est là qui demande en grâce à être reçu par Votre Éminence. »

Richelieu se tassa dans son fauteuil. Puis, ses nerfs se détendirent. Un sourire passa sur ses lèvres.

« Fais-le entrer », dit-il.

Il courut à une tapisserie qu'il souleva. Saint-Priac était là.

« L'homme qui va entrer, murmura rapidement Richelieu, si je crie : Dieu !…

— Eh bien, monseigneur ?

— Eh bien, il ne faut pas qu'il sorte vivant. »

Saint-Priac tira son poignard.

Lorsque Louvigni fut introduit, il vit le cardinal assis à une vaste table :

« Je vous écoute, monsieur.

— Monseigneur, dit Louvigni d'une voix blanche, je suis venu vous dire que vous ne devez pas sortir de chez vous, toute la journée de demain. »

Richelieu n'eut pas un tressaillement. Deux secondes, il étudia l'homme. Cela lui suffit. Il se leva avec indolence, marcha jusqu'à la tapisserie, et dit à haute voix :

« C'est bien, mon ami, vous pouvez vous retirer. Je n'ai plus besoin de vous ce matin. (Il souleva la tapisserie et s'assura que Saint-Priac était parti.) Vous voyez, je renvoie un de mes secrétaires qui travaille là, dans ce cabinet.

— Monseigneur, je n'ai pas à vous dire autre chose que ceci : ne sortez pas de chez vous demain. C'est tout. »

Sur les traits ravagés de cet homme, Richelieu lut cette résolution que rien ne brise.

« Pas mûr encore », se dit-il.

« Louvigni, je vous croyais mon ennemi. Vous venez probablement de me rendre un de ces services qui ne s'oublient pas, peut-être de me sauver la vie... Je ne vous interroge pas. Vous parlerez quand vous voudrez. Mais je vous dis : à dater de ce jour, vous êtes de mes amis, et vous pouvez faire état sur moi pour réaliser même l'impossible...

— Monseigneur, monseigneur ! balbutia Louvigni qui sentait sa poitrine se gonfler de sanglots.

— Allez croyez, espérez, continua Richelieu d'une voix pleine d'ardentes suggestions. Vous la verrez à vos pieds, suppliante, vaincue. Elle vous aimera parce que les femmes aiment les forts, les audacieux, qui forgent eux-mêmes l'instrument de leur fortune. »

Louvigni se retrouva dehors sans savoir comment il était sorti de l'hôtel. Il traversa de biais la rue Royale, évitant, sans savoir pourquoi, les figures de connaissance.

Il eût donné beaucoup pour être chez lui déjà, toutes portes fermées. Une voix criait en lui : « Écarter les obstacles qui me séparent d'elle ! Écarter Chalais ! Oh ! je le tuerai jeudi aux abords du clos Saint-Lazare ! »

Comme il sortait de la place Royale, il se heurta à deux hommes qui y entraient d'un pas rapide : un moine immense et débraillé, un petit être à la rapière en bataille.

Demeuré seul, Richelieu fit venir M. de Bertouville, son secrétaire intime.

« Monsieur, quels pas et démarches ai-je à faire demain ?

— Demain. Bien… Votre Éminence doit assister au lever de Sa Majesté qui veut lui parler.

— Faites dire au roi que j'irai après-demain. Ensuite ?

— Votre Éminence doit se rencontrer chez Mme de Givray avec M. le conseiller Laubardemont, assister au jeu de M. de La Trémoille. – Voir M. d'Épernon, de passage à Paris. – Honorer d'une visite M. le gouverneur de Vincennes.

— Tout cela à renvoyer aux jours suivants. Ensuite ?

— Il y a encore la promesse faite à M. de Chalais. – Collation à midi. – Clos Saint-Lazare. – Révélations promises par M. de Chalais. – Votre Éminence a dit qu'elle irait seule…

— Écrivez à M. de Chalais que j'irai ! Que j'irai seul !… »

Lorsque le secrétaire intime eut disparu, Richelieu se mit à rire comme il riait quand il était seul, et c'eût été pour bien des gens un spectacle étonnant.

Et il fit appeler Saint-Priac.

« En somme, dit-il à brûle-pourpoint, vous aviez des gardes en nombre suffisant pour arrêter douze hommes. Trencavel et ses deux acolytes vous ont vaincu. Votre affaire de la rue Sainte-Avoye est mauvaise. Je n'aime pas les défaites.

— Monseigneur, balbutia Saint-Priac en pâlissant.

— Il faut prendre votre revanche. Et vite ! ou vous n'êtes plus à moi. Ce qui veut dire qu'Annaïs de Lespars n'est plus à vous.

— Ordonnez, monseigneur, dit Saint-Priac.

— Demain, dans la matinée, vers onze heures, vous vous rendrez à la petite maison du comte de Chalais, derrière Saint-Lazare. Vous serez seul. La porte de Paris franchie, vous vous arrangerez de façon que des gens placés dans la maison puissent vous voir venir de loin. Vous entrerez dans la maison et vous y trouverez M. de Chalais. S'il est seul – vous m'entendez ? – s'il est seul dans la maison, vous lui direz que je vous envoie pour l'informer que je ne puis, à mon vif regret, me rendre à son invitation. Et vous reviendrez. Il est possible que M. de Chalais ne soit pas seul. C'est ce dont il faudra vous assurer coûte que coûte. Il faudra savoir combien ils étaient, comment armés, et qui faisait partie de la bande. »

Le regard de Saint-Priac étincela. Ses narines se dilatèrent.

« Quand vous saurez tout cela, vous viendrez simplement me le dire. Vous voyez que c'est facile. Moyennant quoi, je vous tiens quitte de votre défaite d'hier.

— Et si on m'attaque ? gronda Saint-Priac.

— Eh bien, vous tâcherez d'en découdre le plus que vous pourrez, et de me revenir aussi intact que possible. Un dernier mot : pour cette expédition, vous viendrez vous habiller ici. Vous revêtirez le costume que vous donnera mon valet de chambre, et vous monterez le cheval qu'on vous désignera dans mes écuries. »

Saint-Priac avait tout compris.

« Il m'envoie mourir à sa place ! »

Il fixa des yeux hagards sur le cardinal. Et il murmura :

« J'irai !… »

« Monseigneur, Sa Révérence le Père Joseph est là. Le moine Corignan et Rascasse attendent également vos ordres », dit un valet.

Un instant après, sur l'ordre de l'Éminence, les deux compères pénétraient ensemble.

« Monseigneur, dit Corignan, impétueux, si vous me donnez pour demain le commandement de la porte Montmartre, je vous amène Trencavel pieds et poings liés !

— Monseigneur, cria rageusement Rascasse, donnez-moi demain la porte Saint-Denis à garder, et Trencavel tombe enfin en votre pouvoir ! »

Les deux exclamations n'en firent qu'une. Et déjà Rascasse se hérissait. Corignan roulait des yeux terribles.

« C'est bien. Maintenant, dites-moi comment vous comptez prendre l'homme ? »

Corignan et Rascasse échangèrent un coup d'œil et se comprirent. Ils redevenaient alliés.

« Monseigneur, dit le moine, Rascasse est là pour vous dire que nous avons passé une nuit terrible et risqué dix fois notre vie en cette nuit pour épier, guetter Trencavel.

— Vous l'avez vu ? interrogea vivement le cardinal.

— Certes ! s'écria Rascasse, et entendu. Monseigneur, voici le résultat : Trencavel passera la journée hors Paris, et y rentrera demain, soit par la porte Montmartre, soit par la porte Saint-Denis ; nous avons entendu cela de nos propres oreilles.

— C'est vrai ! » confirma Corignan.

Déjà, Richelieu n'écoutait plus. Il écrivait rapidement les deux ordres pour les chefs des gardes de la porte Saint-Denis et de la porte Montmartre : au premier, ordre d'obéir à Corignan ; à l'autre, ordre d'obéir à Rascasse.

« Allez, dit-il. Je suis content de vous. Demain, dès que l'homme sera pris, vous vous partagerez deux cents pistoles.

— Où faudra-t-il le faire conduire ? demanda Corignan.

— Amenez-le-moi ici. Allez. »

« Trencavel pris ! songea Richelieu, quand les deux acolytes furent sortis. Oh ! ces deux hommes ne savent pas qu'ils me sauvent peut-être la vie !... »

Et il donna l'ordre d'introduire le Père Joseph.

X – Le clos Saint-Lazare

Le traquenard était prêt. Richelieu le perfectionna : il fit fermer toutes les portes de Paris, hormis les deux où Rascasse et Corignan devaient se poster en chefs de guet-apens. Tout cet énorme préparatif pour la capture d'un seul homme vous avait je ne sais quoi de hideux.

Le lendemain, Trencavel sortit de Paris par la porte Montmartre et se dirigea vers l'enclos Saint-Lazare.

Midi sonnait au loin lorsqu'il mit pied à terre devant la maison signalée. Il était à l'heure.

Saint-Priac, lui aussi, s'était mis en marche vers la maison que, franchie la porte, on apercevait de loin derrière les bâtiments de Saint-Lazare, un peu sur la hauteur. Seulement, c'est vers onze heures qu'il avait fait route – vers la mort ; du moins, il le croyait. Il montait le cheval et portait le costume avec lesquels Richelieu avait coutume de se montrer aux Parisiens. Le cheval était noir ; le costume, pourpoint violet passementé d'or, feutre à plume violette, hautes bottes fauves, grand manteau rouge.

De la porte Saint-Denis jusqu'à l'enclos Saint-Lazare, ce furent des minutes horribles. Chacune de ces minutes pouvait cent fois apporter la mort. Quand il atteignit les murs de l'enclos, il était livide et dut se raidir sur sa selle pour ne pas défaillir. Seulement, arrivé là, il poussa un soupir et dit : « Je suis sauvé. »

Pourquoi sauvé ? Derrière les murs du couvent, au fond d'un renfoncement occupé par une colonie d'orties, quelques visages se montraient ; en regardant bien, vous eussiez aperçu là une dizaine de gaillards, leurs chevaux attachés un peu plus loin. Saint-Priac fit un léger détour et passa près d'eux.

Ils se redressèrent et se tinrent en parade.

« N'oubliez pas mon coup de sifflet », dit Saint-Priac à demi-voix.

Et, sans avoir paru les voir, il poursuivit son chemin vers la maison de Chalais : Saint-Priac voulait bien se battre et risquer sa peau, mais il ne voulait pas se laisser massacrer sans bagarre.

En somme, les hôtes allaient être nombreux, dans cette maison où deux personnages seuls eussent dû se rencontrer : Trencavel y allait. Saint-Priac y allait. Montariol y était déjà. Rascasse et Corignan s'y cachaient déjà. Dix sacripants étaient prêts à s'y élancer. Et enfin, dans la salle du rez-de-chaussée, il y avait un personnage qui attendait depuis dix heures du matin : c'était Annaïs de Lespars.

Le matin, à la première heure, elle avait reçu un cavalier envoyé par la duchesse de Chevreuse. Et le cavalier avait dit : « Nous avons reçu hier une dépêche de son secrétaire : il viendra, il sera seul… » À dix heures, Annaïs fit son entrée dans la maison solitaire juchée sur la hauteur qui dominait le cloître. Elle s'installa dans la grande salle. À droite et à gauche, il y avait deux portes qu'elle ouvrit ; elles donnaient sur deux petites pièces. Il n'y avait personne.

Assurée qu'elle était seule, elle tira son épée, l'essaya en la faisant ployer, et la déposa sur une table. Elle était pâle.

« Le tuer, murmura-t-elle. Ou être tuée par lui. Si c'est moi qui succombe, Trencavel va venir et il continuera la bataille avec cette épée… (Elle frissonna.) Viendra-t-il ?… Qui est-il ?… Pourquoi ai-je confiance en lui quand tout l'accuse d'être l'espion du cardinal ?… Viendra-t-il ?… Oh !… mais pourquoi Richelieu vient-il de si bonne heure ?… alors que Trencavel n'est pas là encore, lui ! »

Elle palpitait. Une ombre obscurcit l'entrée pleine de soleil. Annaïs, lentement, mit la main sur la garde de l'épée sur la table et leva les yeux. Ces yeux se dilatèrent d'une sorte d'épouvante, et quelque chose comme un faible cri expira sur ses lèvres, blanches soudain : « Saint-Priac !… »

L'épouvante était en elle. Cela ne venait ni de l'étonnement, ni de la peur. Cela venait de cette affreuse pensée : « Richelieu a été prévenu !… Prévenu par Trencavel ! »

Saint-Priac ne bougeait pas. Du premier coup d'œil, en ce jeune cavalier debout près de la table, la main sur une épée nue, il avait reconnu Annaïs. La stupeur le pétrifiait. Et l'angoisse de ce qu'il pouvait y avoir sous cette rencontre... Le cardinal l'envoyait à Chalais : il trouvait Annaïs de Lespars. Pourquoi ?

« Quoi qu'ait voulu l'Éminence, je ferai tourner ceci à mon profit. Puisque la voici, je la prends pour moi ! »

D'un coup de sifflet strident, il déchira le vaste silence de la lande. Embauchés pour le défendre, les dix sacripants serviraient à une autre besogne, voilà tout. Et il entra.

Annaïs, son épée à la main, marcha à la porte de droite, qu'elle avait ouverte l'instant d'avant : cette fois, elle ne s'ouvrit pas !... Et celle de gauche se trouva aussi fermée ! Dans ces deux pièces vides quelques minutes avant, il y avait des gens : l'intention du guet-apens était évidente.

Abandonnant l'entrée, Saint-Priac se plaça entre Annaïs et un escalier qui lui eût ouvert une retraite vers les régions supérieures de la maison.

Elle jeta autour d'elle un regard farouche d'antilope prise au piège. Elle entendit le galop précipité de plusieurs chevaux, et, brusquement, les dix estafiers apparurent, le poignard au poing, et hurlant :

« Sus ! Sus ! À mort ! Qui faut-il tuer ?...

— Hors d'ici, mes drôles ! commanda Saint-Priac. Gardez l'entrée et attendez que je vous appelle ! »

Annaïs, d'un geste, remit son épée au fourreau.

Saint-Priac s'approcha, et d'une voix tremblante :

« Avec votre épée au poing, vous étiez belle. Jamais je ne vous ai vue aussi étincelante. Qui pensiez-vous trouver ici ? Qui comptiez-vous tuer ? »

Elle allongea la main, toucha le manteau rouge :

« Pourquoi portez-vous l'habit du cardinal de Richelieu ? »

Il se débarrassa du manteau qu'il jeta dans un coin, et :

« C'est lui que vous vouliez tuer, dites ? Vous vouliez vous battre contre Richelieu ! Oh ! que vous êtes belle ! Eh bien ! voici ma poitrine. S'il vous faut une épée contre laquelle choquer la vôtre, voici la mienne ! »

Elle eut une dénégation de dédain.

« C'est vrai ! fit-il dans un souffle ardent. Vous me méprisez trop pour cela. Que suis-je ? »

Il était haletant.

« Je suis l'homme qui vous aime… Nul ne vous aimera autant que moi !

— Allons, dit-elle froidement, faites donc votre besogne : le cardinal attend votre rapport. »

Saint-Priac écuma.

Ses yeux eurent des lueurs sanglantes.

« Eh bien, non, je ne mourrai pas de honte sous votre mépris. Je mourrai de douleur sous votre haine. À moins que bientôt je ne puisse me rire de votre haine elle-même…

— Finissons-en. Je ne vous haïrai pas.

— Vous me haïrez, rugit Saint-Priac. Et ce sera ma joie. Votre mère… »

Il s'arrêta, haletant, hésitant peut-être. Une aube d'horreur se leva dans le clair regard d'Annaïs. Elle cria :

« Ma mère !… Que voulez-vous dire ?…

— Votre mère ! C'était le grand obstacle entre vous et moi. Même avant que Richelieu eût voulu la tuer, j'y pensais, moi. »

Annaïs écoutait avec l'anormale attention des cauchemars.

« L'homme vint à Angers… l'homme envoyé par le cardinal. Il me parla. Je sus que la volonté de Richelieu se confondait avec ma volonté. Nous convînmes que le petit homme se vanterait de la chose… »

Saint-Priac se pencha vers Annaïs, farouche, terrible en cette minute, et acheva :

« Mais c'est moi qui accomplis l'acte. C'est moi qui versai le poison. C'est moi qui tuai votre mère. Ah ! tonna-t-il en se redressant, le petit homme n'eût pas osé, lui ! J'ai osé !… Essayez encore de me dire que je ne vaux pas votre haine ! Je sens que je vous hais de toute la haine que vous me portez. Plus de masque. Plus d'amour. Je suis le maître ici. Vous êtes à moi. Holà ! holà ! vous autres ! »

En un clin d'œil, la salle fut envahie par les dix sacripants.

Annaïs était comme morte. Vaguement, elle sentit qu'on la poussait. Elle entendit Saint-Priac jeter des ordres d'un ton bref. Et, tout à coup, elle se trouva sur un cheval, parmi des gens. Saint-Priac se mit en tête de la troupe et cria :

« Suivez-moi ! »

La bande s'élança vers le nord, traçant un grand demi-cercle autour de Paris. C'était le moment même où Trencavel franchissait la porte Montmartre.

Trois heures plus tard, Saint-Priac quittait le comte de Chalais. Puis, grand train, il arrivait sur la place Royale, et bientôt faisait son entrée dans le cabinet du cardinal qui le regarda avec étonnement. Le bravo comprit et sourit :

« Pas un accroc à vos costumes, monseigneur. Pas le plus petit coup de miséricorde. Je reviens le plus simplement du monde, honoré des salutations d'une foule de gens qui m'ont pris pour Votre Éminence. »

Le cardinal considérait ce visage livide, ces traits qui semblaient s'être durcis, et songeait : « Il s'est passé quelque chose. Mais quoi ? »

« Le comte de Chalais ? demanda-t-il.

— M'a reçu fort galamment… Il était seul, monseigneur, absolument seul, et m'a expliqué qu'il aurait eu l'honneur de servir lui-même Votre Éminence. La collation était toute préparée. Je suis forcé de l'avouer à Votre Éminence, j'étais en appétit. M. le comte a insisté avec une telle bonne grâce… bref, nous nous sommes attablés, avons dévoré la collation préparée pour vous. »

Sur un geste du cardinal, Saint-Priac se retira. Il pensait :

« Elle est à moi. À moi seul. Je l'ai conquise. Je la garde ! »

« Il s'est passé quelque chose, se disait Richelieu, quelque chose qu'il faut que je sache ! »

Trencavel avait pris joyeusement un trot relevé. Il parvint au cloître Saint-Lazare. Là, il s'arrêta court, dressé sur ses étriers. Au loin, dans la direction du Temple, une poussière épaisse courait à ras du sol. Trencavel, immobile, considérait ardemment le nuage de poussière qui s'en allait courant vers le Temple, et il murmura :

« Qu'est-ce que cela ?... »

Trencavel, secouant la tête, se remit en marche. Bientôt, il mit pied à terre. La porte était grande ouverte. Pourquoi ? Il entra. Tout était calme, paisible, en bon ordre. Il sourit joyeusement :

« Bon. J'arrive premier. »

En ce moment, toutes les portes de Paris se fermaient, excepté les deux laissées ouvertes en souricières.

XI – Le prévôt Montariol

Il faut maintenant que le lecteur consente à remonter de quelques heures dans le temps pour suivre trois personnages qui jouent un rôle en cette aventure. Le premier, c'est Rascasse. Puis Corignan. Puis Montariol.

Rascasse habitait rue Saint-Antoine, près de Saint-Paul – c'est-à-dire près de la place Royale, où logeait Richelieu, – il s'était donc fait là, dans une petite maison isolée, un trou. C'était un taudis. Rascasse y vivait en célibataire.

Le matin de ce jour où Saint-Priac enlevait Annaïs, il se hissa sur son cheval et se dirigea vers la porte Montmartre. Là, après avoir constaté que le poste avait été doublé, Rascasse exhiba l'ordre signé du cardinal qui, pour ce jour, mettait à sa disposition l'officier et ses gens. L'officier lut l'ordre, fit un « C'est bien ! » tout sec et dédaigneux, puis tourna le dos.

Rascasse haussa les épaules, et, poursuivant son chemin, arriva à la maison que, d'après la conversation surprise en l'hôtel de Guise, il supposait vide. Elle l'était – ou du moins le paraissait. Rascasse entra dans la maison, visita le rez-de-chaussée, et s'installa finalement dans la pièce située à droite de la grande salle.

« De là, grogna-t-il, je surveille les événements. Je n'ai plus qu'à laisser venir. À moi les deux cents pistoles de l'Éminence !… Dommage, ce Trencavel est un joli garçon qui m'a sauvé la vie… Baste !… C'est la guerre ! »

Nous sommes bien obligés de consacrer quelques lignes à Corignan. Corignan était vaniteux et d'esprit assez lourd.

Il avait fait un peu tous les métiers de sacripant avant d'échouer au couvent des capucins, où on l'avait recueilli. Le père Joseph avait songé à faire de lui un espion, qu'il avait ensuite offert à Richelieu.

Corignan menait l'existence la plus indépendante qu'il fût possible de rêver. Il avait cent autres logis où il était sûr d'être bien accueilli parce qu'il avait presque toujours son escarcelle bien garnie : L'Éminence était généreuse. Le Père Joseph lui-même, quand il le fallait, n'hésitait pas à ouvrir sa bourse.

Ce même matin, Corignan se rendit à la porte Saint-Denis. Là aussi, le poste était renforcé. Là aussi, l'officier savait qu'il s'agissait d'arrêter un conspirateur, un criminel d'État, nommé Trencavel. Là aussi, enfin, ce digne militaire fit la grimace lorsqu'il eut vu l'ordre qui faisait de lui le subordonné d'un moine. Mais comme il n'y avait guère moyen de résister à une injonction venue de l'Éminence, l'officier finit par grogner :

« C'est bon, maître frocard, on t'obéira donc. En attendant, décampe ! »

Corignan trottait déjà, inspectant les environs d'un œil soupçonneux, terrifié à la pensée que Rascasse avait eu peut-être la même idée que lui, et qu'il faudrait partager les deux cents pistoles du cardinal. Enfin, arrivé un peu après dix heures au but de sa course, il constata avec jubilation qu'il était seul dans le logis.

« Laudate dominum, les pistoles sont à moi. Voyons maintenant à prendre position pour tout voir sans être vu. »

Il se dirigea vers la porte de droite et la trouva fermée.

Rascasse était là ! Alors, il alla à la porte de gauche – ouverte, celle-là.

Et il entra, s'avançant dans la demi-obscurité. Au même moment, il entendit se refermer l'huis qu'il avait laissé entrouvert. Il se retourna et demeura ébahi en se trouvant nez à nez avec un homme qu'il reconnut sur-le-champ.

« Vade retro !… Le prévôt de Trencavel !…

— Ah ! ah ! fit Montariol. Eh ! bonjour, révérend capucin ! »

Rascasse avait été matinal, mais Montariol plus matinal encore. Trencavel lui avait raconté, ainsi qu'à Mauluys, les étranges rencontres qu'il avait eues en l'hôtel de Guise et la promesse qu'il avait faite à Annaïs.

« Ainsi, dit flegmatiquement Mauluys, M. de Chalais espère que le cardinal se rendra à sa maison du clos Saint-Lazare. Au lieu de Chalais, le cardinal trouvera Mlle de Lespars, qui lui offrira de se mesurer avec lui, l'épée à la main... Et vous, vous serez là uniquement pour démontrer que vous n'êtes pas une créature du cardinal. Et si Mlle de Lespars succombe, vous continuerez le combat, c'est bien cela ?

— Oui, fit Trencavel, les dents serrées, la tête en feu.

— Eh bien, voulez-vous que je vous dise ? Rien de tout cela n'arrivera. Le cardinal n'ira pas. À la place de Richelieu, vous trouverez des sbires qui vous entraîneront à la Bastille...

— Et de là à l'échafaud, acheva Mauluys. De quoi vous mêlez-vous ?...

— Je me mêle de l'aimer ! dit Trencavel de sa voix ardente. Et de la conquérir ! J'y ai engagé ma vie. Si je gagne, je gagne le bonheur. Si je perds, je ne perds que la vie... Ce n'est pas tout, Mauluys, et toi aussi, prévôt. L'entretien que j'ai eu avec elle doit rester un secret. Si vous venez là-haut pour m'aider, vous m'aurez déshonoré aux yeux d'Annaïs. Votre parole que je ne vous verrai pas au logis de Chalais ?

— Vous l'avez », dirent les deux hommes.

Mais dès qu'ils trouvèrent l'occasion d'échanger quelques mots à voix basse, Mauluys dit :

« Vers midi, je serai aux environs du clos Saint-Lazare.

— Et moi, dit Montariol, je serai dans la maison. Pourvu qu'il ne me voie pas, j'aurai tenu ma parole. »

C'est pourquoi Montariol sortit de Paris au moment même de l'ouverture des portes et arriva bon premier devant la maison signalée dont, sans une seconde d'hésitation, il fractura l'entrée. Et c'est pourquoi, s'étant posté dans la pièce située à gauche de la grande salle, il vit d'abord arriver Rascasse.

Au bout de quelques instants, Montariol sentit gronder en lui une furieuse colère. Bientôt, il sortit de son observatoire et se dirigea vers la pièce de droite, où il trouva Rascasse. Le petit homme demeura béant.

« Monsieur Montariol ! bégaya-t-il.

— Ne vous dérangez pas, fit le prévôt en refermant la porte. D'ailleurs, ce que je veux vous faire ne vous prendra que quelques secondes.

— Que voulez-vous donc me faire ? dit Rascasse, épouvanté.

— Vous tuer, simplement », fit Montariol, qui dégaina.

Rascasse vit se lever l'épée.

D'une voix calme, il prononça :

« Si vous me tuez, Trencavel est perdu.

— Explique ! » grogna Montariol.

Et alors, une sorte de désespoir spécial entra dans l'âme du petit espion. Venu pour arrêter Trencavel, il allait le sauver !... C'était la fin de sa carrière.

« Le sauver ! rugit-il en lui-même. Mille fois non !... Oh ! cette idée qui me vient !... Me sauver, moi, oui ! Et m'assurer mieux que jamais de ma prise !... Oui, mais... Tant pis ; quitte ou double ! »

« Écoutez, fit-il. Trencavel, vers midi, va sortir de Paris pour venir ici...

— Comment le sais-tu ? »

Et Montariol se mit à trembler. Et à lui aussi, une pensée sinistre illumina son esprit :

« Est-ce que cette Annaïs aurait ?... Oui, oui ! Elle croit que Trencavel est son ennemi... elle a imaginé ce rendez-vous... et prévenu le cardinal ! »

« Comment je le sais, peu importe, reprenait Rascasse. Mais croyez-moi, le cardinal est bien informé. (C'est bien cela ! oh ! ceci est infâme !) Vous vous heurtez à plus fort que vous. En attendant, vous me tenez. Vie pour vie. Laissez-moi la mienne, j'assure celle de Trencavel.

— Parle donc !

— Eh bien, le cardinal est informé que Trencavel rentrera par la porte Saint-Denis. (Montariol tressaillit. Cela concordait avec ce qu'avait dit le maître d'armes.) Attendez-le ici. Dites-lui d'éviter la porte Saint-Denis, où il est guetté. Qu'il rentre par la porte Montmartre ! Par la porte Montmartre, entendez-vous ! Et il est sauvé. »

Montariol rengaina. Tout cela était plus que plausible. D'ailleurs, Montariol se promettait de surveiller. Il sortit brusquement. Rascasse étouffa un juron de joie. Il ferma la porte à clef. Mais, au moindre bruit, il ouvrait puis refermait. Annaïs, plus tard, devait trouver cette porte tour à tour ouverte et fermée.

« Trencavel passera par Montmartre – ma porte ! jubilait le petit Rascasse. Je tiens le Trencavel. Et je tiens aussi le prévôt. Que va dire le cardinal ? Je voudrais y être déjà… »

« Quelle chance que je sois venu ! songeait Montariol. Cet avorton a dit la vérité, c'est clair. La terreur lui a arraché tout le plan de l'Éminence rouge. Nous rentrerons par la porte Montmartre. Pardieu ! le tour sera bien joué. »

Le temps, cependant, s'écoula. Tout à coup, il sembla à Montariol qu'on approchait de la pièce. Il se dissimula. Quelqu'un, en effet, entra bientôt. Le prévôt referma la porte, et, au bruit, le nouveau venu se retourna, effaré. C'était Corignan.

« Bonjour, bonjour, mon révérend, fit Montariol. Vous arrivez à temps pour me donner votre bénédiction ! »

Corignan entrouvrit sa robe et, tirant sa rapière :

« Tiens, païen, la voici, ma bénédiction ! »

Il se rua. Montariol avait dégainé. Les deux rapières se choquèrent. Corignan était un redoutable ferrailleur. Montariol murmurait, haletant :

« Miséricorde, il va me tuer ! »

Le prévôt fut acculé au mur, près de la fenêtre. Corignan se fendit à fond en grognant :

« Tiens, scélérat ! Avec ces trois pouces de bénédiction dans le ventre, tu es sûr… »

On ne sut jamais de quoi Montariol devait être sûr ; à l'instant où le moine se fendait, la rapière lui sauta des mains ; emporté par l'effort, Corignan tomba sur ses genoux et, dans la même seconde, vit Montariol se pencher sur lui en grondant :

« Alors, frocard, tu croyais tout bonnement embrocher un prévôt de l'académie Trencavel ? Tu es ici pour espionner Trencavel ? Comment devais-tu le faire arrêter ?

— Par le poste de l'une des portes de Paris où il doit se présenter tantôt.

— La porte Saint-Denis, hein ?

— Non pas, fit vivement le moine : la porte Montmartre ! Je vous jure que le noble Trencavel peut rentrer en toute sécurité par la porte Saint-Denis.

— Ah ! Ah ! fit Montariol, pensif. Eh bien, nous rentrerons dans Paris par la porte Saint-Denis. Tu nous accompagneras. D'ici là, n'essaie pas de fuir, ou gare la bénédiction ! »

Montariol laissa Corignan tout étourdi de l'algarade.

« Voilà qui va bien, songea le moine. J'accompagne les deux drôles jusqu'à la porte Saint-Denis, où je commande ; là, je les fais empoigner et vais les jeter tous deux aux pieds de monseigneur, qui, alors, me couvre de pièces d'or. »

Montariol, cependant, avait pris position en haut de l'escalier qui donnait sur la grande salle. De là, il pouvait surveiller ce qui se passerait en bas. Il songeait :

« Rascasse dit que le piège est à la porte Saint-Denis. Corignan dit que c'est à la porte Montmartre. Tous deux mentent. À moins que tous deux ne disent la vérité. Que faire ? »

À ce moment, mus par un même sentiment de terreur et de curiosité, Rascasse et Corignan, sans faire de bruit, entrebâillaient leurs portes et jetaient un coup d'œil angoissé dans la grande salle. Au bout de cette salle, dans la pénombre, Corignan aperçut la tête anxieuse de Rascasse et referma vivement sa porte. Rascasse entrevit l'image détestée de Corignan et, vivement, se terra.

« M'a-t-il vu ? Et Montariol l'a-t-il vu, lui ? » se demandait chacun d'eux.

Presque aussitôt, Annaïs arriva, puis Saint-Priac. Et enfin, sur le coup de midi, Trencavel fit son apparition. Montariol avait assisté à toute la scène dramatique sans que son opinion se fût modifiée à l'égard d'Annaïs. Lorsqu'il vit que Saint-Priac s'emparait de la jeune fille, il se contenta de murmurer :

« Ils se valent et sont dignes l'un de l'autre. Qu'ils se dévorent : cela nous épargnera de la besogne. »

Trencavel, en bas, ressentait cette sourde inquiétude qui l'avait saisi en apercevant le nuage de poussière rousse qui disparaissait vers le Temple.

« Il est midi… Le cardinal devrait être là… »

À ce moment, une épée, à grand bruit, tomba à ses pieds. Trencavel eut un sursaut, leva la tête et vit Montariol.

« Un prévôt qui manque à la parole donnée…

— Maître, dit Montariol, c'est pour cela que je viens de vous rendre mon épée. Si vous me chassiez de votre académie, j'y reviendrais encore malgré vous, le jour où il faudrait donner ma vie pour sauver encore une fois la vôtre. »

Ce fut si digne, si humain, qu'un frémissement bouleversa le maître en fait d'armes. Montariol s'était croisé les bras, attendant l'arrêt. Trencavel détacha son épée et reprit :

« Monsieur, un prévôt de mon académie ne rend son épée à personne, pas même au roi, pas même à moi ! Voici la mienne. Prévôt, embrasse-moi ! »

Montariol reçut en frémissant l'accolade de son maître et, avec un mouvement d'orgueil, mit dans son fourreau l'épée de Trencavel. Le maître d'armes, alors, ramassa celle du prévôt et la ceignit.

« Qu'il ne soit plus jamais, question de ceci, reprit Trencavel. Voyons : elle n'est pas encore arrivée ?

— Elle ne viendra pas », dit Montariol.

Trencavel reçut comme un coup violent au cœur.

« Et lui ?… le cardinal ?…

— Il ne viendra pas », répondit Montariol du même ton.

Trencavel pâlit.

« Partons ! dit-il d'un ton bref.

— Non, fit Montariol. Pas encore. (Montariol désigna successivement les deux portes de gauche et de droite.) Savez-vous qui est là ?… Rascasse !… Et là ?… Corignan ! »

Trencavel blêmit. La même terrible pensée qui avait traversé l'esprit de Montariol se présenta à lui dans une aveuglante clarté :

« Annaïs seule savait que je serais ici aujourd'hui à midi. Qui a prévenu le cardinal ? Oh ! mais qui donc ?… »

Mais cette lueur, presque dans le même instant, s'éteignit, et l'affreuse pensée s'évanouit aux ténèbres d'où elle était sortie.

Le cardinal avait été prévenu, voilà le fait. Il ne voulut pas s'occuper du reste. Annaïs, prévenue tardivement que le cardinal envoyait des espions au clos Saint-Lazare, s'était abstenue. Montariol avait dit : « Elle ne viendra pas ! »

Il eut un soupir et un sourire.

« Que font là ces deux sacripants ? reprit-il.

— Ils attendent votre arrestation. Le guet-apens est organisé. On sait que vous devez rentrer à Paris soit par la porte Montmartre, soit par la porte Saint-Denis. J'ai confessé les deux drôles. Il est bien clair que l'une et l'autre porte sont prêtes à vous happer au passage.

— Juste, mon prévôt. De plus, tout à l'heure quand je suis sorti, j'ai entendu dire que toutes les portes de Paris étaient fermées, sauf deux. – Le cardinal est un terrible jouteur.

— Bah ! nous avons des contres qu'il ne connaît pas ! Mais avant de sortir d'ici, nous devons nous débarrasser de ces deux drôles. Séparément ou ensemble, je leur ai déjà pardonné deux ou trois fois. Il paraît que j'étais destiné à… qu'en dis-tu, prévôt ?

— Je suis de votre avis, dit froidement Montariol.

— Bon. Lequel prends-tu ?

— Oh ! mon Dieu, peu importe.

— Eh bien, va à gauche. Je vais à droite. Amenons-les ici. »

Tout à coup, comme Montariol atteignait la porte de gauche, derrière laquelle se trouvait Corignan, le maître d'armes revint vivement sur ses pas et arrêta le prévôt.

« Qui se trouve là ? demanda-t-il dans un souffle.

— Corignan », répondit le prévôt d'un ton aussi bas.

Les yeux du maître d'armes pétillaient.

Sa physionomie avait repris cette expression de joie narquoise particulière au gamin de Paris. Montariol frémit et songea :

« Il apprête encore une de ces farces, mais laquelle ? »

Trencavel, cependant, sans s'expliquer autrement, parlait, cette fois, assez haut pour être entendu de Corignan, mais de Corignan seul. Il disait :

« Mon bon prévôt, puisque tu as tué ce maudit Rascasse, il faut au moins que sa peau me serve à quelque chose. Tu ne comprends pas ? Je vais rentrer par la porte Saint-Denis, puisque c'est la seule qui ne soit pas surveillée. Mais, comme on pourrait me reconnaître, je vais m'habiller en Rascasse ! Rascasse était petit, c'est vrai. Mais tu sais que je fais de mon corps ce que je veux. Et puis, le manteau, le chapeau et son cheval… cela suffira… Dans cinq minutes, je suis Rascasse, défunt Rascasse ressuscité, et je cours à la porte Saint-Denis. »

Trencavel, se penchant, colla son oreille à la serrure. Au bout d'un instant, il entendit le bruit d'une fenêtre qui s'ouvrait très doucement. Alors, il entraîna Montariol, stupéfait, vers l'entrée de la maison, et, une minute plus tard, ils aperçurent le moine Corignan qui, juché sur sa mule, galopait vers la porte Saint-Denis !…

« Un ! » fit Trencavel.

Devant la porte derrière laquelle se trouvait Rascasse, Trencavel arrêta le prévôt et :

« Mon brave Montariol, tu as fourni à ce damné frocard un coup d'épée dont il s'est laissé mourir. Mais puisque je suis surveillé, puisque la porte Montmartre qui m'est seule ouverte te paraît elle-même dangereuse pour moi, il me vient une idée. Je vais m'habiller en Corignan et monter sur sa mule. Toi cependant, tu passeras par la porte Saint-Denis. Allons, vite, à la besogne. Apporte-moi la défroque. »

Trencavel n'en dit pas plus. Là, comme de l'autre côté, la fenêtre s'ouvrit, et, quelques secondes plus tard, ils purent apercevoir le petit Rascasse qui enfonçait ses éperons dans les flancs de son cheval et s'élançait vers la porte Montmartre !

« Tuer ces deux maroufles, dit alors le maître d'armes, c'eût été aussi par trop d'honneur pour eux…

— Mais je ne comprends pas, tripes du diable !

— Tu comprendras plus tard. »

Frère Corignan, cependant, accourait ventre à terre à la porte Saint-Denis.

« Oui, oui, mon brave Trencavel, déguise-toi en Rascasse !…

« Ce n'est pas frère Corignan qu'on prend à une ruse aussi grossière. – Et ce bon Rascasse qui est là-haut, éventré !

« L'officier ! Où est l'officier ? cria-t-il en arrivant à la porte.

— Ah ! fit le cornette, voici notre commandant frocard. Eh bien, et le sire de Trencavel ?

108

— Il va arriver, dit Corignan. Attention ! il s'est déguisé. Il montera un petit cheval tarbe de couleur pie, portera pourpoint de buffle et manteau lie de vin. Il prétendra s'appeler Rascasse... Ne l'écoutez pas et empoignez-le. Si je ne suis pas là, vous le conduirez au cardinal sans perdre un instant. »

Pendant ce temps, Rascasse arrivait tout essoufflé à la porte Montmartre et donnait ses ordres à l'officier :

« L'homme va arriver d'un moment à l'autre. Il sera habillé en moine capucin et jurera qu'il s'appelle Corignan. Saisissez-le au nom du roi et menez-le aussitôt à l'hôtel de Son Éminence. »

« Par exemple, ajouta-t-il en lui-même, c'est une fière chance que je sois enfin débarrassé du misérable Corignan. Lorsque ce Montariol sera arrêté à son tour, avant de le mener pendre, je veux lui payer une bonne bouteille. Eh, mais... pourquoi ne tenterais-je pas de l'arrêter ? Pendant qu'on saisira ici le maître d'armes, je ferai saisir le prévôt à la porte Saint-Denis, et je les offre tous deux à l'Éminence. »

Ayant donc renouvelé une exacte description de Corignan et réitéré ses ordres, Rascasse, tout bouillant d'enthousiasme, se précipita vers la porte Saint-Denis en longeant les fossés...

Cependant, frère Corignan trépignait d'impatience et ouvrait des yeux énormes dans la direction du clos Saint-Lazare. Trencavel tardait bien à venir se faire prendre !

« Ah çà ! qu'attend-il ? »

Frère Corignan, saisi d'une vague inquiétude, remonta la côte vers la maison de Chalais... Il ne voyait rien venir. Tout à coup, en inspectant la plaine derrière lui, il crut reconnaître au loin, vers la porte Montmartre, la silhouette de Trencavel et de Montariol. Frère Corignan s'assena un coup de poing sur le crâne et cria :

« Verum enim cero ! C'était une feinte !... »

Et Corignan se rua vers la porte Montmartre, qu'il atteignit au moment où les deux silhouettes entrevues la franchissaient tranquillement.

« Arrêtez-les ! Arrêtez-les ! hurla frère Corignan. Quoi ? Qu'est-ce ? Holà ! Êtes-vous fous ? »

Un soldat avait arrêté la mule par la bride. Deux ou trois autres saisissaient le moine et le tiraient à bas de sa monture. En un clin d'œil, il fut traîné au corps de garde.

« Mais je suis Corignan ! rugissait le moine. Corignanus ipse !

— C'est bien cela, pardieu !… Tenez-le bien !

— Mais j'appartiens à Son Éminence !…

— Bon, bon ! Nous allons vous conduire à elle ! »

Et Rascasse ?… Ah ! ce fut vite fait. À peine arrivait-il que l'officier, d'un ton goguenard :

« Ne seriez-vous pas, d'aventure, un certain Rascasse ?

— Oui, et voici ce que, par ordre de Son Éminence, vous devez…

— Holà ! vous autres, saisissez-moi ce drôle ! C'est lui ! »

Le pauvre Rascasse, désarçonné, roué de coups, ligoté, ficelé, bâillonné, fut jeté sur une charrette.

Les deux espions furent conduits ou plutôt portés à la place Royale, chacun par une voie différente.

Dans son vaste cabinet, Richelieu allait et venait, prêtant l'oreille au moindre bruit, nerveux, et murmurant parfois :

« Vous verrez que Trencavel va encore m'échapper… »

Au fond d'un fauteuil, un homme impassible, en sa robe de capucin : le Père Joseph. Il dit :

« Ce Trencavel ne nous échappera pas.

— Ce serait contraire à l'ordre des choses nécessaires. Mais votre impatience m'étonne. Le maître doit demeurer impénétrable. »

L'Éminence rouge approuva cette théorie. Puis soudain :

« Écoutez !… Cette fois, c'est lui ! »

Du dehors montait un tumulte sourd.

Bientôt la porte s'ouvrit. Par la baie fut visible la mêlée des gens qui poussaient, tiraient, et soudain un être roula sur le tapis, violemment poussé jusqu'aux pieds du Père Joseph par l'officier qui claironna :

« Le voici, Éminence ! Voici le Trencavel ! »

Rascasse se releva, soufflant, saluant, bredouillant et finalement se campa, tout hérissé, devant l'officier, et, à toute volée :

« Imbécile !…

— Silence ! Où est Trencavel ?

— Trencavel ? Ah ! ah ! c'est à devenir fou, Éminence !

— Silence, Rascasse !... Parlez, officier !

— Rascasse ! balbutia l'officier. Rascasse... Trencavel... mais...

— Où est Trencavel ? » répéta Richelieu.

Le silence tomba sur le groupe étrange. L'officier, fit son rapport en quelques mots. Rascasse compléta l'explication. Il en résulta : 1° que Trencavel, sans le moindre doute, s'était fait prendre à la porte Montmartre et qu'on allait l'amener ; 2° que Corignan avait été tué par le prévôt.

La conclusion fut que le malheureux officier reçut l'ordre de se rendre aux arrêts.

Rascasse trembla et s'attendit à être mené à la Bastille. Il songea :

« Heureusement, Corignan est mort. Heureusement !... »

Le cardinal, en effet, écrivait. Le Père Joseph écrivait de son côté. Sur ces papiers louchait Rascasse.

« Vous m'avez rendu à Angers un important service, dit Richelieu. Depuis, vous avez fait de votre mieux. C'est pourquoi votre tête est sauve, mais... »

Le Père Joseph tendit à Rascasse le papier qu'il venait de cacheter et :

« On vous pardonne d'avoir laissé périr frère Corignan et s'évader Trencavel. Son Éminence vous le dit : les services rendus... mais il faut mériter le pardon. Portez donc ceci au sous-prieur des capucins et exécutez l'ordre qu'il vous donnera. »

Dans le transport de sa joie, Rascasse baisa la main de l'Éminence grise et partit au pas de charge.

« Attendons Trencavel ! » dit l'Éminence grise.

Un quart d'heure s'écoula. Puis, tout à coup, aux antichambres, se gonfla un nouveau tumulte à l'instant même où le Père Joseph disait :

« Pauvre frère Corignan ! Je ferai ce soir réciter à son intention...

— C'est lui cette fois ! interrompit Richelieu.

— Auribus ! vociférait une voix au paroxysme de l'indignation. Auribus ambol...

— Cette voix... » murmura le prieur des capucins.

Et ce fut, brusquement, l'entrée de Corignan, encadré de deux gardes qui le traînaient chacun par une oreille.

La nouvelle explication fut brève, confuse, orageuse.

Résultat : Corignan reçut l'ordre de se rendre séance tenante au couvent, et l'officier, ahuri, effaré, rejoignit son camarade aux arrêts. C'est ainsi que Trencavel demeura en liberté – pour le moment – et n'en fut pas moins deux fois arrêté sous les espèces de Rascasse et de Corignan.

« Joué ! Bafoué ! gronda le cardinal.

— Ce Trencavel est plus redoutable que je ne pensais », dit le père Joseph.

Rascasse, donc, s'élança vers le monastère de la rue Saint-Honoré. Il était doublement joyeux : d'abord de la mort de Corignan ; ensuite du pardon octroyé par l'Éminence.

Il arriva devant le sous-prieur qui lut la dépêche et se prit à sourire.

« Tout va bien ! » songea Rascasse, radieux.

Toujours souriant, le sous-prieur fit signe à l'espion de le suivre. On se mit en marche à travers de longs couloirs sombres, on descendit d'interminables escaliers. À un moment, Rascasse vit qu'il était suivi lui-même par deux grands gaillards de moines. Il continua à marcher derrière le sous-prieur qui, enfin parvenu au fond d'un humide sous-sol, ouvrit une porte blindée et, plus souriant que jamais, se tourna vers Rascasse et dit d'un ton affable :

« Entrez !... »

Rascasse vit un trou noir. L'épouvante dilata ses yeux. Il eut un brusque mouvement de recul. Mais les deux capucins gigantesques l'agrippèrent et, avec une précision qui prouvait leur grande habitude, l'enfournèrent dans la béante gueule noire. Au même instant, les ténèbres l'engloutirent. La porte résonna violemment : il était dans l'in pace...

Accroupi dans un angle, la tête sur les genoux.

Rascasse tenta de lutter contre la peur... Un instant, il crut que la porte se rouvrait, que quelque chose roulait par les trois marches où il avait roulé lui-même. Il redressa la tête. Et il ne vit rien.

Pourtant, près de lui, un souffle rauque le fit frissonner, et soudain ses cheveux se hérissèrent, il se sentit glisser au vertige...

« Qui est là ?... »

En même temps, ses mains furent saisies, étreintes, et la voix inconnue rugit :

« Qui parle ici ?…

— Peste du fantôme ! riposta Rascasse. Qui es-tu ?…

— Corignan ! Frater Corignanus !

— C'est faux ! Corignan est mort ! J'en réponds, moi, Rascasse !

— Rascasse ? Dites-moi, compère, comment se fait-il que vous vous obstiniez à être vivant ?

— Et vous, fit Rascasse, expliquez-moi pourquoi vous ne consentez pas à être mort ? »

L'échange d'explications se fit à l'instant.

« Puisque nous sommes ici, conclut Corignan, c'est que le cardinal nous a condamnés à la prison perpétuelle.

— Ah ! gronda Rascasse. Mon révérend, il faut chercher à nous sauver… »

Corignan n'écoutait plus. D'une voix de basse taille, il entonnait le miserere…

XII – La duchesse de Chevreuse

Tandis que, dans la maison de l'enclos Saint-Lazare, ces multiples épisodes déroulaient leur trame tissée de tragédie et de comédie, la duchesse de Chevreuse et le comte de Chalais attendaient le résultat de l'entrevue qui, à ce moment même, mettait aux prises Annaïs de Lespars et le cardinal de Richelieu. Du moins, ils le croyaient.

Surexcitée, l'esprit éperdu d'impatience, le cœur battant, la duchesse était charmante. Mais c'étaient des pensées de drame qui roulaient leurs volutes en cet esprit. Dans ce cœur, des passions se heurtaient. Elle songeait :

« Si Annaïs est vaincue, je continuerai le combat… j'ai ici l'instrument fidèle et sûr… »

Elle jeta alors un furtif coup d'œil sur le comte de Chalais, et ce jeune visage si beau, si fier, elle le vit illuminé d'un tel rayonnement d'amour qu'elle tressaillit.

La porte s'ouvrit. Une exquise soubrette entra et dit :

« Le messager de l'enclos Saint-Lazare ! »

La duchesse et le comte furent aussitôt debout, haletants… la soubrette s'effaça… un homme entra… Chalais et la duchesse étouffèrent un cri d'épouvante. Cet homme qui s'avançait sur eux… c'était Richelieu !

Ce n'était pas Richelieu ! C'était Saint-Priac ! La duchesse de Chevreuse et le comte de Chalais, à la vue du baron de Saint-Priac revêtu de l'habit du cardinal, éprouvèrent cette espèce de stupeur qui forme une gangue à la terreur. Chalais s'avança vivement de deux pas et, la voix menaçante :

« Qui êtes-vous, monsieur ? Que venez-vous chercher ici ? Et pourquoi vous annoncez-vous comme venant du clos Saint-Lazare ?

— Parce que j'en viens, dit froidement Saint-Priac. Avant tout, sachez qu'en venant ici je joue ma tête, comme vous l'avez jouée, monsieur le comte, en demandant un rendez-vous secret à M. le cardinal, comme vous l'avez jouée, madame, en escomptant les résultats de ce rendez-vous.

— Qui êtes-vous ?

— Baron de Saint-Priac, gentilhomme angevin, partisan et fidèle serviteur de Son Éminence. »

Chalais et la duchesse échangèrent un regard. Ce regard voulait dire : « Le bourreau est dans l'antichambre. »

« Monsieur le comte, reprit Saint-Priac, je sors de votre hôtel où j'ai pu savoir que je vous trouverais ici. Voici ce que j'ai à vous dire : Son Éminence m'a chargé de me rendre à l'invitation que vous lui avez adressée et qu'elle a acceptée. Elle a voulu que, pour cette expédition, je revêtisse le costume cavalier sous lequel on l'a vue souvent. En sorte que si, une embuscade avait été préparée par vous, les gens chargés de frapper pussent croire que j'étais le cardinal. S'il m'arrivait malheur, la preuve était faite que vous aviez attiré Son Éminence dans un guet-apens… Or, monsieur le comte, je me suis rendu à votre maison du clos Saint-Lazare. J'y suis resté une heure. J'en reviens. En sortant de cet hôtel, je me rends droit à la place Royale, où je ferai mon rapport. Voici ce que je vais dire au cardinal : que je vous ai trouvé en votre maison du clos Saint-Lazare (Chalais tressaillit) ; que je suis arrivé sans aucune malaventure et que je vous ai trouvé seul. (« Est-ce un piège ? », se dit Chalais) ; que vous avez été mortifié que Son Éminence n'ait pu se rendre à votre invitation (la stupeur paralysa Chalais) ; et, enfin, que nous avons pris ensemble la collation destinée à Son Éminence. Or, je ne suis mort ni du voyage, ni de la collation…

— Pourquoi ?… pourquoi ?… bégaya Chalais.

— Pourquoi je vous sauve ? Ceci me regarde seul. Mais je vous jure, sur le sang du Christ que je vais faire le rapport tel que vous venez de l'entendre.

— Je ne vous démentirai pas ! » fit vivement Chalais.

« J'en suis bien sûr ! » songea Saint-Priac, qui s'inclina devant la duchesse.

« Ainsi, dit celle-ci, vous n'avez trouvé personne dans la maison de l'enclos ? Vous n'avez pas vu une jeune fille ? Mlle Annaïs de Lespars n'est pas venue ?

— Non, madame. »

Saint-Priac disparut... La duchesse demeura méditative. Chalais la contemplait. Elle songeait :

« Tout est perdu ? Non, puisque le cardinal ne saura pas. Il faut recommencer, voilà tout... »

Elle jeta un furtif regard sur Chalais et frissonna. Sans doute, une dernière lutte mettait aux prises son ambition déjà puissante et son amour encore tout frêle. Sans doute aussi, l'ambition terrassa l'amour, la réalité de l'amour. Et il n'y eut plus en elle que la comédie, le simulacre de passion.

« Comte, je vous rappelle ce que je vous ai dit à l'hôtel de Guise.

— Madame...

— Ce soir, à dix heures, ici. Marine vous introduira. »

Chalais, ébloui, se sentit chanceler. Il ferma les yeux.

Saint-Priac, on l'a vu, s'était rendu place Royale en sortant de l'hôtel de Chevreuse.

Il tint parole à Chalais et fit au cardinal le rapport convenu chez la duchesse.

Dans un interrogatoire qu'il subit plus tard à ce sujet, Saint-Priac a prétendu qu'il avait, en effet, essayé de sauver le comte de Chalais par un généreux mensonge. Mais il nous semble, à nous, qu'il a simplement voulu cacher au cardinal la prise d'Annaïs.

À l'hôtel de la place Royale, Saint-Priac reprit son costume personnel. Quant au cheval de Richelieu, il en avait encore besoin, et il demanda au maître des écuries la permission de le monter pour le reste de la journée ; là-dessus, cet homme lui répondit qu'il venait justement de recevoir des ordres au sujet de cette magnifique monture : Son Éminence en faisait don à M. le baron, avec le harnachement et les fontes qui contenaient des pistolets à crosse damasquinée.

Saint-Priac sauta sur la superbe bête et, la gorge serrée par une joie terrible, franchit la porte Saint-Antoine et courut à franc étrier jusqu'au château de Vincennes. Derrière le château s'érigeait une misérable auberge. Là, une douzaine de ruffians à formidables moustaches menaient tapage autour des brocs ; c'étaient les estafiers de Saint-Priac. Sans mettre pied à terre, il cria :

« Holà ! mes drôles ! »

Tous, en tumulte, ils sortirent pour courir à leurs chevaux, en cercle autour d'un pieu où s'attachaient les brides – tous, excepté deux qui entrèrent dans une salle fermée à clef.

Annaïs était là. Dehors, elle sauta sur le cheval qu'on lui présentait. Les sacripants l'entourèrent. Saint-Priac se mit en tête, leva le bras, et toute la bande s'ébranla au trot.

On franchit la Marne au bac de Charenton, la rive droite de la Seine fut longée pendant une petite lieue, puis on piqua droit sur la forêt de Sénart.

Au-delà de la forêt, sur les bords de la Seine, se trouvait le hameau d'Étioles. À un quart de lieue du Village et adossée au bois, s'élevait une maison carrée, trapue, solide. Une sorte de gouvernante, aidée d'une petite Parisienne, gardait cette maison où nul ne pénétrait. Les gens d'Étioles clignaient de l'œil et l'appelaient : la Riche-Liesse.

Cette étrange appellation cachait un jeu de mots : la maison appartenait à Richelieu !...

C'est là que Saint-Priac conduisit Annaïs. C'était un chef-d'œuvre d'audace.

« Ordre du cardinal ! » avait dit Saint-Priac en arrivant.

Et, à voix basse, il avait donné ses instructions. Peut-être n'était-ce pas la première aventure de ce genre qui eût à enrichir les annales de la Riche-Liesse, car la gouvernante, nullement surprise, conduisit Annaïs dans une chambre du haut. Les sacripants reprirent le chemin de Paris. Saint-Priac demeura et se dirigea vers la chambre.

Il s'inclina profondément devant la jeune fille. Elle n'eut pas un geste tant qu'il fut là, mais ses yeux firent le tour de la chambre. De cette inspection, il lui resta une sensation de bleu pâle moiré et toute sa pensée s'accrocha à une rosace de tapis, pendant que lui, courbé, menaçant, l'œil en dessous, grondait des choses.

Quand elle cessa de fixer la rosace, elle s'aperçut qu'elle était seule. Il y avait longtemps que Saint-Priac était parti…

Alors, brusquement, un choc en retour lui rapporta la voix de Saint-Priac.

« … Huit jours de réflexion… huit, pas plus… vous me reverrez dans huit jours, pas avant… la richesse et la vengeance assurées, si vous acceptez mon nom… la mort de Richelieu… sinon je vous tue… mais avant je vous endors… »

Elle fut saisie d'un tremblement convulsif et répéta :

« Avant de me tuer, il m'endort… »

Elle comprit que là gisait la menace hideuse. Ses yeux hagards tombèrent sur la gouvernante et la soubrette : elles apportaient une petite table éblouissante de son argenterie et de ses cristaux.

Ce regard morne, soudain, s'enflamma… Il y eut un bond. Annaïs atteignit la table et, avant que les deux femmes eussent pu esquisser un geste, saisit… l'arme !… le couteau ! l'unique couteau apporté par la gouvernante pour découper. La gouvernante et la soubrette demeuraient muettes, effarées de stupeur.

Toute sa lucidité reconquise, au cœur et au cerveau, Annaïs, le couteau dans sa main crispée, reculait en grondant :

« Pour l'assassin !… »

Le soir de ce jour, vers neuf heures, la duchesse de Chevreuse attendait le comte de Chalais dans un petit salon meublé avec une charmante sobriété. La porte s'ouvrit à double battant et un solennel huissier annonça :

« Sa Grandeur l'archevêque de Lyon ! »

La duchesse pâlit légèrement sous son fard. C'était étrange, cette arrivée imprévue du frère de Richelieu à l'heure même où elle se préparait à armer le bras qui devait frapper le cardinal.

Elle dissimula son trouble en s'inclinant sous la bénédiction du prélat.

« Monseigneur, dit-elle, je pensais à vous à l'instant où j'ai eu la bonne surprise de vous voir entrer, et je me disais qu'un homme tel que vous manque à la cour.

— Madame, dit l'archevêque, non seulement je n'irai jamais à la cour, mais j'espère pouvoir bientôt me démettre des fonctions auxquelles j'ai été appelé sans que je les eusse souhaitées, et reprendre à la Grande-Chartreuse ma place parmi ceux qui sont morts au monde... Il y a dans Paris – plût au Ciel qu'elle n'y fût jamais venue ! – une jeune fille dont je souhaite ardemment le bonheur. Et voici, madame, l'objet de cette tardive visite que je vous prie de me pardonner. Elle s'appelle Annaïs de Lespars... »

La duchesse, en un instant, fut bouleversée. Le drame venait de faire son apparition dans ce coquet salon.

« Monseigneur, dit-elle, puisque vous désirez le bonheur d'Annaïs, allez donc trouver votre frère, le cardinal, et dites-lui qu'il lui rende sa mère ! Dites-lui surtout... »

L'archevêque eut un geste d'indicible dignité.

« Je sais vos sentiments pour le cardinal. Et je sais les sentiments du cardinal, pour cette malheureuse enfant. Quant à moi, quelle que soit ma pensée, le cardinal est mon frère !

— Eh bien, que puis-je alors ?

— Je suis venu à Paris pour la défendre, madame !... J'ai pu à grand-peine, et par des moyens dont je dispose, savoir où s'est logée Annaïs de Lespars. J'ai voulu la voir. Je me suis rendu aujourd'hui à midi en son hôtel. Je ne l'ai pas trouvée. À quatre heures, rien encore. Enfin, à huit heures, les gens de la maison, alarmés, m'ont confié que peut-être pourriez-vous me dire où je puis la rencontrer. »

La duchesse pâlit. Elle avait cru qu'Annaïs, pour une raison inconnue, avait renoncé au redoutable rendez-vous du clos Saint-Lazare. Annaïs était sortie à l'heure convenue ! Pour marcher contre Richelieu, c'était sûr !... Or, d'après le rapport de Saint-Priac, on ne l'avait pas vue au clos Saint-Lazare !... Les conclusions étaient effroyables :

Ou Annaïs avait été enlevée en sortant de la rue Courteau. Ou elle avait été arrêtée au lieu même du rendez-vous. Dans les deux cas, Richelieu la tenait... Annaïs était perdue... et ceux qui avaient conspiré avec elle...

Dès lors, elle se cuirassa de prudence. Cet homme, là, devant elle, c'était le frère du cardinal ! Une parole de trop pouvait la tuer. Elle ne savait rien. Elle n'avait vu Annaïs qu'une fois. Elle ignorait même où se trouvait son hôtel… L'archevêque la quitta désespéré… Dès qu'il fut parti, la soubrette vint annoncer que le comte de Chalais attendait.

« Oh ! songea la duchesse, celui-ci agira ! Celui-ci me défendra au besoin ! Il faut qu'il soit à moi corps et âme… »

« Madame, dois-je l'amener ici ?…

— Oui. Et qu'on ferme les portes de l'hôtel ! »

Le lendemain matin, à l'heure convenue avec le chevalier de Louvigni, Chalais sortait de Paris à cheval.

Chalais, en se rendant à ce duel où il allait peut-être trouver la mort, était radieux.

En arrivant au milieu de la côte, il aperçut Louvigni qui l'attendait, immobile, statue équestre qui se profilait sur le ciel pâle. Les deux adversaires se rejoignirent, et, s'arrêtant court l'un devant l'autre, se saluèrent.

Louvigni, du geste, montra un bouquet d'ormes et chênes mêlés de châtaigniers, à deux cents pas. Chalais acquiesça d'un signe de tête. Ils s'y rendirent, attachèrent leurs chevaux, et pénétrèrent sous le couvert. L'endroit était bon : ils ne pouvaient être vus.

Les deux épées se croisèrent avec un petit bruit sec…

Il y eut deux ou trois passes rapides. Cela dura à peine une moitié de minute. Et tout à coup, l'une des épées sauta à six pas… c'était celle de Louvigni. Le chevalier s'élança et saisit l'arme au moment où elle touchait terre. Il revint sur l'adversaire. Il était livide.

Quelques instants plus tard, pour la deuxième fois, l'épée de Louvigni sauta. Encore, Louvigni, écumant, vint se ruer sur Chalais, et encore l'épée sauta. Cette fois, il ne la ramassa plus. Il gronda on ne sait quoi de confus. Chalais crut comprendre qu'il disait : « Tuez-moi ! Tuez-moi !… » Mais il n'en était pas sûr. Il garda le silence, surveillant attentivement son adversaire. Il ruisselait de sueur. Louvigni, brusquement, tourna le dos. Chalais crut l'entendre pleurer. Cela lui fit mal. Doucement, il rengaina, reprit son manteau, et, reculant pas à pas, arriva jusqu'à son cheval, qu'il détacha. Là, il attendit un cri, un appel, une provocation ou un mot de réconciliation.

Mais il n'entendit rien. Il ne voyait même plus Louvigni, qui avait disparu derrière les arbres. Alors, il remonta en selle, et, au petit pas, reprit le chemin de Paris.

Chalais rendit compte à la duchesse de Chevreuse des résultats du duel. Mais il se contenta de lui dire, qu'après plusieurs passes inutiles, Louvigni et lui s'étaient retirés chacun de son côté sans s'être fait de mal et sans se réconcilier.

Dans le petit bois, Louvigni ne pleurait plus. Il s'était assis par terre. Une révolution s'accomplissait dans cette âme. Les derniers scrupules de l'honnête homme tombaient l'un après l'autre, écrasés par la haine. Le crime à peine ébauché à l'hôtel de la place Royale, l'effroyable crime de délation achevait de s'échafauder dans son esprit. Quand Louvigni se releva, c'était un autre homme.

« Il y a ce soir réunion générale, songea-t-il. La maîtresse de Chalais va y proposer un nouveau plan d'action... »

Et avec un sourire terrible :

« J'y serai !... »

XIII – Corignan et Rascasse en campagne

Depuis combien de temps Rascasse et Corignan étaient-ils enfermés dans le funèbre in pace ? Ils l'ignoraient.

Tout à coup, la porte du cachot s'ouvrit, et, dans la vague lumière confuse d'un falot, ils distinguèrent la sévère figure du Père Joseph. Les deux prisonniers tombèrent à genoux, tandis que le Père Joseph descendait auprès d'eux.

« Vous avez menti tous les deux, dit le prieur des capucins. M. de Saint-Priac nous a raconté ce qui s'est passé à l'enclos Saint-Lazare. Votre tête tient à peine sur vos épaules !

— Ah ! ah ! fit Rascasse en se relevant. M. de Saint-Priac a parlé de l'enclos Saint-Lazare ?

— Certes, et il nous a assuré que vous n'avez nullement vu Trencavel : vous vous êtes vantés. »

Les yeux de Rascasse brillaient de malice.

« Je me permets de poser une simple question à Votre magnanime Révérence : Son Éminence le cardinal tient-il toujours à mettre la main sur une demoiselle de noblesse nommée Annaïs de Lespars, récemment venue d'Angers ? Si cela est, je suis sûr de largement réparer une faute où je n'ai péché que par excès de zèle, je vous le jure. Je suis sûr, en un mot, de trouver cette terrible ennemie du cardinal, plus terrible que sa mère !...

— Parlez, dit le Père Joseph.

— J'ai une idée ! fit Rascasse.

— Moi aussi ! » dit aussitôt Corignan.

Le Père Joseph éprouva à cette minute une des plus fortes émotions de sa vie. Oui, Annaïs était un danger vivant pour le cardinal de Richelieu – son œuvre ! son chef-d'œuvre !…

Mais ce n'était pas tout. Il était persuadé que la lettre, l'effroyable lettre volée, était aux mains d'Annaïs… La capture de la jeune fille, c'était la délivrance, l'évasion du cauchemar de terreur où il vivait. Or, le Père Joseph avait une réelle confiance dans l'instinct de Rascasse – et son flair de limier.

« Expliquez-moi votre idée, dit-il.

— Monseigneur, dit résolument Rascasse, je vous supplie de vouloir bien comprendre. Je dis que je puis arrêter maintenant Annaïs de Lespars. Je dis que je puis découvrir son gîte, et l'amener pieds et poings liés au cardinal. Je dis que je ne puis expliquer mon idée et qu'il faut me faire crédit. Je dis enfin que, pour arrêter Annaïs de Lespars, j'ai besoin de la liberté immédiate – et d'argent. »

Le Père Joseph sonda Rascasse de son regard perçant.

« Monseigneur, fit Rascasse, vous me ferez accompagner par frère Corignan, qui n'a aucun intérêt à me ménager. Si j'ai menti, vous pourrez toujours me remettre dans ce cachot…

— Venez », dit le Père Joseph.

Corignan fut stupéfait. « Comment, songeait-il, cet avorton a-t-il pu obtenir ?… » Mais il n'en suivit pas moins, avec un empressement facile à comprendre, son supérieur et Rascasse, qui déjà sortaient du cachot. Il y eut dans le cabinet de l'Éminence grise une courte conférence, à la suite de laquelle ils franchirent les portes du couvent. Leur premier soin fut de se précipiter dans le premier cabaret qu'ils rencontrèrent, et ils étonnèrent l'aubergiste par la quantité de choses solides qu'ils engloutirent.

« Nous allons, dit Rascasse, nous munir chacun d'une monture. Nous devons être prêts à tout.

— Mais enfin, dit Corignan, que ferons-nous ? Expliquez-moi un peu la belle idée que nous avons eue…

— À quoi avez-vous donc passé votre temps dans la maison du clos Saint-Lazare ?

— Mais, fit Corignan avec ingénuité, à regarder par le trou de la serrure. Et j'ai très bien vu cette Annaïs, belle fille d'ailleurs, en conversation avec… Ah ! s'interrompit-il tout à coup. Têtebleu ! Ventrebleu ! Et je n'ai pas compris cela tout de suite ! Ah ! bélître que je suis ! Avec qui se trouve Annaïs ? Avec Saint-Priac. C'est sur l'ordre de Saint-Priac qu'est entrée soudain cette bande de démons. Donc, Saint-Priac a enlevé Annaïs. Or, on nous met aux trousses d'Annaïs ! Nous n'avons qu'à suivre Saint-Priac.

— Puissamment raisonné, dit Rascasse. En route, donc. D'abord pour nous procurer des montures, car je soupçonne qu'il nous faudra peut-être voyager. Ensuite pour commencer notre faction devant le logis de Saint-Priac. »

Et ils sortirent en toute hâte.

Une heure plus tard, deux bidets prenaient place, tout harnachés, dans l'écurie de Rascasse. Alors, les deux espions se rendirent à l'hôtel de la place Royale : au bout de cinq minutes, ils connaissaient le logis de Saint-Priac : c'était rue Saint-Antoine, presque en face le taudis de Rascasse, à l'hôtellerie du Grand Cardinal.

Nos deux drôles n'eurent donc qu'à s'installer au logis pour surveiller. Ils montaient la faction à la porte et se relayaient d'heure en heure. Le soir, Corignan s'installa devant l'hôtellerie, et, vers les huit heures, eut la satisfaction de voir arriver Saint-Priac, qui disparut à l'intérieur.

« Bon !… fit Rascasse lorsqu'il eut appris ces détails, nous sommes tranquilles pour la nuit. Demain matin, à l'aube, nous reprendrons notre faction. S'il sort, nous le suivrons… »

À l'aube, ils furent debout et reprirent la faction.

« À cheval ! » commanda tout à coup Rascasse.

Quelques instants plus tard, les deux drôles étaient en selle : Saint-Priac venait de sortir de l'auberge. Ils le suivirent à deux cents pas. La porte de Paris franchie, ils atteignirent Bourg-la-Reine, puis Longjumeau sans avoir été vus par le baron. À Longjumeau, Rascasse passa du trot au pas, et, l'œil luisant d'allégresse narquoise :

« Inutile de risquer d'être éventés : je sais où il va ! »

Ils passèrent la Seine au bac d'Étioles, entrèrent dans le village et s'arrêtèrent devant une auberge.

Les chevaux remisés, ils s'installèrent dans une petite salle attenante à la grande, et, à travers les rideaux de la fenêtre, surveillèrent la route. Au bout de deux heures, Rascasse se recula en arrière : il venait de voir Saint-Priac qui revenait de la Riche-Liesse. Et Saint-Priac s'arrêtait devant l'auberge. Il mettait pied à terre. Il entrait !…

« C'est l'assassin ! » songea Rascasse en pâlissant.

L'assassin était là. Et la fille de la morte était au pouvoir de l'assassin. Si Rascasse avait pu formuler clairement les obscures idées qui, péniblement, se levaient en lui, voici ce qu'il se serait surpris à songer :

« Je suis chargé d'amener Mlle de Lespars au cardinal. Et que veut faire le cardinal ? La tuer comme la mère ? Non. Il me l'a dit : s'en débarrasser. Et comment ? Par Saint-Priac ! Et comment ? Il me l'a dit aussi : il faudra qu'elle épouse l'homme qui a tué sa mère… »

Le moine entendit Rascasse qui murmurait :

« C'est donc moi qui aurai fait cet effroyable mariage ? »

Ils se mirent en route à pied, laissant leurs chevaux à l'auberge. Vingt minutes plus tard, ils étaient devant la maison isolée à demi enfouie dans la forêt, la maison où Saint-Priac venait de passer deux heures.

« Savez-vous comment s'appelle ce castel ? fit Rascasse. Il appartient au cardinal. C'est la Riche-Liesse.

— La Riche-Liesse ! Seigneur ! Un admirable château, de plaisante et avenante figure ! Comme tout est riant, ici !

— Nous allons entrer là, reprit Rascasse.

— J'ai compris !… La petite raffinée d'honneur est là ! »

Rascasse, d'un coup autoritaire, heurta le marteau. Un judas s'ouvrit et encadra un visage de femme, un visage fané.

« Messagers de Son Éminence ! » dit Rascasse.

Peut-être les avait-on vus à la place Royale. Sans doute, on les reconnut. La porte leur laissa un étroit passage et se referma. Et à l'intérieur, d'un ton sans réplique, Rascasse dit :

« Nous avons une dépêche pour noble demoiselle Annaïs de Lespars.

— Donnez ! » fit la gouvernante.

Rascasse jeta à Corignan un regard de triomphe.

Ce mot était un aveu : Annaïs était là !

« Non, fit-il. En main propre. Dites-moi, ajouta-t-il, M. de Saint-

Priac sort d'ici, n'est-ce pas ? A-t-il eu avec Mlle de Lespars l'entrevue espérée par Son Éminence ?

— Hélas ! non, monsieur Rascasse.

— Vous me connaissez ?

— Qui ne vous connaît ?... Pour en revenir à M. le baron, aujourd'hui pas plus qu'hier et les jours précédents, il n'a pu seulement lui dire deux mots. Pensez-vous réussir mieux que le baron de Saint-Priac ? Je vais la prévenir. »

Rascasse rayonnait. Corignan ruminait ; il élaborait un nouveau projet de vengeance. La gouvernante avait ouvert une porte à forts verrous que Corignan remarqua sur-le-champ. Ils entrèrent et se trouvèrent dans une salle basse dont la fenêtre, comme toutes celles de la maison, était munie de solides barreaux. Rascasse frémissait d'orgueil. Il se redressa vers le capucin :

« Qu'en dis-tu, frocard ?

— Il n'y a plus qu'à courir à Paris à franc étrier et prévenir Son Éminence. C'est ce que je vais faire ! »

En même temps, d'un bond, Corignan franchit la porte, la referma violemment, poussa les verrous, et, éclatant de rire :

« Qu'en dis-tu. Rascasse ? »

La gouvernante, qui arrivait avec un plateau, poussa un cri. Corignan, laissant Rascasse frapper et hurler tout son soûl, pencha sur elle sa tête menaçante :

« Vous avez reconnu Rascasse le traître. Et moi, bonne femme, me reconnaissez-vous ?

— Non... c'est-à-dire... si fait. Vous êtes frère Corignan.

— Frater Corignanus. Oui, madame. Et bien vous en prend de me reconnaître. Sans quoi, je ne répondrais pas de votre tête. Car le cardinal eût pu croire que vous êtes la complice de Rascasse le traître. Proditor Rascassius.

— Que se passe-t-il ? fit la gouvernante d'un ton bref.

— Il se passe que cet homme, payé, suborné, stipendié par un certain Trencavel, est venu ici pour enlever notre jeune prisonnière. J'ai fait semblant d'être en accord avec lui et l'ai pris au piège. Adieu. Dans trois heures, le cardinal sera ici.

— Un mot, un seul ! dit la gouvernante.

126

« — Un seul mot ! interrompit Corignan. Le voici : regardez ce beau chêne, là-bas. Si vous laissez partir Mlle de Lespars, et surtout si vous laissez s'échapper Rascasse, dès ce soir vous serez le plus beau fruit de la maîtresse branche de ce chêne, qui semble avoir poussé là tout exprès. Adieu ! »

Corignan s'élança au-dehors. Rascasse faisait un tapage infernal. La gouvernante s'approcha de la porte, et, par surcroît de précaution, donna un tour de clef.

« Pendue ? fit-elle. Allons donc, l'Éminence sait trop bien qu'avant de mourir j'aurais encore le temps de parler… »

Les longues jambes de Corignan arpentèrent le terrain jusqu'à l'auberge d'Étioles. Là, il sauta sur son cheval, et, à fond de train, reprit la route de Paris. Il descendit la rue Saint-Jacques au galop de charge, sans s'inquiéter des malédictions qui le poursuivaient, franchit la Seine, et enfin s'arrêta devant l'hôtellerie du Grand Cardinal ; son cheval s'abattit, la pauvre bête était fourbue.

À ce moment même, un cavalier mettait pied à terre dans la cour de l'hôtellerie. Corignan l'aperçut, et, tout rugissant de joie, fondit sur lui :

« Serviteur, monsieur le baron, votre humble serviteur !

— Corignan ! murmura Saint-Priac stupéfait. Je te croyais mort, mon digne frocard.

— Vivant, monsieur le baron ! Vivant, pour votre bonheur. Et dévoué, dis-je, au point que, pour vous, je viens de crever un cheval que j'ai payé quarante pistoles… »

Saint-Priac sortit sa bourse – une bourse gonflée de pièces d'or. Corignan sourit et tendit la main. Saint-Priac, froidement, remit la bourse dans sa poche et dit :

« Explique-moi, drôle, explique-moi ton attitude et celle de ton ami Rascasse pendant l'affaire de…

— Monsieur le baron, je viens de la Riche-Liesse !

— Qu'as-tu été faire là-bas ? Parle, ou tu es mort !

— Mort ! dit Corignan. Mort comme mon cheval ! »

La bourse, aussitôt, reparut sur la scène. Corignan mit ses deux mains à son dos et :

« Monsieur le baron, je vais vous expliquer mon attitude dans l'affaire de la rue Saint-Avoye…

— Prends, misérable, prends ou je t'éventre !

— Pour vous rendre service, fit Corignan, qui engloutit la bourse. Voici : Rascasse, monsieur, c'est Rascasse qui a voulu se venger de vous. Il vous a suivi ce matin. Et maintenant, il sait que vous avez eu cette étonnante pensée d'enlever au cardinal la belle raffinée d'honneur… Annaïs de Lespars, et que vous l'avez enfermée dans le propre castel de Son Éminence !

— Rascasse sait cela ! murmura Saint-Priac.

— Oui ! Mais frère Corignan veillait. Frère Corignan est parvenu à enfermer le traître dans une salle basse de la Riche-Liesse. Courez, monsieur, courez ! Mais je vous en supplie, ne tuez pas le pauvre diable, c'est mon ami, vous savez ! »

Saint-Priac déjà était en selle. L'instant d'après, on entendit le galop furieux de son cheval, tandis que Corignan criait encore :

« Mon ami, vous dis-je ! Rascassius amicus ! »

Et, lorsque Saint-Priac eut disparu :

« Bon ! maintenant, chez Son Éminence !… Ma foi, je veux suivre la cavalcade qui, dans quelques minutes, va courir à la Riche-Liesse. Je veux voir mon petit Rascasse éventré. Je veux voir Saint-Priac pendu à ce beau chêne, là-bas. Deux ennemis abattus du même coup ! J'ai bien travaillé ! »

Il arrivait place Royale. En tempête, il se précipitait dans l'hôtel du cardinal.

Vers la même heure, le comte de Mauluys, le maître en fait d'armes Trencavel et son prévôt Montariol étaient attablés, en l'auberge de la Belle Ferronnière, dans la petite salle retirée.

Verdure, valet idyllique et ivrogne du comte de Mauluys, faisait le service et vidait les fonds de bouteille. Dame Rosalie, veuve Houdart, avait de ses propres mains préparé un de ces délicats et merveilleux dîners qu'on faisait aux lointaines époques.

Ce royal dîner était une idée.

L'idée venait de Rose Houdart.

Entre Mauluys et Rose, entre le grand seigneur et la fille de l'aubergiste, il y avait d'étranges affinités d'esprit, de secrètes parentés de goût. Ni l'un ni l'autre ne pensait à l'amour. Ces états de leurs âmes prenaient la forme d'une confiance instinctive et d'un mutuel besoin de s'inquiéter de leur bonheur. Lorsque Rose, par hasard, éprouvait un chagrin, c'est au comte de Mauluys qu'elle le confiait. Lorsque le gentilhomme sentait son esprit s'assombrir, c'est auprès de Rose qu'il venait chercher la clarté...

Ces jours passés, elle avait vu le comte préoccupé et elle lui avait dit avec sa coutumière indifférence :

« Je crois, monsieur le comte, que vous êtes occupé de quelque pénible pensée...

— En effet, mademoiselle. Trencavel est malheureux. Il s'est enfermé chez moi et se laisse dépérir.

— Puis-je me permettre de vous demander, monsieur le comte, de quoi votre ami se trouve malheureux ?

— D'amour, répondit Mauluys.

— Il n'est donc pas aimé de celle qu'il aime ? »

Mauluys, doucement, répondit :

« Ce serait peu, car il n'est pas d'amour sincère qui ne finisse par créer de l'amour. Trencavel se croit séparé d'elle par quelque chose d'infranchissable... un mur. Elle est noble... j'allais dire comme une reine, et Trencavel ne l'est pas. »

Rose se détourna assez vivement pour s'avancer au-devant de quelques officiers qui entraient. Elle avait pâli – un peu – si peu que nul n'eût pu s'en apercevoir.

Elle songeait :

« C'est vrai, une demoiselle de haute noblesse ne peut épouser un bourgeois. Entre une fille de bourgeoisie et un seigneur, le mur existe, tout aussi infranchissable... »

Le jour où Rascasse et Corignan sortirent de l'in pace. Rose, dans la soirée, vit entrer le comte de Mauluys, qui, l'ayant saluée, prit sa place ordinaire. Elle avait cherché, elle, un moyen d'arracher à sa solitude l'ami de Mauluys. Elle veilla d'abord à ce que le comte fût servi.

« Monsieur le comte, dit-elle ensuite, savez-vous que j'ai eu aujourd'hui vingt-cinq ans ?

— Je le sais, mademoiselle, puisque je connais le jour de votre naissance. »

Le beau visage calme de Rose se nuança d'une fugitive lueur de joie. Mauluys savait. Il s'occupait donc d'elle.

« Si M. Trencavel voulait accepter le dîner que nous offrons aux amis de la maison, ce serait sans doute un honneur pour la Belle Ferronnière…

— Je m'engage pour lui, mademoiselle ! dit Mauluys.

— Merci, monsieur le comte », fit Rose très doucement.

Le lendemain donc, vers l'heure où frère Corignan se précipitait chez le cardinal, s'achevait à la Belle Ferronnière ce merveilleux dîner.

À ce moment même, la porte s'ouvrit violemment et un être échevelé, couvert de poussière, déboula jusque dans les jambes de Montariol, puis se redressa.

C'était Rascasse !

« Alerte, messieurs ! cria Rascasse. Alerte, monsieur Trencavel ! Mlle de Lespars est au pouvoir de M. de Saint-Priac !… D'ici deux heures, elle sera aux mains du cardinal ! »

L'effet de ces paroles fut prodigieux. Montariol se leva d'une secousse et renversa la table. Trencavel devint pâle comme la mort et ouvrit des yeux hagards. Mauluys seul demeura calme et décrocha son épée qu'il ceignit. Dans le même instant, Trencavel et Montariol reconnurent Rascasse.

« L'espion du cardinal ! gronda le maître d'armes.

— C'est un piège ! hurla le prévôt.

— Non ! dit froidement Mauluys, cet homme dit vrai.

— Ah ! monsieur le comte, merci ! cria Rascasse. Espion, peut-être. Mais, aujourd'hui, un homme qui se venge.

— De qui ? demanda Trencavel.

— De Corignan ! De Saint-Priac ! Suivez-moi, si vous voulez la sauver !

— En route ! dit Mauluys.

— En route ! » répéta Trencavel frémissant.

En sortant, Mauluys se trouva en présence de Rose, tandis que Montariol et Trencavel couraient aux écuries seller leurs chevaux.

Rose avait entendu ce qui venait de se dire.

« Monsieur le comte, dit-elle d'une voix convulsive, vos chevaux ont eu double ration. C'était fête pour tous à l'auberge aujourd'hui. Sans doute vous allez fournir une longue course et… »

Elle eût donné cinq ans de sa vie pour oser demander :

« Où allez-vous ?… »

Pour oser ajouter :

« C'était fête pour tous, excepté pour moi ! »

Une voix grinça dans l'ombre :

« Il va risquer sa vie… Hé ! hé ! la course sera peut-être assez longue pour ne finir jamais. ! »

Et la tête chenue de Verdure grimaça un sourire sarcastique. Et, cette fois, Rose, devenue toute blanche, osa.

« Est-ce vrai ? fit-elle dans un souffle.

— C'est vrai, dit simplement Mauluys. Pour Trencavel… Comme il risquerait la sienne pour moi. »

Ils demeurèrent une seconde silencieux.

« Mademoiselle, dit-il doucement, si je ne revenais pas, je vous prie de vous rendre à mon hôtel et d'y prendre un pli sur lequel vous verrez votre nom. Verdure vous indiquera.

— Et si elle ne vient pas, ricana Verdure, c'est moi qui lui apporterai le pli… la lettre qui dort à côté de l'autre mystérieuse dépêche cachetée aux armes de l'Éminence !

— Monsieur le comte, murmura Rose d'une voix indistincte, si vous ne revenez pas…

— Eh bien ? » fit Mauluys d'un accent où tremblait comme une émotion profonde.

Elle couvrit ses yeux de ses deux mains et demeura immobile, toute raide. Le mot… le mot qui pleurait dans son cœur ne monta pas jusqu'à ses lèvres fières.

« À cheval ! À cheval ! » hurla Trencavel du dehors.

Mauluys s'inclina très bas, murmura : « Adieu !… », et, assurant son épée, sortit d'un pas paisible.

« À cheval ? fit Verdure dans un éclat de rire. Eh bien ! à cheval ! pourquoi n'irais-je pas, moi aussi, me faire éventrer. »

Et il s'élança.

Rose, les mains à ses yeux, pleurait sans bruit.

Rascasse, enfermé par Corignan, s'était d'abord abandonné à un accès de rage furieuse. Il souffla, répara le désordre de son costume, et appela la gouvernante.

« Ouvrez-moi ! dit Rascasse d'une voix péremptoire.

— Monsieur, dit-elle, je suis votre servante. Mais comme je ne veux pas être pendue, je ne vous ouvre pas.

— Madame, dit Rascasse, je suis votre serviteur. Et je vous annonce que vous le serez, pendue, si vous avez le malheur d'obéir aux ordres de Corignan, qui s'est vendu à un certain Trencavel pour empêcher la lettre que je porte de parvenir à Mlle de Lespars.

— La lettre ? fit la gouvernante, déjà inquiète.

— Sans doute. La dépêche de Son Éminence. Écoutez. Je devais remettre cette dépêche en main propre. Mais, pourvu qu'elle soit remise avant la proche arrivée du cardinal, c'est l'essentiel. Je consens à rester prisonnier. Tout à l'heure, Son Éminence vous dira si vous avez bien fait de me séquestrer. Mais, pour Dieu, portez vous-même la dépêche et vite !

— Et vous resterez ici ?

— Assurément, puisque Son Éminence m'a ordonné de l'attendre après avoir remis la dépêche. »

Ces mots achevèrent de persuader la duègne. Elle dit.

« Donnez ! »

Elle entrebâilla la porte pour recevoir la lettre. En même temps, une trombe la poussa violemment en arrière. Et Rascasse bondit avec un cri de triomphe :

« Tu seras pendue, sorcière ! »

Voler jusqu'à Étioles, se ruer à l'écurie, sauter en selle, s'élancer à toute bride sur la route de Paris, tout cela se fit avec la rapidité que donne seule la soif de la vengeance.

Rascasse galopa jusqu'à Bourg-la-Reine. Toute la question, à ce moment, était, pour lui, d'arriver au cardinal avant Corignan.

Comme il entrait dans Bourg-la-Reine, il vit arriver au loin un tourbillon de poussière, un cavalier emporté par une course effrénée. D'un mouvement instinctif, il se jeta dans un champ et s'abrita derrière une grange. Quelques secondes plus tard, le cavalier passa…

« Saint-Priac ! gronda Rascasse. Il retourne ventre à terre à la Riche-Liesse ! Oh ! je devine ! Ah ! misérable frocard ! Tu as voulu me faire occire par Saint-Priac !... Vite ! Au cardinal !... »

Il piqua des deux et continua son galop jusqu'à un quart de lieue des portes de Paris. Là, il s'arrêta court. Un nouveau nuage de poussière venait à lui, mais cette fois plus épais : c'étaient plusieurs cavaliers qui sortaient de Paris ! Rascasse, de nouveau, se jeta dans les champs. Presque aussitôt, la cavalcade arriva grand train : Rascasse pâlit de fureur et de terreur à la fois. Quatre cavaliers passaient... En tête de la troupe galopait le cardinal de Richelieu ! Et en queue venait Corignan, l'attitude triomphante et le visage insolent !...

« Si j'étais resté là-bas, se dit Rascasse, je n'eusse échappé par miracle au Saint-Priac que pour tomber sous la patte de tigre de l'Éminence. Car il est certain que le vil frocard a dû inventer contre moi tout ce qu'il a voulu. J'ai perdu la partie. Corignan triomphe. »

Une idée lumineuse lui traversa l'esprit.

« Eh bien ! non. Ils ne sont que quatre ! La partie n'est pas encore perdue, si je puis mettre la main sur Trencavel ! »

Entré dans Paris, sa première idée fut de courir à la Belle Ferronnière...

On avait donné à Rascasse un cheval frais : le sien eût été incapable de refaire la course.

En sortant de Paris, Trencavel se tourna vers l'espion, et, d'un ton bref :

« Où est-ce ?

— À Étioles », répondit Rascasse.

La troupe s'élança comme si les chevaux eussent eu le mors aux dents. Tout en dévorant l'espace, Mauluys demandait des détails et Rascasse, habitué aux rapports, répondait en termes brefs, précis.

Le tourbillon arriva au bac. On franchit la Seine. On entra dans Étioles. Là, Rascasse s'arrêta et dit :

« Messieurs, il faut que je vous quitte ici. Je suis au service du cardinal et vous êtes ses ennemis. Ce n'est pas pour vous aider à combattre celui qui me paie que je vous ai conduits – mais pour me venger de Corignan.

133

— Soit, dit Mauluys. Vous pouvez vous retirer. »

Rascasse ôta son chapeau et dit :

« Dieu vous garde !… »

Mauluys, Montariol et Trencavel, toujours suivis de loin par Verdure, reprirent le galop, et, quelques instants plus tard, débouchèrent devant le castel… et alors Trencavel poussa un cri terrible : alors Montariol gronda de désespoir : alors Mauluys lui-même pâlit et murmura :

« Trop tard !… »

Oui, Richelieu était là ! Oui, près de lui, se tenait Annaïs de Lespars, calme et hautaine ! Oui, derrière le cardinal, apparaissait la figure livide de Saint-Priac !… Tout ce qu'avait annoncé Rascasse ! … Seulement, autour de ce groupe, attendait une escorte de cinquante cavaliers armés !…

Voici ce qui s'était passé entre Richelieu et Corignan.

Le cardinal se trouvait avec le Père Joseph lorsque Corignan fut annoncé. Le prieur des capucins venait d'expliquer comment il avait, la veille, relâché les deux espions, Rascasse ayant juré de retrouver Annaïs de Lespars.

« Monseigneur, dit Corignan, qui fut introduit à ce moment, nous la tenons ! »

Richelieu frémit. L'Éminence grise ferma les yeux pour éteindre un éclair de triomphe.

« Où est-elle ? fit le cardinal d'un ton bref.

— À Étioles ! Détenue par M. le baron de Saint-Priac… Dans votre propre maison de plaisance ! »

Il y eut un moment de stupeur. Mais le Père Joseph frappa sur le timbre, et, à l'huissier qui apparut :

« Ordre au capitaine des gardes de Son Éminence de se rendre à l'instant même à Longjumeau avec une forte escorte. À Longjumeau, l'escorte attendra dans la cour de l'auberge du Faisan Doré. Allez.

— Oui, fit le cardinal à voix basse, en entraînant le Père Joseph dans une embrasure, vous avez raison. Je cours à Étioles.

— Interrogez d'abord cet homme. »

Corignan, pendant ce temps, avait réfléchi : Rascasse n'était plus son rival pour la suprême raison que Rascasse, à cette heure, était mort – tué par Saint-Priac. L'ennemi à redouter – et à ménager – c'était maintenant Saint-Priac lui-même. Corignan résolut donc de couvrir d'éloges défunt Rascasse.

« Où est Rascasse ? demanda le Père Joseph.

— Lorsque nous sommes parvenus à entrer dans la maison, lorsque nous eûmes acquis la certitude que cette noble demoiselle s'y trouvait enfermée, Rascasse commit l'imprudence de témoigner sa joie.

La gouvernante prit peur, et, usant de ruse, nous invita à entrer dans une salle basse. Frère Corignan connaît les femmes, il s'en vante ! Il éventa le piège et prit le large. Rascasse, plus naïf, j'ose le dire, était entré, lui, et j'entendis la gouvernante pousser les verrous en criant qu'elle ne le relâcherait que sur un ordre écrit de Son Éminence.

— Bien, murmura Richelieu, je doublerai les gages de cette femme.

— Mais, reprit le Père Joseph, comment êtes-vous arrivés jusqu'à Étioles ?

— C'est Rascasse qui a tout fait, tout imaginé, jusqu'à ce costume dont j'ai hâte de me débarrasser pour reprendre mon vieux froc. »

Après une demi-heure de conférence avec le Père Joseph, le cardinal se mit en route, escorté de deux de ses gentilshommes et suivi de Corignan. À Longjumeau, Richelieu retrouva le capitaine de ses gardes. Toute cette troupe atteignit la Riche-Liesse, qu'elle cerna.

« Que personne ne bouge ! » dit le cardinal en mettant pied à terre.

Et il entra seul dans la maison. Dans le grand vestibule du rez-de-chaussée, un homme immobile au pied de l'escalier... sa figure livide se détachait sur les fonds obscurs... il était raide, comme frappé d'une stupeur insensée. Richelieu alla à lui et lui mit la main sur l'épaule. Ce fut bref et terrible :

« Saint-Priac, j'ai donc eu tort de me confier à un voleur de grands chemins...

— Tuez-moi, râla l'homme.

— C'est ce que je vais faire, dit Richelieu. – Vous m'avez rendu quelques services que je ne puis oublier. Je vous épargne donc l'infamie de l'échafaud. – Saint-Priac, vous portez un bon poignard à votre ceinture… – Saint-Priac, je suis prêtre : je vous absous de vos crimes. – Dégainez, Saint-Priac, et mourez en paix ! »

Le cardinal de Richelieu se recula d'un pas, leva la main droite comme pour la bénédiction qu'on donne aux agonisants, et, d'une voix implacable, commença à réciter les prières des morts. Saint-Priac jeta autour de lui des regards farouches. Puis, il leva la tête vers le haut de l'escalier et bégaya : « Adieu !… » Puis, brusquement, il tira son poignard, le leva très haut, et, d'un mouvement de foudre, l'abattit sur sa poitrine. L'arme n'atteignit pas son but : d'un geste aussi rapide que celui de Saint-Priac, Richelieu saisit la main et la contint. Le poignard tomba sur les dalles avec un bruit argentin.

« Saint-Priac, dit Richelieu, je te pardonne !

— Éminence ! Éminence ! balbutia l'homme éperdu.

— Je te pardonne, et j'assure ton bonheur… Cette fille que tu voulais me voler… eh bien ! je te la donne ! »

Saint-Priac s'abattit sur ses genoux et se prosterna. Richelieu le contempla un instant et songea :

« Cet homme, désormais, m'appartient corps et âme. »

« Debout, Saint-Priac !… Prenez une minute pour apaiser cette inutile émotion qu'on voit à votre attitude. – Allez m'attendre parmi mes gardes. – Et silence ! »

Le cardinal de Richelieu monta l'escalier. En haut, il trouva la duègne qui l'attendait, tout éperdue en révérences. Le cardinal franchit la porte et il vit Annaïs.

« Mademoiselle, j'ai le regret de vous dire que vous êtes accusée de haute trahison.

— Moi, monsieur, dit-elle avec calme, je vous accuse de basse traîtrise…

— Je vous arrête !

— Si ma mère était là, dit Annaïs, elle se trouverait assez vengée, rien qu'à vous voir tombé à l'office de sbire !

— Ah ! gronda-t-il, prenez garde !… je ne souffrirai pas…

— Marchez devant, monsieur ! interrompit-elle d'un accent d'indicible force. Je vous suis !…

— Saint-Priac ! tonna le cardinal, envoyez-moi quatre de mes gardes. »

Saint-Priac était là, blafard, les yeux baissés. Il obéit. Quelques instants plus tard, quatre gardes entraient dans la chambre. Et le cardinal, de cette voix froide qui pénétrait les chairs comme de l'acier :

« Faites marcher cette Fille entre vous jusqu'à Paris. Vous m'en répondez sur vos têtes. »

L'étonnement de Corignan fut grand lorsqu'il vit sortir Annaïs entre quatre gardes, l'épée au poing. Cet étonnement se changea en stupeur et en inquiétude lorsqu'il vit apparaître le cardinal parlant familièrement à Saint-Priac et lorsqu'il vit celui-ci prendre sa place derrière Richelieu.

« Oh ! oh ! fit Corignan. Il s'est passé des choses, il me semble ! Et Rascasse ? Je veux voir Rascasse, moi !

— Holà ! criait à ce moment le capitaine des gardes. Que veulent ces enragés ? »

C'étaient trois cavaliers. Ils arrivaient ventre à terre. Ils chargeaient... À eux trois, ils chargeaient l'escadron. On vit un instant leurs épées jeter des éclairs dans le nuage qui les enveloppait, et un triple hurlement roula comme un grondement de tonnerre :

« Place ! Place ! Place ! »

C'était le coup de folie.

« Halte-là, vous autres ! » vociféra le capitaine.

Il tomba assommé.

Autour d'Annaïs, une douzaine de gardes s'étaient massés, immobiles. Saint-Priac avait vu Trencavel.

Il ramassa les rênes pour bondir.

« Restez, dit froidement le cardinal. Je vous réserve pour d'autres besognes. »

Le cardinal avait vu Trencavel.

« La lettre !... songea-t-il. Oh ! si je pouvais reconquérir la lettre ! Quelle journée !... »

« Tuez ces deux ! cria-t-il. Mais prenez celui-ci vivant !... »

Du bout de l'épée, il désignait Trencavel, qui arrivait sur lui, flamboyant et rouge. Annaïs avait vu Trencavel. Soudain jaillit le cri qui toujours devait retentir dans son cœur comme un reproche – le cri d'une voix jeune et gouailleuse :

« Mademoiselle, c'est encore moi qui viens vous espionner ! »

Annaïs regardait. Toute sa vie était dans ses yeux. La ruée des gardes se faisait sur Montariol et Mauluys… Trencavel manquait !… Où était-il ?

Elle le vit soudain – jeté en travers de la selle de Montariol – sans vie… Montariol l'emportait, galopant vers la forêt, Mauluys tenait tête à la meute. Ce fut sublime. Pendant une dizaine de secondes, Mauluys fut partout, fonçant, reculant, sabrant, se cabrant et ruant – il ne faisait plus qu'un avec son cheval. Et seulement quand il vit Montariol s'enfoncer dans les arbres, Mauluys s'enleva d'un dernier effort vers la forêt qui l'engloutit aussitôt.

Les gardes fonçaient. Devant la lisière, le lieutenant cria :

« Halte !… »

Cette attaque folle, ce pouvait être une ruse pour attirer les gardes dans une embuscade. L'officier se tourna vers le cardinal pour demander des ordres… Richelieu s'avançait – quelqu'un, soudain, se dressa devant lui : bizarre figure grimaçante et ridée, des yeux plissés, des lèvres minces et tordues par un ricanement, et cela disait :

« Vous ne les poursuivez pas, non ! »

Richelieu s'arrêta stupéfait devant le maigre cavalier qui, chose étrange, faisait à ce moment des signes d'amitié à Saint-Priac, lequel pâlissait et détournait la tête.

« Quel est ce drôle ? fit Richelieu.

— Ce drôle est ici pour vous sauver, Éminence. »

L'homme poussa son cheval, se rapprocha du cardinal. Sa grimace joyeuse et fantastique s'accentua. Richelieu allait crier un ordre…

« La lettre ! fit l'homme rapidement. Songez à la lettre.

— La lettre !

— Votre lettre, monseigneur. Noble dépêche adressée à Sa Majesté la reine. Et de quel droit le roi la lirait-il, je vous le demande ? »

Richelieu écoutait avec une sorte d'horreur.

« Le roi ne la lira pas, continua le grincement. Il n'en a pas le droit. Adieu, monseigneur. Mais ne poursuivez pas ces gentilshommes, car eux seuls peuvent mettre la lettre en lieu sûr et l'empêcher de parvenir au roi ! »

L'homme salua avec un profond respect le cardinal, puis, de loin, Saint-Priac avec une impertinente familiarité. Et au petit trot, sans se presser, il s'enfonça dans la forêt.

Le lieutenant s'approcha :

« Monseigneur, devons-nous entrer dans le bois ? »

Richelieu passa sa main sur son front.

La main était glacée, le front brûlait.

« Vous dites ? dit-il. Ces rebelles ?… On les retrouvera… Inutile de risquer encore des vies à travers ces fourrés. Rassemblez vos hommes… »

Depuis quelques instants déjà, la grimaçante figure avait disparu. L'homme prit le galop, et, bientôt, il eut rejoint Mauluys et Montariol portant Trencavel en travers de sa selle.

« Comment se fait-il que vous ayez parlé au cardinal ? fit Mauluys. Qu'avez-vous pu lui dire ? Répondez, Verdure.

— Je me suis arrêté pour dire à Son Éminence que vous n'osez pas lire la lettre !

— Ah !… fit Mauluys, pensif. Et qu'a-t-il répondu ? »

Verdure sourit, et il grinça :

« Son Éminence dit que vous avez tort ! »

Le rassemblement se fit devant la maison.

« En route ! » fit le cardinal.

« Oh ! songea Corignan, je n'aurai donc pas vu le pauvre Rascasse éventré ? »

« Corignan ! Corignan ! hurla à ce moment une voix partie de l'intérieur de la maison.

— Rascasse ! souffla Corignan.

— Qu'est-ce ? demanda le cardinal.

— Rascasse ! bégaya Corignan. Mais non… c'est impossible !

— J'oubliais ce brave, dit Richelieu. Qu'on le délivre à l'instant ! »

Corignan, hagard, interrogea Saint-Priac des yeux ; Saint-Priac, à qui la gouvernante avait raconté la fuite de Rascasse, fut saisi de stupeur.

139

Tous deux, d'un même mouvement, mirent pied à terre et s'élancèrent : en entrant, ils virent la duègne effarée qui ouvrait la porte de la salle où Rascasse avait été enfermé, et dont les verrous, d'ailleurs, étaient tirés ! Et tous trois demeurèrent hébétés en voyant sortir Rascasse.

« Oh ! bégaya la duègne, que faites-vous là ?

— La question est plaisante, fit Rascasse. Vous avez obstinément refusé de m'ouvrir…

— Vous n'êtes donc pas mort ? grelotta Corignan ébahi.

— Ah çà !… Corignan, vous avez la rage de me voir mort depuis quelque temps. Et qui m'aurait occis ? »

Simplement Rascasse, en quittant Mauluys, était entré sous bois, il assista à la charge des trois héros. Et alors, il se dit :

« Après tout, c'est moi qui ai retrouvé Mlle de Lespars. Le cardinal n'a pas de reproche à me faire, au contraire. Remettons donc les choses en l'état. »

Et, attachant son cheval à un arbre, il profita de la bagarre pour se glisser inaperçu, pénétrer dans la maison et réintégrer sa prison.

Rascasse vit tout de suite que son affaire était excellente. Richelieu ne lui dit que quelques mots. Mais ils valaient des éloges :

« Rascasse, tu passeras ce soir chez mon trésorier ! »

« Et dire, gémit Corignan, dire que c'est moi, moi Corignan, qui enrichis Rascasse ! »

On se mit en route. Rascasse courut détacher le cheval que lui avait donné Mauluys et suivit la cavalcade qui rentra dans Paris vers six heures du soir.

Annaïs fut enfermée dans un salon de l'hôtel de la place Royale. Une heure se passa dans une attente mortelle.

Tout à coup, elle frémit : la porte s'ouvrait… le cardinal de Richelieu entra.

Cette heure qui venait de s'écouler, l'Éminence rouge l'avait passée avec l'Éminence grise, à qui les paroles de Verdure furent rapportées, ainsi que toute la scène de la bataille.

« Il faut d'abord connaître l'ennemi, dit le Père Joseph. Il y a Trencavel et son prévôt. Reste à savoir le nom du troisième rebelle et de l'homme qui vous a parlé. »

Le cardinal frappa trois fois sur son timbre. Quelques instants après, Saint-Priac entra.

« Il faut vous mettre en campagne à l'instant. Et pour commencer, ayez-moi le nom du rebelle qui accompagnait le maître en fait d'armes et son prévôt. Il me le faut sous deux jours au plus.

— Monseigneur, dit Saint-Priac, je vous le donne tout de suite : c'est le comte de Mauluys.

— C'est bien. Où loge-t-il, à Paris ?

— C'est ce que je saurai, monseigneur. Mais je puis ajouter un détail qui a peut-être son importance. L'homme qui est intervenu, au moment même où votre Éminence allait donner l'ordre de poursuivre les rebelles, c'est le valet du comte de Mauluys ! Il se nomme Verdure.

— C'est ce Mauluys qui a la lettre ! cria Richelieu, tout frémissant. La lettre qu'il serait utile de restituer au roi ! ajouta le cardinal, qu'un regard du Père Joseph avait foudroyé. Allez, Saint-Priac, pas d'esclandre, pas de bagarre ; sachez seulement où gîte l'homme.

— Daigne Votre Éminence me permettre encore un mot. Et vous aussi, mon révérend, je vous demande toute votre attention, toute votre confiance.

— Parlez, fit Richelieu, étonné, tandis que le Père Joseph étudiait la physionomie du spadassin.

— Je désire parler de cette lettre, dit Saint-Priac.

— Une lettre où M. le cardinal indique à Sa Majesté un nouveau plan de campagne contre les huguenots, fit le Père Joseph.

— Monseigneur, dépeignez-moi cette lettre et, dans trois jours, je vous l'apporte. »

L'Éminence rouge et l'Éminence grise échangèrent un long regard. Enfin, le Père Joseph fit oui, des yeux. Alors, Richelieu murmura :

« La lettre est un large pli scellé de rouge à mes armes. En voici la suscription :

« À Sa Majesté la reine... »

Saint-Priac se releva, étincelant de joie, transfiguré.

« Monseigneur, dit-il, dans trois jours cette lettre sera entre vos mains ou je serai mort !

— Cet homme est capable de vous sauver, dit alors le Père Joseph.

— Oui, murmura Richelieu, pensif. Mais occupons-nous des affaires de l'État ; puisque ce Trencavel et son prévôt se sont mis en état de rébellion ouverte et armée, ils deviennent criminels d'État. »

« Faites entrer Corignan et Rascasse », ordonna-t-il à l'huissier qui vint à son coup de marteau.

Les deux espions entrèrent ensemble.

« Ce Trencavel et ce Montariol, dit Richelieu, il faut me les retrouver. Je veux seulement savoir leur gîte. Le reste me regarde. Agissez de concert, en douceur et vite. Allez. Mille pistoles si vous réussissez. Elles vous sont promises déjà. La potence si ces misérables m'échappent. »

Les deux estafiers sortirent.

« À l'autre, maintenant ! gronda le cardinal.

— Vous la tenez. Le reste est un jeu d'enfant. Adieu. Soyez implacable, tout est là. Je vais prier Dieu pour vous. »

Richelieu, avec un respect au fond duquel il y avait de sourdes révoltes, s'inclina sous la bénédiction du Père Joseph et l'escorta jusqu'à la porte de ses antichambres. Le prieur rabattit son capuchon gris sur ses yeux et regagna sa litière qui l'attendait sur la place Royale. Au moment où cette litière s'ébranlait, un cavalier de haute taille entrait dans l'hôtel.

Richelieu ouvrit la porte, marcha droit sur Annaïs et dit :

« Vous n'espérez pas, je pense, qu'il y aura procès. Votre trahison est de celles qui demandent un châtiment secret. Dès cet instant, nul ne saura ce que vous êtes devenue. Vous êtes accusée de haute trahison, mademoiselle. C'est un crime capital. Et pourtant, moi seul serai votre juge sans appel – mais juge impartial. Si j'avais voulu oublier à votre égard les règles de l'équité, j'aurais pu, je pourrais encore, cherchant à vous éviter la longue et douloureuse agonie qui vous attendrait dans une oubliette, vous condamner sommairement et vous faire exécuter en secret cette nuit…

— Faites-le ! dit Annaïs avec la résolution du désespoir.

— Inutile bravade, dit Richelieu. J'ai eu pitié de votre jeunesse, de votre beauté. Je me suis dit que je pourrais peut-être vous sauver, que la justice peut quelquefois prendre conseil du cœur, et qu'enfin vous n'êtes coupable, peut-être, que d'une excessive piété filiale. Veuillez donc répondre avec précision aux questions précises que je vais vous poser. Pour vous permettre de vous défendre, je définis d'abord le crime : vous êtes accusée d'être venue à Paris dans le but de conspirer contre le premier ministre d'État, c'est-à-dire contre moi. »

Annaïs, un instant, baissa le front, puis, lentement, elle releva la tête et dit :

« Je vais vous dire en peu de mots ce que je suis venue faire à Paris. Je sais que vous le savez. Mais il est utile qu'Annaïs de Lespars précise elle-même ses actes. Monsieur le duc, je ne suis pas venue à Paris pour y faire établir les droits que me reconnaît mon père Henri IV... »

« Oui, fille maudite, gronda en lui-même le cardinal, je sais que là n'est pas le vrai danger pour moi ! »

« Mademoiselle, reprit-il vivement, la reconnaissance de ces droits serait un grave inconvénient pour la couronne, mais s'il ne tient qu'à cela, le roi, sur mes instances, vous appellera près de lui. Si un duché doté de deux cent mille livres annuelles... Croyez-moi, acceptez tout de suite ce que je vous offre : dans un instant, il sera trop tard.

— Trop tard pour vous, duc de Richelieu ! Vous m'offrez de m'acheter comme si je m'appelais Saint-Priac ! Allons donc, monsieur ! Donc, un duché et deux cent mille livres de rente paieraient le déshonneur public de ma mère... Assez, monsieur, plus un mot de cela. Vous avez interrogé, je dois répondre. Voici ma conspiration : moi aussi j'ai eu pitié, non pour vous, mais pour votre nom qu'un autre porte aussi... un autre que ma mère en mourant m'a ordonné de vénérer ! Ayant eu pitié, j'ai songé à vous offrir un combat loyal. Femme, jeune fille, j'eusse mesuré mon épée avec la vôtre, et Dieu, monsieur, Dieu eût jugé entre nous ! Je vous eusse tué, monsieur le duc, et alors j'aurais enseveli votre infamie dans le silence de ma retraite. (Un geste violent de Richelieu.) Ah ! laissez-moi parler ! cria-t-elle d'une voix où grondaient des sanglots. Laissez parler ma mère ! Laissez parler la morte qui vous accuse !...

L'accusation existe, monseigneur ! Le récit écrit tout entier de la main de ma mère ! Le récit de la hideuse conspiration de Richelieu, valet d'Henri IV ! Ce que vous fîtes en l'horrible nuit, pour conquérir la faveur du roi, ce que vous fîtes pour désespérer votre frère, le pousser à la tombe et prendre sa place, vous le savez et vous tremblez ! Cela vous couvrirait d'opprobre si je puis exécuter l'ordre de ma mère, tuée par vous !... Si je puis librement parvenir jusqu'au roi de France, et là, devant la cour assemblée, lire à haute voix le récit de votre forfaiture ! les pages brûlantes qu'écrivit ma mère. Faire entendre à tout un royaume l'accusation de la morte !... »

Richelieu, le visage décomposé, reculait, courbé, jetant autour de lui des yeux hagards. Elle marcha sur lui et, d'un accent de mépris effrayant :

« Vous avez peur ! Peur qu'on ne m'entende ! Vous tremblez, duc ! Eh bien ! faites-moi jeter dans vos oubliettes, ou tuer comme ma mère. Mais l'accusation existe, la morte parlera !...

— Ce papier ! râla Richelieu.

— Il existe ! Il existe ! La morte parle, monseigneur !...

— Ce papier ! bégaya le cardinal. Il me le faut ! Je te fais libre, puissante, honorée, glorieuse !...

— Ce papier n'est pas à moi, dit Annaïs avec une solennité funèbre. Demandez-le à la morte !...

— Eh bien, rugit Richelieu, je le chercherai ! je le trouverai ! Tous tes amis, dont j'ai la liste, périront, jusqu'à ce que je sache où tu caches l'infernale calomnie ! Et toi, tu ne diras plus un mot !... »

Richelieu tira son poignard. Elle se croisa les bras. Il marcha, livide, terrible, exorbité…

« Meurs donc la première ! Je suis maître ici, maître de ta vie ! Allons, appelle à l'aide !... Qui t'a entendue ?...

— Moi ! » dit une voix puissante.

Le cardinal se retourna d'un bond et il vit entrer un homme qui, jetant son feutre et son manteau sur un fauteuil, lui apparut en pleine lumière. C'était le cavalier de haute taille qui était entré dans l'hôtel au moment où la litière du Père Joseph quittait la place Royale.

« Louis de Richelieu ! murmura Annaïs.

— Mon frère ! râla le cardinal.

« Mon frère !... répéta-t-il, en reprenant possession de lui-même. Vous ! Ici !... Monsieur l'archevêque de Lyon, comment, sans ordre, avez-vous abandonné votre résidence ?

— J'ai reçu l'ordre, dit l'archevêque avec calme.

— De qui ? fit dédaigneusement le cardinal. Du roi ?

— De Dieu ! » répondit l'archevêque.

Richelieu, sans répondre, marcha rapidement à une table sur laquelle se trouvait un timbre et frappa un coup violent.

Son valet de chambre apparut.

« Le chef des huissiers ! fit-il. L'officier de service ! »

Annaïs, par un mouvement de charmante intrépidité, se plaça près de l'archevêque comme pour le défendre.

« Ne craignez rien, fit Louis de Richelieu avec un pâle sourire, ni pour vous, ni pour moi. Mon frère est trop habile politique pour ignorer que si les morts peuvent quelquefois être réduits au silence, les vivants, eux, peuvent parler – et se faire entendre -, fût-ce du fond d'un cachot. »

Le cardinal se frappa le front.

« Pris ! gronda-t-il... Pris au piège !... »

Et modifiant sa première résolution avec l'instantanéité qui le rendait si redoutable :

« Des sentinelles à toutes les portes ! commanda-t-il. Que nul ne sorte sans ordre écrit ! Qu'on m'aille chercher M. le lieutenant criminel. Monsieur l'archevêque, ajouta-t-il en revenant sur son frère, bien que votre arrivée ici se soit produite en dehors de toute règle d'étiquette ou de simple bienséance, en raison des liens de famille qui nous unissent, je suis prêt à vous entendre. Qu'avez-vous à me dire ?

— Que j'ai demandé une audience au roi de France ! Que cette audience m'a été accordée pour demain matin ! Et que si je ne suis pas au Louvre à l'heure indiquée, un ami fidèle ira dire à Sa Majesté où il faut qu'elle me fasse chercher et à qui elle doit me demander ! ... »

Le cardinal chancela et s'abattit dans un fauteuil. Louis de Richelieu, alors, s'approcha, se pencha sur son frère et gronda :

« J'en mourrai de honte, peut-être. Mais je vous jure sur Dieu mon maître que si j'ai demandé audience au roi, c'est pour raconter pourquoi, renonçant à mes droits d'aînesse, je consentis à m'ensevelir à la Grande-Chartreuse !

— Grâce !

— Je vous fais grâce. Mais n'oubliez pas que je suis de la famille !... Moi vivant, je vous défends de toucher à cette enfant. Adieu. Demain matin, je prierai simplement le roi de me relever du poste qu'il lui a plu de m'assigner et me permettre de reprendre ma place parmi les Chartreux... Je crois que nous n'avons plus rien à nous dire... Veuillez signer l'ordre qui nous permettra de sortir d'ici, Mlle de Lespars et moi. »

Le cardinal, sans un mot, s'assit à une table où il y avait des parchemins, des plumes, et, rapidement, écrivit :

« Laissez passer les porteurs des présentes. »

« Monsieur, fit-il d'une voix basse, visage contre visage, priez Dieu que je puisse oublier cette nuit !...

— Il y a dix-neuf ans que je prie Dieu de me faire oublier une autre nuit !...

— Allez, grinça le cardinal à bout de forces, vous n'êtes plus mon frère !

— Il y a dix-neuf ans que vous n'êtes plus le mien », dit l'archevêque avec une sombre tristesse.

Alors, Louis de Richelieu tendit la main à Annaïs, palpitante devant cette effroyable scène qui, de deux frères, faisait deux ennemis mortels. Le cardinal les vit s'éloigner. À ce moment, la porte s'ouvrit, et le chef des huissiers se montra.

« Monsieur le lieutenant criminel ! annonça-t-il.

— Le lieutenant criminel ? sursauta Richelieu. Qu'il entre ! »

Une joie livide envahit son visage. Il se précipita.

« Monsieur, avez-vous avec vous quelques espions ?

— Un lieutenant criminel ne marche jamais seul, monseigneur !

— Avez-vous vu descendre un gentilhomme de haute taille ?

— Mgr l'archevêque de Lyon !

— Oui. Accompagné d'un tout jeune gentilhomme...

— Une jeune fille, monseigneur !

— Oui, oui. Elle ne peut être loin. Retrouvez-la...

— Un jeu d'enfant. Dans dix minutes, mes hommes l'auront rejointe. »

Le lieutenant criminel sortit.

« Ah ! rugit Richelieu, tout n'est pas fini !… Holà ! Mon cheval ! Huit hommes d'escorte ! »

Et le cardinal se dirigea vers le couvent des capucins de la rue Saint-Honoré.

Il est minuit…

Depuis déjà plus de trois heures, l'Éminence rouge et l'Éminence grise sont en présence. Le cardinal a raconté au Père Joseph sa bataille avec Annaïs de Lespars et sa défaite sous les coups de son frère. L'Éminence grise a écouté, les lèvres serrées, la face pâle, les yeux à demi fermés. Puis, il a dit :

« J'ai trouvé. Le nombre des cardinaux de la couronne est incomplet. Demain matin, obtenez un chapeau rouge pour votre frère. Et quand vous le verrez, dites-lui : « Mon frère, voilà ma réponse à vos menaces !… »

Louis de Richelieu partira dès lors, rassuré sur vos intentions…

« Dans huit jours, quelqu'un à moi le rejoindra à Lyon…

— C'est mon frère !

— C'est l'ennemi ! Il faut qu'il tombe ! Dans un mois, nous prierons pour l'âme de Louis de Richelieu, cardinal de Lyon !… »

XIV – Trahison de Verdure

Saint-Priac avait quitté l'hôtel de Richelieu le cœur plein de joie, à en éclater. La lettre à conquérir valait un marquisat bien doté.

Saint-Priac était homme à ne reculer ni devant le vol, ni devant le meurtre.

Ce dernier représentant d'une noble famille de Périgord, après avoir en quelques coups de mâchoire dévoré son patrimoine, était venu s'établir en Anjou. Là, dans cette belle province, Hector de Saint-Priac trouva enfin un digne emploi des talents et aptitudes que la Providence lui avait départis avec générosité. Il mit à profit l'affabilité des Angevins pour se créer une charmante compagnie d'amis peu nombreux, mais pleins de savoir-faire ; de basse extraction, il est vrai, mais compensant leur peu de naissance par d'autres mérites substantiels. Toujours plein de bon sens, il mit à profit la douceur du ciel angevin pour se promener sur les routes avec ses compagnons, tous amateurs comme lui de grand air pur.

En dehors de ces promenades sentimentales qu'il faisait sur les routes en devisant finances avec ses gais compagnons, armés d'escopettes et soigneusement masqués comme lui, Hector de Saint-Priac fréquentait les académies de jeu qu'on trouvait à Angers. Là, il s'était lié avec quelques gentilshommes qui, d'ailleurs, firent bon accueil à son nom honorablement connu et à sa rapière fort redoutable.

Les duels de Saint-Priac firent du bruit ; si mal organisée que fût la police du temps, des rapports parvinrent à Paris. Or une des grandes qualités de Richelieu, c'était de s'intéresser aux rapports de police. Le cardinal cherchait des hommes : Saint-Priac lui apparut de loin comme une originale figure.

Il dépêcha à Angers le petit Rascasse avec une double mission : le débarrasser de Louise de Lespars qui, vers cette époque, devenait gênante, et lui amener Saint-Priac.

Dès son arrivée à Angers, Rascasse eut avec Hector de Saint-Priac une intéressante conversation. Saint-Priac écouta Rascasse avec dévotion ; en effet il était amoureux !

Il était amoureux d'une belle fille dont tout Angers était amoureux : elle s'appelait Annaïs de Lespars. Dédaigneusement écarté par Mme de Lespars, il s'adressa directement à Annaïs. Celle-ci, toujours à cheval par monts et par vaux, savait peut-être à quoi s'en tenir sur les ressources qui permettaient au baron de jouer gros jeu, et d'être le gentilhomme le mieux équipé, le plus richement vêtu de la province. Saint-Priac fut écarté par Annaïs qui se contenta de lui témoigner la plus vive répulsion, sans en dire les causes.

Saint-Priac jugea que cette répulsion l'atteignait dans son honneur, et jura de laver au plus tôt ledit honneur. Lors donc que Saint-Priac eut reçu les propositions du cardinal, lorsqu'il eut appris que Richelieu désirait imposer à Mme de Lespars un silence prolongé jusqu'à la consommation des siècles, il frémit de plaisir à la pensée d'assurer impunément sa vengeance.

Trois jours après, Louise de Lespars succombait à un mal soudain et mystérieux. Mais Saint-Priac éprouva alors une violente déception : Annaïs disparut et demeura introuvable. Enfin, remettant à plus tard ses recherches, il fit route pour Paris. Le même jour, le petit Rascasse quitta également la bonne ville d'Angers. Mais en se séparant de Saint-Priac, il eut soin de lui glisser ces mots :

« La mort inopinée de Mme de Lespars est un grand bonheur pour Son Éminence qui, sûrement, vous sera reconnaissante, au fond de son cœur. Je vais lui annoncer ce trépas... mais... Son Éminence... je la connais... elle en pleurerait dans son cœur – mais pour le monde, vous comprenez ?... elle ferait pendre celui qui se vanterait... d'avoir assisté de trop près à la mort de cette noble dame. »

Saint-Priac se le tint pour dit.

Réfugié dans la chambre qu'il occupait en l'hôtellerie du Grand

Cardinal, Saint-Priac repassait dans sa tête cette période de son aventureuse existence. Et, venant à y ajouter les événements divers auxquels il s'était trouvé mêlé, il en arriva à cette conclusion :

« Le cardinal est persuadé que la conquête de cette lettre dont il a si grand peur est entourée d'obstacles insurmontables. Or Son Éminence est dans l'erreur. En effet, je connais Verdure !… et je sais où le trouver… à la Belle Ferronnière. »

Saint-Priac s'installa donc à la Belle Ferronnière. Le troisième jour, vers le moment du couvre-feu, Saint-Priac eut comme un soupir effroyable ; il venait d'apercevoir Verdure à trois pas de sa table !…

Verdure était assis, tournant le dos à Saint-Priac. Devant lui étaient placés un gobelet et un flacon aux trois quarts vide.

« Le couvre-feu sonne ! cria à ce moment l'un des valets de salle. À vous revoir, nobles seigneurs ! – Veuillez sortir. »

Verdure se leva en même temps que la plupart des clients, et se dirigea vers la porte : il titubait. Saint-Priac marchait sur ses talons.

« Qu'est-ce ? bégaya l'ivrogne. Qui ?… quoi ?…

— Silence, Verdure ! suis-moi…

— Holà, fit-il… Te suivre ?… qui es-tu ?… où vas-tu ?…

— À une jolie taverne que je sais, au bout de cette rue, et qui ouvre quand les autres ferment.

— Hein ?… Alors, je te suis, l'ami… »

La taverne existait. On y entrait par un couloir après avoir fait un signal convenu. Saint-Priac demanda quatre bouteilles de Saumur et conduisit son compagnon dans une petite salle retirée. Là, à la lumière des cires, Verdure jeta un regard hébété sur Saint-Priac. Sans doute il le reconnut enfin à travers les fumées de l'ivresse, et sans doute aussi cela le dégrisa.

« Ho ! fit-il, monsieur le baron !… C'est donc bien vous que j'ai reconnu l'autre jour à Étioles ? Ah ! monsieur le baron, que de fois j'ai songé à nos affûts, derrière quelque haie ou quelque coin de bois ! C'était le beau temps…

« Serait-ce pour opérer sur un théâtre plus digne de vous que vous êtes à Paris ?… En ce cas… je demande à reprendre du service ! »

Saint-Priac tressaillit. Un soupçon rapide passa sur son esprit. Il jeta sur l'ivrogne un regard de foudre. Mais Verdure remplissait son verre d'une main tremblante ; son visage se couvrait de mille plis joyeux.

« Voyons, dit alors Saint-Priac, que fais-tu à Paris ?

— Je m'y assomme, je m'y affaiblis, j'y enrage.

— Tu as donc perdu ton maître ?… Un si bon maître !

— Le comte de Mauluys est un galant homme, dit gravement Verdure. Je donnerais un doigt de ma main pour lui éviter une malencontre. Seulement… il ne boit pas, voilà ! Vous vous rappelez la chose, reprit Verdure, les coudes sur la table. Un jour, près de Saumur, vous me fîtes attacher à un arbre pour y recevoir vingt coups de lanière. C'était juste : j'avais manqué au règlement. Bref, ce fut à ce moment-là que survint M. de Mauluys. Je le vois encore sauter de son cheval et tirer l'épée. Je crois qu'il vous saigna quelque peu… Enfin, m'ayant détaché, il me demanda si je voulais le suivre. J'avoue que j'eus peur des vingt coups de lanière, et, ma foi, je vous tirai ma révérence…

— Passe ! gronda Saint-Priac.

— Le comte de Mauluys, en arrivant à Angers, me mit une pièce d'or dans la main et me renvoya. Je me jetai à ses pieds et le suppliai de me prendre à son service. Il y consentit. Et depuis, je n'ai pas eu un reproche à faire à ce gentilhomme, sauf qu'il ne sait pas boire, que j'ai la nostalgie des belles équipées et que monsieur le comte vit comme un véritable seigneur. »

Saint-Priac se pencha, et, d'une voix rapide :

« J'ai moi-même renoncé aux aventures de grand chemin pour des aventures plus fructueuses et moins dangereuses. Je me suis attaché au plus grand personnage du royaume. Si tu veux m'obéir, je fais ta fortune.

— Commandez ! dit Verdure.

— Ton maître possède une lettre qu'il me faut… je vais te la dépeindre.

— Inutile, monsieur le baron, la lettre n'est pas au comte de Mauluys.

— Et à qui donc ? Dis ! À qui la lettre ?

— À moi !…

— Comment sais-tu de quelle lettre je veux parler ?

« — Vous me parlez d'une dépêche perdue ou volée que vous tenez à reprendre. C'est-à-dire, en bon français, une dépêche que l'Éminence regrette mortellement d'avoir perdue. – Et vous ne voulez pas que je devine ? – Belle malice. Il s'agit de la dépêche que j'enlevai à frère Corignan.

— Que tu… toi ! C'est toi…

— Moi !… J'ai été à votre école, monsieur le baron !

— Vingt écus d'or, si tu dis vrai ! Raconte, raconte !

— L'histoire n'en est pas étonnante, dit Verdure, modeste. J'espérais toujours vous revoir, monsieur le baron. Pensant bien que tôt ou tard je reprendrais du service dans votre compagnie, je sortais le soir, donc, pour m'entretenir la main, avec quelques braves comme moi, amateurs de clairs de lune. Pour dépister les curiosités malveillantes, nous nous appelions de noms empruntés – empruntés, monsieur, comme les écus qui garnissaient nos escarcelles. L'un de nous, pour vous faire honneur, s'appelait Saint-Priac… Un autre s'appelait Trencavel. Un autre s'appelait Mauluys : c'était moi. Une nuit que nous rôdions aux environs de la place Royale, nous tombâmes sur un digne moine que nous dévalisâmes saintement. Resté le dernier auprès du capucin évanoui, je dégrafai sa casaque pour lui permettre de respirer : on est chrétien, monsieur. Tout en dégrafant, je fouillais : vieille habitude. Tout en fouillant ma main rencontra un papier. Je le pris : toujours l'habitude… Le lendemain, au grand jour, je vis que c'était une lettre scellée aux armes de Son Éminence.

— Quelle en était la suscription ? haleta Saint-Priac.

— Étrange !… Il y avait : À Sa Majesté la reine !…

— Cette lettre, tu l'as montrée à ton maître ?

— Allons donc ! Il m'eût bâtonné… Il a de singulières idées, ce digne comte : juste le contraire des vôtres.

— Cette lettre, l'as-tu conservée ?

— Intacte. En parfait état. Rien n'y manque.

— Cette lettre… fit pour la troisième fois Saint-Priac…

— La voici », dit Verdure.

Verdure jeta la lettre sur la table. La main de Saint-Priac s'abattit. Les doigts se crispèrent sur le parchemin.

L'écriture ! Oh ! c'était l'écriture du cardinal. Il la connaissait bien. Tout de suite, il la reconnut. Les armes du cardinal, il les reconnut aussi dès le premier coup d'œil.

« Intacte, murmura-t-il. Monsieur le cardinal, à vous de tenir votre promesse. »

Il cacha le parchemin sous son pourpoint et il se leva, décrocha son manteau, s'en enveloppa et son regard s'abattit sur l'ivrogne endormi. L'ivrogne ronflait, la tête sur les bras, un œil tourné vers Saint-Priac – un œil presque entrouvert par quelque tension nerveuse de la paupière.

« Bah ! un bon coup bien appliqué… Il ne s'en apercevra même pas. – C'est un traître, ce Verdure. Il vient de trahir son maître. Il pourrait bien me trahir à mon tour. »

Saint-Priac se pencha. Verdure ne bougea pas. Il demeura la tête sur la table, – son œil tourné vers l'assassin, – son œil presque entrouvert, d'où filtrait un mince jet de regard. Seulement, il eut un ronflement plus rauque et grogna :

« Mes écus… mes écus d'or… la lettre… »

Soudain, l'appétit du meurtre se déchaîna dans l'esprit de Saint-Priac.

Son bras n'eut qu'un mouvement rapide, violent. Verdure s'affaissa, roula sous la table.

Il s'affaissa – sinistre coïncidence – en même temps que le bras s'abaissait sur lui – en sorte que, si Saint-Priac eût été en état de réfléchir, il lui eût semblé que la mort précédait le coup de poignard – que Verdure succombait à un afflux de sang au cerveau, à l'instant où il était frappé.

Saint-Priac franchit la porte qu'il referma et à l'hôte accouru :

« Il y a là un ivrogne qui dort. Ne le dérangez pas jusqu'à demain. Pour la dépense, voici deux pistoles. Et pour laisser mon camarade tranquille, voici deux écus d'or.

— À ce prix, fit l'aubergiste, je le laisserai dormir jusqu'à ce que le réveille la trompette du Jugement dernier. »

Saint-Priac tressaillit ; puis, secouant la tête, il s'élança au-dehors.

À l'hôtel du cardinal, depuis trois jours, on l'attendait à toute heure – diurne ou nocturne. Il fut introduit sur-le-champ.

Saint-Priac, sans un mot, marcha au cardinal, mit un genou sur le tapis, et tendit la lettre. Quand il fut debout, il vit que Richelieu était pâle comme s'il allait mourir. Il songea :

« Dieu me damne, la joie va le tuer. Il faut qu'il ait eu bien peur ! »

« Combien cela vous a-t-il coûté ?

— Une vie d'homme, monseigneur !

— Vous avez tué un homme ? »

Saint-Priac s'inclina silencieusement, ouvrit son manteau et, du doigt, montra la gaine vide de son poignard.

Richelieu alla à sa panoplie et en détacha une dague dont la poignée pouvait valoir deux mille écus.

« Prenez, dit-il simplement. Vous avez tué l'homme qui détenait ce parchemin, Trencavel ?

— Non, monseigneur, dit Saint-Priac.

— Pourtant, Corignan, lorsqu'il fut attaqué, entendit prononcer ce nom... »

« Ah ! ah ! songea Saint-Priac. Les noms empruntés par les braves de Verdure !... »

« Monseigneur, ni Trencavel ni le comte de Mauluys n'ont vu cette dépêche. Voilà ce que je puis vous assurer. Un homme seul l'a eue dans ses mains – et cet homme est mort.

— Soit ! fit le cardinal. Mais vous me répondez que nul dans l'entourage de cet homme...

— Monseigneur, le gentilhomme a vu seul ce papier. »

« Bon ! se dit Richelieu. C'était un gentilhomme. Le nom viendra plus tard. »

« Allez, Saint-Priac, je ne veux pas vous cacher que je suis content de vous. Ce soir, je vous ai simplement payé une arme perdue à mon service. Demain, je vous dirai quelle récompense je vous réserve. »

Saint-Priac s'éloigna, la tête pleine de rêves délirants.

À peine seul, Richelieu courut pousser les verrous de sa porte, s'assura que les tentures des fenêtres étaient jointes, que nul au monde ne pouvait le voir. Alors, il s'empara de la dépêche – sa dépêche ! Il la lut et la relut. Il balbutia :

« Comment ai-je pu écrire cela ? Moi ! Est-ce bien moi qui ai pu écrire cela ?... »

L'instant d'après, la lettre était dans le feu.

Le lendemain, lorsque le Père Joseph jeta sur son pénitent son regard aigu, pareil à une sonde d'âme, il le vit alerte, vigoureux, l'œil brillant, la tête hautaine.

« La lettre ? fit avidement le Père Joseph.

— Retrouvée ! triompha Richelieu.

— Montrez...

— Demandez-la au feu !

— Vous l'avez brûlée. Bien. Vous voici donc délivré. Il s'agit maintenant d'être fort. Nous reprenons la bataille au point même où nous l'avons interrompue. La chaîne est brisée. Armez-vous et frappez !

— Oui ! dit Richelieu avec une sombre exaltation.

— Dès demain, vous vous installez au palais Cardinal ?

— Oui, répéta Richelieu avec un soupir.

— Dès demain, vous recommencerez l'attaque contre Anne d'Autriche ?

— Oui ! » dit encore Richelieu.

Le Père Joseph lui prit la main.

« C'est peut-être le meilleur moyen de la réduire à merci ! entendez-vous ? Prouvez-lui que vous pouvez l'écraser, et qui sait si elle n'aimera pas en vous le dompteur, elle qui a jusqu'ici dédaigné l'adorateur ? Soyez prompt. Soyez rude. Anne d'Autriche vaincue, vous êtes le maître du roi. C'est alors la possibilité de l'œuvre géante que nous avons convenue. D'abord, décapiter la noblesse ; puis détruire les huguenots. Alors, vous êtes maître du royaume. Alors, nous attaquons l'Angleterre et l'Autriche. Alors, nous sommes les maîtres de l'Europe... Revenons à la reine. Il faut commencer par l'atteindre dans ses œuvres vives, c'est-à-dire : d'abord la princesse de Condé. Ensuite la duchesse de Chevreuse. Ensuite Bourbon et Vendôme. Ensuite le duc d'Anjou.

— La première, c'est la princesse de Condé. Commençons donc par elle ; il faut arracher à la princesse le poignard qu'elle tient à la main et qu'elle guide comme elle veut. Il a un nom. Vous le savez. Il s'appelle Ornano. Obtenez demain l'arrestation d'Ornano. Et la princesse est désarmée. Et déjà la reine chancelle…

— Demain, le maréchal d'Ornano couchera à Vincennes ou à la Bastille. »

L'Éminence grise eut un mince sourire de satisfaction et leva la main, comme pour une rapide bénédiction sous laquelle s'inclina Richelieu.

« Et toi aussi, songeait le Père Joseph. Courbe-toi, tu ne pourrais te courber assez bas devant ton créateur ! »

« Cet homme m'épouvante, songea Richelieu quand il fut seul. Ses voies sont tortueuses… Allons, allons, l'horizon s'éclaircit. »

« Holà ! dit-il en appelant l'huissier, voyez dans les antichambres si vous trouvez Rascasse et Corignan et amenez-les-moi. »

Ils étaient là depuis une heure déjà.

Ils firent leur entrée de front et s'inclinèrent d'un même mouvement.

« Parlez.

— Monseigneur, dit Corignan, depuis deux jours, je surveillais certain cabaret de la rue des Francs-Bourgeois où j'avais vu entrer Montariol, prévôt de Trencavel. Cette nuit, je pénètre dans l'arrière-cour de ce bouchon mal famé. Je remarque une fenêtre éclairée au premier étage, et je vois se dessiner sur les vitraux une ombre que je reconnais pour celle du prévôt. Je me hausse sur un tonneau. Je m'aide des corniches, je pose mes deux mains au rebord de la fenêtre, je me hisse, je jette un coup d'œil à l'intérieur. Juste à ce moment, la fenêtre s'ouvre… l'émotion me fait lâcher prise… Je tombe et, en tombant, mon menton porte violemment sur le bord de la fenêtre. J'atteins le sol sans autre mal et je gagne le large.

— As-tu donc perdu la trace ?

— Monseigneur, il ne m'appartient pas de faire moi-même mon propre éloge. Écoutez Rascasse, monseigneur il vous dira où j'en suis. À vous, Rascasse !

— Soit ! fit le cardinal. Je t'écoute, Rascasse !

— Votre Éminence nous ayant fait l'honneur de nous informer que Mlle de Lespars lui avait échappé et que les gens du lieutenant criminel avaient pris le change… je songeais, monseigneur, que l'expédition d'Étioles était devenue inutile, lorsque, tout à coup, cette nuit, me rendant avec Corignan au cabaret de la rue des Francs-Bourgeois et passant avec lui dans la rue de la Verrerie, je vis passer trois gentilshommes et un moine. Je n'eus que le temps de les voir tourner le coin de la rue de la Poterie. Mais j'avais aperçu certaine tournure… Bref, je plante là Corignan, je m'élance, je rejoins mes trois quidams et mon capucin…

— Un capucin ? interrogea Richelieu.

— Du moins, il en portait l'habit. Je les dépasse donc et je pousse un cri de joie : parmi les gentilshommes se trouvait Mlle de Lespars, dans le costume qu'elle portait à Étioles !

— Annaïs de Lespars ! murmura sourdement le cardinal.

— Oui, monseigneur.

— Continue, Rascasse, continue !…

— Je finis, monseigneur. Au cri que je poussai, le moine qui accompagnait la noble aventurière se précipita sur moi : c'était un grand diable de frocard (Corignan grinça des dents) qui me porta en traître (Corignan serra les poings) un coup de je ne sais quoi sur la tête. Atteint au front, je m'affaissai, mais pour me relever aussitôt. Malheureusement, les gentilshommes avaient disparu.

— Perdue ! ne put s'empêcher de s'écrier Richelieu.

— Oui, mais le moine était encore là, lui ! Il se sauvait à toutes jambes. Je le suivis de loin… et je sais maintenant où il gîte. Par lui, monseigneur, je retrouverai Mlle de Lespars.

— Non, non, fit vivement le cardinal. Ceci regarde M. de Saint-Priac. Occupez-vous des rebelles d'Étioles, puisque Corignan affirme… »

Corignan jeta un coup d'œil à Rascasse, comme pour dire : « C'est le moment ! »

« Monseigneur, dit Rascasse, laissez à Corignan la gloire de retrouver Trencavel. Il est sur la trace.

— Monseigneur, dit Corignan, M. de Saint-Priac ne réussira pas. Laissez à Rascasse l'honneur de retrouver Mlle de Lespars.

— C'est bien, dit Richelieu, que la réflexion de Corignan sur Saint-Priac avait touché et à qui l'aventure d'Étioles avait donné une grande admiration pour Rascasse ; allons, c'est bien, faites donc à votre guise ; j'entrevois bientôt des expéditions dangereuses, où vous aurez à agir de concert. »

Les deux espions sortirent. Les trois jours qui venaient de s'écouler, ils les avaient passés, non pas à rechercher les rebelles, mais à se surveiller et à se gourmer.

C'est Rascasse qui avait eu l'idée d'obtenir la séparation. Ayant donc assuré leur divorce et gagné du temps par les mensonges qu'ils venaient de débiter avec aplomb, ils s'élancèrent, pleins d'ardeur : Rascasse avait choisi Annaïs de Lespars comme but de son espionnage, et Corignan s'était réservé Trencavel et ses acolytes.

XV – Trencavel et Annaïs

En cette même matinée, dans une chambre de la Belle Ferronnière, le prévôt Montariol achevait d'enduire d'un certain onguent les trois ou quatre blessures que Trencavel avait reçues pendant l'affaire d'Étioles. Ils s'étaient terrés là, tous les trois.

Nul ne pouvait avoir l'idée de les chercher en l'une des auberges les plus fréquentées de Paris. Le matin du quatrième jour, Trencavel, s'étant habillé de pied en cap, annonça son départ. Il prétendit qu'il étouffait.

« Il y a des moments, dit-il, où je me figure que nous nous sommes embastillés.

— Oui, mais c'est ici une Bastille volontaire, dit Mauluys. Et puis, oubliez-vous que vous risquez d'être vu par Saint-Priac, qui, depuis trois jours, est installé dans la grande salle ?

— J'oubliais ce drôle. S'il ne s'agissait que de l'expédier ad patres… mais ce n'est pas un duel qu'il cherche.

— Vous voyez bien, reprit Mauluys. Il faut rester ici tout au moins jusqu'à ce que cet homme ait renoncé à…

— Il a renoncé ! dit Verdure en entrant à ce moment.

— Pourquoi ?

— Parce que, dit Verdure, il a maintenant ce qu'il cherchait. »

Verdure !… C'était Verdure en chair et en os !… Il était étrangement pâle. Mais ses petits yeux clignotaient de malice et ses lèvres blêmes ricanaient.

« Expliquez-vous, monsieur Verdure, dit Mauluys. Et d'abord, d'où venez-vous ?

— Du cabaret ! dit Verdure. J'étais avec quelqu'un qui régalait, bouteille sur bouteille, et du meilleur. Ah ! le généreux convive que ce M. de Saint-Priac !

— Monsieur Verdure, il est temps de vous expliquer. »

Le ton était tel que Verdure, qui, sans doute, connaissait bien le comte, répéta :

« Oui ! Je crois qu'il est temps ! Voici. En même temps que nous prenions nos quartiers à cet étage, le noble baron prenait position dans la grande salle. Je passai mon temps à le surveiller et je pus me convaincre qu'il ne vous cherchait pas, messieurs. C'était moi qu'il cherchait – moi, messieurs ! Et ce qu'il voulait de moi, c'était la lettre… Hier, vers l'heure du couvre-feu, M. de Saint-Priac, m'ayant aperçu par hasard, m'aborda galamment, me conduisit en une fort honorable taverne, et là ce digne baron m'abreuva des vins les plus généreux, ou du moins en abreuva le plancher, car j'étais si ému d'avoir retrouvé mon ancien chef de compagnie que, je ne sais comment, le vin, au lieu de couler dans mon gosier, se répandait sous la table… Lorsqu'il me crut ivre, M. de Saint-Priac me promit vingt écus d'or si je voulais lui remettre la lettre que, certain soir, aux abords de la place Royale, j'avais volée à frère Corignan… »

Mauluys tressaillit. Les petits yeux de Verdure pétillèrent.

« Volée, reprit-il, avec l'aide d'un drôle comme moi que j'avais affublé du nom honorable de M. Trencavel afin qu'il ne fût pas reconnu et qu'on pût croire que vous étiez parmi les voleurs, monsieur le maître en fait d'armes…

— Misérable ! rugit Montariol en levant le poing.

— Verdure, dit Mauluys, vous êtes sublime. »

Montariol fut stupéfait – d'autant que Trencavel lui-même prenait la main de Verdure et disait : « Merci, Verdure. Je vous revaudrai cela.

— Eh bien, fit Verdure, j'acceptai les vingt écus d'or.

— Et la lettre ? palpita Trencavel.

— Je l'avais sur moi… »

Verdure regarda Mauluys en face et ajouta :

« Puisque vous ne l'eussiez jamais lue, puisqu'elle vous empêchait de dormir, puisqu'elle n'était pas à vous, je la jetai sur la table et Saint-Priac fondit sur elle… »

Il y eut un silence d'angoisse. Trencavel était soucieux, Mauluys pensif. Dans cette bataille contre le plus formidable adversaire, il leur apparut tout à coup qu'ils venaient de remporter une de ces victoires qu'on paie de sa vie…

« Vous avez bien fait, dit enfin le comte de Mauluys.

— Et les vingt écus d'or ? s'écria Montariol.

— Le baron de Saint-Priac est généreux, dit Verdure. Vingt écus d'or lui parurent insuffisants… Il me paya en me tuant raide d'un seul coup bien assené, là où vous voyez cette déchirure à ma casaque. Je tombai donc, mort, dans une flaque de sang… ou de vin… je ne sais plus au juste… et le généreux baron s'en alla. En sorte que, à cette heure, Son Éminence est bien certaine que nul au monde n'a pu lire cette lettre, puisque celui qui l'avait volée l'a rendue intacte et que celui-là est mort ! À votre santé, messieurs !

— Et comment es-tu ressuscité ?

— En me relevant, mon digne prévôt. Seulement, j'ai dû passer une heure, cette nuit, à repriser solidement la double cuirasse de buffle que j'ai la mauvaise habitude de porter sous ma casaque.

— Mauluys, fit Trencavel, j'ignore ce qu'était cette fameuse dépêche dont vous m'avez parlé deux ou trois fois. Je ne sais ce qu'elle contenait. Je ne puis dire s'il eût été utile ou dangereux de la garder. Mais puisque vous dites que Verdure a bien fait de là rendre…

— La dépêche est rendue, bien rendue ! » dit Verdure.

Au son de cette voix étrangement narquoise, Trencavel tressaillit et se tourna vivement vers le valet du comte. Mais Verdure, à ce moment, vidait son septième ou huitième verre avec une grimace d'intense jubilation.

« Mon cher comte, reprit Trencavel, je sais que ce que vous dites est toujours bien dit. Et maintenant que la route est libre, rien ne m'empêchera de sortir. J'étouffe ici.

— Et puis, vous voulez savoir ce que le cardinal a fait d'elle…

— Eh bien, oui, fit Trencavel d'une voix sombre. Cette pensée me tue qu'elle est aux mains de l'implacable cardinal. La délivrer, si elle est prisonnière, assurer sa fuite, si elle veut quitter Paris… il le faut ! Prévôt !…

— Présent ! rugit Montariol.

— Tu vas tâcher de mettre la main sur ce Corignan ou ce Rascasse qui doivent savoir en quelle geôle le cardinal l'a envoyée. Dès que tu en auras trouvé un, amène-le-moi par l'oreille à l'hôtel du comte qui devient notre quartier général.

— J'y vais ! » dit Montariol.

Et il sortit, escorté de Verdure.

« J'ai quelques amis dans Paris, dit alors le comte de Mauluys. Je puis, par eux, savoir… Adieu, Trencavel. À demain, en mon hôtel. »

Dame Brigitte est un si infime personnage dans ce récit que nos lecteurs ont le droit de l'avoir oubliée.

Nous devons une visite à la vénérable propriétaire de cette maison dont l'entrée se trouvait rue Sainte-Avoye, et dont le derrière donnait sur les jardins attenants aux hôtels de la rue Courteau. C'est là, tout en haut, que se trouvait le logis de Trencavel.

Ce jour-là, vers trois heures, dame Brigitte vit entrer Rascasse qui portait une longue et forte corde enroulée en sautoir. Il entra, et de sa voix la plus mielleuse :

« Bonjour, dame Brigitte, bonjour. Je viens vous demander si vous savez ce que c'est que la maison des Filles de la Madeleine, que, parmi le populaire, on nomme les Madelonnettes.

— Mais je ne vous connais pas, fit-elle à tout hasard.

— Il ne s'agit pas de cela, dit Rascasse qui jubilait, et d'ailleurs je vous connais. Donc, je vois que vous ignorez les Madelonnettes. C'est un tort, dame Brigitte. Les Madelonnettes sont une maison très agréable, fondée il y a quelque quinze ans par un brave marchand pour recueillir les filles de joie qui se repentent d'avoir été trop joyeuses… »

Dame Brigitte se voila la face et parvint à rougir.

« Or, Son Éminence a institué dans cette maison quelques cachots qui, je vous assure, sont très raisonnablement horribles : on y meurt tout à la douce. Son Éminence ne met pas seulement dans les cachots des Madelonnettes les jolies filles repenties ou non, l'illustre cardinal y met aussi les vieilles bourgeoises comme vous dont rien ne saurait excuser la rébellion…

— La rébellion ! Moi ! gémit la vieille.

— Dame, fit Rascasse, très bénin, vous serez en état de rébellion si vous ne me remettez pas à l'instant la clef que Son Éminence m'a commandé de prendre chez vous.

— Quelle clef, doux Jésus ? Quelle clef ?

— Il y a une heure que je me tue à vous le dire : celle du logis de Trencavel !

— La voici ! dit la vieille en présentant la clef à Rascasse. Et, surtout, dites bien à Son Éminence…

— Écoutez, interrompit Rascasse, essayez de dire à qui que ce soit que je suis venu ici, et vous verrez comment est faite la clef de ces cachots où l'on meurt dans le salpêtre… »

Là-dessus, Rascasse s'éclipsa, laissant dame Brigitte effondrée.

Rascasse pénétra donc dans le logis de Trencavel et courut à la fenêtre qui donnait sur l'hôtel de la rue Courteau.

« Pardieu ! s'écria-t-il in petto, voilà bien ce que je pensais ! J'ai vue sur l'hôtel de la noble demoiselle. Il ne me reste qu'à me glisser dans ce beau jardin, et je ne suis plus Rascasse, le premier espion du cardinal, si je n'arrive à mettre le nez sur un indice quelconque… »

Rascasse établit au bout de sa corde un nœud coulant destiné à le saisir sous les aisselles. Puis il laissa filer la corde jusqu'au sol, le nœud coulant en haut par-dessus l'appui-main, faisant office de poulie ; de cette façon. Rascasse descendrait par son propre poids en modérant à son gré la vitesse.

Il était à quelques pieds de la fenêtre lorsqu'il suspendit net son mouvement de descente. Quelqu'un venait d'entrer dans le logis de Trencavel et parlait à haute voix…

À peine sa porte refermée depuis quelques minutes, à peine remise de son émotion, dame Brigitte vit entrer chez elle un personnage que, cette fois, elle reconnut aussitôt.

« Vous, mon révérend !

— Moi-même Ipsissimus. Frère Corignan vous salue, ma bonne dame. Je viens, de même qu'il y a quelque temps, faire une petite visite au logis de ce traître de Trencavel.

— Vous aussi ! cria éperdument la vieille.

163

— Quelqu'un serait-il déjà venu ? fit vivement Corignan.

— Non, non, personne, je le jure, je ne sais rien, dites-le bien à Son Éminence, mon révérend !

— Et bien vous en prend de ne rien savoir, et surtout de ne rien dire, car si vous révéliez la visite que je fais, n'oubliez pas qu'il y a au Temple et au Châtelet des fossés et des oubliettes pour les gens convaincus de haute trahison. »

Corignan pénétra dans le logis.

Activement, il commença la visite. Il venait de fouiller une pièce et, passant dans celle où se trouvait la fameuse fenêtre, était tombé en arrêt devant un objet accroché au mur.

« C'est bien cela, dit-il enfin à haute voix, en hochant douloureusement la tête, c'est bien lui, c'est…

— L'outil à saint Labre ! » fit une voix.

En même temps, par-dessus l'épaule de Corignan pétrifié, une main saisit le martinet aux lanières plombées et le décrocha. Corignan se retourna et demeura saisi de stupeur.

« Monsieur Trencavel ! murmura-t-il enfin.

— Ipsissimus ! fit Trencavel en éclatant de rire. Bonjour, frocard. Que viens-tu faire céans ?

— Monsieur Trencavel, je vous jure… je passais… »

Frère Corignan éprouva soudain une douleur qui lui fit pousser un hurlement.

L'outil à saint Labre entrait en danse !

« Le reconnais-tu ? criait Trencavel. C'est lui ! »

Corignan ne le reconnaissait que trop. Il y eut poursuite, bousculade de meubles, et, finalement, Corignan se trouva acculé à la fenêtre. Trencavel, d'un mouvement rapide, le saisit par les jambes et le fit basculer sur l'appui-main.

Disons-le : il ne voulait pas le précipiter, mais achever de lui inspirer une terreur salutaire en le suspendant dans le vide. Seulement, à cet instant les regards de Trencavel se portèrent sur le jardin – et il poussa un cri : Annaïs était là.

Le maître en fait d'armes éprouva une violente émotion… ses mains s'ouvrirent… il lâcha prise. Frère Corignan tomba dans le vide, la tête la première.

C'était elle... Elle se trouvait derrière un massif d'arbustes, derrière lequel elle venait de disparaître au moment même où Trencavel venait de l'apercevoir. À quelques pas d'Annaïs, en groupe, Fontrailles, Liverdan, Chevers et Bussière. Près d'elle, un cavalier de haute taille, tout costumé pour le voyage : c'était Louis de Richelieu.

« Adieu donc, mon enfant, disait à ce moment Louis de Richelieu. En me conférant la dignité de cardinal, le roi m'a ordonné de me rendre à Lyon ; et depuis trois jours déjà, je devrais être en route ; il me sépare donc de vous. Cependant, prenez ceci. »

Il présentait à la jeune fille une bague en argent.

« Dès que vous aurez un doute sérieux sur les intentions de mon frère, faites-moi parvenir cet anneau ; j'accourrai. Et s'il le faut, alors j'en appellerai à la justice du fils d'Henri IV. Adieu, mon enfant, je vous bénis.

— Adieu, mon père. »

Annaïs, alors, se rapprocha vivement du groupe des quatre chevaliers qui avaient assisté à cette scène.

« Messieurs, dit-elle, cette dignité de cardinal peut être un appât. Cette nécessité d'un prompt retour peut être un piège. Puis-je compter sur vous ?

— Madame, dit Bussière, nous avions déjà convenu de veiller sur M. de Richelieu ; s'il y a un piège, il a dû être établi aux environs de Paris ; sans nous laisser voir, et à distance, nous escorterons le voyageur jusqu'à Sens. »

Les choses ainsi arrangées, nos quatre chevaliers allèrent se poster hors de Paris, non loin de la porte Bordet, par où Louis de Richelieu devait sortir. Une heure plus tard, le nouveau cardinal, accompagné d'un seul serviteur, franchissait cette porte et commençait son voyage, sans se douter qu'il était escorté et protégé par quatre dévoués compagnons.

Rascasse, donc, s'était arrêté dans sa descente : une joyeuse voix de basse taille éveillait de fantaisistes échos dans le logis de Trencavel.

« Qu'est ceci ? grogna Rascasse. Un rival ? Un ami ? »

Une autre voix, soudain, se mêla à la première. Il y eut des éclats de rire, puis des cris, des gémissements, et, tout à coup, comme Rascasse, ébahi, levait la tête, il vit un grand corps noir franchir la fenêtre et tomber dans le vide. Ce corps, dans un geste d'instinct, se raccrocha à la partie de la corde qui filait jusqu'au pied du mur, et Rascasse, entraîné par ce contrepoids plus lourd que lui, se sentit enlever dans les airs et remonter majestueusement vers la fenêtre.

Un moment vint où Rascasse et le grand corps noir, l'un remontant et l'autre descendant, se trouvèrent face à face. Rascasse empoigna l'inconnu. Le mouvement s'arrêta.

« Holà ! compère, hurla Rascasse, êtes-vous donc enragé, de vous jeter ainsi par les fenêtres ?

— Et vous-même, grogna la voix de basse taille, êtes-vous fol de vous promener dans les airs in aeribus natans ?

— C'est Corignan !

— C'est Rascasse ! »

Rascasse soutenu aux aisselles par le nœud coulant de la corde montante, se balançait dans les airs les mains libres. Corignan, au contraire, ne se maintenait qu'en s'accrochant énergiquement à la corde descendante. Se voyant le plus fort, Rascasse résolut d'infliger une défaite à son ennemi ! De toutes ses forces, il laissa tomber ses deux poings sur la tête de Corignan, et soudain il s'exclama :

« Tiens ! où est-il ?… Il fuit, le lâche ! »

Corignan ne fuyait pas : simplement, les coups reçus avaient remis en route le mouvement de bascule ; Corignan descendait – et Rascasse, naturellement, remontait d'autant.

« Puisses-tu descendre jusqu'au profond de l'enfer !

— Ma vengeance m'attend là-haut ! hurla Corignan. Monte, monte jusqu'à l'outil de saint Labre ! »

« Le pauvre hère perd la tête ! » songea Rascasse.

Trencavel, donc, hypnotisé soudain par la vue d'Annaïs, avait lâché Corignan dans le vide.

Il vit partir Louis de Richelieu. Puis les quatre chevaliers, à leur tour, s'éloignèrent.

Demeurée seule, Annaïs, toute pensive, s'assit sur un banc – et elle disparut alors aux yeux de Trencavel. Alors se produisit dans son esprit l'irruption d'un irrésistible sentiment. Elle le prenait pour un espion. Après l'affaire d'Étioles, que pouvait-elle penser ? Il voulut le savoir à tout prix.

« Comment descendre ? murmura-t-il. Une corde ! »

À ce moment, comme s'il eût été exaucé à point nommé ses yeux tombèrent sur la corde passée sur la barre.

« Merci, hasard, mon ami ! fit-il, tout joyeux… Hasard ! Est-ce bien le hasard ? Ne serait-ce pas plutôt messire Corignan ?… Oui, ma foi ! ajouta-t-il en se penchant. C'est ce drôle lui-même qui avait placé cette corde. Il s'est raccroché… Le voici qui remonte… Holà ! hâtez-vous…

— Qui me parle ? » dit l'individu qui remontait, en atteignant le rebord de la fenêtre.

Trencavel, apercevant cette tête, recula d'un pas.

« Par tous les diables, c'est Corignan qui est descendu, et c'est Rascasse qui remonte ! Que signifie ?

— Je vais vous expliquer, monsieur, bégaya Rascasse en sautant dans la chambre.

« Eh bien, qu'est-il devenu ?… ho ! lui aussi !… par la corde ! … »

Trencavel, en effet, avait enjambé la fenêtre et se laissait rapidement descendre. Un instant, Rascasse demeura effaré, puis se remettant :

« Trencavel ! songea-t-il, et Annaïs ! Quel coup de maître, de les prendre ensemble ! L'infernal frocard y a pensé, lui ! Je comprends maintenant. Cela ne sera pas ! »

Et, se précipitant à son tour, Rascasse recommença la descente… Corignan était arrivé depuis deux minutes. En touchant le sol, sa première idée fut de se glisser jusqu'à un bouquet de sureaux parmi lesquels il se tapit. Frère Corignan prit à deux mains son vaste front et songea :

« Examinons les lieux, locos examinabos, dirait l'Évangile. Voici là-bas l'hôtel où gîte l'aventurière. Bon. Je tiens l'aventurière et le maître d'armes. Eh ! eh ! voici quelqu'un descendant l'échelle. Et c'est le sacripant de Trencavel ! fit-il en tressaillant de joie. Bene ! Le voici à terre… Benissime ! Le voilà qui se dirige vers l'hôtel… Sûrement, le drôle va se concerter avec la donzelle, j'ai une heure devant moi, je les tiens !… »

Trencavel passa à dix pas de Corignan et disparut à un tournant d'allée. Frère Corignan, alors, s'élança vers une porte basse qu'il avait aperçue, et, en quelques instants, il fut dehors.

« La charité, mon révérend, pour l'amour de Dieu, de la Vierge et des saints, la charité ! » nasilla un mendiant.

Corignan s'approcha et murmura :

« Que l'hôtel soit cerné. Que l'on suive quiconque sortira. Je reviens dans une demi-heure. »

Frère Corignan gagna aussitôt la rue Sainte-Avoye et, fila à toute vitesse vers la place Royale.

Rascasse toucha le sol deux minutes après Trencavel, vers le moment où frère Corignan crochetait la porte basse.

« Voyons ce que devient le frocard… Si Trencavel et Annaïs doivent être pris, il faut que je sois seul à profiter… »

Rascasse, intensément, songeait à ce qu'il devait faire pour suivre Corignan à la piste, le paralyser, le rejeter au dernier plan de l'action, et s'emparer de tout le bénéfice que pourrait rapporter l'arrestation de Trencavel et d'Annaïs.

De la place Royale s'élançaient une vingtaine de gardes. À leur tête courait Saint-Priac. Corignan près de lui. Une joie terrible déferlait dans le cœur de Saint-Priac.

Trencavel aborda hardiment Annaïs. Le chapeau à la main, il marcha jusqu'au banc d'où elle le voyait venir sans étonnement… Sans étonnement… Pourquoi eût-elle été surprise de le voir, puisqu'elle l'attendait ?… Elle savait qu'il viendrait.

« S'il ne vient pas, c'est qu'il est mort de ses blessures. »

Il s'arrêta devant le banc et s'inclina.

« Comment êtes-vous entré ?

— Par la fenêtre, dit-il. Oh ! rassurez-vous, pas par une des vôtres. Mais par la mienne, là, celle que vous voyez sur ce toit. Je vous ai vue. J'ai eu grande envie de vous parler. Et, ma foi, je me suis laissé glisser. »

Annaïs hocha la tête, sourit, et dit :

« Puisque vous avez eu envie de me parler et que vous voici, je voudrais bien savoir ce que vous avez à me dire ?

— Écoutez ceci : mon père était un ferronnier ; moi, je suis maître en fait d'armes ; il n'y a pas de Parisien plus pauvre que moi. De plus, je m'appelle Trencavel, sans plus : pas la moindre terre, pas le moindre quartier de noblesse. Vous êtes, vous, la fille d'un roi. Mais je vous dis : Madame, j'ai voulu me faire tuer sous vos yeux parce que vous m'avez cru espion. Je suis venu vous prier... vous demander, ajouta-t-il dans un grondement furieux, vous demander de me dire, à moi, Trencavel : « Ce que j'ai cru, monsieur, je ne le crois plus ! » Parlez, madame, parlez, par le Ciel, ou ce qui n'a pas eu lieu à Étioles... là... tout de suite... »

Sa voix s'étrangla. Son visage avait pâli. Ses lèvres tremblaient. Annaïs, alors, se leva. Il répéta :

« Dites que vous ne le croyez plus ! Dites-le !...

— Je ne vous ai jamais cru », dit Annaïs.

Et elle comprit aussitôt que ce qu'elle venait de dire était décisif. Il lui était facile de simplement répéter la parole demandée par Trencavel : c'était une suffisante réparation. Sa parole, à elle, était un geste de signification profonde, de portée lointaine.

« Madame, dit Trencavel d'une voix tremblante, toute parole de remerciement serait indigne de la parole généreuse que vous venez de prononcer. Madame, laissez-moi mettre mon corps, mon cœur, mon âme entre vos ennemis et vous. Le jour où vous serez vraiment délivrée, je m'écarterai... je vous le jure. »

Annaïs était bouleversée.

« Monsieur Trencavel, dit-elle doucement, vous m'avez un jour donné ici une leçon d'escrime que je n'ai pas oubliée, que je n'oublierai jamais... Vous venez de me donner une leçon de générosité dont, toute ma vie, je me souviendrai... À mon tour, monsieur. Votre épée, votre sang, le secours que vous m'offrez, je les accepterais si j'étais menacée, et je me croirais alors mieux protégée que ne peut l'être une reine... Si j'étais menacée ! Mais l'intervention de l'archevêque de Lyon, plus en faveur que jamais, puisque le roi l'a nommé cardinal, les instances de ce digne seigneur auprès de son frère et de Sa Majesté ont détourné de moi tout danger... »

Elle hésita deux secondes. Peut-être que se levait en elle un lointain et inconscient regret...

« Monsieur Trencavel, soyons amis, dit-elle tout à coup, sa résolution prise. Effacez de votre esprit le souvenir de nos précédentes rencontres, et, comme moi, gardez seulement celui de cette soirée. Adieu, monsieur Trencavel. »

Elle se tourna vers la sombre masse de l'hôtel, maintenant à peine distincte dans la nuit, comme si elle eût signifié au maître en fait d'armes que l'audience était terminée. Soudain... un gémissement, là, dans l'ombre... puis un cri... puis une forme noire se dessina, chancelante... une voix râla :

« Alerte !... »

Annaïs bondit. Trencavel se redressa, l'oreille tendue... La forme noire s'affaissa en répétant :

« Alerte !...

— Toi, Lancelot ! » cria Annaïs en se penchant sur l'homme.

C'était un vieux serviteur qui, seul, assurait le service de la maison avec une fille de chambre. Le sang coulait à flots par une large blessure qui ouvrait la gorge.

« Ils sont là... plus de trente, prononça-t-il dans un souffle. Fuyez... Saint-Priac... il... »

L'homme n'en dit pas plus long. Il exhala un soupir et demeura immobile pour toujours... Une larme brûlante jaillit des yeux d'Annaïs : elle aimait ce vieillard.

« Ah ! cria Trencavel, vous voyez bien que j'ai encore le droit de me faire tuer pour vous !... Cette épée, cette vie, ce sang qui sont à vous, voulez-vous les prendre ?

— Je les prends ! dit Annaïs éperdue.

— Eh bien, en avant ! » rugit Trencavel.

La troupe de Saint-Priac était arrivée rue Courteau. Dix hommes furent placés devant la porte. Au pied de chaque fenêtre, il y eut un groupe de trois gardes. Puis, dirigé par Corignan, Saint-Priac marcha sur la porte basse que le capucin avait laissée entrouverte en s'en allant. Il avait avec lui huit de ses hommes les plus résolus et les plus habiles.

Nous avons laissé Rascasse méditant sur les moyens qu'il pourrait employer pour s'emparer à lui seul d'Annaïs et de Trencavel.

Lorsque Rascasse revint à la réalité pratique, il faisait nuit. Retrouver la piste de Corignan fut sa première idée. C'était un jeu pour lui. Cette piste le conduisit jusqu'à la porte basse restée entrouverte.

« Il est clair que le misérable frocard est passé là, grommela Rascasse, en examinant la serrure. Il a tiré les verrous et crocheté la fermeture. Puis il s'est élancé chez le cardinal ; or, s'il est sorti par cette porte, c'est aussi par là qu'il voudra rentrer. Donc, c'est ici même que je dois l'attendre. »

Bientôt, son oreille exercée perçut dans le profond silence de la rue des bruits vagues qui, pour lui, avaient une signification. Il se redressa et murmura :

« Ils placent des postes… ils vont venir… Tiens, qu'est ceci ?… »

Une petite lumière s'avançait dans le jardin. Le vieux Lancelot, lui aussi, venait d'entendre ! En un instant, il fut à la porte.

Dans la rue, Corignan marchait en tête. Il poussa la porte d'un coup de genou ; elle résista. En même temps, il entendit, derrière, une respiration courte et haletante.

Il poussa plus violemment. La porte s'entrebâilla largement. Saint-Priac, par-dessus l'épaule de Corignan courbé, passa son bras armé d'un poignard et frappa d'un seul coup rude. Il y eut un cri étouffé, un bruit de pas chancelants.

« Victoire ! grogna le moine en se ruant dans le jardin. En avant ! » fit-il en se retournant.

Et il demeura hébété. Ni Saint-Priac, ni ses hommes le suivaient. La porte, violemment, s'était refermée… Corignan entendit qu'on poussait le double verrou.

« Ouvre ! criait Saint-Priac. Hâte-toi ! »

Corignan, effaré, s'avança sur la porte. Mais, au moment de l'atteindre, il fut renvoyé à quatre pas en arrière par un choc violent dans l'estomac.

« Monsieur de Saint-Priac, le diable m'empêche de…

— Le diable t'emporte ! vociféra Saint-Priac. Tu paieras cher ta trahison… À la grande porte, vous autres ! »

Toute la troupe se précipita vers la porte de l'hôtel.

« Au nom du roi ! » tonna Saint-Priac en manœuvrant le marteau à tour de bras.

Et comme nul ne répondait de l'intérieur :

« Enfoncez-moi cela ! »

« Ma trahison ! rugit Corignan épouvanté. Quoi ! la prise de Trencavel devait être mon chef-d'œuvre, et ce serait ici ma perte ! Et le cardinal me croirait traître à sa fortune ! »

Il dit, et, de nouveau, il marcha sur la porte diabolique. Le même coup terrible, au même endroit, l'atteignit à toute volée. Corignan, cette fois, fut renversé.

« Je reconnais ce boulet de canon, cria-t-il furieusement. C'est la tête de Rascasse !

— Elle-même, fit Rascasse. Écoute bien, frocard, le Saint-Priac va te dénoncer au cardinal, qui croira que tu l'as trahi. Tu es perdu.

— Je me rends !

— Bon. Et moi, je te donne merci. Non content de cela, je te sauve aux yeux du cardinal si tu veux partager avec moi le bénéfice de la prise de Trencavel.

— Ah ! ah !… dit Corignan. C'est donc cela qui te tient au cœur ? … Eh bien, j'accepte !

— Oui, fit Rascasse, en présentant toujours la pointe d'un poignard, mais ce larron de Saint-Priac va tirer à lui toute la couverture. Il faut ici, compère, montrer que nous avons du génie, faire un peu enrager ce matamore, lui jouer un tour de notre façon et paraître devant le cardinal comme les seuls artisans de la ruine de Trencavel et de Lespars.

— Ordonne, Rascasse, et j'obéirai.

— Eh bien, en route ! » dit Rascasse en se relevant.

À l'instant même, Corignan fut debout, et, au jugé, leva brusquement son genou, dont il se servait aussi bien que du poing.

Rascasse fut atteint à la mâchoire.

« Combien de dents, cette fois ? dit le capucin.

— Deux ! fit loyalement Rascasse. Il m'en reste vingt-quatre. De quoi te manger le cœur, frocard, lorsque je n'aurai pas besoin de toi. Allons, viens. »

Quelques instants plus tard, ils étaient dans l'hôtel…

À peine y étaient-ils qu'ils entendirent dans le jardin des bruits de pas rapides et légers. C'étaient Trencavel et Annaïs qui arrivaient… À tout hasard, Rascasse ouvrit la porte située au milieu du couloir, poussa Corignan dans l'escalier et s'y jeta lui-même en refermant. À ce moment, Trencavel et Annaïs entraient dans le couloir. Trencavel barricada solidement la porte qui donnait sur le jardin.

« Avez-vous du monde dans l'hôtel ? demanda-t-il à Annaïs.

— Le malheureux qui vient de mourir pour moi était ici mon seul serviteur. - Mariette ! » appela-t-elle, dominant de la voix le tumulte de la rue.

La fille de chambre ne répondit pas : aux premiers coups portés par les gens de Saint-Priac, prise de panique, elle avait grimpé jusqu'au grenier où elle s'enferma et tomba dans un coin en se bouchant les oreilles.

« Seul ! murmura Trencavel. Je suis seul à la défendre !… »

Les coups retentissaient. On entendait la voix de Saint-Priac, âpre, rauque, jetant des ordres furieux… À ce moment quelqu'un débaula de l'escalier.

« Mariette ! » cria Annaïs.

La fille de chambre n'entendit pas.

Elle passa en courant et alla s'engouffrer dans l'escalier de la cave.

« Laissez, dit Trencavel à Annaïs qui s'élançait. Nous devons choisir notre poste de combat.

— De combat, oui. Combat à mort. Je me ferais tuer plutôt que de tomber aux mains de Saint-Priac !

— Vous le haïssez, mais il vous aime, lui !

— C'est l'assassin de ma mère, dit sourdement Annaïs.

— Mademoiselle, dit-il, si nous sortons d'ici vivants, je vous jure que cet homme mourra de ma main.

— Je vous le défends. Saint-Priac m'appartient.

— Je vous obéirai donc. - Maintenant, montez, mademoiselle.

– Je suis forcé de vous prier de me montrer votre hôtel. »

Au premier étage, il y avait un large escalier que Trencavel examina d'un coup d'œil. Il piqua le tapis de la pointe de son épée et dit :

« C'est ici que Trencavel vaincra ou mourra. »

Les gardes s'excitaient. La résistance de cette porte les exaspérait. À demi éventrée, la porte se défendait encore. Tout à coup, elle s'abattit. Dix, quinze gardes se ruèrent ensemble.

En un instant, le vaste vestibule s'emplit de lumière et de bruit, les torches agitées jetèrent des lueurs d'un pourpre sombre, les bouches crispées jetèrent des vociférations :

« En haut ! En haut ! En avant !… En av… »

Le cri ne s'acheva pas, ou plutôt il se transforma en clameur de détresse et d'épouvante. De là-haut, une masse, une chose monstrueuse tombait en avalanche, et, avec un fracas formidable roulait, bondissait, et, finalement, écrasait trois des plus avancés, puis la chose se disloquait, s'éparpillait en morceaux…

C'était un coffre, un énorme coffre que Trencavel venait de pousser sur les assaillants. Et comme la meute, une deuxième fois, se lançait à l'assaut, Trencavel saisit un fauteuil, et, à toute volée, le précipita. Un escabeau suivit. Puis un autre. Et un candélabre décrivit sa trajectoire. Une grêle de projectiles. Une cervelle sauta. Des crânes furent défoncés…

Le vestibule était désert… Il n'y avait plus que les morts, les agonisants, parmi des choses fracassées…

Les gardes, assemblés autour de Saint-Priac dans la rue, délibéraient. Annaïs se pencha sur la dévastation du vestibule. Puis elle se tourna vers Trencavel et lui jeta un regard étrange. Elle tenait son épée à la main. Elle semblait très calme.

« Les mousquets ! » dit Saint-Priac.

Les mousquets furent chargés. Sept de ses hommes étaient tués, cinq hors de combat. Les mousquets ! il n'avait pas voulu les employer d'abord : c'est vivante qu'il lui fallait Annaïs.

« Visez l'homme seul ! Malheur si elle est blessée !… »

Douze gardes entrèrent et se rangèrent en peloton dans le vestibule, la mèche allumée. Trencavel pâlit.

« Feu ! » hurla Saint-Priac, ivre de rage.

Le tonnerre roula sous les voûtes du vestibule.

La bande entière s'élança, Saint-Priac en tête.

Rascasse et Corignan avaient descendu avec précipitation l'escalier de pierre au bas duquel une petite lampe en fer, accrochée à un pilier, éclairait vaguement une rotonde sablée.

« Oh ! Oh ! fit Corignan en jetant un regard de jubilation sur une pyramide de bouteilles dressée contre le mur. Voyons, compère, expliquez-moi votre plan.

— Eh bien, je vais remonter là-haut, attendre que Saint-Priac soit entré, et lui soutenir que Trencavel est ici, caché dans cette cave… il descend… nous l'enfermons… et… »

La porte de la cave, là-haut, s'ouvrit subitement, se referma aussitôt, et les deux espions, stupéfaits, virent descendre à toute vitesse une femme, une jeune fille, qui poussait des cris inarticulés.

« Grâce, messieurs les gardes, ne me faites pas de mal !

— Ma fille, dit Corignan, il faut vous confesser. »

Cette Mariette était une Parisienne que la duchesse de Chevreuse avait donnée à Mlle de Lespars. Annaïs s'en défiait un peu mais n'avait pas de reproche grave à lui adresser. C'était une assez fine mouche, nerveuse, évaporée. Au demeurant, bonne et honnête fille incapable de trahison.

« Que faut-il que je confesse ?

— Confessez d'abord où sont les jambons, dit Corignan.

— Mais, pour Dieu, mon révérend, pourquoi ces gardes, là-haut ? Pourquoi enfonce-t-on notre porte ?

— Les jambons ! » dit Corignan d'un ton péremptoire.

Mariette sourit et le conduisit à un caveau où, d'un joli geste, elle montra tout un alignement de victuailles diverses. Corignan décrocha un jambon qu'il se mit à déchiqueter à l'aide de son poignard, en prenant place sur le sable.

« Merci, ma fille, dit-il. Ce n'est pas tout, il faut achever de vous confesser.

— Que faut-il que je confesse à cette heure ?

— Allons, ne fais pas la bête. Hâte-toi, car il est temps que je remonte là-haut pour m'emparer de Trencavel, de la raffinée d'honneur, de ce sacripant de Saint-Priac. Viens ça ! »

Au lieu de venir, Mariette recula de plusieurs pas, effrayée par les yeux flamboyants de l'espion, son rire, et les mains tremblantes qu'il allongeait. Corignan s'avança en grommelant. Mariette se sauva, affolée, poursuivie. Il y eut un grand bruit de bouteilles s'effondrant, puis un cri de Mariette épouvantée, puis un rugissement de Corignan qui abattit sa poigne sur la pauvrette :

« Je la tiens !...

— En avant ! » hurla une voix en haut de l'escalier.

Rascasse l'avait remonté, cet escalier, laissant son acolyte aux prises avec les démons de la gourmandise et de la luxure. Le petit espion referma la porte, mais sans tourner la grosse clef dans la serrure. Il s'avança le long du couloir, vers la bataille du vestibule.

À ce moment, il vit les mousquets se ranger en bataille.

« Feu ! » rugit Saint-Priac.

Quelques minutes d'un effroyable silence. La fumée se dissipait. Saint-Priac attendait, immobile, convulsé. Trencavel et Annaïs avaient disparu.

Où est Trencavel ?... Où est Annaïs ?... Morts ?... Non !... Les voici, là, dans le salon, tout près de la porte. Oui, à l'instant où les mèches enflammées se sont approchées des mousquets, à l'instant où le hurlement de « Feu ! » a retenti, c'est elle qui, dans un élan terrible de ses forces décuplées, de son âme transportée hors du réel, a soulevé Trencavel dans ses bras, et, d'un bond, s'est jetée dans la salle.

En bas, Saint-Priac et ses douze arquebusiers attendaient.

Le palier apparut peu à peu. Les gardes s'avancèrent. À ce moment, quelqu'un bondit jusqu'à Saint-Priac et dit :

« Venez ! Elle se sauve !... »

C'était Rascasse. Saint-Priac eut un hurlement de joie :

« Où ?

— J'ai vu une femme se jeter là... C'est elle... Qui voulez-vous que ce soit ?... Corignan l'a suivie... Sans doute, une fois Trencavel tué, elle est redescendue par un autre escalier... Venez... Mais venez donc !... »

Rascasse ouvrit la porte de la cave. Saint-Priac se pencha, et alors un cri monta jusqu'à lui :

« Je la tiens !…

— En avant ! vociféra Saint-Priac. Tenez bon, Corignan !… »

Toute la bande dévala l'escalier de la cave. Une fois que le dernier garde se fut précipité, Rascasse ferma la porte et donna un double tour de clef… Il rentra dans le vestibule et commença à monter vivement.

« Ah ! misérable ! Ah ! traître ! Ah ! c'est ainsi ! J'ai fait cela, moi, moi, Rascasse ! Et comment les arrêter, maintenant que je suis seul ?… Tant pis, je me risque à les arrêter à moi tout seul ! »

Tout à coup, il fut en présence de Trencavel et d'Annaïs.

« La route est libre, dit-il, fuyez.

— La route est libre ! frémit Trencavel. Et Saint-Priac ?

— Il arrête Mlle de Lespars dans la cave. Entendez-vous le vacarme ? »

Trencavel ne comprit pas. Mais il se rua sur le palier. Oui ! La route était libre !…

Il saisit sa rapière et haleta :

« Venez !… »

Annaïs s'avança, l'épée à la main, Trencavel jeta un profond regard à Rascasse et lui dit :

« Votre carrière est brisée. Venez avec moi. »

Rascasse secoua la tête et répondit :

« J'appartiens à Son Éminence. »

Le maître en fait d'armes salua l'avorton et descendit. Annaïs le suivait.

« Veuillez, monsieur, me conduire jusqu'à l'hôtel de Chevreuse. »

Ils se mirent en route, sans un mot. Fini le songe héroïque…

XVI – Le roi Louis XIII

À la pointe du jour, le cardinal de Richelieu était debout. Le roi devait aller à Fontainebleau et l'avait mandé pour huit heures du matin : Son Éminence, toute la nuit, avait attendu le retour de Saint-Priac. Ni Saint-Priac, ni Rascasse, ni Corignan. Vers sept heures, le cardinal se rendit au Louvre.

Anne d'Autriche était déjà arrivée, ayant quitté le Val-de-Grâce à six heures pour se rendre aux ordres de son royal et tyrannique époux.

Dans les antichambres, les femmes de la reine attendaient. L'une de ces femmes, jeune, belle, guettait l'arrivée du cardinal. C'était Mme de Givray. Elle s'approcha de lui et, tandis qu'elle s'inclinait sous sa bénédiction, d'une voix basse :

« La reine a eu encore une entrevue avec Monsieur.

— Monsieur était-il seul ?

— Le maréchal d'Ornano l'accompagnait… »

Et l'espionne, d'un pas léger, rejoignit les dames, avec lesquelles elle se mit à rire.

Richelieu fut introduit dans les appartements du roi. Au même moment, Anne d'Autriche y entrait par une autre porte.

Richelieu, qui avait vu toutes les têtes se courber sur son passage, courba la tête à son tour.

« Sire, dit-il, je me rends aux ordres de Votre Majesté et, en même temps, j'ai l'honneur de lui annoncer que je m'installe aujourd'hui dans mon nouveau palais. »

La reine ne broncha pas.

« Sire, dit-elle froidement, je venais demander à Votre Majesté la permission de ne pas l'accompagner à Fontainebleau et de rester en mon pauvre logis du Val-de-Grâce… »

Déjà, la colère montait au front de Louis XIII. Richelieu lui fit un signe imperceptible. Le roi demeura un instant étonné, mais le cardinal ayant répété ce signe :

« Faites donc à… votre guise, madame. »

Anne d'Autriche fit une révérence au roi et sortit sans tourner les yeux vers le cardinal, livide d'amour et de rage.

« Sire, dit alors le cardinal, il est bon d'inspirer confiance à la reine. C'est pourquoi j'ai prié Votre Majesté de lui laisser toute latitude. Mais je suis là, et je veille. »

Louis XIII jeta sur son ministre un regard noir de haine et peut-être aussi de désespoir.

« Je suis las, dit-il de ce ton morne qu'il perdait bien rarement. Tout cela m'épouvante et me déchire le cœur. Ainsi donc, Gaston… mon frère ! oui, mon frère, aurait osé… Ah ! monsieur, quel terrible veilleur vous êtes !… J'eusse aimé mieux ne pas savoir ! »

Louis XIII, pendant quelques minutes, demeura silencieux.

« Voyons, reprit-il, vous dites donc qu'il est question de m'enfermer dans un couvent ou une tombe, et que la reine épouserait alors mon frère, devenu roi à son tour ?

— Oh ! sire, dit enfin Richelieu avec une tranquillité sinistre, n'exagérons rien. Le Ciel en soit loué, ni la reine ni Monsieur n'ont formé d'aussi exécrables projets. Il a été dit seulement que, si le roi venait à mourir, son frère monterait tout naturellement sur le trône et qu'alors ce serait presque un devoir pour lui que de ne pas renvoyer la reine en Espagne… Voilà tout !

— Dans ma famille ! continua Louis XIII. Mon propre frère !

— Sire, dit Richelieu en s'inclinant, j'ai l'honneur de vous demander l'arrestation de mon frère Louis de Richelieu. »

Louis XIII releva vivement la tête.

« Oui, dit-il lentement. Je vous comprends, monsieur. Il n'y a plus de famille, plus de frère, plus d'épouse, n'est-ce pas, dès qu'il s'agit de politique ?

— Dès qu'il s'agit du salut de l'État, Sire.

— Soit. Qu'a fait le nouveau cardinal contre le salut de l'État, voyons… dites-moi cela, vous, son frère.

— Il a désobéi au roi et n'est sorti de Paris que cette nuit. Or, si je vous ai demandé le chapeau pour mon frère, c'était pour l'éloigner de Paris. Et si j'ai voulu l'éloigner de Paris, c'est qu'il soutient les prétentions de cette aventurière…

— La fille de cette pauvre Lespars ?

— Oui, sire. Elle a trouvé en mon frère le plus ardent défenseur…

— Mais si c'était vrai, pourtant ? Si Mlle de Lespars était réellement la fille de mon père ?

— Elle n'en serait que plus dangereuse. Mais c'est une imagination de celle que vous daignez appeler cette pauvre Lespars et qui était bien la plus redoutable coureuse d'aventures… Sire, ces chimériques prétentions peuvent porter le trouble dans notre noblesse, déjà peu disposée à la discipline que nous devons lui imposer. Je vous demande l'arrestation de mon frère…

— Monsieur le cardinal, j'ai beaucoup d'amitié pour votre frère. Je ne veux pas…

— Mais, sire ! interrompit Richelieu.

— Lorsque le roi a dit : « Je veux ou je ne veux pas », dit Louis XIII, il ne reste qu'à obéir. Je veux que mon nouveau cardinal regagne paisiblement sa ville de Lyon…

— Les désirs de mon roi sont des ordres pour moi.

— Vous pouvez dire ma volonté, cardinal. Et, maintenant, achevez. »

Richelieu eut un geste imperceptible de colère.

« Sire, reprit-il, il faut hâter l'union de Monsieur avec Mlle de Montpensier. Ainsi s'étoufferont les bruits, tomberont les suppositions et s'écrouleront les espoirs. Ainsi Monsieur sera séparé de Sa Majesté la reine mieux encore que par les murs d'une prison. Ainsi nous l'aurons arraché aux conseils perfides de ceux qui l'entourent.

— Nommez-les, dit le roi d'une voix altérée.

— La duchesse de Chevreuse, la princesse de Condé, M. de Vendôme, son frère le grand-prieur, tous ennemis de Votre Majesté ; j'en aurai bientôt les preuves.

— Et en attendant ces preuves ?

— Frapper un coup pour avertir les audacieux que la foudre est là, toute prête à les pulvériser ! Saisir le plus actif de ces mauvais conseillers, celui-là même qui a le plus d'ascendant sur le faible esprit du duc d'Anjou...

— Le maréchal d'Ornano ?

— Oui, sire, celui qui a été le gouverneur du prince en est devenu l'âme damnée. Je viens d'apprendre qu'Ornano a eu encore une entrevue secrète avec... la reine, sire ! »

Louis XIII était livide.

« Vous pouvez vous retirer, monsieur le cardinal. »

Richelieu s'inclina et, sans bruit, quitta l'appartement royal.

Le soir même, Ornano était enfermé dans un carrosse qui partait aussitôt. Dans la nuit, la prison roulante s'arrêta dans la cour du château de Vincennes et, bientôt, la porte d'un cachot se refermait sur le prisonnier.

Le lendemain matin, l'arrestation d'Ornano faisait grand bruit à la ville et à la cour. Une foule de gentilshommes exprimaient tout haut leur indignation. La reine était accourue au Louvre, se demandant si ce coup de tonnerre ne présageait pas quelque terrible orage pour elle. Monsieur était là aussi, jurant, tempêtant, criant qu'il allait faire relâcher le maréchal.

Seule, la princesse de Condé, pour l'amour de qui Ornano avait risqué sa liberté et sa vie, était absente.

Le roi, dans ses appartements, entendit les murmures de toute cette foule qui encombrait les antichambres. Le duc d'Anjou pénétra chez son frère. Dans le salon privé qui précédait le cabinet royal, il trouva la reine. Le roi parut sur la porte de son cabinet. En même temps, à l'autre bout du salon, apparaissait Richelieu, entré sans bruit. Gaston fit deux pas vers le cardinal.

« Est-ce vous ? Dites ! Est-ce vous qui avez arrêté mon ami, mon gouverneur, mon père !

— C'est moi !

— Holà ! Holà ! cria le roi en saisissant Gaston par le bras. Entrez là, mon frère ! »

Et il le poussa dans le cabinet où il rentra lui-même en même temps que la reine.

« Sire, dit la reine, j'étais venue supplier Votre Majesté d'adoucir ses rigueurs contre un homme qui est de mes fidèles.

— C'est moi, madame, gronda Louis XIII, qui ai fait saisir votre Ornano. Avant d'être de vos fidèles, j'entends qu'on soit fidèle à l'État, au roi ! Vos fidèles conspirent, madame, et puisque vous les soutenez, c'est que vous-même…

— Sire, dit Anne d'Autriche avec ce suprême dédain qui seyait merveilleusement à sa hautaine beauté, je crois que vous allez insulter la reine de France. Adieu, sire ! Il convient à ma dignité de ne pas en entendre davantage. Mais l'Europe sera étonnée quand elle apprendra comment on ose traiter à la cour de France une fille de la maison d'Autriche. »

Avant que Louis XIII eût pu relever cette menace à peine déguisée, Anne avait quitté le champ de bataille. Gaston tremblait. Louis XIII se promenait avec agitation.

« Qu'on fasse entrer M. le cardinal ! » ordonna-t-il.

Puis, se retournant vers Monsieur :

« À nous deux, mon frère !

— Sire, dit Richelieu qui entrait et jugea d'un coup d'œil l'état d'esprit de Gaston, sire, voulez-vous me permettre de demander à son Altesse en quoi j'ai pu mériter sa colère ?

— Je l'avoue, dit Monsieur, je suis venu au Louvre tout furieux contre vous, monsieur le cardinal… Eh ! poursuivit-il en voyant le geste qu'esquissait son frère, ce n'est pas à cause de votre Ornano, Sire ! »

« Sublime ! » murmura Richelieu en lui-même.

Le votre était sublime, en effet, sublime de lâcheté.

« Eh bien, fit le roi, dites-nous le vrai sujet de cette grande colère.

— Sire, dit Gaston, j'ai été insulté et je ne suis pas encore vengé. Moi, votre frère, moi, fils d'Henri IV, je n'obtiens pas les réparations qu'obtiendrait le dernier bourgeois de Paris. »

Louis XIII fronçait le sourcil.

« Si j'avais su, continua Gaston triomphant, que le maréchal était accusé d'entreprises contre l'État, je l'eusse arrêté moi-même. En tout cas, je me fusse bien gardé de prendre ce prétexte pour laisser éclater ma légitime indignation. Car Votre Majesté le devine, ce n'était là qu'un prétexte. Est-il vrai, cardinal, qu'à deux reprises différentes, j'ai porté plainte contre un maître en fait d'armes du nom de Trencavel ? Cet homme, par ses paroles, ses gestes, toute son attitude, a commis sur moi un crime de lèse-majesté, car il n'ignorait pas qui j'étais.

— Est-ce vrai, cardinal ? gronda Louis XIII.

— Oui, sire. Et j'ai bien reçu les plaintes légitimes dont parle Son Altesse.

— Et Trencavel n'est pas encore arrêté ! cria Gaston.

— Sire, dit Richelieu, des ordres ont été donnés au grand-prévôt. Si ce Trencavel n'est pas encore arrêté, c'est que c'est un diable à quatre…

— Ah ! vois-tu, Gaston, que le cardinal s'occupe de te venger ?

— Oui, sire, fit Monsieur, feignant de bouder encore, et je remercie Son Éminence. »

Le cardinal fit un signe à Louis XIII qui, sans doute, le comprit.

« Monsieur mon frère, dit le roi avez-vous pris enfin une résolution ? Êtes-vous enfin décidé à ce mariage qui nous agrée en tous points ?

— Que Votre Majesté me choisisse une femme à mon goût, dit Gaston, et je suis prêt aux épousailles.

— Cardinal, fit Louis XIII, vite, une femme pour ce vieux garçon de dix-huit ans !

— Eh bien ! dit le cardinal en souriant, je ne vois que Mlle de Montpensier…

— Eh bien ! reprit le roi, qu'en dis-tu, Gaston ?

— Sire, puisque vous voulez mon avis, je n'aime point Mlle de Montpensier…

— Il ne s'agit pas d'amour. Il s'agit de politique. Voyons, mon bon frère, fais cela pour M. le cardinal… et pour moi !

— Eh bien, sire, j'accepte ! Mais laissez-moi deux ou trois mois pour m'habituer à l'idée de me marier avec la politique !… »

Gaston n'avait que dix-huit ans, mais il était passé maître en fourberie. Il affecta de se plaindre d'être forcé d'épouser la politique, et ses plaintes furent si comiques que le roi se mit à rire aux éclats.

« Monsieur le cardinal, dit tout à coup Gaston, puisque nous sommes maintenant d'accord, je veux vous rappeler une promesse que vous me fîtes…

— Laquelle, monseigneur…

— Celle de me montrer votre castel de Fleury.

— Votre Altesse Royale me comble…

— Non pas, ventre-saint-gris !… Je veux que tout le monde voie bien combien nous sommes amis. Quel jour voulez-vous me traiter en votre Fleury avec quelques-uns des miens ?…

— Je prendrai le jour de Votre Altesse…

— Eh bien, dit Gaston, nous sommes aujourd'hui à vendredi. Je viendrai lundi.

— Gaston, dit Louis XIII avec émotion, tu es vraiment bon frère ! »

« Lundi, songeait le duc d'Anjou, lundi, le cardinal tombera sous nos coups ! »

XVII – Des caves de la rue Courteau aux greniers de la place Royale

Le lecteur n'a pas oublié peut-être qu'à un moment donné divers personnages se trouvaient enfermés dans les caves de l'hôtel de la rue Courteau, savoir : frère Corignan, le baron de Saint-Priac, la jeune Mariette, plus une douzaine de gardes.

Dans les demi-ténèbres, Saint-Priac entrevit une forme féminine. Il s'inclina et prononça :

« Mademoiselle, je suis à vos ordres pour vous conduire en tel lieu que vous me désignerez.

— Ah ! mon gentilhomme, minauda la soubrette, vous êtes trop bon, par ma foi ! »

« Cette voix ! gronda Saint-Priac, stupéfait. Ces paroles ! Ce n'est pas elle ! »

Et, saisissant le moine à la gorge :

« Où est-elle ? Parle, infâme drôle, parle !

— Mais, la voici ! bégaya Corignan. Je la tenais, c'est sûr. Je ne la tiens plus. Lâchez-moi, vous fripez mon froc.

— Le misérable est ivre mort ! » vociféra Saint-Priac qui se mit à fouiller les caves. En vain. La rage de Saint-Priac fut alors au paroxysme.

« Ah ! Rascasse ! Je veux t'étriper, t'éventrer. »

Saint-Priac s'élança pour remonter l'escalier. Tout de suite, il poussa une clameur terrible : il venait d'atteindre la porte et de constater qu'elle était fermée solidement. Saint-Priac redescendit, chancela et s'affaissa sans connaissance.

Cependant, Rascasse, après avoir assisté au départ de Trencavel et d'Annaïs, après avoir écouté quelque temps le vacarme que faisaient les gardes enfermés en essayant de démolir la porte, Rascasse, disons-nous, se mit à méditer sur la situation.

Il devenait urgent de prendre un parti.

« Essayons ! » fit tout à coup Rascasse.

Et il se mit à lacérer ses vêtements. Puis il brisa sa rapière, dont il ne garda que le tronçon dans son fourreau de cuir. Non content de ces préparatifs, il trempa sa main dans une flaque de sang et s'en badigeonna fort habilement le visage. Puis, il s'avança vers la cave, sur la porte de laquelle ses prisonniers battaient un furieux rappel, et se mit à pousser une série de hurlements qui représentaient le bruit multiple d'une bataille. À ses premiers cris, le tapage cessa dans la cave.

« Bon, se dit Rascasse, le sire de Saint-Priac et ses acolytes m'écoutent. »

« Ah ! misérable prévôt, je te tue ! – Ah ! bélître, ah ! maraud ! ah ! pendard ! Trencavel d'enfer, tiens ! tiens ! tiens ! – Seigneur ! Trois contre moi ! À l'aide ! Ma rapière est brisée ! – À moi, monsieur de Saint-Priac ! Ah ! ils me tuent ! – Je… ah !… »

Il va sans dire que Rascasse accompagnait ces exclamations d'une mimique forcenée : appels du pied, cliquetis de fer, rien n'y manquait. Au dernier cri, il se laissa lourdement tomber.

Rassuré, il se glissa vers le vestibule, sans bruit, enjamba cadavres et décombres, s'élança dans la rue et s'aperçut alors qu'il faisait grand jour. Lorsqu'il arriva place Royale, le cardinal venait d'en partir pour se rendre au Louvre.

Rascasse ne perdit pas de temps ; sa vie dépendait d'un prompt et audacieux mensonge. Il courut chez le lieutenant criminel. Sur le rapport de l'espion, ce magistrat s'élança vers la rue Courteau, accompagné d'une imposante escorte.

Quant à Rascasse, il s'en alla au Louvre, et se posta devant le guichet.

Au bout d'une demi-heure Richelieu parut, s'avançant vers sa litière. Rascasse, vivement, s'approcha des gardes, en chancelant, et, d'une voix éteinte :

« Camarades, pour l'amour du Ciel, un verre de vin… »

Et il se laissa tomber. Les gardes s'empressèrent.

La litière du cardinal s'avança vers le pont-levis. Richelieu vit ces gens rassemblés. Il se pencha et aperçut ce blessé, ce mourant que des gardes emportaient dans le poste.

« Rascasse ! murmura-t-il. Oh ! oh ! l'affaire a été chaude ! »

Le cardinal mit pied à terre et entra dans le poste. Le blessé, le mourant, revenait à lui et, apercevant Son Éminence, parvint à se mettre debout par un visible effort que lui inspira sans doute le respect.

« Eh bien ? fit Richelieu d'un ton bref. Trencavel est-il pris ? Et Mlle de Lespars ?

— Où est Saint-Priac ?… Où est Corignan ?…

— Ah ! monseigneur, ah !… »

Richelieu garda un moment le silence. Son œil clair fouilla l'œil trouble du blessé. Et, d'une voix étrange qui résonna de sinistre façon à l'oreille exercée de l'espion :

« Ah ! ce pauvre Rascasse qui va mourir !…

— Monseigneur, dit Rascasse, qui recouvra instantanément toutes ses facultés, je vais tout vous dire. »

Le cardinal fit monter l'espion dans sa litière.

« Raconte, maintenant ! dit froidement le cardinal. D'abord, qui t'a mis en cet état ?

— Eh ! monseigneur, qui voulez-vous que ce soit, sinon le damné Trencavel ? Mais il n'était pas seul. Le prévôt est arrivé et m'a lardé, lui aussi. Ce n'est pas tout, elle en était aussi !

— Mlle de Lespars ?…

— Ah ! monseigneur, vous n'avez pas voulu me croire. C'est elle qu'il fallait tuer ! Le prévôt, ce n'est rien. Trencavel, passe encore. Mais elle ! Lorsqu'elle a fondu sur moi, l'épée au poing, je me suis vu mort. J'ai dû fuir, monseigneur !

— Ainsi, elle s'est battue ? dit Richelieu d'une voix sombre.

— Et bien battue, monseigneur.

— Raconte, et n'oublie rien.

— Voici les choses : M. de Saint-Priac et ses hommes enfoncèrent la porte de l'hôtel. Cependant, Corignan et moi, nous nous étions introduits dans les jardins en escaladant un mur. Nous pénétrons dans l'hôtel. Nous nous dirigeons vers le vestibule où avait lieu la bataille. Nous nous trouvions dans un couloir qui traverse la maison. À ma droite, je voyais une porte ouverte : la porte des caves, monseigneur. Tout à coup un homme et une femme nous tombent sur le dos, nous écartent violemment et se précipitent dans les caves. « Ce sont eux ! cria Corignan. Trencavel et Annaïs ! À la rescousse ! » Et il se jette dans les caves. Je ferme la porte, persuadé que ces deux terribles ennemis de Votre Éminence sont pris. Je cours dans le vestibule et je vois M. de Saint-Priac qui, justement, se demandait ce qu'était devenu Trencavel. Je l'amène devant la cave. M. de Saint-Priac y descend. Ses gens y descendent. Et je me préparais à descendre moi-même lorsque je suis assailli tout à coup par un homme qui ferme à clef la porte des caves, puis fond sur moi, l'épée à la main. C'était le prévôt Montariol.

— Et Trencavel ? Et Annaïs ? gronda le cardinal.

— Eh bien, monseigneur, Corignan s'était trompé. Ils n'étaient pas dans la cave. En effet, à peine eu-je engagé le fer avec le prévôt que le maître en fait d'armes surgit. Je me défendais de mon mieux. Mais déjà, tout déchiré, tout couvert de sang, je sentais mes forces m'abandonner, lorsqu'un troisième adversaire se rua contre moi ; c'était elle, monseigneur ! Je me fusse fait tuer sur place. Mais je dus fuir – puisque ma rapière venait de se briser ! »

Et Rascasse tira du fourreau le tronçon qu'il y avait soigneusement laissé.

« Rascasse, dit Richelieu, tu es un bon serviteur ; ce n'est pas ta faute si tu as été vaincu, accablé par le nombre. Tiens, prends cette bourse, et suis-moi dans mon cabinet. »

Le cardinal parvint dans une salle où travaillait d'habitude son secrétaire intime.

« Tiens ! tiens ! songea Rascasse. »

« Envoyez dès demain du monde là-bas pour tout mettre en état. Que tout soit prêt lundi à midi.

— Monseigneur voudra-t-il bien me dire combien de convives il compte traiter ?

— Mettons une douzaine, Bertouville, fit Richelieu.

— Votre Éminence consentira-t-elle à m'indiquer la qualité des convives ?

— Lundi, en mon domaine de Fleury, je serai honoré de la présence de Monsieur, qui a bien voulu me promettre d'amener ses amis... »

Rascasse ferma les yeux comme s'il eût été ébloui des pensées qui lui traversaient le cerveau.

Le cardinal entrait dans son cabinet. Rascasse avait ordre de suivre : il entra.

« M. de Saint-Priac est là qui demande audience, dit l'huissier. Il est accompagné du révérend Corignan.

— Faites-les entrer », dit Richelieu.

« Patatras ! » frissonna Rascasse.

Le cardinal s'était assis à sa table, compulsant des papiers. Saint-Priac, immobile, attendait. Corignan menaçait du geste et du regard Rascasse qu'il venait d'apercevoir.

« Monsieur, dit Richelieu en levant tout à coup la tête, expliquez-moi comment vous avez été vaincu.

— C'est bien simple, monseigneur, dit froidement Saint-Priac. Vous êtes trahi par Corignan et Rascasse.

— Expliquez-vous, Saint-Priac, dit Richelieu.

— Monseigneur, j'ai donné l'attaque à l'hôtel de la rue Courteau, où se trouvait le maître d'armes Trencavel et celle que vous savez. La porte enfoncée, je les tenais, lorsqu'ils ont disparu tout à coup. C'est alors que Rascasse m'a affirmé que les rebelles s'étaient enfermés dans les caves où je descendis avec mes hommes : dans les caves, dont la porte fut fermée à double tour à peine y fûmes-nous ; dans les caves, d'où je n'ai été délivré que par M. le lieutenant criminel.

— Envoyé par moi après ma bataille avec Trencavel et Annaïs de Lespars ! triompha Rascasse.

— Vous vous êtes battu, vous ? fit Saint-Priac.

— N'avez-vous pas entendu le bruit de la bataille ?

— Je l'ai entendu ! fit Corignan. J'ai même entendu un cri de Mlle de Lespars que vous avez dû toucher, Rascasse. »

Saint-Priac était certain que les deux espions mentaient effrontément.

« Monseigneur, continua-t-il, ces hommes trahissent. La preuve, c'est que dans la cave, où j'ai été poussé par Rascasse, je n'ai trouvé que Corignan ivre… Et, courant après une drôlesse qui était là je ne sais ni comment ni pourquoi…

— Juste Ciel ! cria Corignan.

— C'est bien ! dit Richelieu. Entrez là, tous deux, et attendez. »

Le cardinal se leva, ouvrit une porte, fit traverser aux deux espions une salle, et les fit entrer dans la pièce suivante.

« Monsieur, dit-il à Saint-Priac, ne parlons plus de cette affaire. Je chargerai quelque autre de m'apporter les papiers que détient Mlle de Lespars. Il va sans dire que ce qui vous était destiné, c'est-à-dire la main de cette noble demoiselle, sera donné à cet autre. Allez, vous êtes libre.

— Monseigneur, vous m'avez acheté corps et âme. Vous avez le droit de me tuer, non de me chasser.

— Que voulez-vous que je fasse de vous ?

— Je vous ai donné la lettre que vous aviez écrite à la reine. »

Richelieu blêmit.

« Il n'y a que moi qui puisse vous amener Annaïs, reprit Saint-Priac. Il n'y a que moi qui puisse tuer Trencavel.

— Ceci est votre affaire, monsieur, non la mienne. »

Ce mot était la rentrée en grâce. Saint-Priac murmura :

« Je vais me mettre en campagne dès ce matin.

— Non, fit vivement Richelieu. Vous reprendrez cette affaire à partir de mardi seulement.

— Et d'ici là, qu'aurai-je à faire, monseigneur ?

— Trouvez-moi dix hommes déterminés et bien montés. Il me les faut lundi matin. Ils seront sous vos ordres. Vos hommes et vous serez rassemblés lundi, à huit heures du matin, à Longjumeau. Là, vous recevrez mes ordres par un express que je vous enverrai. Voici un bon de cinq cents pistoles que vous toucherez chez mon trésorier. Allez, et, d'ici lundi, ne vous montrez pas. »

Corignan et Rascasse, toujours dans la pièce où Richelieu les avait enfermés, entendirent la porte s'ouvrir. Le Père Joseph parut.

« Que faites-vous là ? » demanda-t-il en souriant.

Ce sourire terrorisa les deux infortunés.

« Allons, remettez-vous, reprit le Père Joseph. Écoutez-moi. J'aurai une mission de confiance à vous donner. Vous viendrez me trouver tous les deux au couvent, ce soir.

— À quelle heure, mon très révérend ?

— Vous serez prévenus. Vous sortirez par cette porte. »

Le prieur leur montrait la porte opposée à celle par où il était entré.

Là-dessus, le Père Joseph rentra dans l'intérieur des appartements.

Les deux pauvres diables se regardèrent d'un air sombre. Il paraît qu'ils connaissaient les jeux de physionomie de l'Éminence grise : la parole douce, les gestes amicaux, les promesses de confiance qui leur avaient été prodigués portèrent au comble leur épouvante.

« Mon cher petit Rascasse, que pensez-vous de cette mission ?

— Mon bon Corignan, je n'irai pas au rendez-vous. »

Le temps passait. La journée s'écoulait lentement. Tout à coup, la porte s'ouvrit – celle de l'intérieur des appartements.

Un valet parut, tenant un flambeau à la main.

« C'est l'heure ! dit-il. L'heure de vous rendre chez le très révérendissime Père Joseph.

— Ah ! ah ! fit Corignan.

— Mon Dieu, oui, fit le valet de plus en plus papelard : il a une mission de confiance à vous donner. Et vous gagnerez gros. Partez donc, c'est l'heure ! »

Il désignait la porte qui donnait sur un escalier tournant. Rascasse et Corignan ouvrirent cette porte et Rascasse, seul, après avoir refermé la porte, commença à descendre l'étroit escalier tournant. Quelques instants plus tard, Corignan le vit reparaître.

Rascasse mit un doigt sur ses lèvres, et, saisissant la main de Corignan, commença à monter vers les étages supérieurs.

Ils parvinrent aux combles.

« Pour Dieu ! grelotta Corignan, que se passe-t-il ?

— J'ai vu, dit Rascasse, huit sbires, le poignard à la main. Quatre pour vous, quatre pour moi. Bonne mesure. »

Corignan claquait des dents. À ce moment, ils entendirent la voix du valet de Richelieu qui, sans le savoir sans doute, répétait le mot terrible de Guise à l'assassin de Coligny :

191

« Eh bien, vous autres, est-ce fait ?

— Nous ne les avons pas vus ! cria une voix.

— Pas vus ! Ils viennent de descendre !… »

Il y eut un instant d'horrible silence. Puis Corignan bégaya :

« On monte ! »

Rascasse vit une porte et l'ouvrit. Il entra et se vit dans un vaste grenier. Corignan, pour un empire, n'eût pas quitté Rascasse : il était entré, lui aussi ; Rascasse lui fit un signe, et à eux deux ils barricadèrent la porte avec deux ou trois coffres entassés. Il était temps. Un coup violent retentit.

« Compère, dit Rascasse, donnez-moi votre froc.

— Voilà », dit Corignan, dompté par la terreur.

Il y avait dans ce grenier toutes sortes de vieux meubles. Rascasse dressa trois ou quatre escabeaux l'un sur l'autre, et jeta là-dessus le froc du capucin, qu'il disposa rapidement ; avec le capuchon savamment arrangé, cela faisait une fantastique apparition dans les pâles lueurs de la lune.

« Bon ! murmura Rascasse. Ce spectre les arrêtera toujours bien une minute. »

Les coups pleuvaient sur la porte. Rascasse poussa Corignan jusqu'au-dessous de la tabatière la plus proche :

« Compère, faites-moi la courte échelle. Je me hisserai sur le toit. Après quoi, je vous tirerai de là. »

En un autre moment, Corignan se fût méfié. Mais hébété d'épouvante, il se prêta à la manœuvre ; Rascasse se hissa sur le toit. Alors, se penchant sur l'ouverture :

« Compère, dit-il, dans un instant, ces messieurs auront enfoncé la porte et se rueront sur vous. Je vous engage à les recevoir à coups de dague, à coups de poing, à coups de pied. Vous les mettrez en déroute, c'est certain. »

Rascasse disparut. Corignan saisit sa tête à deux mains. Puis, il prit sa course, sans savoir où il allait, à travers le grenier… Les sbires apostés par Richelieu achevaient à ce moment d'enfoncer la porte.

XVIII – Le menu du dîner de Fleury

Franchissant cette journée du samedi qui commençait et celle du lendemain, nous nous reportons au dimanche soir, veille du jour où Gaston, frère du roi, devait, avec quelques-uns de ses amis, se rendre à Fleury, où le cardinal de Richelieu avait promis, ou plutôt accepté de les traiter. Ce que nous allons dire se passait vers les onze heures.

Pénétrons d'abord à l'hôtel de la place Royale, où Richelieu habite encore. Malgré l'heure tardive, le Père Joseph est là, comme à une veille de bataille décisive.

« Oui, répétait Richelieu avec amertume, Monsieur, que je devais briser, m'impose ses volontés ; il me force à le recevoir chez moi en ami – avec ses amis – c'est-à-dire mes ennemis. Oh ! si j'osais !

— Il faut oser, dit le Père Joseph avec une formidable tranquillité. Voulez-vous que je vous dise votre pensée ? Voici ce que vous voudriez oser : si j'osais, Gaston d'Anjou ne sortirait pas vivant de ma maison de Fleury !… Puis, je dirais au roi que j'ai eu les preuves d'un complot contre sa vie. Je lui dirais que j'ai voulu faire arrêter les misérables qui rêvent de trouver pour Louis XIII le Ravaillac ou le Jacques Clément qu'on a trouvé pour Henri IV et Henri III. Je lui dirais que les conjurés, sûrs qu'ils étaient de mourir sur l'échafaud, se sont rebellés, qu'il y a eu bataille et que les traîtres sont morts. Voilà ce que je dirais au roi, et le roi m'embrasserait en m'appelant son sauveur !… Voilà ce que vous vous disiez, Richelieu ! Et moi, je vous dis : il faut oser !

— Et qui vous dit que je ne veuille pas oser ?

— Je sais que vous le voulez », dit le Père Joseph.

Alors, à mots rapides, ils échafaudèrent la chose.

« J'aurai à Longjumeau une douzaine d'hommes armés, dit Richelieu. Saint-Priac les commande. Jusqu'à la dernière minute, ils ne sauront pas de quoi il s'agit.

— Bien. Et à Fleury ?

— La confiance. Personne. Quelques valets, mon majordome.

— Très bien. À quelle heure serez-vous à table ?

— Ce sera pour midi.

— Combien le duc d'Anjou amènera-t-il d'amis ?

— Trois ou quatre.

— Savez-vous lesquels ?

— Il m'a été impossible de le savoir. Mais je suppose que César de Vendôme et son frère le Grand-Prieur en seront.

— Fasse le Ciel qu'il en soit ainsi ! La journée serait complète. Voyons, convenons de nos gestes… Vous vous mettez à table à midi. À midi aussi, je serai à Longjumeau. Saint-Priac est un homme sûr. La besogne sera bien faite. Il entre à Fleury. Vous vous arrangerez pour qu'il puisse prendre position dans la pièce voisine de celle où seront vos hôtes. Les hommes entreront sur un mot que vous crierez. Et ils agiront. Convenons du mot. Vous crierez : « Dieu le veut !… »

— Dieu le veut ! » répéta le cardinal de Richelieu.

À ce moment, un valet de confiance gratta à la porte. Le Père Joseph alla ouvrir et demanda paisiblement :

« Qu'y a-t-il, mon ami ?

— Un gentilhomme est en bas qui veut coûte que coûte parler sur l'heure à Son Éminence. »

En cette même soirée, d'étranges mouvements se faisaient dans la rue Saint-Thomas-du-Louvre où se trouvait l'hôtel de la duchesse de Chevreuse.

Cette étroite voie était à demi seigneuriale par les quelques logis nobles qu'elle contenait, et à demi populaire par un certain nombre de maisons borgnes. L'une de ces pauvres demeures se trouvait juste en face le grand portail de l'hôtel de Chevreuse.

Vers dix heures, donc, deux hommes sortirent de l'hôtel et remontèrent vers la rue Saint-Honoré. C'étaient le marquis de Beuvron et le comte de Montmorency-Bouteville.

Trois minutes après leur départ, la porte de l'hôtel de Chevreuse s'entrebâilla de nouveau pour livrer passage à un autre groupe composé du marquis de La Valette, de César de Vendôme et d'Antoine de Bourbon, qu'on appelait le Grand-Prieur. Ceux-ci descendirent silencieusement vers la Seine, se séparèrent en se disant ce seul mot :

« À demain ! »

Cinq minutes s'écoulèrent, et un autre groupe sortit de l'hôtel de Chevreuse. Celui-là comprenait quatre jeunes gens : c'étaient Chevers, Fontrailles, Liverdan et Bussière. Ils allaient s'éloigner. Bussière les retint d'un geste.

« Messieurs, dit-il, j'ai à vous parler. Mais parlons bas... Retenez d'abord ceci : Mlle de Lespars loge maintenant en cet hôtel.

— Où la duchesse lui a cédé un étage, nous le savons de reste, fit Liverdan.

— Patience, reprit Bussière. Vous allez comprendre pourquoi je vous rappelle ce détail. Permettez-moi maintenant de vous dire qu'en consentant à escorter hors Paris le nouveau cardinal de Lyon, nous avons commis vis-à-vis de nous-mêmes un crime dont nous avons été punis...

— Où voulez-vous en venir ?

— Je veux en venir à ceci, messieurs : que nous avons juré de ne rien faire ni pour Mlle de Lespars, ni pour personne au monde, de ne courir aucun danger tant que Trencavel serait vivant. Nous ne nous appartenions plus. Eh bien, en risquant nos vies pour protéger celle du cardinal de Lyon, nous avons été criminels pour nous-mêmes, et nous en avons été punis, puisque, selon le récit de Mlle de Lespars elle-même, le damné Trencavel a mis notre absence à profit pour se rapprocher d'elle.

— C'est vrai ! C'est vrai !...

— Il l'a sauvée, messieurs !...

— Il l'a escortée jusqu'ici !... Messieurs, maintenant, je vous annonce que j'ai retrouvé Trencavel.

— Où est-il ? dit Fontrailles, dans un râle de fureur.

— Ici ! » dit Bussière.

Et du doigt, il désigna ce pauvre logis que nous avons signalé et qui faisait face à l'hôtel de Chevreuse.

« Il est là pour surveiller Mlle de Lespars. Tant qu'elle habitera cet hôtel, il habitera ce logis. Messieurs, demain matin, à neuf heures, nous nous retrouverons et, tous quatre ensemble, nous marcherons sur ce logis. Cela vous convient-il ?

— Cela nous convient !… »

Et eux aussi ils se quittèrent en se disant :

« À demain !… »

Au moment où les quatre jeunes gens s'éloignaient, la porte de l'hôtel s'ouvrit une fois encore, et un homme en sortit seul – escorté à distance par deux serviteurs de la duchesse de Chevreuse. Il s'élança, rapide, serrant les murs, se faisant petit, avec l'allure d'un criminel qui fuit. C'était Gaston d'Anjou.

Dans l'hôtel, il n'y avait plus que deux conspirateurs.

L'un s'appelait le comte de Chalais, l'autre le chevalier de Louvigni. Cette historique réunion, où se décida ce qui devait s'accomplir à Fleury le lendemain lundi, avait eu lieu dans la grande salle d'armes de l'hôtel, située au rez-de-chaussée.

Le premier, Chalais disparut. Mais au lieu de sortir de l'hôtel, il se dirigea, guidé par Marine, la femme de chambre de la duchesse, vers les appartements du premier étage.

Dans la salle, il y avait encore un homme qui s'était tenu dans une embrasure de fenêtre et que la duchesse regardait en souriant. Ce sourire voulait dire : « Voyons, allez-vous-en donc. Vous voyez bien que tout est fini… »

Louvigni s'avança vers elle.

« Madame, dit-il, vous savez que je vous aime, n'est-ce pas ?

— Hélas !… oui. Je vous plains vraiment, d'honneur.

— Madame, je vous jure sur ce cœur que vous piétinez, je vous jure par Dieu et le salut de mon âme, que je fais en ce moment une démarche suprême. Me comprenez-vous ?

— Je crois du moins vous comprendre : vous voulez me dire que vous allez vous tuer si je ne me mets pas à vous aimer. Écoutez, chevalier, je ne vous aime pas – d'amour s'entend. Mais, si vous êtes le grand cœur que je crois, vous renoncerez à m'affliger du spectacle d'un amour que je ne partage pas et vous attendrez votre guérison d'un autre amour et du temps... »

Louvigni, à demi-incliné, avait écouté ces paroles dans une immobilité de marbre. Seulement, de grosses larmes roulaient de ses yeux fermés.

« Madame, dit-il, en conservant cette attitude de raideur où il s'était comme pétrifié, je vous remercie de votre cruauté. Je ne sais pas du tout si je me tuerai. Ce que je dois vous dire aussi, c'est que ni un autre amour, ni le temps ne pourront me guérir. Demain ou dans vingt ans, je mourrai en vous adorant, et en vous maudissant d'avoir fait le malheur de ma vie...

— Comment puis-je vous aimer si vous me maudissez ?

— Voici ma dernière prière, madame. Aimez qui vous voudrez au monde. Et je vous servirai. Oui. Même si vous aimiez un homme indigne, je me ferais infâme pour vous servir...

— Dieu me pardonne, dit la duchesse avec une indicible majesté, je crois que vous essayez de m'insulter...

— Non, madame, je vous le jure. Nulle intention d'offense dans ma pensée. Vous êtes la femme que j'aime. C'est tout. Et je dis : Madame, à genoux, toute ma vie, je vous servirai, non seulement dans vos amours, mais dans vos haines. Vous ferez de moi ce qu'il vous plaira. Vous marcherez sur mon cœur tant que vous voudrez. Je ne vous demande qu'une grâce, une seule, la dernière. Si vous me l'accordez...

— Quelle grâce ? balbutia la duchesse bouleversée.

— La voici, madame : écartez seulement de moi le fer rouge de l'effroyable jalousie. Écartez de vous cet homme !...

— Chalais ! cria la duchesse, frémissante.

— Oui, râla Louvigni agonisant.

— Je l'aime ! Adieu, chevalier. »

Louvigni sortit, tout raide. Il ne savait ni ce qu'il faisait, ni où il allait. Il savait seulement qu'il souffrait...

Rascasse, en cette soirée du dimanche, était attablé en son logis de la rue Saint-Antoine, toutes portes fermées.

Ce n'était pas tout que d'avoir pu gagner les toits en laissant son malheureux compagnon d'infortune exposé seul aux coups des assaillants.

Il fallait descendre. Souple, adroit et brave à l'occasion, il entreprit sur les toits un voyage périlleux. Il trouva, à l'hôtel voisin, une tabatière dont il brisa le carreau, et il n'eut qu'à se laisser glisser dans un grenier où il attendit patiemment le jour. Au matin, il descendit l'escalier sans faire de mauvaise rencontre, se glissa au-dehors, traversa bravement la place et alla s'enfermer chez lui, non sans avoir fait provision de victuailles.

Tout à coup, on frappa à la porte et il entendit la voix de Corignan qui gémissait :

« Ouvre-moi, Rascasse ; pour l'amour de la Vierge, ouvre ta porte à frère Corignan ! »

Rascasse courut ouvrir et le capucin entra.

« C'est bien lui, par ma foi !

— Frère Corignan, compère, ne se laisse pas mourir comme cela, en une seule fois. Or, donc, sachez pour comble que c'est vous qui me sauvâtes.

— Je le savais, fit Rascasse avec impudeur.

— Oui, dit Corignan, les coudes sur la table, ce fut à votre idée de mannequin que je dus la vie. Les drôles tombèrent sur mon froc à coups de lardoire, et je vis les enragés courir dans le grenier comme des lutins après avoir lardé mon froc. Ils virent ouverte la petite lucarne et crièrent que nous nous étions sauvés par là. À la fin, ils se retirèrent. Si vous n'aviez pas eu la sublime pensée du mannequin, les drôles ne se fussent pas arrêtés à le trucider, je n'aurais pas eu le temps de me cacher, et je ne serais pas ici à boire votre piquette.

— C'est bon de sauver un ami », ragea Rascasse.

Mais tous deux étaient à bout de patience.

« Ah ! misérable, rugit Corignan, sans la moindre transition. Tu as voulu me faire tuer. Il faut que je me venge ! »

Aussitôt, ils en vinrent aux mains. Le poing tendu de Corignan décrivit des courbes furieuses. La tête de Rascasse, lancée à toute volée, frappa, tel un bélier, à coups redoublés. Cette consciencieuse distribution de horions, qu'ils s'administrèrent loyalement, les calma.

« J'ai une idée, dit Rascasse, pour rentrer en grâce auprès du cardinal. Ou, si nous ne réussissons pas, nous aurons acquis un autre protecteur, qui n'est rien de moins que monseigneur Gaston.

— Oh ! oh !… fit Corignan. J'aime mieux l'autre.

— Moi aussi, mais faute du cardinal… Maintenant, écoutez ceci : demain, le cardinal traite le frère du roi en son domaine de Fleury !…

— Oh ! voilà qui sent d'une lieue le poison ou le poignard !

— C'est mon avis, dit froidement Rascasse. Je crois que demain il y aura du nouveau dans le royaume. La bataille aura lieu à Fleury. Eh bien, allons à Fleury ! »

Laissons les deux alliés établir leur plan de campagne pour le lendemain. Cette scène avait eu son pendant chez le cardinal. Le lecteur a assisté au conciliabule qui se tint entre les deux Éminences, et Gaston d'Anjou, on l'a vu, avait été condamné à mort. Ce fut à ce moment qu'on annonça le gentilhomme qui voulait parler au cardinal. Sur un signe de Richelieu, le gentilhomme fut introduit. C'était Louvigni.

C'était Louvigni sortant de l'hôtel de Chevreuse.

« Cette fois, il est mûr ! » songea le cardinal.

Par ricochet, le regard de Louvigni s'arrêta sur le Père Joseph.

Ceci voulait dire :

« Je ne parlerai pas s'il y a des témoins à ma honte. »

« Adieu, monseigneur, dit le Père Joseph, en s'inclinant respectueusement devant Richelieu. Je rentre au couvent et j'y prierai Dieu pour le roi et pour son ministre – et pour vous, mon fils », ajouta-t-il en se tournant vers Louvigni.

L'Éminence grise disparut aussitôt. Louvigni entendit les portes qui se refermaient l'une après l'autre, au loin, et il songea : « Nous sommes seuls… »

« Parlez, maintenant, dit Richelieu.

— Monseigneur, lorsque je vins vous avertir de ne pas vous rendre à la maison du clos Saint-Lazare, vous m'avez fait une promesse.

— La voici : j'ai promis d'écarter ou de supprimer les obstacles qui vous séparent d'elle. C'était vous promettre sinon son amour, du moins sa soumission. Donc, je vous donne la duchesse de Chevreuse. Il faut seulement pour cela que vous m'aidiez. Vous dites, vous criez de toute votre attitude que vous êtes félon, traître, espion, vous vous accablez. Je dis, moi, que vous faites simplement votre devoir envers le roi. Je dis que vous seriez traître et félon si vous ne parliez pas. Je dis que...

— Taisez-vous, monseigneur ! » interrompit Louvigni avec une rudesse désespérée.

Puis il pleura... Et alors Richelieu vit quelque chose d'épouvantable.

Louvigni, tout pleurant, se courbait et, l'un après l'autre, retirait ses éperons d'or, – ses éperons de chevalier ! – puis il tirait son épée et la posait sur la table...

Louvigni se dégradait lui-même.

« Maintenant, je puis parler. Les conjurés se sont réunis ce soir... chez elle !...

— Bien. Et que doit-on faire de moi ?

— On doit vous tuer », dit Louvigni d'un accent étrange.

Richelieu pâlit et jeta autour de lui un regard qui alla tomber sur une tapisserie, celle-ci, s'entrouvrant, lui laissa voir la tête rude et menaçante du Père Joseph. L'Éminence grise était là qui regardait et écoutait ! Richelieu reprit :

« Quand la chose doit-elle avoir lieu ?

— Demain », dit Louvigni.

Le cardinal tomba dans son fauteuil, agité de frissons. Louvigni faisait déjà un pas vers lui. Un homme parut tout à coup, saisit le bras de Richelieu et, d'une voix de sauvagerie qui cingla :

« Et que serait-ce, monseigneur, si les assassins étaient là, le poignard levé !... Monsieur de Louvigni, continua le Père Joseph, vous pouvez, vous devez parler devant moi. Il est trop tard pour reculer. D'ailleurs, si M. le cardinal représente ici le roi, moi je représente Dieu !... »

Ces mots prononcés, le Père Joseph se plaça près de Richelieu et lui dit :

« Poursuivez l'interrogatoire.

— Ainsi, dit Richelieu, c'est demain que je dois être...

— Tué ! acheva le Père Joseph. À Fleury, n'est-ce pas ?

— Oui, monsieur, dit Louvigni.

— Bien. Le nom des assassins, maintenant ?

— Chalais ! gronda Louvigni.

— Ensuite ? dit l'Éminence grise d'un ton bref.

— MM. de Chevers, de Liverdan, de Fontrailles, de Bussière.

— Gentilshommes angevins qui sont du dernier mieux avec Son Altesse royale, observa le Père Joseph. Ensuite ?

— M. le duc de Vendôme, M. de La Valette...

— Ah ! gronda Richelieu, Épernon a peur. Il met son fils en avant.

— Ensuite ? grinça le Père Joseph.

— M. de Beuvron, M. de Boutteville...

— Ensuite ?

— Une femme ! Oh ! c'est atroce... dénoncer une femme !...

— Tant pis ! le nom ! le nom de la conspiratrice ?

— Mlle de Lespars !...

— Ah ! ah ! éclata Richelieu. Ah ! mon bon frère, que n'êtes-vous là !

— Silence ! commanda le père Joseph. Ensuite ?

— C'est tout ! dit Louvigni.

— Vous mentez !

— Le frère du roi ! » fit Louvigni dans un gémissement.

Et il tomba de sa hauteur sur le tapis, de l'écume aux lèvres.

« Cette fois, c'est bien tout », dit le Père Joseph.

Le lundi matin, vers neuf heures, un capucin, monté sur une mule, entrait dans Longjumeau et mettait pied à terre devant l'auberge du Faisan Doré.

« Par ici, mon révérend, par ici », disait l'hôte.

Mais le capucin, qui semblait très bien connaître l'auberge, se dirigeait tout droit vers une petite salle éloignée donnant sur une arrière-cour.

« Pendarde de chaleur ! reprit l'hôte. Heureusement que nous avons ici tout ce qu'il faut pour la combattre, vins frais et... oh ! pardon... j'ignorais... »

Le capucin, tout simplement, avait laissé retomber son capuchon. L'hôte s'inclinait, se courbait autant que le lui permettait la majesté de son ventre.

« Dites à M. de Saint-Priac de venir me trouver ici », ordonna le moine d'un ton bref.

Le capucin, demeuré seul, s'était assis sur un escabeau et, le menton dans la main, le coude sur la table, songeait.

« J'attends les ordres que le très révérend Père Joseph doit me communiquer…

— Attendez, monsieur », dit l'Éminence grise.

L'attente se prolongea un quart d'heure. Enfin, Saint-Priac perçut au-dehors une sorte de sourd roulement. Bientôt, des cavaliers défilèrent par la porte charretière de l'auberge et vinrent se ranger dans une cour spacieuse. Alors, le Père Joseph ouvrit la fenêtre et montra à Saint-Priac une cinquantaine d'hommes d'armes, qui mettaient pied à terre.

« Je comprends, fit Saint-Priac. C'est ici la répétition de l'expédition d'Étioles.

— Oui, dit le Père Joseph ; seulement, cette fois, ce sont des mousquetaires du roi. »

Saint-Priac tressaillit.

« Je présume, dit-il, que vous n'avez plus besoin des hommes que j'ai amenés ?

— C'est vrai, dit le Père Joseph. M. le cardinal a pensé que l'opération devait être faite ouvertement et au nom du roi. Ces mousquetaires vont se rendre au domaine de Fleury où ils vont arrêter quelques gentilshommes qui ont déplu à Sa Majesté. Vous comprenez que, comme vous le disiez, nous n'ayons plus besoin de ceux que vous appelez vos hommes. Mais il est possible que vous en ayez besoin, vous. »

« Ah ! ah ! songea Saint-Priac, voici l'ordre qui va venir… »

« Les mousquetaires, reprit l'Éminence grise, vont faire leur besogne. Vous n'avez pas à vous en occuper. Seulement, parmi les gentilshommes qu'on va arrêter, se trouvera une femme. »

Saint-Priac fut agité d'un frisson.

« Elle s'appelle Annaïs de Lespars…

— Annaïs ! gronda Saint-Priac.

— Voici ce que je vous conseille, dit le Père Joseph. Prenez vos hommes et rendez-vous tout droit à Melun. Là, vous attendrez le passage des mousquetaires, vous les suivrez de loin, vous arriverez en même temps qu'eux à Fleury et vous vous inspirerez de l'occasion qui se présentera. Je n'ai rien à vous dire que ceci : au cas où Mlle de Lespars serait arrêtée, rien ne pourrait empêcher la justice du roi, ni interrompre le procès qui lui serait fait… »

« Oui, songea Saint-Priac, et comme rien ne l'empêcherait, elle, de dire pendant ce procès ce qu'elle a à dire, comme le cardinal veut à tout prix, morte ou vive, l'empêcher de parler… oui, oui, je comprends… »

« Je vous remercie, reprit-il à haute voix. Je puis vous assurer que Mlle de Lespars ne sera pas arrêtée… sinon par moi.

— Cela vous regarde. Mais n'oubliez pas que cette noble fille vous est destinée. Que le cardinal a de grandes vues sur elle et sur vous. Ce soir, donc, à l'hôtel du cardinal, venez nous dire où vous aurez conduit votre fiancée. Allez… »

Saint-Priac se retirait l'esprit enfiévré… la joie l'étouffait.

« Un dernier mot, dit le Père Joseph. Il est probable que votre mariage aura lieu dès cette nuit. »

Saint-Priac sortit en chancelant. Quant au Père Joseph, il fit appeler l'officier qui commandait les mousquetaires et s'enferma avec lui. Quelques minutes plus tard, les sacripants de la salle voisine sautaient en selle, et leur troupe effrayante s'élançait vers Melun.

Au moment où le dernier des estafiers sortait du Faisan Doré, apparaissaient deux cavaliers venant de Paris : Corignan et Rascasse ! Ils étaient armés jusqu'aux dents. Rascasse, de loin, avait parfaitement vu le mouvement des gens de Saint-Priac.

« Compère, dit-il, je crois que voici l'avant-garde.

— Bah ! fit Corignan, ce sont des voleurs de grand chemin.

— Justement, dit Rascasse, qui sauta à terre. Il faut voir qui ils veulent détrousser. Si c'était nous, hein ? Attendez-moi donc ici. »

Rascasse, bientôt, pénétra dans l'auberge et revint en courant. Il se hissa sur son cheval et dit :

« En route, compère. Il y a dans la cour de cette auberge une demi-compagnie de mousquetaires et certain capucin que j'ai entrevu et qui m'a paru ressembler fort à votre vénérable supérieur, le Père Joseph…

— Le Père Joseph ! » bégaya Corignan.

Et il partit à fond de train. Arrivés aux premières maisons de Melun :

« Halte ! fit Rascasse. Mettons nos chevaux en cette étable et surveillons la route. »

Le Père Joseph, après le départ de Saint-Priac, s'installa dans une pièce du premier étage, d'où, à travers les rideaux de la fenêtre, il pouvait surveiller la route.

« Tout ce qui doit ce matin aller à Fleury passera là sous mes yeux », songea-t-il.

Au bout d'une heure, quelqu'un passa sur la route… C'était elle !

Où allait Annaïs ?… À Fleury ?… Mais dans la réunion qui eut lieu à l'hôtel de Chevreuse, elle avait déclaré qu'elle entendait agir seule en son duel avec Richelieu…

Elle passa… Le regard du Père Joseph la suivait… et là-bas Saint-Priac attendait.

« Oh ! oh ! murmura tout à coup le Père Joseph, qui sont ces trois que je ne connais pas ? Des voyageurs, peut-être ? »

Ces trois, c'étaient Trencavel, Mauluys et Montariol. À vingt pas derrière eux grimaçait la figure de Verdure…

« Ah ! fit le Père Joseph, au bout de quelques minutes, ceux-ci en sont, sûrement. »

C'étaient Fontrailles, Chevers, Bussière et Liverdan. Ils suivaient Trencavel à la piste !

Trencavel, après avoir conduit Annaïs jusqu'à l'hôtel de Chevreuse, à la suite de la bataille de la rue Courteau, s'était installé dans ce pauvre logis que les quatre chevaliers s'étaient promis d'envahir. Mauluys, lui, avait prêté Verdure.

Et par Verdure qui allait et venait, Trencavel demeurait en correspondance avec Mauluys et Montariol.

Il vit, le dimanche soir, sortir de l'hôtel de Chevreuse les divers groupes que nous avons signalés, et il se dit :

« Voilà qui sent la bagarre. Que va-t-il se passer demain ? »

À tout hasard, il envoya prévenir Mauluys et Montariol, lesquels, le lendemain matin, à sept heures, se trouvèrent au logis où le maître en fait d'armes avait établi son observatoire.

On tint conseil dans le grenier de Trencavel, cependant que Verdure, posté à la fenêtre, dardait un œil perçant sur l'hôtel de Chevreuse.

« Ho ! fit tout à coup Verdure, voici la noble demoiselle qui sort de l'hôtel. Très bien montée, ma foi !

— En route ! » dit Mauluys.

Il était à ce moment un peu plus de huit heures.

Vers le même moment, une autre scène se déroulait sur la place du Louvre. Bussière venait d'arriver. Quelques moments plus tard survint Fontrailles. Puis Chevers et Liverdan débouchèrent à leur tour sur la place.

Ils devaient être présents à l'affaire de Fleury : le lieu de rendez-vous général était à Melun à onze heures. Mais on a vu qu'avant d'aller retrouver à Melun le duc d'Anjou et ses affidés, les quatre avaient juré d'accomplir une terrible besogne. Il s'agissait d'une bataille, d'un assassinat. L'amour les poussait…

« Messieurs, dit Bussière, d'une voix rêche de haine, comment allons-nous nous y prendre ?

— C'est simple, dit Fontrailles, nous mettons tous quatre pied à terre devant le logis. Nous pénétrons de gré ou de force. Nous allons droit au gîte de l'homme, et nous frappons… »

Ils se mirent en route par la rue Saint-Honoré.

Au moment où ils débouchaient dans la rue Saint-Thomas-du-Louvre, Bussière, qui marchait en tête, gronda :

« Enfer ! Il nous échappe !… »

Les trois autres avancèrent et virent Trencavel à l'autre bout de la rue, encadré de Mauluys et de Montariol, suivis de Verdure, tous bien armés. Trencavel et ses compagnons avaient tourné à gauche, sur les berges de la Seine.

« Suivons-le, dit Fontrailles.

— Arrive qu'arrive, suivons-le !… »

Devant Trencavel, à peu près à même distance, marchait Annaïs. Elle les menait tous – sans savoir.

À Longjumeau, le Père Joseph guettait le passage des conjurés. Après la bande Fontrailles, pendant une demi-heure, il ne vit passer

205

que des gens du pays. Un nuage de poussière, soudain, et la galopade sonore de plusieurs chevaux. Le nuage, tout à coup, passa… Le père Joseph eut un sourire terrible et murmura :

« Cette fois, c'est lui ! Maintenant, ils y sont tous ! »

Le nuage, c'était Chalais, qui courait à sa destinée… c'était Boutteville et Beuvron, c'était La Valette, c'était Vendôme et son frère, et, au milieu d'eux, riant très fort et gesticulant, le duc d'Anjou, le frère du roi ! Le père Joseph descendit jusqu'à la cour où attendaient les mousquetaires, et fit un signe. L'officier vint à l'ordre.

« Vous partirez dans dix minutes, dit l'Éminence grise. Vous arriverez à Melun à onze heures ; à Fleury à midi ; dès la maison cernée, vous exécuterez les ordres du roi…

Dix minutes plus tard, l'escadron s'ébranlait au pas.

Un peu après, les gens de Longjumeau virent ce même moine paisible, qui s'était arrêté au Faisan Doré, remonter sur sa mule, et, capuchon sur les yeux, s'engager d'un petit trot tranquille sur la route qui conduisait à Melun.

Au-delà de Melun, à un petit quart de lieue des dernières maisons, dans la direction du bourg de Chailly, se dressait, isolée au bord de la route, une maison couverte de chaume qui arborait un bouquet au-dessus de sa porte, ce qui indiquait au voyageur qu'il pouvait entrer là et demander une demi-pinte de vin du pays.

Cette maison avait été jadis une auberge. On l'appelait encore dans le pays : le Logis de l'Âne. Peu à peu, l'auberge s'était transformée en ferme. Mais, par un reste d'habitude, les paysans qui y logeaient continuaient à offrir aux voyageurs, attirés par l'enseigne et le bouquet, des rafraîchissements tels quels.

C'est au Logis de l'Âne que s'était installé Saint-Priac. Résolu à se placer sur le chemin qui menait à Fleury plutôt qu'à Melun même, il avait quitté la ville avec sa bande de sacripants, et, apercevant la solitaire maison, s'était dit qu'il aurait là un excellent poste d'observation. La bande mit donc pied à terre. Les gens étaient aux champs.

Saint-Priac plaça une sentinelle près de la porte entrouverte et s'assit dans un coin d'ombre de la salle.

« Oh ! fit tout à coup la sentinelle en faction.

« — Qu'est-ce ?… dit Saint-Priac.

— Un cavalier sort de Melun et vient sur nous. Il est seul.

— Qu'est-ce ? répéta Saint-Priac.

— Un gentilhomme à plume blanche. »

Saint-Priac se leva, s'avança sur la porte et, tout à coup, eut un grognement de joie furieuse : il venait de reconnaître le jeune cavalier signalé par la sentinelle. Il distribua les rôles.

Tout le monde se tint prêt. La porte donnant sur la route restait grande ouverte.

« Ho ! » cria tout à coup la sentinelle.

C'était le signal. Cela voulait dire qu'Annaïs arrivait devant la maison. Saint-Priac se rua, suivi de trois acolytes. L'instant d'après, il sautait à la bride du cheval de la jeune fille.

On a vu que Rascasse et Corignan s'étaient arrêtés à l'entrée de Melun.

Le plan des deux compères était simple. Il s'agissait d'assister à l'inévitable bagarre, et de juger au meilleur moment qui serait le vainqueur, de Richelieu ou de Gaston.

Tout à coup, Rascasse aperçut la bande de Saint-Priac.

« Corignan, dit-il, les voyez-vous, hein ? Quel rôle va jouer le Saint-Priac ? Il y a une demi-compagnie de mousquetaires qui va intervenir, sans compter le Père Joseph, qui vaut à lui seul une compagnie entière. Cela s'embrouille, continua Rascasse. Corignan, nous sommes perdus si nous ne rendons pas aujourd'hui à quelqu'un un service de vie ou de mort. Mais à qui ? La manœuvre de Saint-Priac m'inquiète. C'est ce drôle qui va ramasser tout le bénéfice. Avançons, Corignan, et ouvrons l'œil…

— Oui, dit Corignan, cum prudentia et oculo ; c'est dans les Écritures. »

Les deux espions, donc, suivirent à la piste la troupe de Saint-Priac et traversèrent Melun.

De loin, ils virent toute la troupe entrer au Logis de l'Âne.

« C'est leur poste d'observation », dit Rascasse.

Et il se jeta dans les champs. Suivi de Corignan, Rascasse parvint sur les derrières du logis isolé.

Tout à coup il y eut dans la maison grand tumulte, cliquetis d'épées qui parvinrent jusqu'aux deux acolytes.

« C'est l'attaque ! palpita Rascasse. Ah ! j'ai compris !

— Qu'avez-vous compris, compère ? dit Corignan.

— Le plan du cardinal : il a aposté Saint-Priac et ses estafiers pour attaquer le duc d'Anjou, qui, ainsi, aura succombé à une embuscade de grand chemin. Pendant ce temps, l'Éminence attendra Monsieur à Fleury et témoignera une grande impatience. Bien joué !

— Oui, fit Corignan. À nous de bien jouer aussi…

— Eh ! interrompit Rascasse, voici qu'on se bat dans la cour. Courons, Corignan ! Nous sauvons Monsieur… En avant ! »

Tous deux s'élancèrent.

Annaïs, arrivée devant le Logis de l'Âne, avait vu Saint-Priac se dresser devant elle et sauter à la bride de son cheval. Annaïs, dès le premier instant, garda tout son sang-froid, sauta à terre et saisit son épée. Mais cette épée lui fut violemment arrachée par les estafiers qui surgirent et l'entourèrent.

« En route ! cria Saint-Priac, ivre de joie. Nous piquerons jusqu'à Chailly et nous pousserons jusqu'à Fontainebleau…

— Holà ! fit l'un des estafiers. Regardez, monseigneur ! »

Saint-Priac vit un nuage de poussière qui accourait.

« C'est Monsieur », pensa-t-il.

« Vite, cria-t-il, à l'intérieur tout le monde, et laissons passer ces gens. »

Toute la bande disparut dans le Logis de l'Âne, entraînant Annaïs. Au même instant, le nuage de poussière signalé s'arrêta devant le logis. Plusieurs cavaliers sautèrent à terre…

« Trencavel ! Trencavel ! rugit Saint-Priac. Malédiction !

— Nous voici, nous voici ! » cria Trencavel à Annaïs.

Elle sourit. Ceci, non plus, ne l'étonnait pas !

« Bonjour, baron, disait Mauluys. À la bonne heure, je vous retrouve comme en Anjou, détrousseur sur les routes du roi. Ceci vous va mieux que l'affaire de la rue Sainte-Avoye.

— Comme en Anjou, grinça une voix de crécelle, rien n'y manque, pas même moi !

— Verdure ! murmura Saint-Priac, hébété de stupeur.

— Un spectre, monsieur le baron ! »

En un clin d'œil, la bagarre fut générale. Saint-Priac, en arrière du groupe, serrait convulsivement un bras d'Annaïs et cherchait à l'entraîner dans la cour.

« Hardi, mes lions ! hurlait Saint-Priac.

— En avant ! » vociférait Montariol.

Tout à coup, Trencavel fit la trouée et bondit dans la cour, où Saint-Priac, à ce moment même, poussait Annaïs.

« N'ayez pas peur, mademoiselle ! »

Il fondit sur Saint-Priac qui lâcha la jeune fille.

« Attention ! rugit Trencavel, je vous sers ! »

Ce fut foudroyant.

Il y eut un éblouissement d'acier, et Trencavel se fendit à fond sur Saint-Priac acculé à une porte qui ouvrait sur les champs… Brusquement, l'épée de Trencavel se releva : Saint-Priac ne fut pas touché. C'était Annaïs !… Elle venait de tirer sa rapière et, d'un coup sec, avait relevé celle de Trencavel à l'instant où elle allait toucher Saint-Priac à la poitrine. Trencavel jeta sur Annaïs un regard de stupeur.

« Il est à moi ! » dit-elle. Et elle tomba en garde.

À ce moment passait sur la route un groupe de cavaliers au galop. C'étaient Fontrailles, Chevers, Bussière et Liverdan qui, depuis Paris, étaient sur les traces de Trencavel. Ils avaient d'abord conçu quelque étonnement que le maître en fait d'armes semblât marcher sur le point même où ils avaient rendez-vous. Mais ils n'avaient guère le temps de s'étonner. La haine les dominait.

Ils passaient à ce moment devant le Logis de l'Âne. Entendirent-ils le bruit de la lutte ? Virent-ils seulement la maison ? C'est peu probable. Ils ne voyaient à l'horizon que l'image sanglante et pâle de Trencavel percé de coups, ils n'entendaient que les hurlements de leur haine.

Au moment où Annaïs tombait en garde devant Saint-Priac, la cour fut envahie par les estafiers qui reculaient en désordre devant une charge furieuse de Montariol et de Mauluys. Quant au sieur Verdure, il ne se battait pas. Il était resté dans la grande salle, vidait méthodiquement l'un après l'autre les gobelets encore pleins et ricanait.

Saint-Priac, en voyant arriver ses braves à la rescousse, éclata de rire ; d'un bond, il les rejoignit en vociférant :

« Servez-les ! Hardi ! Cent pistoles par tête ! »

En un instant, Trencavel, Annaïs, Mauluys et Montariol se trouvèrent acculés dans un espace resserré où ils ne pouvaient se défendre bien longtemps ; y compris Saint-Priac, ils avaient encore neuf lames devant eux. Cet espace était une sorte de boyau formé entre les écuries et le bâtiment central de la cour. Au fond de cette impasse était la porte des champs.

Trencavel et Mauluys se placèrent devant Annaïs, mais elle les écarta et aussitôt engagea le fer.

« Monseigneur ! Tenez bon ! » cria une voix du dehors.

En même temps, la porte s'ouvrait violemment.

« Rascasse ! hurla Saint-Priac. Rascasse et Corignan !

— Monsieur Trencavel ! » bégaya Rascasse, ébahi.

En un clin d'œil, Trencavel, Mauluys, Montariol et Annaïs se trouvèrent dans les champs. Rascasse et Corignan avaient la rapière au poing. Les estafiers n'étaient plus que sept : leur ardeur tomba ; d'un regard, ils se consultèrent et aussitôt, tous ensemble, tirant leurs chevaux sur la route, sautèrent en selle et s'envolèrent. Saint-Priac, les yeux sanglants, la bouche écumante sauta à cheval à son tour, il s'élança en jetant une imprécation de rage. Trencavel fit un mouvement.

« Où allez-vous ? demanda Annaïs en le touchant au bras.

— Le poursuivre, et vous débarrasser de ce sacripant. »

Annaïs eut, comme tout à l'heure, un étrange sourire.

« Restez. Je vous dis que cet homme m'appartient. »

Il nous faut maintenant dire ici la grande surprise qui, en ce jour, advint à Corignan.

Après la fuite de Saint-Priac, Annaïs, Trencavel et ses compagnons étaient rentrés dans la cour. Rascasse et Corignan avaient suivi, l'un tout ébahi d'avoir sauvé Trencavel là où il croyait avoir tiré d'affaire le duc d'Anjou, l'autre ruminant déjà des projets que la vue du même Trencavel avait fait naître dans sa cervelle. Aussi, tandis que le maître en fait d'armes et ses amis tenaient conseil, Corignan tira son acolyte à quartier :

« Compère, dit-il, c'est le Ciel qui nous envoie Trencavel ! Le voilà, le moyen de rentrer en grâce auprès du cardinal ! »

Ils arrivaient près d'un fournil, dont l'ouverture béait.

« Explique-toi, frocard ! fit Rascasse, goguenard.

— C'est simple, moucheron ! Je, reste ici pour amuser Trencavel et ses suppôts. Puisque le Père Joseph se trouvait à Longjumeau avec une compagnie de mousquetaires, ils doivent être en route à cette heure. Vous courez à la rencontre de mon digne supérieur, vous lui racontez que j'ai capturé le maître d'armes, la raffinée d'honneur, tous enfin ! Vous arrivez avec les mousquetaires. Nous prenons toute la bande et nous l'offrons au cardinal. Qu'en dis-tu, moucheron ?

— Rascasse, venez par ici, dit à ce moment Trencavel.

— Tout de suite, mon gentilhomme. »

Et tandis que Corignan allait boire en compagnie de Verdure, Rascasse répondait à l'appel de Trencavel.

« Rascasse, dit Trencavel, il est certain que vous nous avez rendu service. Je m'en souviendrai. Mais que faisiez-vous ici ? Est-ce moi que vous êtes venu espionner, vous et votre acolyte ?

— Monsieur, dit Rascasse, je ne suis plus à Son Éminence.

— Eh bien, je vous répète : venez avec moi. Je serai pour vous aussi bon maître que le cardinal, sauf que je ne vous commanderai pas de félonies. Ce que vous avez fait à l'hôtel de Guise, et rue Courteau, et ici même, me prouve que vous avez du cœur. Croyez-moi, quittez votre métier. Vous feriez maintenant un mauvais espion. Vous pouvez devenir un brave homme.

— Je vous remercie, dit Rascasse avec une certaine fierté. Je veux tenter de me réconcilier avec Son Éminence.

— Mais… commença Trencavel.

— Laissez, lui dit Mauluys. C'est maintenant dans cet esprit un débat où nul ne doit intervenir.

— Monsieur, reprit Rascasse, pensif et en jetant un coup d'œil sur Annaïs, j'avais peut-être des raisons d'en agir avec vous comme j'ai fait. Quant à aujourd'hui, j'ignorais votre présence en ce logis. J'ai cru sauver Monsieur…

— Le duc d'Anjou ? fit Annaïs en tressaillant.

211

— Sans doute. J'ai pensé que c'était pour attaquer le duc que Saint-Priac s'était embusqué ici. D'autant que j'ai vu à Longjumeau le Père Joseph en campagne, dirigeant lui-même une compagnie de mousquetaires du roi… »

Annaïs pâlit.

« Monsieur Rascasse, dit Mauluys, que pensez-vous de ces mousquetaires ?

— Eh ! que voulez-vous que j'en pense, sinon qu'il y aura tout à l'heure à Fleury quelques bonnes arrestations !… Sur ce, messieurs, que Dieu vous garde ! »

Rascasse, rapidement, s'éloigna. Il courut à Corignan.

« En route, compère ! »

Rascasse s'élança vers le bouquet de chênes où ils avaient laissé leurs chevaux.

Corignan volait sur ses traces.

« Messieurs, dit Annaïs, recevez mes remerciements et permettez-moi de vous dire adieu. J'ai un devoir à accomplir.

— Mademoiselle, dit Trencavel, voici quel est ce devoir : Monsieur et ses amis ont conspiré de s'emparer du cardinal à Fleury. La présence du Père Joseph et des mousquetaires royaux prouve que tout est découvert. Vous voulez courir à Fleury crier casse-cou aux conspirateurs…

« C'est la vérité, monsieur. J'ai poussé jusqu'ici dans l'espoir de me heurter à Richelieu. Je l'eusse provoqué… mais il ne viendra pas. Il ne me reste donc qu'à arriver à Fleury avant les mousquetaires…

— Mon cher comte, dit Trencavel, et toi, prévôt, vous escorterez Mlle de Lespars jusqu'à Paris. Mademoiselle, j'irai à Fleury. Je me charge de prévenir Monsieur… »

Annaïs tressaillit.

« Il vous a insulté pourtant ! fit-elle en regardant Trencavel.

— C'est effacé : il m'a demandé pardon.

— Prenez garde, il vous en voudra mortellement de ce pardon. »

Déjà Trencavel était à cheval. Annaïs n'eut pas un mot pour le retenir. Elle n'insista plus pour accomplir elle-même cette mission.

Quelques instants plus tard, Annaïs, escortée de Mauluys et de Montariol, lesquels étaient suivis de Verdure tout raide sur sa selle, reprenait le chemin de Paris. Quant à Trencavel, il s'était élancé vers Fleury. Midi approchait.

Dans une grande belle salle du rez-de-chaussée de Fleury, tous les conspirateurs étaient assemblés.

Voici ce qui était décidé : dès l'entrée de Richelieu, les douze, sans même passer dans la salle à manger, accompliraient l'acte…

Nous disons : les douze, bien qu'ils ne fussent que onze. L'un des conjurés manquait à l'appel. C'était Louvigni…

Gaston était livide.

« Voici qu'il va être midi », murmura Vendôme.

Dans la cour, retentit le galop d'un cheval.

« Le voici !… »

À l'instant, tous furent à leurs postes. Un cri soudain sortit de toutes ces gorges étreintes par l'angoisse… un cri de terreur… Un homme venait d'entrer dans la salle. Et ce n'était pas le cardinal. C'était Trencavel.

« Trencavel ! – Qui vous envoie ! – nous sommes trahis ! »

Trencavel alla jusqu'à Monsieur et s'inclina devant lui.

« Monseigneur, dit Trencavel, je vous suis dépêché par Mlle de Lespars pour vous crier : alerte !… Vos projets ont été surpris, cent mousquetaires du roi arrivent. Je viens de les voir sur la route. »

Vendôme et le Grand-Prieur saisirent chacun par un bras Gaston d'Anjou, qui balbutia :

« Monsieur Trencavel, pour la seconde fois, je vous demande pardon de vous avoir gourmandé, mais cette fois c'est de bon cœur. »

Quelques instants plus tard, Gaston fuyait à toute bride. Mais si vite que courût Monsieur, il y avait quelqu'un qui courait plus vite que lui. C'était Chalais… Il grondait :

« Puisque tout est découvert, l'hôtel de Chevreuse est envahi à cette heure. Seigneur, tout ce que je vous demande, c'est d'arriver à temps pour mourir en la défendant ! »

Parmi les maîtres d'hôtel, laquais, valets, ce fut une stupeur.

Les quatre derniers invités de Son Éminence montaient à cheval à leur tour et s'éloignaient. Trencavel était avec eux. Comme ils disparaissaient au loin, un grondement de sabots roula sur la route.

C'étaient les mousquetaires... Trencavel et les quatre Angevins s'arrêtèrent à une lieue de là.

« Messieurs, dit le maître en fait d'armes, que me voulez-vous ?

— Vous tuer ! répondirent-ils.

— Ainsi, à défaut du dîner de Son Éminence, c'est moi que vous voulez manger ? Il vous fallait absolument tuer quelqu'un aujourd'hui. Mais vous savez déjà qu'on ne me tue pas si facilement. J'ai mon épée. J'ai ma dague.

— Tenez, monsieur, dit Fontrailles, autant vaut-il que vous le sachiez tout de suite. Nous sommes décidés à commettre une lâcheté pourvu que vous disparaissiez. Nous nous mettons à quatre pour vous tuer. Nous nous mettrions à dix si nous étions dix à avoir le même sentiment. Comprenez-vous ?

— Eh ! je le crois bien que je vous comprends. Un mot, cependant, un seul. Pourquoi diable êtes-vous acharnés à me tuer au point de descendre à la félonie ?

— Je vais vous le dire, parce que dans cinq minutes vous serez mort et que nul ne le saura. Nous voulons vous tuer... – parce qu'elle vous aime !... »

Trencavel eut un éblouissement. Une joie tumultueuse se déchaîna dans son âme. Cela dura une seconde.

Les quatre fondaient sur lui, en silence. Si Trencavel n'avait fait un bond en arrière, il eût été tout droit dans un monde meilleur. Mais, en même temps qu'il rompait, sa rapière, de plein fouet, cingla les quatre épées qui vacillèrent.

Et tout à coup, il se fendit.

Chevers tomba comme une masse.

« Un ! » dit Trencavel.

Les trois autres se ruèrent. Ce fut la lutte sauvage, furieuse et féroce. Bussière jeta son épée et saisit son poignard. Liverdan cherchait à assommer Trencavel qui bondissait, revenait, se jetait à terre, se relevait. Brusquement, Fontrailles parvint à le saisir par-derrière.

« Tuez ! » hurla-t-il.

Trencavel tendit ses muscles en un suprême effort et, à l'instant où deux pointes d'acier s'abattaient sur lui, parvint à s'aplatir sur le sol,

214

entraînant Fontrailles. Le bras droit dégagé se détendit en ressort : le poignard était au bout… Liverdan s'affaissa, le ventre ouvert… Au même instant, Trencavel fut debout et, haletant, sanglant, déchiré, jeta d'une voix rauque :

« Deux ! Reste deux ! Allez-vous-en, je vous fais grâce ! »

Un coup d'épée de Fontrailles l'atteignit à l'épaule. Il eut un rugissement… Trencavel leva sa rapière par la lame et, à toute volée, abattit le pommeau… Bussière tomba, assommé.

« Trois ! râla Trencavel. Ah ! je… »

Il ne put en dire plus long. Fontrailles, de nouveau, était sur lui et lui sautait à la gorge. Ils s'étreignirent. Les deux poignards cliquetaient l'un contre l'autre. Trencavel avait passé son bras gauche au cou de Fontrailles. Le bras, par une lente et irrésistible pression, resserrait son étreinte. Fontrailles haletait. Il râlait. Il écumait. Et Trencavel murmura :

« Eh bien, moi aussi, je l'aime !… »

Une sorte de gémissement fusa des lèvres de Fontrailles.

C'était la fin. Trencavel le lâcha. Fontrailles battit l'air de ses bras et tomba en travers de Bussière.

Trencavel rentra dans Paris sans faire de mauvaise rencontre. Il trotta tout droit jusqu'à la rue Saint-Thomas-du-Louvre. Seulement, après avoir rentré son cheval dans le logis qu'il s'était choisi pour veiller sur Annaïs, il traversa l'étroite rue et, d'un rude coup de marteau, frappa à la grande porte de l'hôtel de Chevreuse.

XIX – Victoire de Richelieu

Vers midi, le cardinal fit son entrée au Louvre, escorté du chevalier de Louvigni. Il se rendit tout droit au cabinet royal. Louis XIII donna l'ordre d'introduire Son Éminence. Le cardinal entra seul.

« Je vous croyais à Fleury, monsieur le duc, dit Louis XIII.

— Sire, dit Richelieu, je ne me suis pas rendu à Fleury parce que j'ai appris qu'on devait m'y assassiner.

— Vous assassiner… vous ! fit le roi en bondissant. Au fait, ce n'est pas la première fois. Les intrigants s'attaquent à vous parce que vous êtes la colonne de mon trône. En vous frappant, c'est moi qu'on veut abattre. Je veux, monsieur, que vous me disiez la chose tout au long.

— Sire, fit Richelieu, je ne puis être juge et partie. Si le roi le trouve bon, je vais lui présenter l'homme qui est venu m'informer du complot. La conspiration a eu lieu chez sa maîtresse, qui a été un peu l'âme de cette abominable entreprise. Il demande que cette femme ne soit pas inquiétée. Je dois même ajouter qu'il n'a consenti à venir ici que sous cette condition que le nom de sa maîtresse vous serait caché. Je le lui ai promis en votre nom.

— Très bien. Je ratifie cette promesse, dit Louis XIII. Quel est le nom de cette femme ? ajouta-t-il tout aussitôt avec une naïveté qui touchait au cynisme inconscient.

— La duchesse de Chevreuse, sire !

— Elle ! s'écria le roi. Elle ! L'amie de la reine ! Ah ! cette fois…

— Sire, dit Richelieu, par l'homme qui va vous parler, nous pouvons encore apprendre bien des choses. Si nous touchons à la duchesse, cet homme nous échappe.

— Faites donc entrer cet homme. Qui est-ce ?

— Le chevalier de Louvigni… un de vos courtisans. » Louvigni entra.

« Monsieur de Louvigni, dit Richelieu, Sa Majesté veut bien oublier que le complot s'est tenu chez une personne qui vous intéresse. Sa Majesté consent à ne pas savoir le nom de cette personne. Maintenant, parlez !

— Les noms d'abord ! » dit Louis XIII. Louvigni les désigna l'un après l'autre.

Il ne restait plus à dire que le nom de Gaston. Louvigni consulta Richelieu du regard. Louis XIII remarqua ce coup d'œil et s'écria :

« Dites tout, monsieur, je le veux. »

Louvigni nomma Gaston d'Anjou.

« Je m'en doutais ! gronda le roi dans un éclat de rire funèbre. Et, après la mort du cardinal, on m'eût meurtri moi-même, n'est-ce pas, monsieur ? Et ce digne frère, ce bon parent eût épousé la reine Anne, n'est-ce pas, monsieur ?

— Sire, je vous en supplie », murmura Richelieu.

Louis XIII se calma. Louvigni entreprit alors un récit détaillé de la scène du meurtre, telle qu'elle avait été arrêtée.

« C'est bien, monsieur, fit alors Louis XIII, allez et dites à la personne qui vous tient si fort à cœur que je l'engage à quitter Paris. C'est tout ce que je puis faire pour elle. »

Il était près de trois heures lorsque Louvigni quitta le Louvre. À ce moment même, Gaston y rentrait. Quant à Vendôme et à Bourbon, ils avaient quitté Son Altesse aux portes de Paris et avaient pris la route de Blois. Gaston avait juré de nier hardiment.

Il avait surtout juré de ne nommer aucun des conjurés. Mais les deux fils de Gabrielle, peu confiants dans cette parole, avaient préféré se mettre à l'abri.

Gaston mit pied à terre dans la cour du Louvre. Il se trouva nez à nez avec le capitaine des mousquetaires qui lui dit :

« Monseigneur, daigne Votre Altesse me suivre jusqu'auprès de Sa Majesté. »

Dix minutes avant Gaston, le Père Joseph était arrivé, qui avait raconté l'intervention imprévue de Trencavel et l'inutile déploiement des mousquetaires. Les conjurés étaient partis. La souricière était vide. Richelieu, qui jusqu'alors avait fait bonne contenance, parce qu'il était sûr de prendre tous les conjurés dans un même coup de filet, Richelieu se mit à trembler.

« Je suis perdu !…

— Oui, dit le Père Joseph, si vous reculez. Non, si vous tenez tête à l'orage. Voici ce qu'il faut faire : exiler la Chevreuse, décapiter deux ou trois des plus compromis, emprisonner Vendôme et son frère, obtenir le mariage de Gaston avec Mlle de Montpensier. Allez, mon fils. »

Richelieu avait appelé le capitaine des mousquetaires, puis était rentré dans le cabinet du roi. Gaston d'Anjou suivit donc le capitaine jusqu'à la porte du cabinet royal. Il entra…

Tout de suite, il vit que le roi savait tout. Dans un dernier effort, il se tourna vers Richelieu et bégaya :

« Je vous félicite de votre audace, monsieur le cardinal. Lorsque le frère du roi de France condescend à vous faire l'honneur que je vous faisais, vous vous dérobez, vous ne paraissez pas au dîner auquel vous aviez convié mes amis.

— Monseigneur, dit Richelieu, c'est qu'il n'y a peut-être personne qui se fût attendu comme moi à être assassiné par ses hôtes… »

Gaston chancela. Richelieu, sentant qu'il jouait là la suprême partie de sa vie, marcha au roi.

« Sire, dit-il, j'ai la douleur d'accuser votre frère de forfaiture, félonie, entreprise contre le roi et embauchage en vue du meurtre de votre ministre. En conséquence, je demande qu'il soit procédé sur-le-champ à l'arrestation de Monsieur.

— C'est faux, sire, je le jure ! »

Louis XIII attendait tout autre chose, une révolte peut-être, quelque terrible riposte digne d'un fils d'Henry IV.

« Monsieur, dit-il, monsieur, les portes devaient être gardées par quatre gentilshommes angevins, par Beuvron et par Montmorency-Bouteville ; M. de Vendôme devait se placer près de vous avec son frère ; et vous, prenant place dans votre fauteuil, comme si vous eussiez eu le droit de rendre déjà la justice, vous deviez dire :

« Monsieur le cardinal, au nom de la noblesse française que vous opprimez, j'ai décidé que vous devez mourir. » Et, alors, le cardinal devait être frappé. »

Gaston s'écroula sur ses genoux.

« Ce n'est pas moi !… Non… Ce n'est pas moi !… ».

Louis XIII baissa la tête. Tant de lâcheté lui causait un intolérable sentiment de honte.

« Debout ! gronda-t-il furieusement. Debout, par le sang du Christ ! Un fils, un frère de roi ne s'agenouille pas !…

— Sire, dit Richelieu, Son Altesse vient d'affirmer que ce n'est pas elle qui a voulu perpétrer le forfait de Fleury. Sire, si le duc d'Anjou veut parler, je suis d'avis qu'il soit épargné. La famille royale ne doit pas être soupçonnée.

— Je parlerai ! Je dirai tout ! gémit Gaston.

— Et monseigneur consentira à épouser Mlle de Montpensier ?

— Oui, cardinal, quand le roi voudra !…

— Eh bien, parle ! » dit Louis XIII.

Et le duc d'Anjou parla !… Tandis que, d'une voix morne, il dénonçait l'un après l'autre les malheureux qui lui avaient offert leur dévouement, le cardinal avait été à la porte. Là, il donna deux ordres : l'un au capitaine des mousquetaires, l'autre au valet de chambre.

Le roi écouta en silence le récit de son frère. Cependant, Richelieu écrivait rapidement sur un coin de table, et Gaston le surveillait du coin de l'œil. Quand fut terminée l'effrayante confession, Richelieu aussi avait fini d'écrire.

« C'est bien, dit Louis XIII, si vous voulez que je vous pardonne, commencez par demander pardon à Son Éminence. »

Le duc d'Anjou, la rage au cœur, bredouilla :

« Monsieur le cardinal, je vous demande pardon… »

Alors se passa quelque chose d'étrange. Le cardinal alla ouvrir la porte et prit des mains du valet de chambre un lourd volume à fermoir d'argent qu'il déposa sur la table. Ce volume, il l'ouvrit. Puis il détacha la croix d'or enrichie de diamants qu'il portait au cou et la plaça sur le livre grand ouvert. Le roi, étonné, regardait. Gaston essaya de prendre un air de dignité et balbutia :

« Monsieur, quand un prince de sang royal s'abaisse à demander pardon…

— Il élève à sa hauteur ceux à qui s'adresse cette demande de pardon ! interrompit Richelieu. Et, alors, ceux-là ont le droit d'agir en princes du sang et de prendre pour la sûreté de la famille royale toutes les précautions qui leur semblent bonnes. – Sire, je viens de donner l'ordre à votre capitaine d'aller fouiller l'hôtel de Chevreuse. – Quant à vous, monseigneur, voici l'Évangile sur cette table, voici une croix qui fait Dieu présent parmi nous, voici enfin une formule que j'ai préparée. Lisez-la, monseigneur, et, la main sur l'Évangile, répétez-la !…

— Oui, oui ! » s'écria Louis XIII.

Le duc d'Anjou prit le papier, il étendit la main et, à haute voix, répéta le serment dicté par le cardinal :

Sur Dieu et sur l'Évangile, je jure fidélité au roi et à ses conseils. Je jure d'aimer et affectionner le roi et ceux qu'aime le roi. Je jure de répéter au roi et à ses conseils tout discours que j'aurai entendu, de nature à porter atteinte à l'autorité ou à la vie ou au bonheur du roi ou de ses conseils.

Gaston, sûr désormais d'échapper à tout châtiment, avait prononcé ces paroles d'une voix forte. Aussitôt, il se tourna vers le roi et ajouta :

« Sire, c'est comme un frère que je veux désormais aimer le roi et le servir ! »

Alors, cette sombre figure de Louis XIII s'éclaira. Le roi alla à Gaston, et l'embrassa sur les deux joues en disant :

« Tout est pardonné, oublié. Si vous voulez m'aimer en frère, je veux, moi, vous traiter comme mon propre fils… »

Louis XIII et Richelieu demeurèrent seuls. Richelieu était blême.

« Sire, dit-il à haute voix, j'ai l'honneur de demander mon congé à Votre Majesté.

— Quoi ! s'écria Louis XIII, après le serment que mon frère vient de vous faire ?

— Ce serment m'assure de la fidélité de Monsieur : c'est tout. Sire, songez au nombre d'ennemis qui m'entourent. Le roi, en m'accordant mon congé, me fera grâce de la vie. Si vous m'ordonnez de rester, c'est que vous me condamnez à mort !…

— Non pas, de par tous les saints ! Attendez… »

Et tandis que Richelieu palpitait, le roi s'assit à la table et, rapidement, écrivit :

Monsieur le cardinal.

Je vous adresse les présentes pour vous témoigner l'horreur que j'ai des entreprises tentées contre votre personne et l'affection que j'éprouve de jour en jour plus grande pour vous. Je veux vous faire savoir que je ratifie toutes mesures que vous croirez devoir prendre pour votre sûreté, la mienne et celle de l'État. Assurez-vous que je ne changerai jamais et que quiconque vous attaquera, vous m'aurez pour second. Et je prie Dieu, monsieur le cardinal, qu'il vous tienne en sa sainte garde.

Le roi data, signa et scella cette lettre, qu'il remit à son ministre. Le cardinal la dévora d'un ardent regard et devint pourpre de joie et d'orgueil… Cette lettre, en effet, lui conférait une sorte de dictature ; elle lui livrait d'avance tous ses ennemis pieds et poings liés.

Richelieu se courba devant le roi et murmura simplement :

« Ma vie vous appartient, sire ; disposez-en. »

Et Richelieu sortit.

Dans cette journée même la duchesse de Chevreuse attendait le résultat de l'action.

Elle était prête à tout événement. Dans la cour attendait un carrosse tout attelé. Toute frissonnante, elle regarda l'horloge.

« Midi ! murmura-t-elle. Mon beau lion lève sa griffe d'acier sur le monstre. C'est l'heure de la délivrance, l'heure de mort… »

À ce moment même, l'une des vitres vola en éclats. Une pierre tomba sur le tapis. Un papier l'enveloppait. La duchesse le saisit vivement, le déroula et déchiffra ces mots :

Le cardinal de Richelieu, instruit par moi de ce qui devait s'accomplir, a envoyé à Fleury une demi-compagnie de mousquetaires. À l'instant où vous recevrez ce message, votre amant sera arrêté. Jugez de l'amour que j'avais pour vous par l'infamie où je me perds pour tuer celui que vous aimez.

Ce n'était pas signé. Mais il n'y avait pas besoin de signature. Chaque lettre de ce billet criait la passion de Louvigni.

La duchesse de Chevreuse demeura écrasée. Elle avait feint l'amour pour armer le bras de Chalais. Et maintenant elle eût tout donné pour qu'il fût sauvé.

« Henry ! bégaya-t-elle, affolée. Ô mon Henry, si tu meurs, je mourrai avec toi !... »

Ce moment de faiblesse dura peu. Presque aussitôt elle rassembla son énergie. En quelques instants, elle eut placé dans un portemanteau de voyage tout ce qu'elle possédait dans l'hôtel en or ou en bijoux précieux. Puis elle descendit rapidement, prit place dans le carrosse et dit :

« À Fleury, ventre à terre... »

Il y avait un peu plus d'une heure que la duchesse était partie lorsqu'un cavalier mit pied à terre devant l'hôtel. Il portait la livrée de Vendôme. Il demanda à être admis sur-le-champ en présence de la duchesse, disant qu'il était question de vie ou de mort. Il était porteur d'une dépêche pour elle. On lui répondit que la duchesse était partie. Où ? On l'ignorait. À ce moment, un deuxième cavalier couvert de sueur entra dans la cour en faisant une grimace de satisfaction. Au valet qui s'avançait vers lui, il dit :

« Prévenez seulement Mme la duchesse que je suis envoyé ici par Mlle de Lespars ; c'est tout, brave homme.

— Comment vous appelez-vous ? fit le valet, ébahi.

— Verdure. J'appartiens à M. le comte de Mauluys. »

Verdure esquissait son plus aimable sourire, lorsqu'un troisième cavalier arriva en trombe dans la cour. C'était Chalais, livide, tremblant. Il s'élança vers l'intérieur. Le valet courut à lui :

« Ah ! monsieur le comte...

— Où est-elle ? râla Chalais.

— Partie ! Et voici un cavalier qui demande Mme la duchesse. »

Hagard, Chalais se tourna vers l'homme qu'on lui désignait et il reconnut les armes de Vendôme. L'homme le reconnut aussi sans doute.

« Monsieur le comte, dit-il, j'apportais cette dépêche à Mme la duchesse. »

Chalais saisit la lettre et l'ouvrit. Ce geste en disait long sur ses relations avec la duchesse. Mais il ne savait ce qu'il faisait. Il lut :

Tout est découvert. Fuyez et venez nous rejoindre à Blois. De, là, nous marcherons sur Nantes. S'il le faut, nous irons nous enfermer à La Rochelle et nous déchaînerons la guerre civile. Venez en toute hâte.

« Où est la duchesse ? » demanda machinalement Chalais.

Marine, la soubrette de la duchesse, était accourue. Elle venait de tout entendre. Elle s'approcha de Chalais, avec sa familiarité de confidente, et lui glissa :

« Madame est partie subitement après avoir lu un papier qui lui est parvenu d'étrange façon… »

« Elle est sur la route de Blois ! songea Chalais avec un tressaillement d'indicible joie. »

« Marine, pour Dieu, pour ta maîtresse, un cheval à l'instant ! Le mien est fourbu.

— Un cheval pour Monsieur le comte ! cria Marine.

— Licencie tout le monde, ajouta Chalais à voix basse, et viens nous joindre à Blois. »

Quelques instants plus tard, Chalais s'élançait, sortait de Paris sans être inquiété et prenait la route de Blois. Une demi-heure s'écoula. Verdure, installé sur sa borne, paraissait ne rien voir, ne rien entendre de ce qui se passait autour de lui. Parfois seulement, il maugréait de confuses paroles où il était question de bizarres corvées, d'accusations portées contre Mauluys qui condamnait ses gens à mourir de soif.

« C'est bien fait, grogna Verdure à un moment, il ne verra pas la lettre. Il ne voulait pas la lire, le sot ! Saint-Priac a vu la fameuse lettre. Le cardinal l'a vue et revue. M. de Mauluys ne la verra pas. Ça lui apprendra ! »

Verdure en était là de son monologue et de ses ricanements, lorsqu'un coup de marteau violent ébranla la grande porte de l'hôtel que Marine avait fait refermer.

Chacun crut que c'étaient les gens du lieutenant criminel. Nul n'alla ouvrir.

« Voilà une maison bien mal tenue », maugréa Verdure.

Et, tranquillement, il alla ouvrir.

« Monsieur Trencavel ! fit-il.

— Verdure ! s'écria Trencavel. Toi ici !

— Moi-même. M. le comte m'a mis là de faction pour vous attendre. Suivez-moi, monsieur. »

Et comme Trencavel hésitait :

« Elle n'est pas ici, dit Verdure, goguenard. Si vous voulez la voir, suivez-moi. »

Et Verdure, bien certain désormais de son fait, sortit de l'hôtel, traînant son cheval par la bride et sans se donner la peine de s'assurer que Trencavel suivait. Trencavel l'eût suivi jusqu'au bout du monde.

Depuis son entrevue avec le roi, Louvigni s'était renfermé chez lui.

Il était environ quatre heures lorsque son valet qu'il avait appelé lui dit :

« Monsieur sait-il les bruits qui courent à propos de Mme la duchesse ?

— En fuite ? fit machinalement Louvigni.

— Oui, monsieur, et, avec elle, plusieurs grands seigneurs qui, paraît-il, ont entrepris contre le roi, et après lesquels courent un grand nombre de gens d'armes ; on dit que parmi les fugitifs se trouve aussi le grand ami de monsieur, c'est-à-dire M. le comte de Chalais qui... »

Le pauvre diable n'eut pas le temps d'achever. Louvigni lui avait sauté à la gorge et rugissait :

« En fuite ! Tu dis que Chalais est en fuite !... Tu dis que Chalais est vivant ! Que Chalais n'est pas arrêté ! Voyons, raconte ! » reprit Louvigni, en reprenant à peu près possession de lui-même.

Et le valet raconta. Il n'était question que de cela dans Paris. Dans toutes les églises, on chantait le Te Deum. Des bandes de gens parcouraient les rues en criant : « Vive M. le cardinal ! qu'on a voulu meurtrir ! » Tout le monde désignait les conjurés. Et on citait M. de Chalais. Louvigni s'affaissa.

Ainsi, sa trahison était inutile ! Chalais avait pu fuir !...

224

« Oh ! grinça-t-il, je me tuerai peut-être, mais pas avant de lui avoir arraché le cœur. »

Tous les conjurés n'avaient pas fui. Deux d'entre eux, vers trois heures, étaient tranquillement rentrés dans Paris. C'étaient le comte de Montmorency-Boutteville et le marquis de Beuvron, tous deux jeunes, aimables et brillants seigneurs à qui souriait le printemps de leur vie. Ils se dirigeaient vers la place Royale.

« Tout est bien fini, disait Beuvron ; je crois le cardinal imprenable.

— C'est mon avis, marquis, reprenait Boutteville. Mais, puisque nous sommes résolus à le braver, puisque nous voulons donner un exemple à la noblesse, je crois que le moment est venu de le défier et de nous battre en duel sous ses yeux. »

Ils arrivaient sur la place Royale. Lorsqu'on vit ces deux gentilshommes dégainer, un rassemblement se forma aussitôt. La chose avait lieu sous les fenêtres même du cardinal. Plusieurs gentilshommes accoururent.

« Messieurs, messieurs, que voulez-vous faire ?

— Eh ! dit Beuvron, voici le cas que nous faisons des édits !

— Rengainez, par le Ciel ! cria l'un des gentilshommes présents. Voici les mouches du cardinal. »

Mais déjà les deux adversaires s'attaquaient. Beuvron, le premier, fondit sur Boutteville en disant :

« Dépêchez-vous de me tuer, mon cher, voici qu'on vient nous arrêter ! »

Des gens armés sortaient en effet de l'hôtel du cardinal.

« Holà ! cria le chef des gardes. Bas les épées, messieurs ! »

À ce moment même, Beuvron tomba et rendit le dernier soupir.

« Votre épée, monsieur de Boutteville ! » dit le chef des gardes.

Quelques instants plus tard, Boutteville avait disparu. On le conduisit à la Bastille. Il en sortit, c'est vrai, mais ce fut pour marcher à l'échafaud.

XX – La crise

Trencavel avait donc suivi Verdure. On arriva bientôt : c'était à la Belle Ferronnière.

En entrant dans la grande salle, le maître en fait d'armes vit Mlle Rose Houdart. Trencavel salua la jeune fille.

« Venez, monsieur, dit-elle. M. de Mauluys vous attend. »

Elle conduisit Trencavel dans une salle retirée.

Une seconde, Mauluys et Rose se trouvèrent l'un près de l'autre, et Trencavel se dit qu'il était difficile de rêver un couple de plus harmonieuse et noble allure. Puis Rose se retira.

« Oui, murmura Trencavel, elle mérite d'être aimée. Mais où est Montariol ? reprit-il. Et elle, mon cher comte ?…

— Je n'ai pas voulu la conduire chez Mlle de Chevreuse qui, d'ailleurs, a quitté son hôtel. Mlle de Lespars a très bien compris que le logis de la duchesse allait être envahi par les gens du cardinal. Elle est venue ici… maintenant, elle est en son logis de la rue Courteau. J'ai laissé Montariol devant la porte…

— Mais il y a eu bataille dans l'hôtel ! Tout est démoli au rez-de-chaussée…

— Ainsi l'a voulu Mlle de Lespars. Voici ce qu'a fait Mlle Rose… Elle a envoyé rue Courteau plusieurs hommes qui ont réparé le désordre, rétabli la porte – et une femme sûre qui, installée là-bas, sera une servante dévouée, robuste et avisée. Quant aux dangers, je suis à votre disposition, Trencavel.

— Comte, je cours rue Courteau !…

— Lisez d'abord ceci, dit tranquillement Mauluys.

— Une lettre ! s'écria Trencavel, palpitant.

— Que Mlle de Lespars a écrite ici, sur cette table.

— Lisez, Mauluys. »

Le comte prit la lettre d'Annaïs et la lut. Voici ce qu'elle contenait :

Monsieur Trencavel.

Il m'est impossible de vous dire adieu sans vous assurer que je garderai le souvenir de votre dévouement. Je vous tiens en trop d'estime pour vous cacher les raisons qui m'obligent à renoncer à ce dévouement que vous m'avez offert et dont, à la pointe de votre chevaleresque épée, vous m'avez fourni les preuves. Mandés par moi, quatre hommes, quatre jeunes et vaillants gentilshommes sont venus à Paris pour partager ma destinée, mes périls, ma lutte : c'est avec eux, monsieur Trencavel, que je dois combattre, triompher ou périr. Je m'y suis engagée. Ces quatre généreux gentilshommes ont, pour moi, quitté leurs terres, leurs proches, le brillant avenir qui s'offrait à eux. En échange, je leur ai engagé ma parole que je serai avec eux – avec eux seuls jusqu'à la fin de l'entreprise. J'ai vu, j'ai deviné, je sais qu'ils supportent avec peine le soin que vous prenez de me défendre. Longtemps, ils vous ont cru mon ennemi, et ils ont alors vu en vous un redoutable adversaire. Depuis qu'ils savent que vous n'êtes pas mon ennemi, vous êtes devenu le leur. Je mourrais de honte s'ils pouvaient penser un instant que c'est volontairement que j'ai accepté une autre aide que la leur. Vous avez le cœur haut placé, monsieur. Vous accepterez donc que je vous dise adieu, et vous souffrirez que je sois seule à juger des bons acolytes dont je puis avoir besoin pour venger la mémoire de Mme ma mère. Quoi qu'il puisse m'advenir par la suite, tenez pour certain que je tiens à grand honneur l'offre que vous m'avez faite de votre dévouement, laquelle il me sera impossible de jamais oublier. Adieu, monsieur Trencavel.

Cette lettre était signée de deux simples initiales.

« Eh bien, comte, qu'en pensez-vous ? demanda Trencavel.

— Je pense, dit Mauluys, que cette lettre est le fait d'une âme aux abois. Par vos violences, par vos gestes de pourfendeur, vous avez mis cette fille en mauvaise posture devant ceux qu'elle a choisis pour ses acolytes[3]. Il est infiniment probable que Mlle de Lespars doit épouser l'un d'eux. (Trencavel eut un sourire terrible.) Quoi ? fit Mauluys attentif. Que s'est-il passé ? »

Trencavel s'était levé.

« Où allez-vous, Trencavel ?

— Chez elle ! Il faut que je lui parle de ses quatre généreux, loyaux, braves et chevaleresques gentilshommes.

— Et qu'en voulez-vous lui dire ? fit Mauluys.

— Je veux lui dire que je les ai tués », répondit Trencavel.

Le maître en fait d'armes gagna la rue Courteau. Il trouva la grande porte de l'hôtel condamnée par des barres de bois clouées extérieurement, précaution imaginée par Rose et destinée à faire croire que la maison était désormais inhabitée. Mais devant la porte du jardin par où Corignan s'était introduit le soir de la bataille, il aperçut Montariol.

« Prévôt, lui dit-il, va rejoindre le comte à la Belle Ferronnière et annonce-lui que j'irai le retrouver chez lui. »

Montariol obéit à l'ordre.

Il commençait à faire nuit. La rue était déserte.

Trencavel avisa l'une des poutres jetées en travers de la porte, la dressa contre le mur d'enceinte et se hissa, puis sauta dans l'intérieur après avoir abattu le long du mur la lourde pièce de bois. Une furieuse colère le secouait.

Annaïs de Lespars se trouvait dans ce jardin, et, lentement, elle se dirigeait vers la maison. Comme elle allait atteindre le perron, elle vit cet homme qui sautait dans le jardin. Elle le reconnut. Un éclair de colère brilla dans ses yeux. Trencavel s'avança. Elle monta le perron. Lui s'arrêta au bas des marches.

« Madame, dit Trencavel d'un ton agressif, une fois encore me voici chez vous malgré vous, et j'y entre comme les autres fois, par des moyens qui sont sans nul doute blâmables.

— Monsieur Trencavel, dit Annaïs d'une voix qui tremblait un peu, vous êtes le bienvenu chez moi. »

Le maître d'armes se mordit les lèvres. Ce n'était pas ce mot qu'il attendait… Mais il n'en fut pas désarmé.

---

3   Ce mot n'avait pas alors le sens déplaisant que nous lui donnons.

« Ce sera bref, reprit-il d'un ton rude. Et puis, je m'en irai pour ne plus revenir. Mais avant d'obéir à votre lettre qui m'ordonne de m'écarter de vous, j'avais des choses importantes à vous apprendre, madame.

— Parlez donc, monsieur, dit Annaïs, en proie à une émotion qu'elle essayait en vain de dompter.

— Ces choses, continua Trencavel, ont trait aux quatre gentilshommes dont vous me parlez.

— De braves et loyaux gentilshommes !

— Dussiez-vous me haïr, gronda le maître d'armes, il faut pourtant que vous sachiez que ces quatre hommes ont aujourd'hui voulu m'assassiner, que tous les quatre ensemble, ils m'ont chargé avec leurs épées et leurs poignards… j'étais seul, madame, mais j'étais armé ! »

Annaïs descendit les marches du perron et vint à Trencavel. Elle dit :

« Il y a donc eu bataille entre eux et vous ?

— Oui, madame.

— Et vous étiez seul ?

— J'étais seul.

— Et ils vous ont chargé tous quatre ensemble ?

— Tous quatre ensemble.

— Eh bien ? palpita Annaïs.

— Eh bien, je les ai tués. »

Ce fut un cri de rage triomphante, ou plutôt un grondement. Ce fut terrible. Cela résonna dans le cœur d'Annaïs comme le lointain rugissement de quelque lion. Elle trembla. Elle leva sur lui un regard d'épouvante. Dans cette seconde, la guerrière disparut. Il n'y eut que la jeune fille frappée de stupeur. Trencavel s'était reculé de deux pas. Annaïs, le sein oppressé, la parole tremblante, reprit :

« Où sont-ils ?

— Je les ai laissés sur la route que vous avez suivie vous-même pour revenir de Fleury. Je n'avais pas à m'inquiéter de ce qu'ils devenaient. La chose s'est passée à une lieue de Fleury. Il y a là un vallon. Un bouquet de chênes. Sur la gauche, trois ou quatre chaumières de paysan, je vous dis : à une lieue de Fleury. Voilà ! Vos

229

quatre servants étaient des lâches. Ils ont voulu me tuer. Il se trouve que c'est moi qui les ai tués. C'est ce que je voulais vous dire. Maintenant, je puis me retirer de votre chemin. »

En parlant ainsi, Trencavel reculait. Des sanglots grondaient au fond de sa gorge.

Annaïs le regardait s'enfoncer dans la nuit sans dire un mot, sans faire un geste.

Au matin, de très bonne heure, Annaïs monta à cheval et se mit en route pour aller voir ses quatre chevaliers. Au fond d'elle-même la certitude était complète : Trencavel ne mentait pas. Quand même, il lui fallait une preuve. Que Trencavel, à lui seul, les avait vaincus.

Elle trouva sans peine le vallon désigné, vit les chaumières, mit pied à terre sans hésiter devant l'une d'elles. Des gens étaient rassemblés près de la porte. Elle entra et, voyant au fond une porte ouverte, elle y alla. La pièce voisine était obscure. Et, dans ces demi-ténèbres, des lueurs jaunes s'épandaient de trois flammes toutes droites.

« Nous avons mis des cierges, dit un paysan.

— Trois cierges, dit machinalement Annaïs.

— Oui, mais le quatrième est tout prêt. »

Annaïs frissonna. Elle fit deux pas dans la pièce aux cierges. Du côté de la fenêtre, allongés sur des matelas, la tête au mur, côte à côte, dormaient Bussière, Chevers, Liverdan et Fontrailles.

Annaïs alla vers eux et les considéra en silence. Ils semblaient vraiment dormir. Annaïs se découvrit et laissa tomber son feutre sur le sol battu.

Près de la tête de Fontrailles, il y avait un cierge qui brûlait. Près de la tête de Liverdan, un autre cierge qui brûlait. Près de la tête de Chevers, un cierge encore qui brûlait. Près de la tête de Bussière, il y avait un cierge non encore allumé. Et Bussière regardait ce cierge.

« Monsieur de Bussière, dit-elle, me reconnaissez-vous ? »

Il hésita, parut chercher dans sa mémoire, dans les bas-fonds troublés de sa mémoire, et enfin, après un effort :

« Oui !…

— Bussière, m'entendez-vous ?

— Oui, dit le blessé avec un peu plus de netteté.

— Bussière ! Bussière ! Par le Dieu vivant, comment cela est-il arrivé ? »

Bussière sourit. Elle se pencha pour recueillir les paroles qui devaient décider de sa destinée.

« Bussière ! Bussière ! Si vous m'avez aimée…

— Aimée ! » fit le mourant presque dans un cri.

Ce mot le galvanisait peut-être. Quelque chose comme un éclair brilla sous ses paupières. Mais tout s'éteignit aussitôt.

« Bussière ! la vérité !… Comment cela s'est-il fait ?

— Ah ! oui… Aimée… Ma foi, c'est M. Trencavel…

— Il vous a attaqués ?

— Non pas ! Nous fondîmes sur lui… Ah ! c'est un rude jouteur…

— Il était avec ses amis ? dites ! oh ! dites !…

— Non pas !… Seul. Nous tentâmes de l'assassiner. Aimée ?… Ah ! oui… je me souviens… c'était par amour… »

Annaïs, lentement, se releva. Trencavel n'avait pas menti. Un mot sonnait à toute volée dans sa tête :

« C'était par amour ! Quoi ! songeait-elle, l'amour peut donc conduire à l'infamie ? Pauvres enfants !… »

À nouveau, elle se trouva à genoux. À nouveau, elle se pencha sur Bussière. Elle le regarda. Le blessé semblait revenir à la vie. Il se souleva :

« Madame, voulez-vous que je vous dise ? »

Annaïs, affreusement pâle, écoutait avec une suprême attention.

Bussière, nettement, prononça :

« Eh bien, épousez M. Trencavel. »

Son rire fut éclatant. Annaïs eut un gémissement et cacha ses yeux de ses mains. Tout à coup, le rire s'arrêta… Annaïs laissa retomber ses mains et vit que Bussière venait d'expirer.

Il est probable qu'Annaïs demeura longtemps agenouillée près de Bussière car, lorsqu'elle se releva, ses yeux tombèrent sur le quatrième cierge et elle s'aperçut qu'il était déjà consumé d'un pouce. L'homme de la chaumière l'avait allumé : c'était un simple devoir d'hospitalité… Annaïs laissa sa bourse à l'homme à condition qu'il irait chercher le prêtre du plus prochain village, afin que les quatre ennemis unis dans la mort fussent dignement enterrés, et elle rentra à Paris.

Sauf des cousins éloignés, épars un peu partout par le royaume, ni Fontrailles, ni Chevers, ni Liverdan, ni Bussière n'avaient de parents.

Le lendemain, elle fut seule à se trouver au rendez-vous funèbre.

Quand tout fut fini, Mlle de Lespars vit près d'elle un gentilhomme. Il lui sembla alors qu'il l'avait accompagnée depuis Paris et qu'il s'était toujours trouvé près d'elle pendant la marche au cimetière. Ce gentilhomme était sobrement vêtu.

« Monsieur, dit-elle, êtes-vous donc un ami de ces quatre gentilshommes ?

— Non, madame, fit l'inconnu.

— Étiez-vous de leurs ennemis ?

— Pas davantage. Mais je suis un ami de leur ennemi.

— Pourquoi m'avez-vous escortée ?

— Parce que cet ami dont je vous parle n'a pas osé le faire lui-même et m'a prié de le remplacer.

— Quel est cet ami ? fit Annaïs d'un ton bref.

— C'est M. Trencavel… »

Annaïs eut un geste de colère.

« Qui êtes-vous, monsieur ? reprit-elle.

— Madame, je suis le comte de Mauluys.

— Dites à M. Trencavel qu'il veuille bien cesser de s'occuper de moi. Je vous rends grâces, monsieur le comte, de m'avoir escortée. Mais quelque reconnaissance que je doive à votre ami, je veux pourtant garder toute ma liberté d'action. S'il est votre ami…

— Il l'est, madame. Et je suis le sien. Je ne connais pas de plus vaillante épée, de plus noble cœur…

— Eh bien, s'il est votre ami, M. Trencavel vous écoutera : dites-lui que cette protection qu'il m'impose ressemble fort à une surveillance qui me pèse.

— Je le lui ai dit, madame. Dès les débuts de sa passion pour vous, je l'ai mis en garde. Je lui ai prédit que vous l'entraîneriez à quelque catastrophe. Cependant, j'insisterai.

— Je vous remercie… Une question, monsieur le comte. Où vous ai-je vu déjà ?

— Sur la route de Fleury, madame, en ce logis écarté où vous eûtes affaire à M. de Saint-Priac. Avec Trencavel et son prévôt, j'eus l'honneur de tirer l'épée près de vous. Et ensuite, je vous escortai jusqu'à Paris, tandis que Trencavel courait prévenir vos amis du danger qui les menaçait. Ces choses sont loin déjà : elles datent de deux jours.

— Pardonnez-moi, dit Annaïs d'une voix altérée. Adieu, monsieur. J'ai pu oublier votre visage, non votre généreuse intervention. Quant à M. Trencavel... Tenez, vous avez raison : s'il persistait à se mêler de mes affaires, je l'entraînerais à quelque catastrophe... Dites-lui ! »

Elle sauta sur son cheval et partit à fond de train.

« Fille de roi ! murmura Mauluys. Pauvre fille !... »

XXI – La route de Blois

À cette époque, Richelieu habitait le palais Cardinal. Mais c'est encore à l'hôtel de la place Royale qu'il donnait ses rendez-vous secrets. C'est donc dans le même décor que nous le retrouvons, racontant au père Joseph la scène qui s'était déroulée au Louvre.

« Maintenant, ajoutait-il, Gaston n'est plus à redouter.

— Gardez-vous de le croire, dit le Père Joseph.

— Que peut-il contre moi ? gronda Richelieu.

— Il peut vous faire croire qu'Anne d'Autriche vous aime. Vous l'avez déjà cru. Vous avez écrit cette lettre insensée…

— Oui, oui, murmura Richelieu. Heureusement, nous l'avons reconquise. Et, maintenant qu'elle est brûlée…

— Oui, fit l'Éminence grise, respirant, n'y pensons plus : la lettre est brûlée… brûlée par vous… »

Pendant quelques minutes, ils demeurèrent silencieux.

« Eh bien, reprit le Père Joseph, ce que vous devez redouter, c'est un nouveau piège de ce genre. Gaston y excelle. »

Richelieu secoua la tête et soupira.

« Il faut, continua l'Éminence grise, il faut que le mariage de Gaston et de Mlle de Montpensier se fasse au plus tôt.

— Ce mariage sera un fait accompli d'ici un mois. Mlle de Montpensier est à Paris, mandée par moi.

— Bien. Mais ce n'est pas tout. Délivré de Gaston, fortement armé par l'assurance écrite que vous a remise le roi, vous pouvez, vous devez frapper de terreur la noblesse de France avant de commencer l'extermination des huguenots.

À la tête de cette noblesse indomptée se trouvent César de

234

Vendôme et son frère, le Grand-Prieur. Frappez-les. La part qu'ils ont prise à ce misérable complot de Fleury vous en donne le droit.

— Je suis résolu à demander leur tête !

— Ne tuez pas Vendôme et Bourbon, mais jetez-les dans un cachot. Voilà ce qu'il faut demander au roi. Faites-lui valoir que le mariage de Vendôme avec l'héritière des Penthièvre lui a inspiré de vastes ambitions. Quant au Grand-Prieur, Louis XIII déteste et redoute cet intrigant : il signera tout ce que vous voudrez. Et pourtant, après l'affaire de Fleury, il faut du sang. Prenez Boutteville. Son algarade sur la place Royale vous le livre. Ce n'est pas tout. Nous avons frappé Anne d'Autriche dans la princesse de Condé par l'arrestation d'Ornano. Portons à la reine un deuxième coup plus rude que le premier, en frappant la duchesse de Chevreuse.

— Elle a la vie sauve… C'est promis, dit Richelieu.

— Respectez pour le moment sa vie et sa liberté. Mais frappez-la.

— Et comment ? s'écria le cardinal.

— Comment ? reprit le Père Joseph. Vous livrerez au bourreau l'amant qu'adore la duchesse de Chevreuse !…

— Chalais ! gronda Richelieu.

— Celui qui devait vous frapper. »

Il y eut une minute de silence, puis le cardinal reprit :

« Les rapports des espions disent que la duchesse a pris la route de Blois après avoir un instant touché Fleury.

— La route de Blois, dit le Père Joseph, c'est la route de Nantes.

— Nantes, c'est la clef de la Bretagne. – Le duc de Vendôme va à Nantes. Il faut y arriver avant lui ou en même temps que lui, si vous ne voulez pas que César soulève la Bretagne. – Il faut que le roi se décide à cette démonstration. Il faut que, de sa personne, il marche sur Nantes.

— Oui ! dit le cardinal. Demain, je parlerai au roi. »

Un silence, encore, coupa cet entretien, dont l'histoire a enregistré les conséquences. Ce fut le Père Joseph qui recommença :

« Quant à la duchesse, il ne faut pas la perdre de vue. Empêchez à tout prix qu'elle ne rejoigne Chalais ou Vendôme. Il faut pour cela un espion subtil et qui ait beaucoup à se faire pardonner, Rascasse, par exemple.

— Il nous a échappé.

— Je l'ai vu, moi ! dit le Père Joseph. Je l'ai vu à Longjumeau. J'ai mis un de mes limiers sur sa piste. À cette heure, Rascasse est réfugié chez le maître en fait d'armes Trencavel. Je vais l'envoyer prendre demain matin.

— Trencavel est-il donc d'accord avec mes espions ?…

— Trencavel est isolé, dit le Père Joseph. Ayez cet homme au plus tôt. C'est lui qui a prévenu à temps Gaston, Vendôme et leurs affidés. C'est lui qui vous arrachera Annaïs de Lespars.

— Saint-Priac doit m'amener cette fille.

— Qu'il se hâte donc, qu'il se hâte ! Peut-être est-elle plus redoutable qu'eux tous ensemble. »

Le lendemain, Richelieu eut en effet un long entretien avec Louis XIII. À la suite de cet entretien, le bruit se répandit dans le Louvre d'abord, dans la ville ensuite, que le roi allait voyager.

Sa majesté avait décidé de se faire accompagner d'une importante escorte. Non seulement ses deux compagnies de mousquetaires devaient marcher avec lui, mais encore trois mille hommes d'infanterie suisse, deux mille cavaliers et douze canons devaient former l'étrange escorte. Quant au but de ce voyage, qui ressemblait si bien à une expédition, il était ignoré.

Nous devons maintenant revenir à Louvigni. On a vu que, après une crise de rage et de désespoir Louvigni revint enfin à lui. Il faisait alors nuit depuis longtemps.

« Quelle heure est-il ? demanda-t-il à son valet.

— Douze heures viennent de sonner…

— Minuit ! murmura Louvigni en passant la main sur son front. Il faut pourtant que, tout de suite, je voie le cardinal. Aide-moi à m'habiller… »

Richelieu reçut, à deux heures et demie de la nuit, Louvigni, qui lui apparut comme un autre spectre. D'un regard, ils se comprirent.

« Monseigneur, dit Louvigni, vous avez laissé fuir Chalais.

— C'est vrai, dit Richelieu, mais j'allais vous mander.

— Pour le saisir ! Je venais pour cela, dit rudement Louvigni. D'espion à sbire, il n'y a qu'un pas : je le franchis !

— Très bien. Partez à l'instant. Chalais est sur la route de Blois, où se rendent également la duchesse de Chevreuse et les conjurés. Voulez-vous des hommes ?

— Non. Un ordre pour franchir les portes.

— Le voici. »

Et Richelieu, de nouveau, écrivit, signa et scella un ordre :

De par le roi,

M. le chevalier de Louvigni se saisira de la personne d'Henri de Talleyrand, comte de Chalais, en quelque lieu et à quelque heure qu'il le trouve. Tous officiers des divers gouvernements apporteront assistance au chevalier de Louvigni dans le but d'aider à cette arrestation.

Louvigni plia et mit dans sa poche le parchemin sans le lire. Richelieu eut une seconde d'hésitation. Puis :

« Avez-vous de l'argent ? Prenez ce sac… Vous me le rendrez quand tout sera fini. »

Louvigni prit le sac qui contenait cinq cents pistoles. Le cardinal appela :

« Un cheval pour M. de Louvigni, dit-il. Le meilleur. »

Quelques minutes plus tard, on vint annoncer que le cheval était prêt. Richelieu essaya de relever le moral de Louvigni :

« Allez, monsieur. Songez que vous portez avec vous la justice du roi.

— Monseigneur, dit Louvigni, je porte avec moi ma haine, et cela suffit. »

Il s'élança. Un quart d'heure plus tard, il était hors de Paris. Chalais n'avait qu'une demi-journée d'avance sur lui.

Rascasse, on l'a su par le Père Joseph, avait pénétré dans le logis Trencavel à son retour de Fleury. Lorsqu'il fut entré, et fut parvenu au palier où logeait dame Jarogne, il se demanda alors s'il agissait bien selon ces règles de prudence qui, jusqu'à ce moment, avaient dirigé sa vie.

Rascasse, impressionné, allait redescendre, lorsque la porte s'ouvrit et un être long et maigre parut, un lumignon à la main, et cria :

« Or çà, les bons bourgeois paisibles ne peuvent donc plus reposer en paix ? Il est l'heure de dormir, me semble-t-il. Nunc est dormendum ! »

Rascasse, effaré de stupeur, considéra une seconde le bon bourgeois, qui portait d'ailleurs un costume des plus étranges, étant affublé d'un vieux jupon et d'un casaquin.

« Corignan ! cria Rascasse. Toujours Corignan !

— Compère, dit celui-ci, si vous voulez ne pas dénoncer ma retraite, je vous offre l'hospitalité.

— Voire. Vous êtes donc chez vous, ici ? fit Rascasse.

— Un peu, dit modestement l'ex-capucin, tandis que dame Brigitte, survenue, s'efforçait de rougir, chose à laquelle elle ne put parvenir.

— Je consens à ne pas dénoncer vos débordements, si de votre côté vous jurez de respecter ma retraite à moi ; je vais prendre mon logis chez Trencavel.

— Chez Trencavel ? s'écria Corignan. Et pourquoi chez Trencavel ? L'avez-vous vu ? Si vous le livrez, je veux ma part !

— Vous l'aurez, foi de Rascasse. Maintenant, ordonnez à cette honnête dame de me remettre la clef du logis. »

Dame Jarogne s'exécuta. Les choses ainsi arrangées, Corignan reprit son somme interrompu ; Rascasse monta s'installer chez Trencavel. Il se jeta tout habillé sur un lit.

Cet heureux état dura quelques heures, au bout desquelles il ouvrit les yeux et demeura hébété, les cheveux hérissés, la bouche grande ouverte : au pied de son lit se tenait l'exempt Cocard et, derrière Cocard, toute l'escouade des mouches…

« Oh ! fit Rascasse dans un gémissement.

— Oui ! » dit simplement Cocard.

Rascasse se leva sans demander de plus amples explications. Les gens du lieutenant criminel l'entourèrent. On commença à descendre. Arrivé au palier de dame Brigitte, Rascasse demanda :

— Et Corignan ?

— Patience, fit Cocard. Il se retrouvera, lui aussi. »

Devant la porte attendait un de ces bons carrosses à mantelets rabattus et fermant à clef, solides et rébarbatifs : des prisons qui roulent. Rascasse, dûment empaqueté entre deux sbires, fut entraîné au galop de deux vigoureux normands. Le carrosse, après un temps de course qui parut excessivement bref au prisonnier, s'arrêta. On fit descendre l'infortuné Rascasse, qui fit une grimace en se voyant devant le couvent des capucins. Un instant plus tard, on se trouva dans la cour du couvent. Cocard conduisit Rascasse jusqu'à une salle basse, bien munie de barreaux, de verrous.

Il y avait une haute et large fenêtre ouvrant sur la cour. Rascasse vint appuyer son visage aux épais barreaux et regarda la cour. Un moine sortit de l'écurie, tirant par la bride un beau cheval vigoureux, tout sellé, avec des fontes bien bourrées.

À ce moment, il vit le Père Joseph qui, sortant du cloître, venait vers lui. Le prieur entra. Rascasse claqua des dents et murmura : « Voici la mort ! »

« Rascasse, dit le Père Joseph, vous allez à l'instant monter à cheval et prendre la route de Blois. – Il y a de l'argent et des pistolets dans les fontes. – Vous chercherez et trouverez, coûte que coûte, Mme la duchesse de Chevreuse qui se rend à Blois. Une fois trouvée, vous ne la quitterez plus. Vous me ferez parvenir tous les jours un messager pour me mettre au courant de ses faits et gestes. Et, surtout, écoutez bien ceci : surtout, par tous les moyens, tous moyens, entendez-vous bien ? vous empêcherez la duchesse de se joindre à M. de Vendôme et à M. le Grand-Prieur qui l'attendent à Blois. Partez, Rascasse, il n'y a pas un instant à perdre. »

Un flot de sang monta à la tête de Rascasse.

« Avez-vous bien tout compris ? dit le Père Joseph.

— Tout, mon révérendissime ! Et surtout empêcher la duchesse de joindre les deux chefs de la conspiration.

— Pars donc, et que le Ciel te guide !... »

Quelques secondes plus tard, Rascasse, monté sur le beau cheval qu'il avait vu sortir des écuries, franchit le grand portail du couvent.

Annaïs, le lendemain de ce jour où, accompagnée de Mauluys, elle conduisit les quatre Angevins au cimetière d'un pauvre village, se trouva désemparée. Peu à peu, ces quatre jeunes gens avaient pris

239

une place dans sa vie. Cette place était vide. Elle les pleurait sincèrement comme des frères disparus. Elle songeait que tous quatre l'avaient aimée… Mais elle se disait aussi que pas un d'eux ne lui avait inspiré d'autre sentiment que celui d'une affection fraternelle.

Ce matin, elle parcourait son hôtel désert… Ses yeux tombèrent sur un anneau qu'elle portait au doigt. Elle tressaillit. Elle murmura :

« Si un danger vous menace, envoyez-moi cet anneau… »

Voilà ce qu'il m'a dit en partant… Celui qui me réconfortera, celui qui m'arrachera au danger que je trouve en moi-même plus redoutable que tous les dangers qui m'entourent, celui-là, ô ma mère, ce sera celui que vous avez aimé. »

Sa résolution fut prise à l'instant d'envoyer l'anneau à Louis de Richelieu, cardinal-archevêque de Lyon.

Au moment même, cette fille que Mlle Rose avait placée près d'elle entra.

« Madame, dit-elle, il y a dans la rue, depuis ce matin, un homme qui va et vient. Peut-être est-ce un espion ?… »

Annaïs courut à l'une des fenêtres qui donnaient sur la rue Courteau, et vit, en effet, un grand gaillard qui, la main appuyée au pommeau d'une formidable rapière, faisait les cent pas. Annaïs, qui n'avait pas reconnu le comte de Mauluys, reconnut Montariol. À quelle impulsion secrète obéit-elle ?… Sans réfléchir, elle donna l'ordre d'aller chercher l'homme. Quelques minutes plus tard, le prévôt était devant elle.

« Monsieur, dit doucement Annaïs, me connaissez-vous ?

— Trop ! dit rudement Montariol. Grâce à vous, le maître s'affaiblit. Il se rouille, madame, je vous le dis, il se rouille.

— Puisque vous me connaissez, puisque M. Trencavel vous fait garder la porte de mon hôtel…

— Moi ? balbutia Montariol. Je jure Dieu…

— Ne jurez pas, sourit Annaïs. Vous vous morfondez dans la rue pour veiller à ma sécurité. Vous devez donc accepter de me rendre un service qui assurera cette sécurité.

— Voyons le service !

— Il y a trois chevaux dans mes écuries. Vous allez en prendre un et partir pour Lyon. Vous trouverez l'archevêque-cardinal et lui remettrez de ma part l'anneau que voici.

— Madame, je veux bien partir, mais…

— Mais vous voulez prévenir M. Trencavel ? C'est ce qu'il ne faut pas.

— Madame, jurez-moi que c'est un grand service que je vous rends là ?

— Je vous l'assure de tout mon cœur.

— Eh bien !… après tout, je ne fais qu'obéir aux instructions du maître : je pars ! »

Montariol partit en effet. Le septième jour de son voyage, il entra à Lyon, et, tout de suite, demanda le chemin de l'archevêché. Louis de Richelieu fit introduire immédiatement ce messager venu de Paris. Montariol lui remit l'anneau. Le jour même, le frère du ministre et le prévôt de Trencavel se remirent en route.

En route, on causa. Louis de Richelieu apprit à apprécier la nature franche du prévôt. Mais ce qu'il apprit surtout, ce fut l'amour de Trencavel et ses exploits. En arrivant à Paris, le cardinal-archevêque de Lyon connaissait donc Trencavel comme s'il l'eût fréquenté depuis longtemps.

Une double déception attendait Louis de Richelieu et Montariol : le premier ne trouva plus Annaïs à l'hôtel de la rue Courteau ; le second ne trouva plus Trencavel à l'hôtel de Mauluys. Mais il trouva Verdure…

« Où est le maître de l'académie ?

— Parti ! grinça Verdure.

— Et M. le comte ?

— Parti ! répéta Verdure laconique.

— Parti ! Parti ! hurla Montariol dans une bordée de jurons. Parleras-tu, ivrogne ! Partis ! Quand ? Partis où ?

— Sais pas ! bredouilla Verdure.

— Mais, rugit Montariol, pourquoi es-tu resté, toi ?

— Pour finir le muscat, dit Verdure, et pour garder…

— Garder quoi ? Achève donc, ivrogne fieffé ! »

Verdure se leva et alla à un bahut. Tout son visage plissé de rides n'était qu'une grimace de jubilation. Il se tenait d'ailleurs très droit. Il riait en frappant du poing le bahut.

241

« Garder quoi ? répéta-t-il. Demande à mon sire le baron de Saint-Priac ! Demande-lui ce que je veux garder !... »

Huit jours après que Montariol eut consenti à accomplir la mission que lui confiait Annaïs, c'est-à-dire à un moment où l'archevêque de Lyon était déjà en route pour Paris, son frère le cardinal sortait de la capitale. Il avait décidé le roi à faire une démonstration sur la Bretagne. Le but du voyage était Nantes – but officiel. Une fois à Nantes, on verrait...

La Bretagne était aux mains de César de Vendôme. Le lecteur sait que le fils aîné de Gabrielle d'Estrée et de Henri IV était gouverneur de cette belle et vaste province. De plus, son mariage avec la fille du duc de Mercœur pouvait lui avoir inspiré des prétentions sur cette Bretagne isolée.

Richelieu n'eut pas de peine à prouver à Louis XIII la nécessité d'arrêter Vendôme et son frère. Au fond, Richelieu, à peine remis de l'épouvante du complot de Fleury, cherchait à se débarrasser d'un redoutable ennemi personnel.

On sortit de Paris et on prit la route de Chartres.

Louis XIII était tout joyeux. Il se redressait fièrement.

Le surlendemain on entrait dans Chartres au son des cloches. Le roi fut reçu à la porte Guillaume par les échevins de la ville, puis il s'en fut se loger en l'hôtel du gouverneur. Il y eut grand-messe et Te Deum. Après la cérémonie, le roi se dirigea vers le grand portail. Richelieu marchait près de lui, presque à la même hauteur. Lorsque le roi fut sous la porte centrale :

« Sire, dit Richelieu, c'est ici que le roi Henri III vint s'agenouiller, sur ces dalles mêmes.

— Que voulez-vous dire, monsieur le cardinal ?

— Rien que ceci : le roi Henri III vint pieds nus, un cierge à la main, revêtu d'une chemise de bure grossière. C'était le dernier des Valois. C'était un roi sans royaume. Il avait fui Paris, poussé par la tempête. Tout cela, sire, parce qu'il n'avait pas su vouloir à temps ! Parce qu'il n'avait pas pris M. de Guise au collet !... »

Louis XIII, tout pâle, écoutait cette leçon d'histoire.

— Le roi, continua Richelieu, pria Notre-Dame et les saints pour la reine, pour le royaume, pour lui-même et pour la monarchie des

Valois. Sans doute, c'était trop tard. Il se décida à faire tuer Guise. C'était trop tard, sire ! Peu après, le roi Henri III était meurtri par le jacobin. Sire ! Sire ! il y a près de vous un jacobin. Sire ! Sire ! il a près de vous un Henri de Guise qui s'appelle César de Vendôme !

— Eh bien ! par cette Notre-Dame qu'invoquait le pauvre Valois, je vous jure que je n'agirai pas trop tard, moi !

— En ce cas, sire, marchons dès aujourd'hui ! » dit Richelieu.

C'est ce qui fut fait.

Laissant sa petite armée, le roi, escorté de ses seuls mousquetaires, quitta le jour même la ville de Chartres et s'élança vers Blois.

L'archevêque de Lyon, en arrivant à Paris s'était rendu droit à la rue Courteau. Il venait d'apprendre que le roi et le cardinal, la cour et une armée avaient quitté Paris six jours auparavant. Il en éprouvait une sourde inquiétude : cet exode, dans son esprit, se rattachait aux destinées d'Annaïs. Lorsqu'il mit pied à terre devant l'hôtel, la petite porte du jardin s'ouvrit et une femme s'avança vers lui disant :

« Si Monseigneur daigne me suivre, il aura des nouvelles de celle qu'il cherche. »

Louis de Richelieu pénétra dans l'hôtel. La femme, le précédant avec respect, l'introduisit dans la salle d'honneur.

« Monseigneur, dit-elle, ma maîtresse m'a commandé avant toutes choses de vous préparer bon gîte et bonne table.

— Est-elle en sûreté ?…

— Elle a quitté Paris voilà six jours, et, lorsqu'elle monta à cheval, rien ne pouvait faire croire qu'un danger quelconque la menaçât. D'ailleurs, lorsque monseigneur sera reposé, je lui remettrai la lettre qu'a laissée ma maîtresse.

— Voyons tout de suite cette lettre », fit Louis de Richelieu.

La servante sortit, puis revint bientôt, et plia le genou pour présenter à l'archevêque la lettre déposée sur un plateau d'or. Elle ne contenait que quelques mots :

Le roi sort de Paris.

Je pense qu'il s'arrêtera à Blois. C'est donc à Blois que je vais. Monseigneur, pardonnez-moi de ne vous avoir pas attendu. Vous qui avez aimé ma mère, vous comprendrez que là où va Armand de

Richelieu doit aller Annaïs de Lespars. Si vous daignez pousser la condescendance jusqu'à prendre votre logis dans mon hôtel, j'aurai l'insigne bonheur de vous retrouver à mon retour. Ah ! monseigneur, attendez-moi, je vous en supplie, car mon âme est bien triste et j'ai besoin de votre affection paternelle.

« La malheureuse enfant ! frémit l'archevêque. Elle va à son destin. C'est Dieu sans doute qui la conduit !... » « Ma fille, dit-il à la servante. Je repars à l'instant.

— Quoi, monseigneur, sans même accepter le repas que j'avais si soigneusement préparé ?

— Ma foi, pour le repas, je l'accepte. Mais vous m'attendiez donc ?

— Depuis le départ de ma maîtresse, Monseigneur est attendu tous les jours. »

Ce que cette digne femme ne disait pas, et ce qu'elle avait ordre de ne pas dire, c'est que toutes ses délicates attentions étaient voulues et organisées par une personne qui attendait dans la pièce voisine. Cette personne, Louis de Richelieu la vit lorsqu'il entra dans la salle à manger. C'était Mlle Rose Houdart.

L'archevêque, tout en mangeant et buvant de grand appétit, examinait à loisir cette belle fille aux allures paisibles, dont l'attitude révélait cette fierté féminine qui réside dans la modestie.

« Assurément, se dit-il, c'est quelque amie de ma pauvre Annaïs, son maintien, son tact, trahissent assez qu'elle est de naissance. Mais qui est-ce ? »

« Mon enfant, dit-il à haute voix, me ferez-vous la grâce de m'apprendre à qui je suis redevable d'une hospitalité si gracieusement exercée ?

— Monseigneur, Votre Éminence le sait déjà : elle est traitée ici par très haute et très puissante demoiselle Annaïs, comtesse de Lespars.

— Oui, dit l'archevêque avec émotion. Tels sont bien les titres de cette noble fille, et c'étaient ceux de sa mère. Mais c'est de vous que je voulais parler, mon enfant.

— Monseigneur, je m'appelle Rose, et je suis la fille de dame veuve Rosalie Houdart, qui tient auberge à l'enseigne de la Belle

Ferronnière.

— Rose ! dit-il. Le nom vous sied admirablement. Rose de beauté, certes, pardonnez cette vérité à un homme qui a renoncé au monde. Mais aussi, rose de vertu, cela se voit. Je ne vous oublierai pas. Et vous-même, si jamais vous avez besoin de paroles qui bercent une de vos douleurs, si vous cherchez un cœur compatissant et ami pour y verser les peines du vôtre, venez me trouver ou appelez-moi, mon enfant. »

Le prélat s'était levé. Il ajouta en considérant attentivement la jeune fille :

« N'avez-vous rien à me dire ? »

Rose Houdart baissa la tête et devint pâle.

« Eh bien ! oui, monseigneur. Il y a une douleur dans ma vie ; car j'aime qui ne peut m'aimer… Nous ne sommes plus au temps où les rois épousaient des bergères, monseigneur. M. le comte de Mauluys est de haute noblesse et je suis de petite bourgeoisie. Vous voyez qu'il y a un abîme entre nous. »

L'archevêque demeura interdit. Un abîme : elle avait dit le mot.

« Le comte de Mauluys, murmura-t-il machinalement. Un gentilhomme angevin, si j'en crois mes souvenirs. Famille ruinée sous le défunt roi, race fière de ses ancêtres, de son blason, et qui a accepté avec orgueil la pauvreté plutôt que d'aller à la cour réclamer les compensations auxquelles elle avait droit après les sacrifices consentis pour assurer les prétentions du Béarnais… Oui, je vois maintenant quelle peut être votre douleur, le comte de Mauluys, dont vous me parlez, a gardé l'esprit de son père. Où est-il en ce moment ?

— Il est parti avec M. Trencavel pour veiller au salut de celle que vous êtes vous-même venu secourir…

— M. Trencavel ! Ce maître en fait d'armes dont m'a entretenu le brave qui est venu me chercher à Lyon ?

— C'est cela même, monseigneur.

— Mon enfant, vous avez trop grand cœur pour que je veuille vous offrir quelque banale consolation. Une fille telle que vous puise dans sa propre fierté les moyens de combattre et de vaincre une douleur aussi profonde et sincère. Recevez donc la bénédiction que je vous donne du fond de mon cœur, en suppliant le Tout-Puissant de vous rendre la paix du cœur. »

Elle se courba respectueusement sous le geste du prélat. Une heure plus tard, le cardinal-archevêque courait sur la route de Blois.

XXII – Chalais marche à sa destinée

Vaincu à Fleury, le baron de Saint-Priac, au lieu de revenir sur Paris, s'était élancé d'un galop jusqu'à Fontainebleau. Il avait la tête perdue. Après la fuite de ses sacripants, l'idée ne lui vint même pas de surveiller de loin Annaïs. Elle était en sûreté près de Trencavel et de Mauluys : cela lui suffisait pour établir plus tard le fil des recherches.

La soudaine apparition de Verdure avait peut-être déterminé, plus encore que la défaite, cet état de prostration. Verdure était vivant, très vivant ! Et alors, dans les bas-fonds de sa pensée, une sourde inquiétude se levait. Et il songeait à la lettre, la fameuse lettre que, triomphant, il avait remise au cardinal. Mais ceci était au fond de sa pensée. Ce qui dominait, c'était une haine frénétique contre Trencavel et Mauluys.

Saint-Priac, un peu calmé, reprit le chemin de Paris, et, arrivé le soir, se réfugia à l'hôtellerie du Grand-Cardinal pour réfléchir sur sa situation. Le lendemain matin, Saint-Priac se rendit au palais Cardinal. On l'attendait.

« Monsieur le baron, dit Richelieu, racontez-moi comment les choses se sont passées et n'omettez aucun détail. »

Saint-Priac, frémissant, fit un récit exact, sincère, de la scène qui s'était déroulée au Logis de l'Âne, sur la route de Chailly. Ce récit, Richelieu l'écouta avec attention.

« Ainsi, dit-il, une fois encore, vous avez été vaincu !

— Trencavel, monseigneur, Trencavel !…

— N'en parlons plus. Savez-vous ce qu'est devenue cette fille ?

— Je l'ignore, monseigneur. Mais, avant un mois, Mlle de Lespars

247

sera à moi.

— Et comment ? fit le cardinal. Vous étiez trente à l'hôtel de la rue Tourteau. Vous étiez douze sur la route de Fleury. Pour prendre une fille que vous prétendez aimer !

— Monseigneur, je serai seul !

— Seul. Prétendez-vous donc réussir à vous seul après avoir échoué en nombreuse compagnie ?

— Oui, monseigneur. Car jusqu'ici, j'ai eu tort d'attaquer Trencavel…

— Trencavel ?… Il s'agit de Mlle de Lespars.

— Trencavel, monseigneur, Trencavel ! C'est lui qu'il faut frapper ! »

Saint-Priac se rapprocha du cardinal, et, la voix basse :

« Monseigneur, je ferai ce que fait le bravo qu'on paie et qui veut frapper à coup sûr. J'attirerai Trencavel dans quelque guet-apens, la nuit, et je lui planterai ma dague dans le dos. Voilà ce que je ferai, dussé-je encourir votre mépris… »

Lorsque Saint-Priac eut disparu, Richelieu murmura :

« Maintenant, je crois que je pourrai partir tranquille… »

Trencavel, que Saint-Priac voulait assassiner, était bien près de s'assassiner soi-même. Il avait trouvé cela après la scène qu'il avait eue dans les jardins de la rue Courteau. Il était parti en se disant : « Elle m'expulse de sa vie. Pourquoi ? Parce que je lui ai tué ses quatre chers Angevins ! Tant pis pour eux et pour elle. Après tout, si cela me devient intolérable de vivre avec sa haine, quoi de plus facile que de renoncer à la vie ? »

C'est en ruminant ces idées et d'autres semblables qu'il arriva chez Mauluys, lequel écouta très flegmatiquement les doléances du jeune homme.

« Mon cher comte, dit-il, je suis résolu à suivre vos conseils et je m'en irai chercher fortune dans les pays du soleil. Demain, je partirai…

— Mon cher monsieur Montariol, dit Mauluys, rendez-nous le service d'aller vous mettre en faction dans la rue Courteau, et prévenez-nous de ce qui pourra survenir à Mlle de Lespars.

— J'y vais, dit Montariol simplement.

— Comte, balbutia Trencavel ébahi, que faites-vous ?

— Puisque vous renoncez à assurer la défense de cette noble fille, après lui avoir tué ses défenseurs naturels…

— Mais puisqu'elle me repousse !

— Insuffisante raison. Vous avez habitué Mlle de Lespars à compter sur votre bravoure et votre épée. Il vous convient de vous retirer au moment où, plus que jamais, elle a besoin de vous. Je dois donc, moi, tenir l'engagement tacite que vous avez pris de veiller sur la vie de celle à qui vous vous êtes imposé. »

Cette argumentation subtile et spécieuse amena ce que voulait Mauluys : une détente des nerfs, et surtout le renvoi du suicide à d'autres temps.

On a vu comment Mauluys s'était rendu au hameau où Trencavel avait laissé les quatre Angevins pour morts et comment il avait assisté, près d'Annaïs, à la cérémonie funèbre. Il garda pour lui les impressions de cette journée. Plus que jamais, Montariol dut monter la faction devant l'hôtel de Lespars. Verdure partagea cet honneur avec lui. Un jour vint où Montariol ne reparut pas à l'hôtel Mauluys. Trencavel jura, gronda, menaça de pourfendre son prévôt.

Un matin, le bruit se répandit que le roi allait sortir de Paris avec M. le cardinal.

« Trencavel, dit Mauluys, en regardant fixement le jeune homme, je crois que nous allons voyager. Que vous en semble ?

— Oui, oui, dit Trencavel tout frémissant. Où elle ira, j'irai ! »

Les chevaux furent préparés. Bientôt, Verdure vint annoncer que Mlle de Lespars était montée à cheval, seule. Les deux amis se mirent en selle, se rendirent à la Belle Ferronnière, où ils demeurèrent une heure, puis allèrent se poster sur le passage du cortège royal.

Lorsque tout le monde eut défilé, Mauluys et Trencavel demeurèrent derrière l'encoignure de rue où ils s'abritaient. Ils attendaient qu'elle passât – sûrs qu'elle suivrait Richelieu.

« La voici ! » fit tout à coup Trencavel.

Mauluys, avec cette magnifique insouciance qui était de la plus pure générosité, suivit son ami.

Saint-Priac ne réussit pas dans ses recherches. L'idée d'aller voir ce qui se passait rue Courteau ne lui vint pas un instant. Il rôda partout – excepté là où il avait chance réelle de trouver soit Trencavel, soit Mauluys ou Annaïs.

Le jour du départ du cardinal arriva. Saint-Priac n'avait pas osé se présenter à Richelieu. Que lui eût-il dit ? Quand il entendit les trompettes, il monta à cheval et s'en fut se placer à quelque distance de la porte Bordet. Abrité derrière un bouquet d'ormes, il vit défiler la cavalcade, il vit le cardinal chevauchant près du roi.

Quand les derniers mousquetaires furent passés, il eut un soupir de rage ; il allait rejoindre la route pour rentrer dans Paris lorsqu'il s'immobilisa soudain : là, sur cette route, à cent pas de lui, venait au pas un cavalier que, malgré le manteau, malgré le feutre rabattu sur les yeux, il croyait bien reconnaître. Bientôt, le doute ne fut plus possible.

« Triple fou ! gronda Saint-Priac écumant d'une joie furieuse. Comment n'ai-je pas compris tout de suite que si le cardinal sortait de Paris, Annaïs de Lespars le suivrait pas à pas, comme elle l'a suivi à Paris !... Oh ! mais ce n'est pas tout ! Ces deux... là-bas... oui ! c'est Trencavel ! C'est l'infernal Mauluys !... »

Saint-Priac, haletant, se lança à travers les champs, et, rejoignit l'escorte royale. Le cardinal le vit et lui fit signe d'approcher.

« Est-ce fait ? demanda-t-il à voix basse.

— Pas encore, monseigneur. Mais je les tiens tous. Avant trois jours, je vous offrirai les têtes de Trencavel et de son complice, le comte de Mauluys, et je demanderai à Votre Éminence de faire bénir mon mariage avec Mlle Annaïs de Lespars...

— Je vous donne rendez-vous à Blois...

— J'y serai, monseigneur, nous y serons tous ! »

Saint-Priac s'écarta. Le cardinal reprit son entretien avec le roi, et l'escorte disparut au loin, sur le chemin de Chartres dans un nuage de poussière.

Nous devons revenir à celui qui avait assumé le rôle d'exécuteur dans l'affaire de Fleury, c'est-à-dire à Henry de Talleyrand, comte de

Chalais. Nous l'avons vu s'élancer comme un fou, courant après la duchesse.

Chalais reprit à fond de train le chemin de Blois où il arriva le surlendemain à midi, ayant fait environ vingt-deux lieues par jour.

Il arriva désespéré à l'auberge de la Clef d'Argent. À cette auberge, on n'avait aucune nouvelle ni du duc de Vendôme, ni du Grand-Prieur, ni de la duchesse de Chevreuse.

Chalais se fit donner une chambre et demanda qu'on lui montât à dîner : depuis son départ de Paris, il avait à peine mangé. Il était résolu à reprendre le chemin qu'il venait de faire.

Le soleil était déjà bas sur l'horizon lorsqu'il monta à cheval et reprit la route d'Orléans. Il trottait rapidement. Le soleil se coucha… Chalais galopait, la tête en feu, les yeux fixés au loin dans la nuit noire.

« Holà ! hurla une voix dans la nuit. Qui vient là ?… »

Chalais était à ce moment à deux ou trois cents toises des premières maisons de Beaugency. Au son de cette voix il frémit jusqu'au fond de son être. C'était la voix de la haine. C'était la voix du désespoir. Chalais s'arrêta court. Bientôt, il distingua une ombre mouvante qui venait à lui.

« Monsieur, dit l'ombre d'un ton rude, excusez-moi. Je craignais de me heurter à vous, et je tiens à arriver intact. Passez, monsieur, passez votre chemin. »

« Cette voix ! » gronda Chalais en lui-même.

L'ombre passait… Chalais allait passer. Il n'avait rien dit encore. Mais Chalais avait les nerfs exaspérés. Chalais parla… Au moment où l'ombre passait près de lui, il grogna :

« Ah çà ! monsieur, vous n'êtes pas poli, me semble-t-il ! »

Il y eut dans la nuit un cri d'épouvantable joie, un hurlement de triomphe. C'était l'ombre.

Elle cria un seul nom :

« Chalais !…

— Louvigni !… » rugit Chalais.

Dans le même instant, tous deux, lâchant leurs rênes de bride, furent armés de leurs poignards. Les chevaux s'étaient arrêtés côte à côte, tête à queue. Chalais commença :

« C'est toi qui nous as dénoncés, hein ? Combien as-tu reçu du cardinal ? N'est-ce pas, Louvigni, que tu portes une face de traître ?

— Oui ! dit Louvigni.

— Nous l'avions deviné tous – et moi surtout. Mais je suis content que tu le dises toi-même. Je ne te cherchais pas, Louvigni… mais, puisque te voilà, je vais te tuer.

— Et moi, je vous cherchais.

— Bon ! Et pour quoi faire ? Pour me tuer, hein ?

— Je ne veux pas vous tuer, râla Louvigni.

— Bon. Et que veux-tu alors ? Demander pardon, peut-être ? Non, Louvigni, on ne pardonne pas ce que tu as fait à Fleury. Mais voyons, puisque tu ne nies pas ta félonie, puisque tu ne demandes pas pardon, puisque tu ne veux pas te battre, pourquoi me cherchais-tu ? »

Mais alors, Chalais comprit. Louvigni le cherchait pour l'arrêter. À l'instant même, Chalais frappa les flancs de son cheval. Chalais ne fuyait pas la mort : il fuyait l'arrestation. Le bond qu'il fit fut terrible : mais ce bond fut enrayé net. Dans l'instant même où le cheval se ruait, Chalais se sentit enlacé par deux bras frénétiques… C'était Louvigni !…

La secousse fut effrayante. Louvigni fut arraché de sa selle ; son bras gauche s'abattit au cou de Chalais.

Une seconde, les deux bêtes ruèrent, hennirent dans la nuit. Puis il n'y eut plus que la galopade effrénée du cheval de Chalais qui fuyait vers Beaugency : les deux hommes avaient roulé sur le sol… Alors, on entendit un hurlement, une imprécation de joie sauvage : Louvigni venait de constater que Chalais avait perdu connaissance et demeurait inerte, sa tête ayant sans doute porté sur une pierre au moment de la chute. Le cheval de Louvigni était resté sur place, allongeant le cou et soufflant…

Louvigni ouvrit les fontes de sa selle et en tira une de ces cordelettes que tout cavalier emportait toujours en campagne. Cette corde, il la coupa en deux parties avec son poignard, et, solidement, il ligota les mains d'abord, puis les pieds de Chalais. Il mit Chalais debout, l'appuya contre son cheval, et, peu à peu, le hissa… Enfin, il le jeta en travers de la selle. Alors, il saisit le cheval par la bride et il se mit en marche.

À Beaugency, tout dormait. Louvigni avisa une auberge, une modeste auberge qui lui parut suffisamment isolée. L'hôte ayant ouvert, Louvigni lui donna l'ordre de l'aider à transporter le blessé. L'hôte remarqua les cordes qui liaient les mains et les pieds de Chalais, toujours évanoui. Mais il garda ses réflexions pour lui. Dix minutes plus tard, Chalais était déposé sur un lit, dans une chambre dont la fenêtre donnait sur la route.

« Maintenant, dit l'aubergiste, que votre ami a son compte, nous allons choisir une chambre pour Votre Seigneurie. »

Louvigni, qui contemplait Chalais, se retourna alors et dit :

« Mon cher ami, comment vous nomme-t-on ?

— Panard, monseigneur, Panard, tout à votre service et au service de monsieur votre ami, ainsi que ma femme et ma servante. Je vois ce qui est arrivé. Sans doute, votre ami a dû être attaqué par les malandrins de route. Sans doute, ils l'ont lié pour mieux le dévaliser, et, sans doute enfin, Votre Seigneurie est arrivée à temps pour délivrer ce malheureux gentilhomme ? Si nous commencions par le délier ? »

Panard s'avança de deux pas vers le lit, et, dans le même instant, recula de quatre : Louvigni, d'une bourrade, venait de le repousser. Panard leva les yeux et vit une figure flamboyante.

« C'est bon, c'est bon, grelotta le pauvre homme. Je vais chercher le chirurgien.

— Allez me chercher le forgeron », dit Louvigni.

L'hôte demeura immobile de stupeur. Le forgeron ! Pour quoi faire ?

« Mon cher ami, dit Louvigni, savez-vous lire ?

— Un peu, mon gentilhomme. »

Louvigni sortit un parchemin de son pourpoint, le déplia, le posa sur la table, près du flambeau.

L'hôte s'approcha. Sans doute, il lisait mieux qu'il ne prétendait, car il blêmit. Sa lecture achevée, il murmura :

« Ainsi, ce gentilhomme serait M. le comte de Chalais ?

— Oui, dit Louvigni.

— Et vous seriez, en ce cas, M. le chevalier de Louvigni ?

— Oui. Vous comprenez, n'est-ce pas ?... Pour des raisons

connues de Son Éminence, je veux garder ici le prisonnier pendant quelques jours. Si vous tenez à votre tête, je vous engage à ne souffler mot à âme qui vive de mon arrivée en votre auberge. Si, au contraire, il vous convient de vous cravater de chanvre, c'est bien facile, vous n'avez qu'à raconter que Chalais et Louvigni sont chez vous.

— J'aime mieux me taire, dit l'aubergiste.

— Maintenant, allez me chercher le forgeron ; qu'il vienne avec une douzaine de barres de fer et de solides verrous. »

Maître Panard fila comme le vent.

Lorsque Chalais revint à lui, il demeura quelques minutes tout endolori, cherchant à rassembler ses souvenirs.

Il était déshabillé, couché dans le lit. Un instant, il se demanda : « Pourquoi ai-je la tête emmaillotée de linges ? » Puis il murmura :

« À boire… »

Une ombre s'interposa entre le jour et lui. Une voix lui dit :

« Tiens, Chalais, bois… »

Il ouvrit les yeux, et il vit l'homme qui, penché sur lui, présentait un gobelet à ses lèvres.

« Louvigni !… »

Chalais fit un effort insensé pour sauter à la gorge de l'ennemi. Mais il retomba pesamment ; il lui semblait que jamais plus il ne pourrait soulever le poids énorme de sa tête.

« Allons, fit Louvigni, tiens-toi tranquille, Chalais. Si tu remuais trop, cela pourrait retarder ta guérison ; or, tu en as pour une dizaine de jours. C'est déjà trop, comprends-tu ?… »

Chalais eut un râle de désespoir. Louvigni reprit :

« Comprends-tu ce que je vais souffrir à attendre le moment où je pourrai te remettre au cardinal ? Je tiens à te livrer en bon état, moi. Donc, du calme, ou je serai forcé de te ficeler les mains et les pieds. Allons, bois, laisse-moi te guérir, je te jure que jamais blessé n'aura été mieux soigné… »

Chalais ne put en entendre davantage, et perdit connaissance.

Louvigni sortit en fermant la porte à double tour. Il descendit dans la salle d'auberge pour prendre quelque nourriture. Lorsqu'il pénétra dans cette salle, il vit maître Panard effaré criant des ordres à sa femme, et l'unique servante non moins effarée qui allait et venait rapidement. La servante se hâtait de déboucher des flacons. Tout ce mouvement était pour servir un voyageur installé à l'une des tables de la salle. Il était seul. Mais il faisait du bruit comme quatre, criait, tempêtait, comme un grand seigneur dont l'escarcelle est pleine.

« Je connais cette figure-là, se dit Louvigni. Eh ! oui, c'est maître Rascasse. Serait-il là pour me surveiller ? »

Il s'avança, se planta devant Rascasse et dit :

« Me reconnaissez-vous ?

— Monsieur le chevalier de Louvigni ! » balbutia Rascasse.

À l'instant, il fut debout, saluant, bégayant. Louvigni regardait fixement Rascasse.

« Quand devez-vous revoir Son Éminence ? demanda-t-il.

— Mais… dès que… aussitôt que possible…

— Eh bien, fit Louvigni, vous lui direz…

— Que lui dirai-je ?…

— Rien ! » acheva Louvigni après un instant de réflexion.

Il tourna le dos. Rascasse attaqua le dîner et se mit à songer :

« Le chevalier de Louvigni à Beaugency !… Pour le compte de qui est-il en campagne ?… Il y a quelques jours encore, c'était un des fidèles du duc d'Anjou… Alors, ce serait donc après Fleury que… bon ! que m'importe Louvigni ! »

Il acheva son dîner sans crier. Puis, tout en payant, Rascasse essaya de faire parler l'hôte. Mais Panard jura ses grands dieux qu'il ne savait rien sur M. de Louvigni.

L'espion se remit donc en route et ne tarda pas à arriver à Blois. Il alla tout droit à l'auberge du château.

Une fois enfermé dans sa chambre, Rascasse récapitula sa position : en somme, il avait eu des nouvelles de la duchesse une seule fois : à Étampes. Depuis, aucun indice.

Rascasse sortit en bon badaud, se promena, tourna autour du château et de la cathédrale et, finalement, franchit le pont de la Loire. Rascasse tournait déjà depuis deux heures autour d'une idée qui, dès son départ de l'auberge, s'était présentée à lui. Cette idée prenait la forme d'un nom. Et ce nom, c'était : Marchenoir…

Qu'était-ce que Marchenoir ? Il y avait, à quelques lieues au-dessus de Blois, une belle forêt qui portait ce nom. Au midi de la forêt, il y avait un gros bourg appelé Marchenoir, non loin de la route qui allait de Châteaudun à Blois. Et Rascasse ruminait :

« Pourquoi ne serait-elle pas à Marchenoir, puisqu'elle y possède un rendez-vous de chasse ? De là, elle peut s'aboucher avec M. de Vendôme, s'il est à Blois. Elle peut fuir à son gré sur Blois, sur Orléans, sur Châteaudun, sur Vendôme, elle peut même se réfugier dans la forêt. »

Tout plein de cette idée, Rascasse rentra dans Blois, courut à l'auberge, monta à cheval et prit aussitôt le chemin de Marchenoir, où il arriva vers sept heures du soir.

Il se fit indiquer le rendez-vous de chasse et s'y rendit. Mais tout y semblait mort.

Il fit demi-tour et rentra à Marchenoir. Comme il atteignait les premières maisons, il faisait nuit. Il avisa un paysan assis sur le pas de la porte de la dernière maison de Marchenoir, c'est-à-dire la maison la plus rapprochée de la forêt. Il engagea la conversation. Et il en résulta que, moyennant un écu de six livres parisis, le cheval de Rascasse serait, pour la nuit, logé en l'étable, que Rascasse lui-même serait logé dans le grenier, et qu'en outre ledit Rascasse aurait à dîner une bonne omelette et un cruchon de vin du pays.

Ce programme s'accomplit de point en point. Rascasse, donc, ayant dîné, grimpa au grenier par une échelle extérieure.

Le sommeil ne vint pas aussi vite que l'avait espéré Rascasse. Au bout d'une heure, pourtant, il sentait ses paupières plus lourdes, lorsqu'il lui sembla entendre du bruit. Du dehors, on frappait à la porte du logis.

Rascasse était espion de tempérament. Il se trouva éveillé à l'instant même et, se penchant à la lucarne, écouta. On frappait encore, avec précaution. Rascasse entendit enfin une fenêtre s'ouvrir et quelqu'un demander :

« Qui va là ?…

— Marine ! répondit une voix le plus doucement possible.

— Bon. Je descends ! »

« Moi aussi ! songea Rascasse, palpitant. Marine ici ! Marine ! La fille de chambre de la damnée duchesse ! »

Tout en monologuant, Rascasse avait rajusté son épée, jeté son manteau sur ses épaules, et il descendait.

La salle du rez-de-chaussée donnait dans la cour par une porte vitrée. Cette porte ne fermait qu'au loquet. Rascasse l'entrouvrit et attendit. Bientôt le paysan parut. En toute hâte, il ouvrit la porte qui ouvrait sur la route et une jeune fille entra en disant gaiement :

« Bonjour, père Thibaut. Toujours alerte et solide ?

— Heu !… Mme la duchesse est-elle donc parmi nous ?

— Silence, père Thibaut, silence, fit gravement Marine, Mme la duchesse est en fuite. Et vous pouvez la sauver…

— Je lui dois tout, dit le père Thibaut, les mains jointes. Qu'elle commande, ma vie et la vie des miens sont à elle.

— Bon. Il s'agit seulement d'une lettre à porter.

— Où ?

— À Blois. À l'hôtel de M. de Cheverny.

— Connu. Donnez la dépêche. Elle va partir à l'instant.

— Songez que cela doit arriver au plus tôt !

— Le Roussot va vite. C'est une bonne bête qui a des jambes et du cœur. Devrai-je rapporter une réponse ?

— Cette nuit même. Au rendez-vous de chasse. Vous frapperez deux fois dans vos mains et vous direz : « Chalais ». Si on ne vous ouvrait pas, vous rentreriez chez vous et vous attendriez ma visite, quoi qu'il advienne. »

Marine s'éclipsa.

Rascasse s'était précipité vers l'étable où il ne resta que quelques secondes. On put entendre alors un hennissement de douleur. Puis une ombre grimpa rapidement à l'échelle.

C'était Rascasse qui réintégrait le grenier. Cependant, le père Thibaut se dirigeait vers l'étable, d'où il fit sortir le Roussot.

Alors, il eut une sourde imprécation. Le Roussot n'avait plus de jambes – du moins, plus de jambes pour la course. Le fait est qu'il boitait terriblement et semblait incapable de faire vingt pas. À la lueur du falot qu'il avait allumé, Thibaut examina la bête et ne découvrit rien. Ce fut le lendemain seulement, au plein jour, qu'il aperçut enfin la toute petite blessure : le tendon du jarret de droite

257

était coupé…

Le père Thibaut, donc, rentra dans l'étable son cheval boiteux et, quelques minutes, demeura abasourdi comme par un malheur imprévu. Ce premier moment passé, le père Thibaut haussa les épaules : son regard venait de tomber sur le cheval de Rascasse !…

Il se mit incontinent à seller le cheval de Rascasse et le tira par la bride dans la cour. Là, il s'arrêta, effaré, en voyant le voyageur qui descendait l'échelle.

« Ouf ! dit Rascasse en atteignant le sol. M'y voici. Que diable faites-vous donc, mon cher hôte ? Vous m'avez réveillé. Tiens ! Vous allez donc voyager ?

— Non… c'est-à-dire… balbutia le pauvre homme.

— Oh ! cria tout à coup Rascasse, mais vous vous êtes trompé ! Vous prenez mon cheval !… Ma foi, puisque le voilà tout sellé, je vais continuer ma route vers Châteaudun. »

Le brave paysan demeura atterré.

« Monsieur, dit-il, un mot… Vous allez à Châteaudun ?

— Et de là à Chartres. Et de là à Paris.

— Voulez-vous retarder votre voyage de quelques heures ? Me prêter votre cheval jusqu'à demain matin ?

— Retarder mon voyage ? Oui, mon cher hôte. Mais vous prêter mon cheval ? Jamais.

— Vous consentiriez à retarder votre voyage ?

— Mon Dieu oui. Pourvu toutefois que je puisse repartir le lendemain dans la journée.

— Vous partirez demain matin, monsieur. Consentiriez-vous à sauver quelqu'un qui est en danger de mort ?

— On est chrétien ! dit fièrement Rascasse. Et si je ne dois rien risquer…

— Rien. Que d'aller porter une dépêche à Blois et me rapporter à moi la réponse…

— Et vous dites que cela sauverait quelqu'un de la mort ?

— Oui, monsieur, je vous le jure !

— Il ne sera pas dit que j'aurai laissé périr un chrétien pour éviter quelques lieues à mon cheval et une fatigue à moi-même. »

Thibaut lui remit la lettre en le comblant de bénédictions et en lui indiquant avec exactitude où se trouvait l'hôtel de Cheverny. Rascasse, donc, remonta sur son cheval et prit aussitôt la direction de Blois. Son cœur bondissait. Il tenait la duchesse de Chevreuse et, tout en galopant, se répétait ces paroles du Père Joseph : « Empêchez à tout prix la duchesse de se joindre au duc de Vendôme ! » Des rêves de fortune et de gloire hantèrent sa cervelle matoise.

Il arriva à Blois et se rendit tout droit à son auberge. Tranquillement, il fit sauter le cachet de la missive qu'il devait porter à l'hôtel de Cheverny.

La lettre était ainsi conçue :

Je suis à Marchenoir. Il est essentiel que je vous voie au plus tôt. Êtes-vous à Blois ? Si non, Cheverny vous dira la teneur des présentes. Si oui, où dois-je vous retrouver ? Faites-le savoir au porteur, en qui vous pouvez avoir confiance. Où est Chalais ? Pauvre Chalais ! Comment le prévenir ? Adieu, mon cousin. J'attends avec impatience le retour de mon messager. Des nouvelles, vite : j'ai un nouveau plan.

MARIE

Rascasse, ayant lu et relu, s'assit à la table et écrivit à son tour :

Très Révérend Père,

J'ai découvert la bête sur laquelle il vous a convenu de me lancer. Elle est gîtée à trois cents toises du bourg de Marchenoir, près de la forêt, dans un rendez-vous de chasse. Je vais entrer dans la maison et je vous réponds de la garder à vue. Elle cherche à correspondre avec les personnages éminents que vous m'avez désignés. J'intercepte ses lettres. Je vous prie humblement, mon Très Révérend Père, de daigner réparer les brèches que j'ai faites au sac de pistoles.

Je suis, Monseigneur, de Votre Révérence, le très humble, très dévoué et, j'ose le dire, très adroit serviteur.

RASCASSE

Rascasse quitta l'auberge comme minuit sonnait et, à pied, courut au château, où il fit un tel vacarme devant la porte qu'on le fit entrer au poste.

Là, il demanda qu'on réveillât aussitôt le gouverneur du château, lequel, ayant su qu'il avait dans la cour carrée un messager du cardinal, se hâta de descendre. Rascasse lui exhiba le parchemin qu'il avait trouvé dans les fontes de son cheval, près du fameux sac.

« C'est bien, dit sèchement le gouverneur, après avoir lu. Que vous faut-il ?

— Un cavalier pour porter cette dépêche à Paris, sur-le-champ ! dit Rascasse. Et qu'on fasse diligence !

— Un messager pour Paris ! » ordonna le gouverneur.

Dix minutes plus tard, un cavalier emportait à toute bride la lettre que Rascasse venait d'écrire. Quant à celle de la duchesse, l'espion l'avait soigneusement pliée et cachetée dans une poche de son buffle. Il courut alors à l'auberge du Château, y reprit son cheval et s'élança vers l'hôtel de Cheverny, qu'il connaissait très bien. Là, nouveau vacarme. Si bien enfin qu'un suisse majestueux et rouge lui ouvrit et le fit entrer. Rascasse demanda à être conduit à M. de Cheverny. Il ajouta qu'il arrivait à franc étrier avec un message de la duchesse de Chevreuse.

Bientôt, Rascasse se trouva en présence d'un jeune gentilhomme, cousin de Cheverny, lequel était en voyage. Mais Cheverny, en partant, avait mis à la disposition des fils de Gabrielle son hôtel de Blois et le beau château qu'il possédait près de Vendôme… Le cousin, donc, représentait Cheverny. C'était le vicomte de Droué, vingt-deux ans, plus ou moins féru de la jolie sirène qu'était la duchesse de Chevreuse.

« Monsieur, dit-il, je suis le vicomte de Droué. Je remplace Cheverny, qui a dû partir.

— Monsieur le vicomte, je suis Rascasse, homme de confiance de Mme la duchesse.

— Bon, fit le vicomte, vous êtes chargé d'un message ?

— Message verbal, monsieur le vicomte. Mme la duchesse s'est arrêtée à quatre lieues de Blois…

— Où cela ? fit vivement le jeune homme.

— Mme la duchesse a oublié de m'autoriser à le dire. »

Le vicomte parut apprécier la réponse :

« Bien, mon ami. Dites votre message, maintenant.

— Eh bien, monsieur le vicomte, Mme la duchesse demande où elle doit rejoindre Mgr de Vendôme. Elle désire vivement éviter d'entrer dans Blois.

— Dites-lui qu'elle s'en garde bien. Dites-lui qu'on nous signale l'arrivée d'un espion du cardinal, venu sans doute pour la guetter… Ajoutez que M. le duc de Vendôme l'attend avec la plus vive impatience au château de Cheverny.

— Château de Cheverny. Très bien. Elle y sera demain.

— Merci, mon brave, fit Droué. Prenez ceci, ajouta-t-il en offrant cinq ou six doubles pistoles à Rascasse, et veuillez lui dire encore que le vicomte de Droué sera heureux de la voir et de mettre son épée à sa disposition. »

Quelques minutes plus tard, Rascasse reprenait le chemin du château et se faisait encore annoncer au gouverneur.

« Quoi encore ? grommela celui-ci pour sauver sa dignité.

— Il me faut un deuxième messager pour Paris. »

Le gouverneur ouvrit la fenêtre de sa chambre et hurla :

« Un autre cavalier pour Paris ! – Donnez votre dépêche, ajouta-t-il.

— Je vais l'écrire, monseigneur », dit Rascasse.

Il écrivit en effet, à la table même du gouverneur, et scella sa dépêche qui, cette fois, contenait ces seuls mots :

Mgr de Vendôme est au château de Cheverny.
RASCASSE

Au moment d'écrire la suscription, Rascasse hésita un moment. Puis, prenant une décision, il écrivit :

À Son Éminence Mgr le cardinal, duc de Richelieu, au palais Cardinal.

Les larges traits lumineux de l'aube naissante commençaient à blanchir le zénith, lorsque Rascasse arriva devant le rendez-vous de chasse ; il frappa deux fois dans ses mains et prononça : « Chalais ! »

Tout aussitôt, l'un des volets s'ouvrit. Rascasse attachait son cheval au tronc d'un arbuste et fouillait dans ses fontes.

« Est-ce vous, père Thibaut ? dit une voix.

— Oui. Hâtez-vous », murmura Rascasse.

Marine entrebâilla la porte ; au même instant, elle demeura pétrifiée : à deux pouces de son joli visage s'ouvrait la gueule d'un pistolet, prêt à cracher la mort.

« Un mot, dit Rascasse, un geste, et je tire ! Je ne vous veux aucun mal, ni à vous, ni à votre maîtresse. Au contraire, je viens la sauver. Me reconnaissez-vous ? »

Marine fit signe que, en effet, elle reconnaissait l'espion.

« Tranquillisez-vous, reprit Rascasse. Aujourd'hui, je ne suis plus au cardinal, et je viens pour sauver votre maîtresse. Où est-elle ? »

Marine leva la main vers le plafond.

« Elle est seule, là-haut ?

— Oui ! »

Alors, Rascasse se jeta sur Marine. Il y eut une courte lutte, après laquelle, la soubrette se trouva bâillonnée au moyen d'une écharpe. Puis Rascasse lui attacha les mains et les pieds.

Il sortit, fermant la porte à double tour et s'engagea dans l'escalier qui menait en haut de la maison. Rascasse ouvrit l'unique porte donnant sur le palier et cria :

« Madame, je vous supplie de ne pas me forcer à vous tuer ! »

La duchesse de Chevreuse était là, attendant que Marine lui amenât Thibaut. Au moment où la porte s'ouvrit, elle écrivait. Entendant le bruit, elle se retourna et vit l'espion qui, ayant jeté son adjuration, braquait sur elle son pistolet. La duchesse repoussa l'escabeau sur lequel elle était assise et, pourpre d'indignation, marcha sur Rascasse.

« Allons donc, maraud ! Votre maître perd donc la tête qu'il en arrive à faire menacer de mort une Rohan-Montbazon ?

— Madame, dit Rascasse, un pas de plus et je tire. D'ailleurs, mieux vaut encore la balle d'un pistolet que la hache du bourreau ! »

La duchesse recula, pâle comme une morte. Ce n'était pas devant le pistolet qu'elle reculait, c'était devant le mot terrible.

« La hache du bourreau ! À moi ! gronda-t-elle.

— Eh ! madame, vous êtes Rohan-Montbazon, c'est vrai. Mais vous avez joué à Fleury une partie que vous avez perdue. Résignez-vous à payer. J'ai quinze hommes avec moi, madame.

— Que voulez-vous ?

— Vous sauver peut-être, madame ! dit Rascasse. Je vous arrête, au nom du roi dont j'ai mandat que voici ! Mais, en vous arrêtant, je vous donne peut-être le seul moyen qui vous reste de faire votre paix avec le cardinal.

— Jamais ! dit Marie de Chevreuse.

— Si ce n'est avec Son Éminence, fit l'espion, ce sera du moins avec Sa Majesté. Tenez, madame, je suis bien peu de chose, mais je connais les affaires de ce temps. Voulez-vous que je vous dise où en sont les vôtres ? Écoutez, madame : Mgr le duc d'Anjou, d'ici peu, va s'appeler duc d'Orléans…

— Jamais ! reprit la duchesse sans s'apercevoir que déjà elle discutait avec Rascasse. Jamais Monsieur n'épousera Mlle de Montpensier.

— Il s'est soumis, madame. Quel intérêt aurais-je à vous mentir ? Il a imploré son pardon et, tenez, madame, c'est lui qui a dit : « Si la duchesse a fui Paris, on la trouvera, soit au bourg de Marchenoir, soit au château de Cheverny… »

— Le château de Cheverny, murmura la duchesse.

— Oui, madame, le château de Cheverny, dans lequel, à l'heure où je vous parle, messieurs de Vendôme et de Bourbon sont cernés par une nuée de gens d'armes, comme ce rendez-vous de chasse est cerné par une nuée de gens de police.

— C'est bien, monsieur, je me rends ! »

Rascasse remit le pistolet à sa ceinture.

« Pouvez-vous me dire ce qui est advenu des autres seigneurs compromis en cette affaire ?

— Oui, madame. Depuis trois jours, on fait perquisition dans plus de vingt hôtels à Paris ; plus de deux cents ordres d'arrestations ont été expédiés notamment en Touraine et en Anjou. Enfin, une armée s'apprête à marcher sur Nantes. »

La duchesse était atterrée. Il faut d'ailleurs noter que ces derniers renseignements, parvenus à Rascasse en cours de route, étaient parfaitement exacts.

« Un seul a échappé jusqu'ici à toute recherche, ajouta-t-il.

— Et c'est ? haleta Marie de Chevreuse.

— C'est M. le comte de Chalais. »

La duchesse de Chevreuse baissa la tête :

« Je vous remercie, monsieur.

— Madame, ajouta le petit espion, je pousse le respect jusqu'à laisser mes hommes cachés aux abords. À Dieu ne plaise qu'une aussi illustre personne soit exposée à l'infâme curiosité de ces drôles. De votre côté, madame, je vous supplie de me rendre ce respect possible en vous abstenant de toute tentative de fuite.

— Je ne tenterai rien, monsieur, dit la duchesse avec hauteur. Veuillez sortir ! »

Rascasse salua profondément et obéit.

XXIII – Royale parole

Il est utile qu'on sache maintenant ce que devenaient précisément les deux messagers de Rascasse : l'un adressé au Père Joseph et relatif à la duchesse de Chevreuse ; l'autre, envoyé au cardinal, pour lui faire savoir que le duc de Vendôme s'était réfugié au château de Cheverny. Ces deux cavaliers trottaient vers Paris. Seulement, le premier avait pris par Chartres et le second par Orléans.

Il advint que le premier (chargé de la lettre au Père Joseph) eut à traverser un petit bois. Une détonation retentit, une balle vint le frapper à la tête. Le pauvre garçon vida les étriers, s'abattit. Alors, apparurent trois ou quatre malandrins de route, l'escopette au poing. En un clin d'œil, le messager fut dépouillé et les malandrins disparurent, emmenant le cheval. C'est pourquoi la dépêche de Rascasse ne parvint jamais au Père Joseph.

L'autre cavalier, donc, passa par Orléans. C'était un grand gaillard vieilli sous le harnais, déjà grisonnant, ne tenant à rien en ce pauvre monde. Comme c'était un vieux routier que l'enthousiasme n'étouffait guère, il ne fit pas de fortes étapes, et arriva à Paris le surlendemain du départ de Son Éminence et de Sa Majesté. Là-dessus, il dut, après un repos de deux heures, se remettre en selle et courir après l'Éminence – et cette fois à franc étrier.

On a vu que le cardinal de Richelieu, arrivé à Chartres, avait décidé Louis XIII à pousser tout de suite en avant sur Blois et Nantes. Laissant donc sa petite armée continuer les étapes régulières, le roi, escorté de ses mousquetaires gris et de ses mousquetaires noirs, avait pris le chemin de Blois.

Quand on fut près de cette ville, on dressa les tentes autour d'un hameau appelé La Madeleine.

Ce hameau était à une lieue à peine de Marchenoir !… D'un temps de galop, Rascasse eût pu rejoindre le cardinal !…

« Messager pour Son Éminence ! » cria une voix.

Le cardinal lut la dépêche, la ligne tracée par Rascasse, et il pâlit. Puis il manda deux ou trois de ses espions les plus habiles. Il écrivit une courte lettre qu'il remit à l'un d'eux, auquel il donna des instructions spéciales. Les espions partirent. Bientôt tout dormait dans le camp des mousquetaires.

Voici les quelques mots que contenait la lettre remise par Richelieu à l'un de ses espions :

Vous pouvez avoir toute confiance en l'homme qui vous remettra cette dépêche. Cet homme vous parlera en mon nom. Je ratifie ce qu'il pourra vous dire.

Cette lettre était signée d'une sorte de monogramme incomplet : deux R dos à dos et unies par un trait d'union. Les espions, montés sur de bons chevaux, s'étaient envolés vers le château de Cheverny. Au matin, vers neuf heures, deux d'entre eux reprirent la route du camp royal : ils savaient tout ce qu'il y avait à savoir sur Cheverny : Vendôme était là. Le Grand-Prieur aussi. Et M. de La Valette. Autour d'eux, une cinquantaine de seigneurs de la province étaient accourus.

Ces nouvelles étaient exactes. Au château de Cheverny. César de Vendôme écoutait, notait, approuvait, promettait. Une fièvre d'ambition le dévorait. Quant à son frère, le Grand-Prieur, s'il écoutait avec autant d'attention, il parlait beaucoup moins et réfléchissait davantage.

C'est à ce moment qu'un laquais vint le prévenir qu'un bourgeois de la ville de Vendôme avait une importante communication à lui faire.

Le Grand-Prieur fit entrer le bourgeois dans une petite salle écartée où il le rejoignit bientôt.

« Qu'avez-vous à me dire, demanda-t-il froidement.

— Monseigneur, dit l'homme, je ne suis pas un bourgeois de

Vendôme, je suis l'un des espions attachés au service de Son Éminence le cardinal de Richelieu. Vous pouvez me faire tuer, monseigneur ; mais, si je meurs, vous ne saurez pas les choses intéressantes que j'ai à vous dire. »

Antoine de Bourbon hésita. Puis, tout à coup :

« Vous venez de la part du cardinal ? »

L'espion, alors, tira de son pourpoint la lettre qui l'accréditait ; et, ployant le genou, la présenta au Grand-Prieur, qui la lut rapidement. Il était pâle. Une seconde, il prêta l'oreille au murmure des voix qui parvenaient jusqu'à lui : les conjurés discutaient âprement sur la mort du cardinal !

« Parlez, dit Antoine de Bourbon. Qu'avez-vous à me dire ?

— Rien que ceci, monseigneur : l'escorte royale est campée au village de La Madeleine. Ce soir Son Éminence, accompagnée seulement de quatre gardes, s'avancera jusqu'à mi-chemin de Vendôme. Le cardinal sera à six heures en avant de Selommes. Je suis chargé de vous assurer qu'aucune entreprise ne sera tentée contre vous, si vous venez. Son Éminence veut faire sa paix avec vous, monseigneur. Que dois-je répondre ?

— Le cardinal sera escorté de quatre gardes ?

— Oui, monseigneur.

— Eh bien, dites-lui que j'irai. Que j'irai seul. »

Le Grand-Prieur était brave. Il tint donc parole, et, le soir venu, monta seul à cheval pour courir au rendez-vous qu'il avait accepté. Le cardinal tint parole, lui aussi : il vint avec quatre gardes seulement.

Comme dix heures sonnaient à l'église de Selommes, le cardinal s'avança sur la route de Vendôme. Derrière lui, à dix pas, marchaient quatre cavaliers. À deux cents pas de la dernière maison de Selommes, Richelieu s'arrêta. Presque aussitôt, une ombre se profila sur la route. C'était le Grand-Prieur Antoine de Bourbon. Il s'avança, s'arrêta à deux pas du cardinal, et dit :

« Me voici prêt à vous écouter, monsieur… »

Le cardinal répondit :

« Je suis heureux de vous voir, monsieur le grand amiral… »

Bourbon chancela. Le coup était rude. Car les coups de fortune sont quelquefois plus difficiles à supporter que les catastrophes. Grand amiral ! C'est-à-dire une charge qui valait douze cent mille livres ! C'est-à-dire une puissance dans le royaume ! Une minute, il demeura suffoqué. Si bien que Richelieu continua :

« Remettez-vous, et dites-moi si ce titre de grand amiral ne sonne pas mieux que le titre de Grand-Prieur ?

— Monseigneur, ce titre n'est pas le mien.

— Il le sera dès que vous aurez vu Sa Majesté. Mais le roi vous demandera soumission pleine et entière.

— Je suis prêt à la jurer, dit Antoine de Bourbon.

— Venez donc. »

Ce fut tout.

L'achat d'Antoine de Bourbon fut consommé en quelques minutes. La promesse de l'amirauté l'écrasait. Ils se mirent en route, chevauchant côte à côte. Il est à remarquer que le Grand-Prieur ne soupçonna pas une seconde qu'il pût aller à un traquenard.

On arriva au camp de La Madeleine. Richelieu entra dans la tente royale, tenant le Grand-Prieur par la main, et disant :

« Sire, voici l'un de vos meilleurs sujets, des plus nobles par la naissance et le cœur : il vient voir Votre Majesté. »

Antoine de Bourbon s'était incliné. Le roi le toisa un instant et dit :

« Parlez, monsieur, je vous écoute.

— Sire, dit le Grand-Prieur en homme sûr que toute cette scène allait se terminer par une embrassade générale, je supplie Votre Majesté de croire que ni mon frère ni moi n'avons jamais eu dessein de l'offenser. Si quelques dissentiments se sont élevés entre M. le cardinal et nous, je prie Son Éminence de les oublier, l'assurant qu'elle n'aura désormais en nous que de chauds partisans de sa politique.

— En ce qui me concerne, dit Richelieu, tout est oublié, même le nom de Fleury. »

Le roi garda quelques instants le silence, puis demanda, d'un ton glacial :

« Ainsi, c'est votre soumission que vous nous offrez ?

— Oui, sire. Soumission franche et entière.

— À quelles conditions ? fit le roi.

— Ah ! sire, dit-il, ce n'est pas à moi de dicter des conditions ; monsieur le cardinal vous a dit : « Voici l'un de nos meilleurs sujets ! » J'ajoute, moi : le plus dévoué…

— Oui, dit Louis XIII avec une terrible obstination, mais à combien estimez-vous ce dévouement ? »

Le cardinal intervint :

« Sire, j'ai touché un mot à M. le Grand-Prieur de la haute et noble récompense qui lui est destinée…

— Ah ! ah ! fit Louis XIII. En ce cas, tout est bien.

— Sire, je supplie Votre Majesté de croire que je suis tout à fait d'accord avec M. le cardinal.

— Bien, bien. Vous reprendrez donc, dès demain, votre place en notre cour !

— Je m'y engage, sire.

— Oui, mais vous engagez-vous à dissiper ce rassemblement de hobereaux qui se tient au château de Cheverny ?

— Ces hobereaux, sire, ne demandent qu'à se faire tuer pour Votre Majesté et pour Son Éminence. Puisque le roi le veut, ils regagneront leurs terres dès demain matin.

— Ah ! s'écria le roi avec satisfaction, voilà donc qui va bien. Je vous remercie de la bonne parole que vous allez répandre parmi tous ces loyaux et fidèles gentilshommes. »

Le Grand-Prieur s'inclina profondément.

« À propos, monsieur, dit Louis XIII, et votre frère ?

— Sire, dit Antoine de Bourbon, il va sans dire que les engagements pris par moi sont ratifiés par le duc de Vendôme.

— J'entends bien. Mais comment ratifiés ? Votre frère est le chef du vaste complot dirigé contre moi et le cardinal, depuis que Gaston est réconcilié avec nous. Vous ne venez qu'en deuxième lieu. Je veux entendre le chef du complot me promettre à moi-même sa soumission.

— Sire, des paroles si dures après tant de bienveillance…

— Eh, non ! fit le roi. Je vous parle sans fard : toutes vos promesses à vous, et toutes celles que M. le cardinal a pu vous faire en mon nom, je les tiens pour non avenues si le duc de Vendôme ne vient pas en personne m'assurer de son amitié, de sa fidélité, de son dévouement ; comprenez-vous ? »

« Oh ! oh ! gronda Antoine de Bourbon, je crois qu'on veut attirer mon frère dans un guet-apens. » « Sire, reprit-il en se redressant, je ne puis que vous promettre l'adhésion de mon frère à tout ce que j'ai eu l'honneur de vous exposer. Quant à sa présence ici, pardonnez-moi, sire. César est défiant. Je ne puis vous promettre la venue de mon frère que si Votre Majesté me donne assurance formelle pour lui.

— Eh bien, dit Louis XIII, allez, et ramenez-moi votre frère. Je vous donne ma royale parole qu'il n'aura pas plus de mal que vous-même. »

Antoine de Bourbon eut un soupir de joie profonde. Tout soupçon disparut de son esprit. Il partit en se demandant quelle magnifique prébende on allait donner à son frère.

Ce fut une étrange scène que celle qui se déroula le lendemain matin au château de Cheverny. Dans la salle d'armes, une cinquantaine de seigneurs étaient rassemblés. César de Vendôme se leva pour parler, et il se fit un lourd silence.

« Messieurs, dit-il, je vous annonce que je vous trahis…

— Si c'est vrai, gronda une voix, vous ne sortirez pas d'ici vivant.

— Messieurs, c'est vrai ! dit César de Vendôme. On a promis à mon frère l'amirauté de France. Que ne me donnera-t-on pas, à moi ! Messieurs, je suis résolu à monter à cheval, à l'instant ; je me rendrai auprès de Sa Majesté, à qui je ferai ma soumission, et, en même temps, je lui apporterai l'hommage de votre dévouement à vous tous. »

Ce fut d'abord un sourd murmure. Puis un cri terrible :

« À mort !…

— Silence ! cria Vendôme. Messieurs, je vous remercie du cri de mort que vous venez de lancer contre moi ; car vous venez de me prouver que je puis compter sur vous jusqu'au bout. Messieurs, il est vrai que mon frère a vu le roi cette nuit ; il est vrai que je vais me rendre, moi, auprès de Sa Majesté, que je ne quitterai plus jusqu'à Nantes. Tout cela est vrai, messieurs, car c'est maintenant l'heure des résolutions suprêmes. Messieurs, je vous donne rendez-vous à

Nantes !

— À Nantes ! cria l'assemblée dans une clameur terrible.

— D'ici là, continua Vendôme, j'aurai inspiré au roi une affection et une confiance telles que le reste de l'exécution deviendra un jeu. Messieurs, vous saurez à Nantes quel jour ou plutôt quelle nuit vous pénétrerez dans le château où sera logé le roi sans aucun doute. Cette nuit-là, messieurs, c'est moi qui aurai la garde du château de Nantes ! Messieurs, jurons de mourir ensemble ou de triompher ensemble. »

Les épées sortirent des fourreaux. Les hommes saisirent leurs épées par les lames et présentèrent les poignées dont beaucoup formaient croix.

« C'est bien ! dit Vendôme après le serment. Que chacun de vous, gagne Nantes par des voies différentes et à petites journées. Chacun de vous saura, en temps voulu, le lieu, l'heure et le mot d'ordre. Maintenant, dispersons-nous. »

Dix minutes plus tard, César de Vendôme et le Grand-Prieur, sans aucune escorte, galopaient botte à botte sur la route qui conduisait au camp royal.

Il était environ midi lorsqu'ils arrivèrent au village de La Madeleine. Quelques minutes après, ils entraient au camp et se dirigeaient vers la tente de Louis XIII.

« Vos épées, messieurs ! » dit une voix calme et impérieuse.

Les deux frères sursautèrent. Ils arrêtèrent leurs chevaux.

« C'est quelque erreur », bégaya le Grand-Prieur.

César le foudroya d'un regard. Il se contint pourtant.

« Qui êtes-vous, monsieur ? demanda-t-il.

— Le capitaine des mousquetaires de Sa Majesté Louis le Treizième, roi de France et de Navarre. Maintenant, messieurs, veuillez mettre pied à terre et me rendre vos épées… »

Vendôme jeta autour de lui des regards farouches et se vit entouré d'une soixantaine de mousquetaires.

« Monsieur, reprit-il, je ne pouvais pas vous reconnaître, vous qui arrêtez un gentilhomme venu ici sous la sauvegarde de l'assurance formellement donnée par le roi. Comment pouvais-je supposer que le roi a menti ?

— Monseigneur, le roi ne ment pas. Le roi a promis de vous

traiter comme votre frère. Il vous arrête tous deux : il tient donc parole. »

C'était l'affreuse vérité. Louis XIII, habile à ménager les éclats de sa vengeance, toujours sombre, toujours ruminant quelque trait cruel, avait imaginé le misérable jeu de mots auquel le Grand-Prieur s'était laissé prendre.

Quelques heures plus tard, César de Vendôme et le Grand-Prieur étaient enfermés dans une salle basse du château d'Amboise.

Une heure après l'arrestation des fils d'Henri IV et de Gabrielle d'Estrées, deux cavaliers partaient à toute bride pour Paris.

L'un était le capitaine des mousquetaires. L'autre était M. de Bertouville, le secrétaire intime de Son Éminence. Le premier portait la dépêche suivante à la reine Anne d'Autriche :

Madame.

Je veux qu'au reçu des présentes, vous vous mettiez en route sans tarder, et que vous veniez me joindre au château de notre ville de Nantes.

Louis, Roi.

Quant à Bertouville, il portait lui aussi une lettre pour Mlle de Montpensier. En substance, le cardinal lui annonçait que le mariage projeté avec Gaston d'Anjou devait se célébrer au plus tôt au château de Nantes, et qu'elle eût à se rendre dans cette ville en faisant la plus grande diligence possible.

Mlle de Montpensier s'empressa d'obéir à Son Éminence, et à l'heure dite, elle se trouva à Nantes.

XXIV – Étonnement de Rascasse

Rascasse était toujours à Marchenoir, enchaîné à sa prisonnière, d'autant plus inquiet qu'un événement grave s'était accompli dès le lendemain du coup d'audace par quoi il avait pénétré en maître dans le rendez-vous de chasse. Cet événement, c'était la fuite de la petite Marine. Où était-elle allée ?

Rascasse, peu à peu, se sentait gagné par l'affolement. Pourquoi le Père Joseph ne lui envoyait-il ni renforts, ni argent ? La duchesse n'allait-elle pas éventer la ruse qui la faisait pour ainsi dire prisonnière volontaire ? D'autant qu'il était impossible que Marine eût abandonné sa maîtresse.

Le jour vint où César de Vendôme et son frère furent arrêtés. Le soir de ce même jour, Rascasse sortit pour aller visiter quelques collets qu'il avait placés la veille. Une heure plus tard, l'obscurité s'étant faite, il rentrait tenant par les oreilles deux lapins et méditant sur ses affaires.

Rascasse allait atteindre le logis, lorsque, dans les ténèbres, il se heurta à un grand corps tiède et tout suant, qui n'était autre qu'un cheval. Au même instant, quelqu'un lui mit la main à l'épaule. Rascasse bondit. Une voix nasilla :

« Cherche et tu trouveras, disent les livres sacrés. Bonsoir, Rascasse. En latin, bona sera !

— Corignan ! rugit Rascasse.

— Mon Dieu, oui, tout bonnement. »

Corignan raconta qu'à force d'enquêter il avait réussi à apprendre les derniers événements. Aussitôt, il avait bondi chez dame Brigitte et, rapidement :

« Notre fortune est faite, ma chère. Rascasse est à Blois où vont le roi et le cardinal. Je cours là-bas, je retrouve le drôle, je lui vole sa mission. Vite, un peu d'argent pour avoir un cheval et faire la route. »

Une heure plus tard, il galopait sur la route de Blois.

Il nous faut maintenant toucher deux mots de Marine. Arrivée à Blois vers huit heures du matin, elle courut à l'hôtel Cheverny et n'y trouva personne : après la visite de Rascasse, M. de Droué lui-même était parti pour le château de Cheverny dans l'espoir d'y voir la duchesse. La vaillante fille eut un moment de désespoir. Elle aimait vraiment sa maîtresse et avait mis dans sa tête de la sauver. À Orléans, où elle était venue deux fois avec la duchesse, elle était sûre de trouver du secours. Elle équipa donc une haquenée et, bravement, se mit en route. C'est ainsi que Marine arriva à Beaugency.

L'une des premières maisons en bordure de route était une modeste hôtellerie à l'enseigne du Dieu d'Amour. L'inévitable arriva : Marine mit pied à terre et entra dans la salle de l'auberge pour prendre quelque nourriture. Lorsqu'elle eut achevé elle vit l'aubergiste, maître Panard, qui s'approcha d'elle et la pria de le suivre, un gentilhomme désirant lui parler de la duchesse de Chevreuse. Marine suivit, le cœur battant d'espoir. Elle dissimula son malaise lorsqu'elle se trouva en présence du chevalier de Louvigni et feignit une joie empressée en retrouvant l'un des familiers de l'hôtel. Quant à Louvigni, sa nature violente l'emportait. Il était livide de haine. Il tremblait. Il bredouilla d'une voix confuse :

« Va, Marine, va dire à ta douce maîtresse que je tiens son amant et que je vais en faire cadeau à Son Éminence. »

Marine fit deux pas de retraite. À ce moment, Louvigni saisit la jeune fille par un poignet et grelotta :

« Où est-elle ? »

C'était tout son cœur qui éclatait dans ce mot. Si Marine avait parlé à ce moment, Louvigni relâchait peut-être Chalais et courait au secours de la duchesse. Marine, après ce qui venait d'être dit, se fût crue folle de parler.

Tremblante, elle répondit :

« Je ne sais pas !

« — Eh bien, rugit Louvigni, à bout de force morale, je te garde jusqu'à ce que tu parles, je te garde comme votre Chalais ! »

Et il enferma Marine sans qu'elle fît de résistance. Cette passivité venait de cette pensée qui l'illumina d'une aveuglante clarté : « Il faut que je sauve M. de Chalais !... »

Au bout de trois jours, elle fut libre, sa porte ne fut plus fermée à clef. Elle éventa le piège : Louvigni n'aurait qu'à la suivre. D'ailleurs, elle se disait avec beaucoup de sens que, maintenant, elle ne pouvait être d'aucune utilité à Mme de Chevreuse ; en effet, la détention à Marchenoir n'avait pu se prolonger ; en ce moment, ou la duchesse était libre et n'avait nul besoin de sa soubrette, ou elle était aux mains du cardinal. Chalais, au contraire, était là, près d'elle, non encore livré au cardinal. Que Louvigni mît à exécution sa menace, et le pauvre Chalais serait exécuté. Elle pouvait, elle devait le délivrer.

Quelques jours, donc, se passèrent, et les choses en étaient là, lorsqu'un après-midi Marine entendit dans l'arrière-cour, où se trouvaient les écuries et sur laquelle donnait sa fenêtre, une voix qui la fit tressaillir, une voix qui disait :

« Frotte, mon ami, bouchonne-moi cette noble bête un peu mieux, ou c'est toi que je frotterai ! Car que disent les Écritures ? Corda la corde benc castigat... »

C'était Corignan. Corignanus ipsissimus !

Il avait passé par Orléans. Arrivé à Beaugency, ayant eu soif comme par hasard, il avisa cette modeste auberge dont l'enseigne le séduisit et résolut de s'y arrêter deux heures.

Corignan aperçut Marine. Il la vit qui souriait.

« Oh ! oh ! » murmura-t-il, tout ébaubi.

Marine lui fit un signe des plus encourageants. Corignan se précipita, monta les escaliers et bientôt fut en présence de Marine qui lui dit tout de go :

« Est-ce que vous m'aimez encore, monsieur Corignan ?

— Que faut-il faire pour vous le prouver ?

— M'obéir, comme vous obéiriez au cardinal.

— Je ne suis plus à son service, dit Corignan.

— Vous voyagez donc pour le compte d'un autre ?

— Oui, dit Corignan par simple besoin de mentir, je voyage pour monseigneur Monsieur… »

Un éclair de joie passa dans les yeux de Marine et Corignan le prit pour un éclair d'amour. Il allongea ses bras immenses.

« Non, dit Marine. Vous m'embrasserez plus tard, quand vous aurez obéi. Je le jure.

— En ce cas, que faut-il faire ?

— Chercher Mme la duchesse, la trouver et lui remettre une lettre. »

Marine savait écrire. Elle écrivit ces mots :

Madame la duchesse.

M. le comte est prisonnier de M. le chevalier, en l'auberge du Dieu d'Amour, à Beaugency. Votre dévouée servante : MARINE.

Elle plia le papier de façon que Corignan ne pût l'ouvrir sans le déchirer et le lui remit.

« J'irai, dit Corignan, mais où trouver la duchesse ?

— Je l'ignore, dit Marine. La dernière fois que je l'ai vue, elle se trouvait au bourg de Marchenoir, en son rendez-vous de chasse, où elle était détenue grâce à une infâme trahison de votre ami Rascasse.

— Rascasse ! Où est-il, le drôle, que je l'évente !…

— Trouvez d'abord Mme la duchesse, dit Marine, je vous assure au nom de ma maîtresse une somme de dix mille livres… »

Ces derniers mots inspirèrent à Corignan une sorte d'admiration. Il prit la lettre de Marine et se mit aussitôt en route pour Blois.

À Blois, le premier venu lui indiqua le chemin de Marchenoir. Ce premier venu était un cavalier dont Corignan ne put voir le visage. Ce cavalier sortit de Blois en même temps que lui et le suivit. À Marchenoir, un paysan montra à Corignan la maison de la duchesse. Corignan attendit la nuit et s'en alla inspecter les abords du rendez-vous de chasse.

Tel fut le récit que Corignan fit à Rascasse, – excepté qu'il ne souffla mot de Marine et de la mission qu'il avait acceptée de si bon cœur. Et comme Rascasse insistait pour savoir comment il avait pu venir jusque-là :

« Eh ! fit Corignan, c'est le Père Joseph qui m'a dit : « Il faut aller à Marchenoir ! »

— Ah ! ah ! ma dépêche lui est donc enfin parvenue ?

— Sans doute ; cette dépêche que j'ai lue, et où vous disiez…

— Je disais ?…

— Heu !… Oui, c'est bien cela. Bref, je viens partager.

— Patience ! fit Rascasse. Alors, c'est tout ce que le Père Joseph a trouvé à m'envoyer pour garder la damnée duchesse ?

— La duchesse ! s'écria Corignan. Où est-elle ?

— Je t'y prends ! Tu disais que tu avais lu ma dépêche. »

Dans le même instant, Rascasse se rua, la tête en avant, les yeux fermés, d'un tel mouvement de boulet que, cette fois, Corignan en eût eu l'estomac défoncé, s'il n'eût fait un bond de côté. Cependant, Rascasse crut sentir qu'il atteignait quelqu'un ou quelque chose. Dans cette seconde, il fut saisi par les deux oreilles. Ahuri, il releva la tête et vit l'être qui le tenait rudement et qui, tranquillement, disait :

« Eh bien, maître Rascasse, que signifie ?

— Monsieur Trencavel ! » bégaya Rascasse, ahuri.

On a vu que le cardinal de Richelieu était sorti de Paris, attentivement suivi par Annaïs de Lespars. On a vu que celle-ci entraînait dans son orbite Trencavel et Mauluys. On a vu qu'autour de ces êtres gravitait le sombre Saint-Priac. On a vu enfin que l'archevêque de Lyon, Louis de Richelieu, subissant à son tour les forces d'attraction, s'était mis en marche.

De Paris jusqu'à Chartres, Annaïs ignora qu'elle fût suivie de Trencavel. Pendant cette période, Saint-Priac échafauda mille projets et les renversa l'un après l'autre.

À Chartres, un malheur s'abattit sur lui : il ne vit plus Trencavel et Mauluys.

Le roi et le cardinal reprirent route vers Blois, accompagnés des mousquetaires. Saint-Priac vit Annaïs qui suivait à distance. Mais quant à Trencavel et au comte, ils avaient disparu. Saint-Priac suivit, mais, dès lors, il connut la terreur de chaque instant, les tressaillements pour un buisson qui s'agite, pour un bruit de fauve dans des fourrés. Trencavel, visible, lui faisait peur. Trencavel, invisible, lui inspirait l'horreur de la mort sautant sur lui à l'improviste.

Cela ne l'empêcha pas de suivre Annaïs, et il résolut de tourner son effort sur elle seule.

Annaïs de Lespars arriva au village de La Madeleine vingt minutes après le roi ; elle vit les tentes se déployer et en conclut que le séjour allait se prolonger là un jour ou deux. Annaïs prit son gîte dans le village même de La Madeleine et surveilla les allées et venues des espions du cardinal. Deux heures après son arrivée, elle avait pu s'aboucher avec l'un de ces espions et, moyennant une somme de mille livres payées et d'une somme pareille promise, obtint d'être renseignée heure par heure sur les faits et gestes de Son Éminence.

Le lendemain matin, comme elle sellait son cheval, l'espion qu'elle avait acheté s'approcha d'elle et lui jeta ces mots :

« Ce matin, à huit heures, Son Éminence se trouvera au-dessus du village de Marchenoir, à l'entrée de la forêt, où, une demi-heure plus tard, un personnage doit le joindre. Le cardinal sera seul, sans aucune escorte. »

Puis l'espion disparut.

Annaïs n'eut pas un tressaillement. Elle devint seulement pâle. L'heure de l'action avait sonné. Elle se mit en selle et s'avança au pas sur le chemin de Marchenoir ; il n'était que sept heures, elle avait le temps.

Ce matin-là, c'était celui où César de Vendôme, au château de Cheverny, indiquait à ses acolytes qu'ils devaient tous se retrouver à Nantes et s'apprêtait à venir se faire arrêter au camp. Ce jour-là aussi, c'était celui où Corignan quittait Beaugency et, passant par Blois, se mettait en quête de Rascasse.

L'espion, après avoir jeté son avertissement à Mlle de Lespars, s'était faufilé parmi les chaumières qui composaient le hameau. Parvenu à la dernière, il entra dans une cour où cinq cavaliers se trouvaient réunis. L'un d'eux, un gentilhomme, vint vivement au-devant de l'espion.

« C'est fait, dit l'homme. En ce moment, elle est en route pour Marchenoir.

— Bon ! grogna le cavalier. Tu peux t'en aller. Le reste me regarde. Surtout, pas un mot à Son Éminence.

— Allons donc, monsieur le baron, je ne sers pas plusieurs maîtres à la fois ! Quand je suis à M. de Saint-Priac, je ne suis pas à M. de Richelieu ! »

L'espion s'en alla. Il s'en alla… droit au camp royal et se dirigea vers la tente du cardinal, où, bientôt, il fut introduit.

« Monseigneur, dit-il, j'ai donné ce matin à Mlle de Lespars l'avertissement que m'avait donné M. le baron de Saint-Priac. En ce moment, elle sort du village de La Madeleine pour aller au rendez-vous où elle espère trouver Votre Éminence. M. de Saint-Priac part de son côté avec quatre bonnes lames solides et se trouvera au rendez-vous.

— Où est ce rendez-vous ?

— Je l'ignore, monseigneur. J'ai seulement eu pour mission de dire à Mlle de Lespars qu'elle vous trouverait à une lieue du camp en suivant la route de Selommes. »

L'espion mentait : possibilité de mentir encore à Saint-Priac s'il y avait des reproches ; possibilité de jurer qu'il l'avait ménagé, etc.

« Quelles sont les intentions de Saint-Priac ? reprit le cardinal.

— Le plan de M. de Saint-Priac est d'emmener Mlle de Lespars jusqu'à Vendôme. De là, il prendra le chemin de Paris.

— De Paris ? fit le cardinal en fronçant les sourcils.

— C'est ce qu'il m'a dit, fit l'espion. Mais, moi, je sais qu'il a une chaise toute prête à prendre la route de l'Anjou. »

L'espion parti, Richelieu demeura rêveur.

« Serai-je cette fois débarrassé d'Annaïs et de Saint-Priac ? » murmura-t-il.

Dans ce même village de La Madeleine, une heure ou deux avant qu'Annaïs de Lespars eût reçu avis qu'elle trouverait le cardinal à l'orée de la forêt de Marchenoir, c'est-à-dire vers cinq heures du matin, sortirent deux cavaliers dans la direction de Blois. C'étaient le comte de Mauluys et Trencavel.

« Alors, disait ce dernier, vous allez à Blois ?

— Nous sommes partis de Paris avec vingt pistoles, disait

Mauluys. J'ai visité ma bourse hier au soir et je dois me refaire. »

Trencavel regagna au pas le village de La Madeleine, tandis que Mauluys continuait son chemin vers Blois. La première des choses que Trencavel vit de loin, ce fut Annaïs qui, après son entretien avec l'espion de Richelieu, montait à cheval. Et il se mit à suivre de loin. Pendant ce temps, par un chemin de traverse, Saint-Priac et ses quatre malandrins couraient à Marchenoir pour attendre Annaïs au piège.

Elle atteignit le bourg de Marchenoir qu'elle traversa au pas, sans s'arrêter. Lorsqu'elle fut près de l'entrée du bois, elle mit pied à terre, attacha nonchalamment son cheval à un jeune tronc de bouleau.

Dans cet instant, elle fut brusquement saisie et entraînée vers un carrosse qui stationnait sous bois. Elle se raidit d'un effort désespéré et, sans savoir pourquoi, elle cria :

« À moi, Trencavel !…

— Me voici ! » tonna la voix du maître en fait d'armes.

Annaïs et Saint-Priac eurent le même mouvement de tête vers cette voix et virent venir sur eux une tempête. Saint-Priac rugit une sauvage imprécation. Annaïs trembla.

« Tuez-le ! Tuez-le ! » vociféra Saint-Priac.

Les cinq hommes ensemble, abandonnant Annaïs, firent face. Trencavel avait sauté à terre. Aussitôt, il fut au milieu d'eux. Le choc fut insensé. Trencavel n'eut pas un instant l'idée de parer les coups qu'on lui portait. Il asséna ses coups avec l'effroyable sang-froid des minutes de mort ; un homme tomba, puis un autre, puis un troisième, puis le quatrième…

Les bras de Trencavel étaient labourés de déchirures sanglantes. À ses pieds, il y avait une mare de sang ; quatre corps se tordant parmi des convulsions et des râles.

Devant lui, le survivant haletait. C'était Saint-Priac.

Trencavel l'avait-il vu ? Avait-il obstinément refusé de le frapper ? Peut-être ! Car dans la dernière ruée de Saint-Priac, ivre de désespoir, il le saisit par le bras et tordit son poignet. L'épée s'échappa de la main de Saint-Priac. Trencavel se tourna vers Annaïs, lâcha Saint-Priac et dit :

« Je vous le donne. »

Saint-Priac se releva et fit un bond vers le carrosse qui l'attendait… Devant lui, il trouva Annaïs. Elle venait de tirer l'épée. Elle en présenta la pointe à la poitrine de Saint-Priac. Il recula et vint se heurter à Trencavel, demeuré immobile à la même place. Trencavel, alors, ramassa l'épée de Saint-Priac et la lui tendit en disant :

« Faites-vous tuer. C'est ce qui peut vous arriver de mieux.

— Je ne me bats pas avec une femme !

— Eh bien ! si vous ne vous battez pas, je vous tue, dit Annaïs. En garde, monsieur. Si vous me tuez, c'est que la morte qui est ici, qui vous regarde et me regarde, a sans doute choisi pour vous une justice plus rude. »

Saint-Priac haletait. Il tomba en garde.

Coup sur coup, il se fendit deux ou trois fois. Trencavel, immobile, était pâle comme la mort. Ce qu'il souffrit dans ces minutes fut atroce. Annaïs avait paré sans riposter, mais paré avec une telle agilité, une telle vigueur que Saint-Priac rompit d'un bond et s'apprêta à serrer son jeu d'escrime comme avec le plus redoutable adversaire.

Il prépara et mena rudement une nouvelle attaque, après laquelle il rompit encore.

« Mademoiselle, dit alors Trencavel, pas de feintes savantes avec monsieur. Si vous voulez m'en croire, un simple battement sur quarte, allez à fond et votre homme est mort ! »

Saint-Priac eut un ricanement sinistre. Presque au même instant, il se dressa tout droit, les nerfs tordus, laissa tomber son épée, puis s'abattit sur le flanc, tout d'une pièce. Le sang coulait de sa poitrine.

Annaïs avait strictement exécuté la leçon. Saint-Priac était tombé sur un coup droit à fond après un simple battement de quarte. Son épée avait roulé sur l'herbe. Il regardait Annaïs avec l'indicible épouvante de la mort. Et il la vit faire un pas. D'un mouvement de terrible mépris, elle posa son pied sur cette épée… puis il ne vit plus rien…

Annaïs jeta sa rapière. Trencavel la ramassa et la mit à son fourreau. Elle tressaillit.

« Pouvez-vous marcher ? dit-elle.

— Marcher ? fit-il avec une naïveté qui était un prodige d'énergie. Mais je n'ai été atteint qu'aux bras et à la poitrine. »

En même temps, il se raidissait pour ne pas tomber. Elle courut à son cheval, tira des fontes des bandes de toile, de la charpie et de certains onguents. Près de là passait un ruisseau clair et frais. En un tournemain, elle eut pansé les blessures.

« C'est une des choses que m'a apprises ma mère », dit-elle.

Ils s'étaient assis près du ruisseau. À vingt pas d'eux, les cinq cadavres étaient là, les uns près des autres, en des attitudes convulsées.

Annaïs, pensive, écoutait Trencavel, qui racontait sa vie... Cela leur paraissait tout naturel à tous deux. Des heures passèrent. Alors, ils remontèrent à cheval et reprirent le chemin de La Madeleine : il semblait à Annaïs que, depuis très longtemps, elle voyageait côte à côte avec Trencavel, et que ce voyage devait durer toujours. À la première maison de Marchenoir, Trencavel fut obligé de s'arrêter, ou plutôt Annaïs, qui le voyait pâlir, l'obligea à s'arrêter.

« Et Mauluys ? fit Trencavel.

— Je le préviendrai », dit Mlle de Lespars.

Il donna tous les renseignements nécessaires. Pourtant, Annaïs ne partait pas encore.

Elle prit d'abord avec le maître de la maison tous les arrangements pour que le blessé fût convenablement soigné. Ce maître s'appelait Thibaut. Vers quatre heures., Annaïs annonça à Trencavel qu'elle allait prévenir le comte de Mauluys. Elle n'avait pas fait une demi-lieue qu'elle vit venir deux cavaliers, l'un suivant l'autre à distance. Annaïs n'avait que trop de raisons de redouter une embuscade : elle se jeta dans les champs, s'abrita et attendit. Le premier trottait, silhouette haute, longue, démesurée, le nez au vent, la figure impudente. Le deuxième venait à trois cents pas. Annaïs le reconnut, s'avança sur la route et dit :

« Je vous cherchais, monsieur de Mauluys. »

Le comte arrêta son cheval, salua et dit :

« En ce cas, je vais abandonner frère Corignan que je suis depuis Blois, et j'aurai l'honneur de vous accompagner jusqu'à La Madeleine où se trouve mon ami Trencavel.

« — Frère Corignan ?

— Cet homme que vous voyez là-bas. Un espion de M. le cardinal. Il s'est heurté à moi au moment où j'allais sortir de Blois et m'a demandé le chemin de Marchenoir. Ma foi, l'idée m'est venue d'aller aussi à Marchenoir. Je suis curieux de savoir ce que cet espion va faire là…

— Monsieur le comte, dit Annaïs, puisque vous allez à Marchenoir, allons-y ensemble.

— Je suis à vos ordres ; mademoiselle. »

Ils s'avancèrent côte à côte sur le chemin qu'Annaïs venait de parcourir en sens inverse. Mauluys se taisait et semblait très occupé à ne pas perdre de vue frère Corignan. Il le vit mettre pied à terre et entrer dans une maison.

« Bon, fit-il, je le retrouverai là.

— Monsieur de Mauluys, dit Annaïs, vous ne m'avez pas demandé pourquoi je vous cherchais. Je vais vous le dire : je vous suis dépêchée par votre ami, M. Trencavel. Il est à Marchenoir, tenez, dans cette chaumière un peu écartée que vous voyez au bout du village ; il est blessé.

— En ce cas, c'est donc que vous avez été attaquée ?

— Saint-Priac est mort, dit Annaïs. Mort en combat loyal. M. Trencavel a été témoin de ce duel. Venez, comte. »

Mauluys, rêveur, suivit Annaïs en se disant qu'il se passait d'étranges choses dans cette tête de jeune fille. Seulement, il demanda si Trencavel était gravement blessé et Annaïs secoua la tête. Bientôt, ils pénétrèrent dans le logis de Thibaut. Trencavel était là, debout. Il dissimula son étonnement et sa joie en voyant revenir Annaïs.

« Messieurs, dit celle-ci, je prends gîte en ce logis jusqu'à l'heure où sera levé le camp de La Madeleine. »

Annaïs se retira dans une chambre voisine, où elle prit arrangement avec le brave père Thibaut, qui la conduisit dans une chambre non seulement bien tenue, mais encore luxueuse.

Annaïs s'étonna de voir des tapis, des fauteuils et des rideaux de soie dans une chaumière.

« C'est la chambre de Mme la duchesse, dit Thibaut ; elle est venue souvent s'y reposer.

— La duchesse ? interrogea Annaïs.

— Celle qui a fait de moi le peu que je suis, dit Thibaut avec prudence. Le malheur est que je lui dois tout et que je ne puis rien pour elle en la triste aventure qui lui arrive.

— Et que lui arrive-t-il donc ? Parlez sans crainte.

— Elle est prisonnière, dit Thibaut.

— Prisonnière ?… À Paris ?… À Blois ?…

— Non, madame. Ici, à Marchenoir.

— Et pourquoi ne la délivrez-vous pas ?

— Parce que je n'ose me fier à personne, madame, parce que le cardinal est trop près de nous. »

Au même instant, il pâlit de terreur.

« Rassurez-vous, fit Annaïs d'une voix sombre. On peut dire devant moi qu'on est l'ennemi de Richelieu.

— En ce cas, madame, je vous dirai tout. Car vous pouvez peut-être, avec l'aide de ces gentilshommes, sauver Mme la duchesse de Chevreuse.

— La duchesse de Chevreuse !… Parlez, parlez vite ! »

Le père Thibaut, alors, raconta sans réticences tout ce que nous avons nous-même raconté au lecteur.

« C'est bien, dit-elle à la fin, pouvez-vous vous procurer pour cette nuit une voiture attelée de deux bons chevaux ?

— Je m'en charge, dit Thibaut, plein d'espoir.

— Montrez-moi maintenant où est la maison qui sert de prison à la duchesse. »

De retour, après avoir examiné le rendez-vous de chasse, Annaïs entra dans la salle où se tenaient Trencavel et Mauluys.

« Messieurs, dit-elle, la duchesse de Chevreuse est prisonnière dans ce village. Mon intention est de la délivrer ce soir.

— La duchesse de Chevreuse ! dit Mauluys. Je comprends maintenant pourquoi Corignan est venu à Marchenoir. »

Le comte mit Trencavel au courant de la rencontre qu'il avait faite à Blois.

« Mais il faut nous hâter de mettre la main sur ce révérend ; par lui, nous saurons les intentions du cardinal.

— Ainsi, messieurs, reprit Annaïs, vous consentez à m'aider en cette affaire ?

— Madame, dit Mauluys, voici Trencavel qui s'ennuyait de n'avoir rien à risquer pour vous ce soir ; quant à moi, je voyage de compte à demi avec Trencavel. »

Annaïs fit un signe de tête en remerciement. Bientôt. Mauluys sortit.

Lorsque Corignan s'en vint rôder autour du rendez-vous de chasse, lorsque ayant attaché son cheval à un arbre il entra enfin en collision avec Rascasse revenant de visiter ses collets, le comte de Mauluys rentra au logis de Thibaut et dit :

« Nous avons affaire à Corignan et à Rascasse. »

Ils se mirent donc en route tous trois.

Ils trouvèrent fermée à clef la porte d'entrée, mais ce fut un jeu pour Trencavel que de l'ouvrir sans bruit. Ils se trouvèrent alors dans une sorte de vestibule obscur ; à gauche, un rais de lumière indiquait une porte derrière laquelle ils entendirent des éclats de voix. Trencavel ouvrit brusquement, vit venir à lui un projectile, étendit les mains par défensive instinctive et saisit les deux oreilles du projectile. Rascasse, après le premier moment de stupeur, se remit promptement. Quant à Corignan, il chercha en douceur à se glisser vers la porte. Mais il recula en grognant :

« Vade retro ! La petite raffinée d'honneur !... »

À ce moment, Mauluys entrait à son tour et refermait la porte. Corignan alla s'aplatir dans l'angle le plus obscur.

« Bonjour, Rascasse, dit Trencavel. Ayez l'obligeance d'aller prévenir Mme de Chevreuse dont vous êtes le geôlier…

— Je ne suis pas son geôlier ! Mme la duchesse vous dira elle-même que pas une fois je n'ai fermé sa porte. Je me suis contenté de lui affirmer que cette maison, en attendant l'arrivée de M. le cardinal, est cernée par des gens de police. »

Mauluys hochait la tête. Trencavel admira l'esprit subtil de Rascasse. Annaïs était sombre.

« Où est la duchesse ? » demanda-t-elle d'une voix brève.

Rascasse désigna le plafond. Annaïs sortit aussitôt. On entendit son pas léger et rapide sur l'escalier.

« Rascasse, dit Trencavel, si j'étais M. le cardinal, je vous donnerais la place du lieutenant criminel.

— Messieurs, dit Rascasse avec un désespoir sincère, je suis déshonoré : la capture de la duchesse de Chevreuse était mon chef-d'œuvre.

— Console-toi, Rascasse, fit Trencavel, et dis-nous comment tu l'as accompli, ce chef-d'œuvre. »

Non sans orgueil, Rascasse entreprit le récit que Corignan écouta bouche bée.

Ce récit était terminé ou à peu près, lorsque Annaïs reparut. Elle était très pâle. Elle tenait une lettre à la main. Tout de suite, Trencavel vit que quelque chose de terrible se préparait.

« Voici, dit Annaïs, une dépêche de Mme de Chevreuse. Il faut qu'elle parvienne à M. le cardinal de Richelieu ce soir. »

Mauluys s'avança et demanda d'une voix calme :

« Pouvez-vous nous dire ce que contient cette dépêche ?

— J'allais le dire, messieurs, dit Annaïs. Voici ce qu'écrit Mme de Chevreuse : « Je suis au village de Marchenoir dans une maison qui sera indiquée par le porteur de cette dépêche. Je désire m'entretenir avec M. le cardinal de quelques affaires me concernant, moi et d'autres personnes. Si M. le cardinal veut me faire l'honneur d'accepter cet entretien, il me trouvera seule. Je l'attendrai jusqu'à minuit. »

Un morne silence accueillit cette lecture.

« Mme de Chevreuse a signé, ajouta Annaïs.

— Et elle est décidée à attendre Son Éminence ?

— Mme de Chevreuse vient de quitter cette maison. Dans quelques instants, un carrosse l'entraînera vers Paris. Celle qui attendra le cardinal, c'est moi. »

« C'est ici que nous laisserons nos os ! » se dit Trencavel.

« Voici la catastrophe ! » songea Mauluys.

« Messieurs, reprit Annaïs, vous me connaissez peu ou pas. Monsieur Trencavel, vous savez la félonie du cardinal et quel crime fut commis contre Mme de Lespars. Il doit vous suffire de savoir que j'ai joué ma vie contre celle de Richelieu. Il n'y aura pas ici de guet-apens. Le duel que j'ai cherché au clos Saint-Lazare et à Fleury, je le trouve ici. M. de Richelieu viendra. Je le forcerai à se battre. Il me tuera ou je le tuerai. C'est tout. Vous ne bougerez pas.

— Madame, dit Trencavel, livide, lors de l'affaire du clos Saint-Lazare, vous m'aviez commandé, si vous mouriez, de ramasser votre épée et d'achever votre œuvre. Ai-je depuis ce jour démérité de vous ? »

Annaïs se tut. Sans doute un dernier combat se livra en elle entre des pensées ennemies. Sans doute une dernière fois l'esprit de caste entra en conflit avec l'amour. Enfin, lentement, elle releva la tête. Ses yeux se fixèrent sur Trencavel.

« C'est vrai, dit-elle simplement, vous avez le droit de venger Mme de Lespars et sa fille, si je viens à succomber. »

Trencavel, de toutes ses forces, se raidit pour ne pas crier, pour ne pas tomber à genoux.

Ce fut tout.

Corignan ouvrait des yeux énormes. Rascasse tremblait. Peut-être en lui aussi un combat se livrait-il !

Sur la physionomie convulsée du petit espion, des grimaces diverses traduisaient en force et en tragédie les sentiments qui se heurtaient dans cette âme obscure. Et ce qui se passait dans l'esprit de l'espion n'était pas moins émouvant que la marche d'Annaïs vers l'amour. Tous deux, chacun sur son plan de vie et d'action, s'étaient depuis longtemps mis en mouvement vers la lumière.

« Messieurs, reprit alors Annaïs d'une voix étrangement calme, je suis forcée d'user de subterfuge. J'ai demandé à Mme de Chevreuse d'écrire et de signer cette lettre. Le cardinal viendra sûrement cette nuit, s'il la reçoit. Toute la question est donc là : comment et par qui cette dépêche va-t-elle parvenir au cardinal ? Qui va la porter ?

— Moi », dit Rascasse.

Annaïs fronça le sourcil. Mauluys dit :

« Bravo, Rascasse !

— Madame, continua Rascasse, enchevêtrant le drame et la farce, madame, c'est moi qui ai été à Angers, envoyé par le cardinal pour surveiller Mme de Chevreuse. C'est moi qui ai annoncé à Son Éminence la mort de Mme de Lespars, empoisonnée par Saint-Priac.

C'est moi qui ai tenté de vous prendre morte ou vive au clos Saint-Lazare. C'est moi qui ai saisi la duchesse de Chevreuse. Et c'est pour effacer ces choses qui me pèsent au cœur que je vous dis : c'est moi qui porterai la dépêche. Entendons-nous, messieurs ! Je suis un pauvre diable. Mais je ne trahirais pas l'homme qui m'a payé. Un duel, je puis, moi, Rascasse, offrir cela à mon ancien maître. Une condition, pourtant. Une seule : moi aussi, je serai témoin du duel, impassible témoin. J'ai une rapière. Si le cardinal est chargé, si la crainte de vous voir blessée emporte M. Trencavel ou M. le comte de Mauluys, il faudra me passer sur le corps. Là-dessus, donnez votre lettre, je la porte.

— Bravo, monsieur Rascasse ! » répéta Mauluys.

Dix minutes plus tard, Rascasse galopait vers le camp de La Madeleine, emportant la lettre de la duchesse de Chevreuse. Comme il entrait au camp, un cavalier, suivi de deux serviteurs, y pénétrait aussi, voyageur poudreux, à la physionomie empreinte d'une profonde tristesse.

Cet homme s'arrêta devant le grand poste, où, autour d'un feu de bois, veillaient les gens de garde sous le commandement d'un officier. Le cavalier mit pied à terre et entra dans le cercle de lumière. Les reflets rouges de la flamme l'éclairèrent. Il dit à l'officier :

« Conduisez-moi à la tente de M. le cardinal. »

L'officier le regarda un instant, s'inclina avec respect et répondit :

« Je vais avoir l'honneur de vous conduire moi-même, monseigneur ! »

Lorsqu'on annonça Rascasse au cardinal, il tressaillit de joie et donna l'ordre de l'introduire aussitôt.

« Te voilà donc ! dit sévèrement Richelieu. Tu t'es rebellé, maître Rascasse !

— Je vous ai désobéi une seule fois, monseigneur : ce fut la nuit où je me refusai de me laisser occire au bas de l'escalier de votre hôtel. Pardonnez-moi, monseigneur ! Une voix me criait que ma vie vous était encore plus nécessaire.

— C'est bien, dit Richelieu ; à cause de ta dépêche sur M. de

Vendôme, je te pardonne.

— Merci, monseigneur !

— Maintenant, explique-toi. Le gouverneur du château de Blois m'a avisé qu'un espion avait envoyé deux messagers, l'un à moi, l'autre au Père Joseph. J'ai reçu ta dépêche. Que contenait celle du révérend prieur ?

— Ma dépêche du Père Joseph disait que j'avais saisi Mme de Chevreuse et qu'on m'envoyât du renfort.

— Rascasse, tu toucheras deux cents pistoles… Qu'est devenue la duchesse ?…

— Monseigneur, je la tiens encore à votre disposition !

— Et puis-je la voir ? haleta Richelieu.

— Quand vous voudrez ! »

Et, simplement, il raconta son chef-d'œuvre, comment il avait atteint la duchesse, ayant eu l'idée de venir à Marchenoir, et comment, à lui seul, il était parvenu à faire d'elle une sorte de prisonnière volontaire. Richelieu se leva. Il allait crier un ordre. Rascasse l'arrêta d'un mot jeté en hâte :

« Malheureusement…

— Ah ! ah ! gronda l'Éminence. J'aurais dû m'y attendre.

— Malheureusement, donc, aujourd'hui même, monseigneur, elle a appris par un paysan à elle dévoué que la maison n'était nullement cernée.

— Il fallait tuer ce misérable !

— C'est ce que j'ai fait ! dit Rascasse, emporté par son habitude du mensonge.

— Et elle s'est sauvée ? Parle donc !…

— Non, monseigneur, car elle a appris en même temps une chose que j'ignorais moi-même : c'est que Votre Éminence était campée tout près de Marchenoir.

— Et alors ?

— Alors, elle a changé d'idée. Monseigneur, je vous annonce que Mme de Chevreuse est prête à faire sa paix avec Votre Éminence à de certaines conditions qu'elle vous dira elle-même. Prête, vous entendez, monseigneur ? à vous servir même auprès du roi… ou de la reine. »

Richelieu pâlit. En une minute, il supputa que, s'il tenait la duchesse à sa dévotion, ce serait bientôt la certitude de triompher enfin d'Anne d'Autriche.

Mais il gronda :

« Imbécile, tu es pris à son piège. Elle t'a envoyé ici et, cependant, elle se sauve.

— Non, monseigneur : j'ai compris, moi, tout ce qu'il y a dans la tête de la noble duchesse, et je suis parti, bien tranquille, certain de la retrouver, vous apporter son message.

— Un message ?…

— Le voici, monseigneur. »

Richelieu parcourut rapidement la lettre de la duchesse et son parti fut pris à l'instant.

« Tu nous guideras », dit-il à Rascasse.

En même temps, il appelait et commandait :

« Douze hommes d'escorte ! »

Rascasse chevauchait près de Richelieu. À quelques pas, venaient douze gardes de la compagnie de Son Éminence. Lorsqu'on fut arrivé au bout de Marchenoir, Rascasse dit :

« Monseigneur, elle a un cheval tout équipé devant la porte. Si elle entend que nous venons en nombreuse compagnie, elle se sauvera. »

Richelieu se tourna vers le chef de son escorte.

« Monsieur, dit-il, je vais entrer dans cette maison que vous entrevoyez là-bas. Vous m'attendrez ici. À mon coup de sifflet, vous accourrez, vous pénétrerez dans la maison et tuerez tout ce qui s'y trouvera, homme ou femme. Est-ce compris ?

— Très bien. Au premier coup de sifflet de monseigneur…

— Marche, maintenant ! » dit Richelieu à Rascasse.

Quelques instants plus tard, il mit pied à terre devant le rendez-vous de chasse où Rascasse entra le premier.

Richelieu pénétra dans le vestibule obscur et entendit la porte d'entrée se refermer derrière lui. En même temps, une autre porte s'ouvrit et la lumière se fit dans le vestibule. Richelieu vit Rascasse s'incliner devant lui :

« Monseigneur, vous n'avez qu'à entrer. Monseigneur, ajouta tout à coup Rascasse, daignez me pardonner d'avoir osé un instant porter la main sur vous… »

Au même instant, et avant que Richelieu eût pu faire un geste, Rascasse saisit la chaînette d'argent à laquelle était attaché le sifflet d'appel et l'arracha violemment.

« Misérable ! gronda Richelieu pâle comme un mort.

— Son Éminence monseigneur le cardinal de Richelieu !… annonça Rascasse.

— Veuillez entrer, monseigneur », dit une voix.

Richelieu, hagard, vit devant lui Trencavel et Mauluys, le chapeau à la main.

« Ah ! ah ! dit-il en grelottant, c'était un bon guet-apens !

— Monseigneur, dit froidement Mauluys, il n'y a ici ni duc de Vendôme, ni duc d'Anjou. Voici M. Trencavel, maître en fait d'armes et maître en fait d'honneur. Quant à moi, je suis le comte de Mauluys. Cela doit suffire pour rassurer Votre Éminence contre toute idée de guet-apens.

— Messieurs, puisque vous vous déclarez vous-mêmes trop loyaux pour m'avoir attiré dans un guet-apens, dites-moi de quoi il s'agit.

— Daignez entrer, monseigneur, et vous le saurez. »

Richelieu entra dans la pièce éclairée, et il vit Annaïs qui le saluait d'un bref signe de tête.

Le cardinal fut secoué d'un frisson de terreur. Son regard se riva sur la fille de la morte.

« Duc de Richelieu, dit Annaïs, ces messieurs se sont trompés : il y a guet-apens. Seulement, c'est Dieu qui l'a dressé – Dieu et la morte. Ma mère est ici, cardinal. Elle est partout où vous êtes. C'est elle qui vous a pris par la main et vous a conduit à moi. Messieurs, cet homme va mourir. »

Elle dégaina.

« Duc de Richelieu ! c'est moi qui vais vous tuer. J'ai promis cela à Mme de Lespars, le jour où elle me raconta comment vous avez introduit chez elle le roi Henri, assassinant à la fois l'honneur de ma mère et le cœur de votre frère. J'ai dit que je vous tuerais. Je suis venue pour cela. Je vous ai suivi pour cela. Je vous offre le combat à armes égales. Mais je vous le dis : c'est vous qui serez tué, car la morte le veut ainsi.

— Allons donc, est-ce qu'un gentilhomme se bat contre une femme !

— Ce sont les paroles qu'a prononcées aujourd'hui Saint-Priac, l'empoisonneur de ma mère. Pourtant, Saint-Priac s'est battu, et j'ai tué Saint-Priac. Vous battrez-vous, monsieur ? »

Richelieu essuya d'un geste furtif son visage ruisselant de sueur. D'un mouvement de tête farouche, il dit non.

« Messieurs, dit Annaïs, le duc de Richelieu refuse de se battre. Je vais donc le tuer. »

Annaïs marcha sur le cardinal qui recula. Elle avait sa dague à la main. Elle flamboyait. Sûrement, l'esprit de meurtre était en elle. La passion filiale exaspérée la transportait. Et sa voix fut affreusement calme quand elle dit :

« Duc de Richelieu, c'est la morte qui vous tue !

— La morte a pardonné ! prononça à ce moment une voix si grave, si solennelle, que tous en tressaillirent jusqu'au fond de l'être. La morte pardonne, et l'Éternel a dit : « Remettez votre épée au fourreau et votre bâton en son coin, car la vengeance m'appartient. »

Et tous, alors, virent entrer, calme, sévère, auguste, ce cavalier poudreux qui, tout à l'heure, était arrivé au camp royal et avait demandé à être conduit au cardinal : l'archevêque de Lyon, Louis de Richelieu !…

Annaïs avait reculé.

« Ma fille ! dit Louis de Richelieu, vous m'avez appelé. Je suis accouru de Lyon. Depuis Paris, où je vous ai cherchée, je vous ai suivie, car je pensais que quelque danger vous menaçait. Me voici. Monsieur mon frère, rassurez-vous. Messieurs, votre hôte vous est sacré. »

Un sourire livide détendit les lèvres du cardinal.

« Monseigneur, dit froidement Mauluys, M. le cardinal n'est point notre hôte, ni notre prisonnier. Nous sommes ici en témoins. C'est tout.

— Monseigneur, dit Trencavel, ordonnez-nous de rendre son sifflet à M. le cardinal. Vous allez voir l'usage qu'il va en faire.

— Silence, messieurs ! dit l'archevêque. Ceci est une affaire entre la fille de la morte et moi ! »

Deux larmes brûlantes jaillirent des yeux d'Annaïs. D'une voix basse, presque rauque :

« Puisque c'est une affaire entre vous et moi, dites-moi de quel droit vous arrêtez ici le bras de ce Dieu que vous invoquez. Ma mère ne pardonna jamais. Elle a mis en moi son esprit de vengeance. De quel droit vous mettez-vous entre cet homme et moi ? »

Une sorte de prodigieuse tendresse illumina le visage de l'archevêque.

Il laissa tomber sur Annaïs un regard empreint d'un paternel amour. Et il dit :

« Si j'étais seulement un homme, je vous dirais : laissez la vengeance aux faibles ; le pardon est peut-être la plus terrible des vengeances ; mais je suis plus qu'homme, je suis prêtre ! Si j'étais seulement prêtre, je vous répéterais : ne vous substituez pas à Dieu qui, seul, décrète l'heure des représailles. Mais je suis plus que prêtre, je suis époux, je suis père ! Seul, j'ai le droit de juger ici, car je suis l'époux de Louise de Lespars. Elle m'aima. Elle est morte en m'aimant. Et moi, jusque dans le fond des cloîtres, je l'ai aimée vivante comme je l'aime morte. C'est ici l'époux de Louise qui parle ! Qui donc contestera ses droits ? Est-ce toi, ma fille ?... »

Ce fut un sublime cri de passion humaine. Ce titre d'époux que revendiquait Louis de Richelieu, ce titre de fille qu'il donnait à l'enfant d'Henri IV, il les proclama d'une telle voix d'amour que la jeune fille se courba, laissa tomber la dague de vengeance, et, dans un élan pareil à celui de l'archevêque :

« Mon père !...

— Ah ! cria Louis de Richelieu d'une voix éclatante, tu vois bien que j'ai des droits ici, et que ton cœur le proclame ! »

L'instant d'après, Annaïs était dans les bras de l'archevêque, et, pendant quelques minutes, on n'entendit que ses sanglots.

« Mon père, répéta Annaïs, tout se brise en moi. Qu'ordonnez-vous ?...

— Ce que t'ordonnerait ta mère, si elle était ici. Jure d'oublier toute haine et toute vengeance contre celui qui a fait mon malheur et le tien. Jure-le, ma fille bien-aimée !

— Je jure, dit Annaïs, de renoncer contre M. le cardinal de Richelieu à cette vengeance qui était l'objet de ma vie. »

Et elle se recula dans l'angle le plus obscur de la pièce. Le cardinal avait assisté à toute cette scène avec un sourire de dédain qui en disait long sur sa véritable pensée. Lorsque la jeune fille eut prononcé ce serment, il fit un pas.

« Monsieur mon frère, dit-il, vous venez d'obtenir une belle victoire, et je vous en félicite. Mais je devine sous tout cela quelque comédie. Mlle de Lespars a sans doute entendu jurer de ne plus m'attaquer par les armes. Mais, au fond, elle se sait armée d'autre façon. Elle a dans certaine cassette qu'elle apporta d'Angers... une arme plus terrible que cette dague. »

Annaïs releva la tête d'un geste de mépris terrible. L'archevêque demeura impassible.

« Ma fille, dit-il, donnez à M. le cardinal cette dernière assurance. Que contenait cette cassette ?

— Le récit de la nuit terrible, tout entier écrit de la main de ma mère. Les faits et gestes de M. le cardinal y sont notés. Sa félonie y est démontrée.

— Ensuite ? fit l'archevêque.

— Ensuite, trois lettres de vous, pieusement conservées. La dernière, abominable cri de détresse, confirme le récit de ma mère.

— Ensuite ? répéta l'archevêque, pâle comme la mort.

— Ensuite, plusieurs messages du feu roi Henri IV, établissant la félonie de M. le cardinal, demandant pardon à ma mère, et instituant en ma faveur des droits égaux à ceux de MM. de Vendôme et de Bourbon. C'est tout.

— Et sans doute, dit le cardinal avec sa sinistre ironie, Mlle de Lespars, qui vient de jurer de déposer toute haine, a mis ces papiers en lieu sûr...

— Les voici ! » dit Annaïs.

Et, entrouvrant son pourpoint, elle en tira un sachet peu volumineux qu'elle ouvrit aussitôt. Elle jeta les parchemins sur la table, et se tournant vers l'archevêque :

« Ces papiers sont à vous. À vous qui êtes mon père, voici ce que contenait la cassette que j'ai apportée d'Angers. Faites-en tel usage qui vous semblera bon pour ma mère et pour moi. »

Ces papiers, le cardinal les regardait d'un œil trouble. L'archevêque en prit un – le premier qui se présenta, et l'approcha du flambeau sans dire un mot. Trencavel eut un mouvement terrible. Mauluys le saisit par le poignet et lui dit :

« Laissez faire l'époux de la morte. »

Richelieu haletait. L'archevêque prit un deuxième parchemin et le brûla comme le premier. Puis le troisième… Et tous, jusqu'au dernier ; même ses propres lettres, il les brûla.

« Désarmée ! » rugit le cardinal.

L'archevêque se tourna vers lui, et d'un accent qui fit frissonner jusqu'à Trencavel :

« Désarmée, oui !… Et maintenant qu'elle est désarmée, osez toucher à ma fille !… »

Il y eut une minute de silence. Le cardinal, sous cette voix, s'était comme écrasé. Lentement, enfin, il se redressa.

« Messieurs, et vous, mon frère, et vous, mademoiselle, vous m'avez fait grâce cette nuit : je ne l'oublierai pas !…

— Allez ! dit l'archevêque, vous êtes libre… »

Ce fut le dernier coup : l'archevêque frappait à coups de générosité, comme d'autres frappent à coups de poignard. Le cardinal eut un geste d'inexprimable rage, jeta sur tous ces personnages un regard sombre et prononça :

« Au revoir, messieurs ! »

Puis il sortit. On entendit son pas rude qui talonnait le vestibule, et ses éperons qui cliquetaient.

Il rejoignit l'escorte qu'il avait laissée à Marchenoir et se mit en selle. Au grand étonnement des mousquetaires, il demeura immobile près d'un quart d'heure. Puis, brusquement, se mettant en marche :

« Au camp ! » dit-il d'une voix brève.

Pendant deux heures, l'archevêque, Annaïs, Trencavel et Mauluys demeurèrent dans la maison de la duchesse de Chevreuse. Au bout de ce temps, Trencavel murmura :

« Vous aviez raison, monseigneur. Ma foi, je ne l'eusse pas cru !

— Mon frère est vaincu ! » dit Louis de Richelieu.

Il se trompait.

XXV – Marche de Louvigni

Le lendemain fut levé le camp de La Madeleine et le roi se mit en route pour sa ville de Nantes. Revenons à cette auberge du Dieu d'Amour où Marine attendait en vain le retour de Corignan, où le chevalier de Louvigni, avec des soins fraternels, achevait de guérir le comte de Chalais.

Nous avons dit que Marine était libre dans l'auberge.

Cette vaillante soubrette s'était mis dans la tête de servir encore sa maîtresse et ses amours, en sauvant le comte de Chalais.

Un matin de bonne heure, Marine vit Louvigni dans la cour de l'auberge. Il avait fait sortir son cheval de l'écurie et l'inspectait avec soin. Lorsque l'inspection fut terminée, on commença à harnacher la bête. Louvigni, après quelques recommandations à maître Panard, sortit de l'auberge. Marine comprit que ce départ en précipitation allait sûrement modifier la situation du comte de Chalais. C'était le moment où jamais d'essayer de le sauver.

Marine descendit dans la cour et fit harnacher la haquenée avec laquelle elle était venue de Blois.

Voyant une pince luire au soleil, elle la saisit et monta droit à la chambre de Chalais. Elle tira d'abord les deux forts verrous que Louvigni avait fait placer à l'extérieur. Puis, à haute voix, elle dit :

« Monsieur le comte, c'est moi. Je vais tenter de vous délivrer. Aidez-moi si vous pouvez ! »

Louvigni, vers le milieu du bourg, s'arrêta devant une belle et solide maison carrée qu'on appelait l'hôtel du gouvernement, bien qu'il n'y eût pas, en réalité, de gouverneur à Beaugency, mais simplement un officier royal qui relevait du château de Blois.

Louvigni tendit à l'officier un parchemin :

« Lisez, monsieur. »

Le parchemin, signé de Richelieu, fut lu scrupuleusement par l'officier du roi qui, le rendant à Louvigni, dit alors :

« C'est bien, monsieur, que faut-il faire ? Et d'abord, où est le comte de Chalais qu'il s'agit d'arrêter ?

— À l'auberge du Dieu d'Amour.

— Très bien. Je vais envoyer…

— Inutile. Il s'agit simplement d'amener un bon carrosse devant l'auberge et de me donner huit hommes d'escorte pour conduire le prisonnier.

— Pour quand le carrosse ?

— Tout de suite, dit Louvigni, d'un ton bref. Un carrosse fermant bien. Huit hommes d'escorte bien armés. Je vais attendre devant l'auberge. »

Il s'éloigna sans saluer, de son pas très calme. L'officier demeura pétrifié. Puis il se hâta d'aller donner les ordres nécessaires.

Louvigni, sans hâte, se dirigea vers l'auberge.

Au bout d'une demi-heure, il vit le carrosse qui arrivait au pas de ses deux chevaux. Huit cavaliers suivaient.

« Enfin ! » gronda Louvigni.

Il fit mettre pied à terre à quatre des cavaliers et leur dit :

« Vous saisirez l'homme et lui lierez les mains. S'il résiste, défense de le frapper. »

Il monta le premier le sombre escalier de bois. Vers la sixième marche, Louvigni heurta du pied quelque chose de mou. Il baissa machinalement la tête et vit là quelqu'un de couché en travers : un ivrogne ? Il se baissa davantage et, soudain, reconnut Panard.

L'aubergiste était mort ou évanoui, perdant le sang par une large blessure près de la gorge. L'épouvante s'abattit sur Louvigni. Brusquement, il fut dans le couloir et vit la porte de la chambre-prison, la porte grande ouverte. D'un bond, il fut à l'intérieur.

Il n'y avait plus de Chalais.

Louvigni, à ce moment, eut comme un lamentable gémissement. Son regard fixe jaillit de ses prunelles arrondies, élargies. Il y avait de la folie dans ce regard. Les hommes d'armes qui arrivaient à ce moment le virent s'affaisser sur le bord du lit de Chalais et entendirent un sanglot qui les fit reculer.

Lorsqu'il eut retrouvé son calme, Louvigni descendit et interrogea la servante. Celle-ci, d'abord affolée, raconta ce qui s'était passé et comment maître Panard avait reçu un coup de dague en voulant s'opposer à la fuite de Chalais.

Quand elle eut terminé, Louvigni lui demanda quelle direction Chalais avait prise.

« Route de Blois, mon gentilhomme, route de Blois !... »

Louvigni, alors, sans un mot, prit un des chevaux des cavaliers, car Chalais était parti avec le sien, et sauta en selle.

Louvigni s'arrêta une heure à Blois. Il y apprit que le roi et le cardinal étaient partis directement pour Tours et Nantes ; à cette heure, ils avaient atteint probablement le but de leur voyage. Il y apprit aussi l'arrestation du duc de Vendôme et du Grand-Prieur, la dispersion des conjurés.

Il ne demanda pas ce qu'était devenue la duchesse de Chevreuse. Il brûlait de désir de prononcer son nom, de savoir où elle était, ce qu'elle faisait.

Mais il n'osa.

Il raisonnait cependant et avec une grande lucidité. Il s'affirma que sa trahison n'était guère connue que de Chalais, qui n'avait sûrement pas eu le temps d'en informer les conjurés. Il se rendit à l'hôtel de Cheverny, où il trouva M. de Droué, lequel l'accueillit en ami et lui dit ces seuls mots :

« Tout est perdu pour le moment, mais tout va recommencer à Nantes. Le rendez-vous général est là où va Richelieu. Moi-même, je pars demain pour rejoindre Nantes.

— Et moi, je pars tout de suite », dit Louvigni.

Il reprit sa course, faisant rendre à sa monture tout ce qu'elle pouvait donner et la ménageant pourtant, avec sa profonde science de cavalier.

Louvigni suivait le cours de la Loire. C'était la route naturelle. Au-delà de Saumur, à une bifurcation de route sur Thouars, il rejoignit deux escortes. L'une comprenait cinq ou six carrosses, plusieurs chariots de bagages, le tout précédé et suivi d'une demi-compagnie de gardes. Cette imposante escorte accompagnait la reine Anne d'Autriche qui, sur l'ordre de Louis XIII, se rendait à Nantes à marches forcées. Quelquefois, la reine se levait et regardait au loin l'autre escorte qui semblait être son avant-garde et avec laquelle, pourtant, il n'y avait, depuis Paris, aucune communication. Alors l'œil de la reine se chargeait d'éclairs.

C'est que cette toute petite escorte qui, elle aussi, se hâtait vers Nantes, entourait Mlle de Montpensier, la fiancée de Gaston d'Anjou !

Les deux troupes, prirent le chemin de traverse dans la direction de Thouars et bientôt disparurent au loin.

Louvigni arriva près de Nantes le lendemain du jour où le roi entra dans cette ville.

Il avait parcouru en cinquante heures, repos compris, la distance qui sépare Beaugency de Nantes.

Louvigni s'était arrêté à une lieue de Nantes, environ, dans une auberge placée au bord du chemin, non loin du village de Sainte-Luce. Là, il avait éprouvé une lassitude terrible qui l'avait forcé de mettre pied à terre. Il mangea et but sans savoir ce qu'on lui servait. Il songeait :

« À Blois, rien. À Tours, rien. À Saumur, rien. Je connais bien mon cheval, je pense. Avec la bête que je montais, j'eusse dû le rejoindre. Il avait à peine une bonne heure d'avance sur moi. Pourquoi ne l'ai-je pas rejoint ? »

Louvigni se frappa le front.

« Triple sot ! grogna-t-il. Ah ! fou que je suis ! Mais, je ne sais donc plus raisonner ?… Si je n'ai pas vu Chalais, c'est que, depuis Blois, il est non pas devant mais derrière moi ! Je l'ai dépassé par là quelque part. Et, maintenant, il vient…

Une heure se passa. Il faisait jour encore. Tout à coup, sur le chemin, Louvigni vit Chalais. Il se mit à rire silencieusement, et grommela joyeusement :

« Il a dû courir : mon cheval est fourbu. »

Chalais s'en venait au pas, montant le cheval de Louvigni qu'il avait trouvé tout harnaché, tout prêt à partir, dans la cour de l'auberge de Beaugency. Et en effet, la pauvre bête n'avançait plus que péniblement.

« Tiens ! continua Louvigni, qu'est-ce que ceux-là ? »

C'étaient trois gentilshommes qui avaient dû voyager de conserve avec Chalais, car leurs montures semblaient tout aussi fatiguées : sans doute de ceux que nous avons entrevus au château de Cheverny.

Les quatre jeunes gens devisaient gaiement en s'avançant vers les portes de Nantes. Chalais semblait insoucieux et de belle humeur : il avait eu assurance, à Blois, que la duchesse avait dû être prévenue du rendez-vous général, et il comptait la voir à Nantes. Il était bien loin de se douter que la duchesse avait été prisonnière à Marchenoir. En effet, au moment où Marine lui ouvrit la porte, il n'avait eu qu'une idée : celle de fuir au plus tôt, certain que Louvigni allait revenir avec du renfort ; et Marine elle-même n'avait guère songé qu'à le conduire, à le pousser plutôt jusque dans la cour. Quelques instants plus tard, Chalais s'était élancé sur la route de Blois, tandis que Marine activait sa haquenée dans la direction d'Orléans.

À Blois, comme Louvigni avait fini par l'admettre, Chalais s'était arrêté plusieurs heures. Lui aussi avait appris l'arrestation des deux chefs et la marche du roi vers Nantes. Il s'était donc mis en route avec trois gentilshommes qui allaient à un rendez-vous de conspiration.

Louvigni avait laissé passer les quatre amis. Puis il avait paisiblement ordonné qu'on lui sellât son cheval et avait payé son écot. Il se mit en selle et, d'un temps de trot, rattrapa Chalais et ses compagnons de voyage, au moment où ceux-ci arrivaient en vue des portes de Nantes. C'était aussi le moment où les soldats du poste qui gardait la porte se préparaient à manœuvrer le pont-levis. Chalais, apercevant les soldats qui se préparaient à manœuvrer les chaînes du pont-levis, cria :

— Holà ! Attendez, que diable ! Nous allons entrer.

— Messieurs, répondit le sergent du poste, hâtez-vous.

À ce moment, Louvigni mit pied à terre et abandonna son cheval sur la route.

Il s'avança rapidement et atteignit le pont en même temps que les quatre. Chalais marchait en tête ; ses trois amis venaient derrière lui. Louvigni les dépassa tous. Comme Chalais entrait dans la rue, il cria :

« Quel diable d'enragé est-ce là ?... Au large, l'ami !... »

Un homme venait de saisir la bride de son cheval. C'était Louvigni.

« Comte de Chalais, dit-il, de par le roi et ma haine, je vous arrête !

— Louvigni, hurla Chalais. À moi, messieurs ! »

En même temps, il enfonça ses éperons dans les flancs de son cheval qui, rudement maintenu, se cabra en hennissant de douleur. Louvigni était cramponné aux rênes de bride. Tout à coup, le cheval de Chalais s'abattit ; Louvigni venait de lui plonger son poignard dans le poitrail. Chalais sauta de côté et se retrouva debout. Il leva sa rapière. Dans cette seconde, deux bras nerveux le saisirent, l'étreignirent d'une sauvage et puissante étreinte.

« À moi ! À moi ! » râla Chalais.

À deux doigts de son visage, il voyait le visage sanglant de Louvigni ; deux yeux flamboyants, striés de rouge, le fascinaient. Pendant ces quelques secondes, il fut paralysé, stupéfié. Brusquement, il se sentit soulevé, enlevé de terre.

Alors, toutes les énergies vitales se réveillèrent ensemble, bouillonnèrent en tumulte ; ses nerfs se tendirent à se briser. Il râla encore : « À moi ! À moi ! » Et, tout à coup, il mordit Louvigni à la gorge, à coups de dents furieux.

Mais Louvigni se laissa mordre ! Louvigni reçut, sans trébucher, les coups des trois gentilshommes acharnés sur lui.

Il marchait, blessé, sanglant, le visage rouge ; frénétique il marchait, il emportait dans ses bras Chalais tout pantelant. Cela avait peut-être duré une minute.

Les soldats du poste, d'abord effarés de la soudaine bagarre, s'élancèrent lorsqu'ils virent Louvigni venir à eux, semblant leur apporter un blessé.

« De par le roi ! » tonna Louvigni.

Et, dans un cri furieux, il ajouta :

« Arrêtez tout ! »

Il y eut choc entre les soldats et les gentilshommes amis de Chalais ; la lutte fut brève ; ces trois jeunes gens, venus à Nantes pour des intérêts supérieurs à leur vie, se dirent sans doute que la capture d'un seul conjuré serait une défaite moins terrible que la capture de quatre ; ils battirent en retraite et bientôt disparurent au fond d'une ruelle.

Les soldats, alors, s'emparèrent de Chalais. Louvigni mit sous les yeux du sergent le parchemin de Richelieu. Et Chalais fut ligoté… Alors Louvigni, tranquillement, se mit à essuyer son visage. Il regardait Chalais.

« Hé ! Louvigni, fit Chalais, inutile de t'essuyer, va. Jamais tu n'effaceras mes crachats sur ta face de traître.

— C'était vrai tout à l'heure. Plus maintenant.

— Bah ! Tu n'es plus traître ? Et quoi, alors ?

— Bourreau », dit Louvigni.

Chalais eut le courage d'éclater de rire. Mais il sentit un froid mortel se glisser dans ses veines. Louvigni se tourna vers le sergent du poste et donna des ordres. On se procura une charrette attelée d'une mule et Chalais, tout ligoté, y fut déposé.

Six gardes furent placés derrière et sur les côtés ; deux montèrent sur la charrette ; Louvigni lui-même y prit place.

La nuit était venue.

On se mit en route à travers les rues étroites et tortueuses de Nantes. Bientôt, les tours massives de l'énorme château se profilèrent sur l'écran de la nuit, bientôt le pont-levis fut franchi.

Dix minutes plus tard, Chalais était enfermé dans un cachot des souterrains et Louvigni fut introduit chez le cardinal de Richelieu. Mais, comme il ouvrait la bouche pour commencer son rapport, il s'abattit tout d'une pièce, foudroyé par la joie. Ce ne fut que le lendemain qu'il reprit connaissance.

Le procès du comte de Chalais fut commencé le surlendemain. Ce même jour, tandis que se réunissaient les juges, eut lieu, dans la chapelle du château de Nantes, une cérémonie que nous aurons à raconter. Du fond de son cachot, le malheureux Chalais entendit peut-être les chants de bénédiction et les grondements des orgues comme un lointain tumulte de joie, de bonheur et de triomphe.

XXVI – Folie de Verdure

L'Archevêque Louis de Richelieu, Mlle Annaïs de Lespars, Trencavel et Mauluys, Rascasse et Corignan passèrent la nuit dans le rendez-vous de chasse et, le lendemain matin, à l'aube, ils se mirent en route pour Paris, qu'ils gagnèrent à petites étapes.

Un après-midi, vers cinq heures, les tours de Notre-Dame apparurent à nos voyageurs.

« Déjà ! songea Trencavel. Il me semble que cela a duré une heure ! »

Il était triste, le pauvre maître en fait d'armes. En effet, la séparation allait se faire là. Annaïs avait annoncé que son intention était de regagner l'Anjou. Elle n'avait plus rien à faire à Paris.

« Messieurs, dit alors Louis de Richelieu, avant de nous séparer peut-être pour toujours, il sera bon de nous voir une dernière fois ailleurs que sur le grand chemin. Mlle de Lespars vous demande si vous voulez lui faire l'honneur d'être ses hôtes en son hôtel de la rue Courteau, jeudi prochain, à l'heure du dîner. »

On était au samedi. Trencavel calcula que cinq bonnes journées le séparaient de l'heure des adieux définitifs, et un peu d'espoir rentra en lui. Mauluys, pour lui et son ami, accepta l'invitation.

Annaïs et l'archevêque rentrèrent donc dans Paris. Toujours suivis de Rascasse et de Corignan, le maître en fait d'armes et le comte de Mauluys firent le tour de Paris et rentrèrent par la porte Montmartre.

« Rascasse, dit alors Trencavel, venez-vous avec nous ? »

Le petit Rascasse eut une dernière hésitation. Mais que pouvait-il faire ? Une bonne corde l'attendait si jamais il se heurtait au cardinal.

Une vie d'alarmes et de terreurs allait commencer. Il sentait le besoin d'une bonne protection.

« Ma foi, messieurs, dit-il, je suis avec vous.

— Et vous, mon digne frater ? » dit Trencavel.

Corignan secoua la tête.

« Je sais où aller », grogna-t-il.

« Messieurs, dit Rascasse peu après, voulez-vous me dire où je pourrai vous joindre ? Il faut que je suive frère Corignan pour savoir où il va, d'abord, et puis pour autre chose aussi. »

Mauluys indiqua où se trouvait son hôtel, et Rascasse piquant des deux s'élança sur les traces de son ancien rival en espionnage, devenu plus que jamais son ennemi. Trencavel et Mauluys poursuivirent leur chemin vers la rue des Quatre-Fils, où étant entrés dans l'hôtel du comte, ils furent accueillis par les bruyantes exclamations et les jurons multiples de Montariol. Une fois que la joie du digne prévôt se fut calmée :

« Et Verdure ? fit Mauluys.

— Verdure ? Hélas ! monsieur le comte… il est fou !

— Hum ! fit Mauluys, sceptique. Si j'allais faire un tour dans mes caves, je saurais bien d'où vient cette démence.

— Mais il n'y a plus rien dans vos caves ! Il a tout monté dans la chambre de M. le comte !

— Dans ma chambre ?

— Tout !

— Allons voir cela », dit Mauluys froidement.

Ils montèrent. Le silence était profond dans l'hôtel ; le comte ouvrit la porte, et les deux amis demeurèrent effarés : des nuées de fumée bleuâtre évoluaient et formaient un brouillard au fond duquel les meubles prenaient des contours indécis.

Dans un coin, le bahut apparaissait vaguement. Devant le bahut, et poussée contre lui, une table. Devant la table, un fauteuil. Dans ce fauteuil, renversé sur le dossier et les pieds sur la table, plus haut que sa tête, Verdure fumait.

« Il n'y a pas moyen d'entrer, dit Trencavel. C'est l'enfer.

— L'enfer ? grogna Verdure. Le paradis, oui. Les célestes régions où c'est défendu d'avoir soif. – Oh ! qui sont ceux-là ? Tiens, c'est monsieur le comte de Mauluys ! »

Verdure eut un interminable éclat de rire.

« Prévôt, dit Trencavel, tâche donc d'ouvrir la fenêtre. Sans quoi, jamais nous ne pourrons entrer.

— Je ne veux pas qu'on entre, gronda Verdure.

— Allons, Verdure, rends-toi ! fit Trencavel.

— Vous ne l'aurez pas ! Vous pouvez sortir votre colichemarde. Quand on a été tué par le sire de Saint-Priac et qu'on n'en crève pas, on revient de tout. Vous ne l'aurez pas !

— Quoi ? Qu'est-ce que je n'aurai pas ?

— Assez ! dit Verdure. Sortez, ou je vous assomme. Il n'y a qu'un homme au monde qui puisse la lire ! Et lui seul la lira ! Hors d'ici, vous dis-je ! »

À demi furieux, à demi inquiet, Trencavel recula devant le fou.

« Trencavel, dit tranquillement Mauluys, l'ivrogne va vous faire sauter le crâne. Ce sera une belle fin.

— Ah ! ah ! grinça Verdure, le pourfendeur est en fuite ! À moi la victoire !… J'ai soif ! »

Et il se mit à vider une bouteille.

Mauluys referma la porte et descendit au rez-de-chaussée, tout pensif.

« Que diable ne veut-il pas que je prenne et que je lise ? » dit Trencavel.

Mauluys répondit :

« La lettre !

— La lettre ? Quelle lettre ?

— La lettre ! fit Mauluys avec un étrange sourire. Je n'en sais pas davantage. »

Cependant, Rascasse s'était mis aux trousses de Corignan, lequel, d'un bon trot, courut jusqu'à la rue Saint-Avoye. Rascasse éclata de rire.

« Ah ! oui, c'est vrai ! J'oubliais que le frocard a un gîte, maintenant, et que dame Brigitte lui a offert son cœur. »

Une fois sûr que Corignan s'était bien réfugié chez Brigitte, Rascasse fit demi-tour et s'en alla rue des Quatre-Fils. Non sans mélancolie, le petit Rascasse songeait :

« Voilà donc la fin de ma carrière ! J'ai sauvé l'Éminence de bien des embûches. J'ai eu du courage, toujours, et de l'esprit, quelquefois. Au total, je trouve l'inquiétude, le remords chez moi ; hors moi, la haine du cardinal ; au bout de tout cela, une potence. En attendant, me voici à pied. Qu'est-ce que Trencavel va bien pouvoir faire de moi ? »

Il atteignit l'hôtel de Mauluys, et, comme il soulevait le marteau, d'étranges idées lui passèrent par la tête :

« Bah ! ce serait drôle s'il arrivait à faire de Rascasse un honnête homme ! »

Corignan n'en pensait pas si long, mais n'était pas moins inquiet. Seulement, c'était pour de tout autres motifs.

Il avait en effet extorqué mille livres à dame Brigitte en lui promettant en revanche la protection du cardinal et la fortune. Or, il ne ramenait ni l'une ni l'autre. Le seul butin de son expédition était la dépêche que Marine lui avait remise à l'auberge de Beaugency, dépêche oubliée au fond d'une de ses poches.

Il monta lentement et sans bruit le roide escalier de bois et s'arrêta devant la porte. Puis, ayant solidement établi son plan, il entra impérieusement, tout essoufflé, comme s'il eût couru pour arriver plus vite.

« Notre fortune est faite ! hurla-t-il en entrant. Audaces fortuna juvat ! Fortuna, la fortune ! Comprenez-vous, ma chère ? Fortune, vous dis-je ! Fortuna, la fortune !

— Faisons nos comptes, dit Brigitte. Je vous remis, au départ, un millier de livres. Qu'en fîtes-vous ? »

Corignan exhiba piteusement une bourse flasque, dont la vue arracha à dame Brigitte des sanglots et des hurlements.

Cependant, dame Brigitte le fouillait activement, crainte que son associé n'eût caché quelque malheureuse maille pour aller boire. Tout à coup, elle mit la main sur un papier plié de telle façon qu'il formait des nœuds difficiles à défaire.

« Qu'est-ce que cela ? »

Corignan se releva d'un bond et s'asséna un coup de poing sur le crâne : il se rappelait.

« Ça ! hurla-t-il, c'est la fortune !… Un bon de dix mille livres !…

— Dix mille livres ! Sur la caisse du cardinal ?

— Non. Sur la caisse de Mme de Chevreuse. »

Et tandis que Brigitte haletait d'espoir et que l'avarice luisait de tous ses feux dans ses prunelles dilatées, Corignan raconta la scène de l'auberge de Beaugency.

Adroitement, Brigitte parvint à dénouer les plis entrelacés du papier, et elle le lut. Une minute, elle demeura pensive, puis :

« Oui, dit-elle, je crois que la duchesse donnera dix mille écus et peut-être plus pour apprendre une telle nouvelle et délivrer le comte de Chalais. Mais où est-elle ?

— Elle était à Marchenoir, mais la petite raffinée d'honneur l'a arrachée à Rascasse. »

Brigitte ne comprenait pas. Il y eut une longue explication. Il résulta :

Que la duchesse de Chevreuse était à chercher coûte que coûte. Que Rascasse, ayant trahi le cardinal, était aux ordres de Trencavel. Que l'archevêque de Lyon et Annaïs de Lespars étaient à Paris. Que Trencavel, Mauluys et Rascasse y étaient également. Brigitte, en établissant avec Corignan ces points essentiels, était pâle d'espoir.

« Oui, dit-elle, je crois bien que notre fortune est faite.

— Ne le disais-je pas ? » triompha Corignan.

Il fut chargé d'aller trois fois par jour à l'hôtel de Chevreuse. Non sans raison, Brigitte pensait que la duchesse, libre, toucherait Paris au moins un jour ou deux pour voir la reine.

« Quant au reste, je m'en charge, ajouta-t-elle. Car ce reste, c'est notre vraie fortune : la Lespars, le Trencavel, le Rascasse, le Mauluys, tous y laisseront leurs têtes, laissez faire !

— Surtout Rascasse ! grogna Corignan au comble de l'enthousiasme. Je veux le voir gambiller au bout d'une corde. »

Corignan monta se mettre en faction à la fenêtre du grenier Trencavel, d'où il dominait les jardins de l'hôtel.

Verdure, après que Mauluys et Trencavel eurent battu en retraite, s'enferma à double tour en grognant, et continua l'étrange existence qu'il s'était faite.

Nous devons dire qu'il n'y avait pas seulement de l'ivrognerie hyperbolique dans son cas, mais aussi de l'idée fixe, une obsession.

Il voulait surveiller le bahut. Il s'en était institué le gardien. Disons aussi qu'il ne buvait pas autant qu'il en avait l'air.

Quand il avait faim, il faisait un effroyable tapage contre la porte et Montariol lui montait des provisions.

Vers le quinzième jour, il s'aperçut avec stupeur que toutes les bouteilles étaient vides. Il eut beau explorer, il dut se rendre à la triste évidence. Verdure passa trois autres journées à cuver l'effroyable quantité de vin qu'il avait absorbée. À la fin de ce troisième jour, un soir, vers huit heures, Verdure était à peu près dans son bon sens. Ce soir-là, Montariol, lui apportant à manger, le vit qui remplissait son gobelet et le vidait d'un trait.

« Ah ! ah ! dit Montariol, c'est le vin blanc maintenant.

— Non, dit Verdure, c'est de l'eau.

— De l'eau !…

— Oui, prévôt. Allons, va-t'en, et laisse-moi rêver en paix. »

Le prévôt se retira, tout effaré d'avoir vu une fois dans sa vie Verdure boire de l'eau. Quant à Verdure, il plaça le fauteuil devant le bahut, s'accommoda lui-même dans le fauteuil, et se prépara à dormir.

XXVII – La fin de la conspiration

Mademoiselle de Montpensier fit son entrée à Nantes le lendemain matin du jour où Chalais fut arrêté.

Comparse de ce récit, elle nous échappe ; nous n'avons à étudier ni les mobiles véritables de son obéissance à Richelieu, ni le rôle qu'elle put jouer lorsqu'elle fut devenue Madame. Un seul détail pour éclairer ce recoin obscur ; il nous apparaît que cette noble fille eut un moment le Père Joseph pour confesseur. Ceci donnera la clef de la pensée de Mlle de Montpensier.

Une demi-heure après elle, la reine entra au château de Nantes. En la voyant, le roi eut un mauvais sourire.

« Vous voilà, madame ! dit-il.

— J'ai obéi aux ordres de Votre Majesté, dit la reine d'une voix frémissante. Votre Majesté voudra bien m'expliquer…

— Pourquoi je vous ai appelée ? Pour vous faire assister au mariage de mon frère. »

Anne d'Autriche s'attendait à cette réponse. Mais elle comprit qu'elle ne pourrait parler sans se trahir. Elle se redressa, foudroya son royal époux d'un flamboyant regard de mépris et se retira. À peine Anne d'Autriche fut-elle sortie que Richelieu entra. Peut-être avait-il tout entendu. Il amenait avec lui Gaston d'Anjou, livide et tremblant. Mais il le laissa dans une pièce, qui, n'étant séparée du cabinet royal que par une tenture de velours, devait lui permettre de décocher au jeune prince le trait mortel.

« Sire, dit-il en entrant, je viens parler au roi de choses graves. Les seigneurs qui ont entrepris contre le roi à Paris nous ont suivis à Nantes. L'arrestation des deux frères de Vendôme et de Bourbon les a d'abord épouvantés. Mais ils se sont vite remis de l'alerte. Et loin de renoncer à leurs projets, ils sont accourus à Nantes. Ils sont une centaine.

— Avez-vous leurs noms ? bégaya le roi, ivre de fureur.

— La plupart, sire. Et je sais où les prendre.

— Prenez-les donc, par Notre-Dame ! Et que cela finisse !

— Sire, nous ne sommes pas assez forts…

— Que faut-il faire ? balbutia le roi.

— Sire, la France aime les vainqueurs et dédaigne les fuyards. Soyons vainqueurs sans avoir combattu. Forçons ces hobereaux à fuir honteusement. Tout leur espoir est maintenant en Monsieur. S'il épouse Mlle de Montpensier, l'intrigue vraie ou fausse avec la reine tombe d'elle-même… Pour moi, elle est fausse. Pour tous ces misérables conspirateurs, elle est vraie. Si votre frère épouse Mlle de Montpensier, ils sont désorganisés, désorientés. Il leur faudra plus de deux ans pour reformer une nouvelle intrigue. Et pendant ces deux ans, Sire, la hache frappera !

— Oui ! rugit Louis XIII. De par les saints ! De par mon père ! Nous ferons tomber les têtes rebelles.

— Voilà notre victoire, sire. Quant aux conjurés présents dans la ville de Nantes, il faut les rendre ridicules et odieux en les forçant à fuir. Ils fuiront quand ils verront rouler sous la hache une de ces têtes : Sire, n'oubliez pas que nous tenons celui-là même qui était désigné pour me frapper à Fleury afin que Votre Majesté pût être plus facilement frappée.

— Ce pauvre Chalais ? fit Louis XIII déjà indécis. Il faudrait… Que sais-je ?… Un aveu, par exemple.

— Nous l'aurons, sire ! dit Richelieu. Et maintenant, il faudrait arranger au plus tôt le mariage de Monsieur. »

À ces mots, le roi gronda :

« Je vais faire appeler mon frère…

— Inutile, sire, dit Richelieu. Le voici. »

En effet, la tenture de velours se soulevait et la tête livide de Gaston apparaissait. Le roi l'apostropha rudement :

« Oui ou non, êtes-vous prêt à épouser Mlle de Montpensier ?

— Dès aujourd'hui, si cela plaît à Votre Majesté.

« — Vous savez que Mlle de Montpensier est arrivée ?

— Je le sais, mon bon sire !…

— Vous savez qu'il y a ici une bonne chapelle où M. le cardinal pourra bénir cette union ?

— Je le sais, mon frère !…

— Bien vous prend de vous montrer aussi obéissant ! » rugit Louis XIII.

Gaston se tenait debout par miracle. Ce jeune homme de dix-huit ans, vigoureux, bien fait, donnait à ce moment le spectacle d'une terreur insensée.

« Sire, dit Richelieu, monseigneur le duc d'Anjou accepte : c'est un bon frère. Le mariage sera célébré dans la chapelle et j'aurai l'insigne honneur d'officier moi-même. »

La colère du roi tomba. Il tendit sa main à Gaston qui la baisa en se courbant.

« Eh ! fit Louis XIII avec une gaieté où tremblait un reste de fureur, sais-tu que tu seras presque roi ?

— Sire, dit Gaston, tout à fait remis, j'ose assurer Votre Majesté que je lui garderai une éternelle gratitude de sa royale munificence. »

Comme Gaston sortait des appartements du roi, il fut rejoint par le cardinal, qui lui passa son bras sous le bras et se mit à le féliciter. Tout en le félicitant, il le conduisit jusque dans la cour du château. Là, l'entretien continua. Plusieurs témoins de cette scène disent qu'ils ont vu Monsieur devenir très pâle et refuser énergiquement de la tête : puis ces refus devinrent de plus en plus mous. À ce moment, si l'un de ces témoins avait pu s'approcher, voici ce qu'il eût entendu :

« Réfléchissez. L'aveu seul fera tomber cette tête. Je connais le roi. Si le criminel n'avoue pas, il lui donnera vie sauve. Or, il nous faut cette tête ! Il faut cela pour la paix du royaume, la tranquillité du roi, et votre sûreté, à vous !

— Ma sûreté ? fit Gaston, qui recommença à trembler.

— Sans doute. Si vous le laissez vivre, quelque jour il vous dénoncera formellement et alors…

— Monsieur le cardinal, dit Gaston avec un lamentable soupir, ce que vous me dites de la paix du royaume et surtout de la tranquillité

312

de mon frère me décide. Allons !... »

Alors se passa la chose, l'effroyable chose.

Richelieu donc, toujours tenant le prince par le bras, le conduisit à la porte de l'escalier qui descendait aux cachots. Là, dans les ténèbres, attendait un homme qui portait une écritoire, arme terrible. Richelieu fit un signe à cet homme qui se mit à suivre. Un porteur de torche et un geôlier précédaient le groupe étrange.

On arriva aux cachots. Le geôlier ouvrit une porte. L'homme à la torche entra le premier pour éclairer.

Puis Richelieu. Puis Gaston. Quant à l'homme noir pourvu d'une écritoire, il se tint dehors de façon à ne pas être vu du prisonnier. Mais la porte demeura entrebâillée. Dans le cachot se trouvait Chalais. Il était enchaîné.

« Mon pauvre Chalais, dit Gaston, voici M. le cardinal qui t'a voulu voir.

— Je remercie Son Éminence, et vous aussi, monseigneur. »

Chalais se tenait sur ses gardes, rassuré d'ailleurs un peu par la présence de Monsieur, qu'il supposait incapable d'une félonie. Richelieu fit un pas, et, d'une voix grave, prononça :

« Comte de Chalais, Monsieur m'est venu supplier pour vous. Je n'ai rien à refuser au frère de Sa Majesté. Je suis donc venu pour ratifier par ma présence tout ce que dira Monsieur, à qui j'ai fait des promesses sous certaines conditions. Cela dit, je n'ajouterai plus un mot. »

Gaston tremblait, et, par moments, s'essuyait le front. Enfin, il murmura :

« Il faut avouer, Chalais, et tu auras la vie sauve... Tout est découvert, tout ! Comprends-tu ? Toi seul es pris. Tu y laisseras ta tête, si tu n'avoues. Si tu avoues, ce n'est pas toi seul qui auras la vie sauve.

— Et qui donc ? rugit Chalais, frappé au cœur d'un doute terrible.

— Elle ! Comprends-tu ? Elle qui est prise ! Et qui a tout avoué ! Vie sauve pour tous deux !...

— Vie sauve pour elle ! » murmura Chalais.

Il baissa la tête. Ce qui se passa dans ce cœur fut effroyable sans doute.

« Eh bien, gronda Chalais d'un accent farouche, j'avoue ! »

Richelieu tressaillit.

Gaston se couvrit le visage des deux mains. Et Chalais dit tout, même que c'était lui qui devait frapper le cardinal, même qu'il était venu à Nantes pour s'entendre avec les autres conjurés.

Richelieu fit un signe. Il avait tout ce qu'il voulait. Il sortit, entraînant Gaston d'Anjou. La porte se referma. Le prisonnier demeura face à face avec les ténèbres au fond desquelles il voyait flotter une jolie figure aux cheveux blonds.

« Pour toi ! » murmura-t-il.

Lorsque Gaston d'Anjou remonta au jour, il lui sembla qu'il sortait de quelque cauchemar. Livide et tremblant, il se glissa vers son appartement. Au moment où il allait s'enfermer, il vit s'avancer vers lui l'une des femmes de chambre de la reine qui lui dit :

« Monseigneur, Sa Majesté veut que vous l'alliez voir.

— Soit ! gronda Gaston. Conduisez-moi. »

Quelques minutes plus tard, il pénétrait dans une vaste pièce située dans la tour du nord où on avait hâtivement aménagé un logis pour la reine. Anne d'Autriche avait les yeux brûlés de fièvre et de larmes. Elle poussa un petit cri de joie à la vue de Gaston et courut à lui.

« Vous savez que Mlle de Montpensier a été mandée à Nantes ?

— Hélas ! madame, je sais qu'elle est arrivée.

— Voici ce qu'il faut faire. Sûrement, on va vous demander de l'épouser… Eh bien, il faut promettre. À tout prix, gagner quinze jours, continua Anne. Promettez tout ce qu'on voudra. Le mariage se fera à Paris. Mais, par tous les moyens, retardez le départ et gagnez quinze jours. Je me charge du reste.

— Ce n'est pas à Paris, madame, que doit se faire ce mariage, c'est ici dans ce château, peut-être même dès demain. »

Anne d'Autriche était brave. Mais, cette fois, la terreur fit irruption dans son esprit. Elle était bien loin de soupçonner, pourtant, que Gaston acceptait cette union.

« Que faire ? murmura-t-elle avec angoisse. Que faire ?… Oh ! j'y suis : au lieu d'atermoyer, refusez tout net.

— Madame, dit Gaston, j'ai accepté…

— Sans doute, puisque vous deviez feindre…

— Madame, je n'ai pas feint. J'ai réellement accepté. Le jour qui plaira au cardinal, j'épouserai Mlle de Montpensier. »

La reine, affolée, crut d'abord à une plaisanterie de Gaston. Mais, lorsque à diverses reprises, il eut répété avec l'obstination d'un mouton buté dans sa lâcheté qu'il voulait tenir sa parole…

« Votre parole ! gronda-t-elle. Et celle que vous avez donnée à vos amis ! À toute la seigneurie de France ! À moi-même !… Allons, vous êtes fou, revenez à vous !

— Je l'étais hier, madame. Aujourd'hui, je suis dans mon bon sens.

— Et c'est pour celui-là que Chalais va mourir ! s'écria Anne d'Autriche avec mépris. C'est pour celui-là qu'est mort Beuvron et que va mourir Boutteville ! C'est à ce félon que je voulais remettre le soin de guérir les blessures que m'ont faites tant d'outrages !…

— Votre Majesté… bégaya Gaston, livide d'épouvante.

— Silence devant la reine de France !… Sortez, monsieur !…

— J'obéis à la reine », bredouilla Gaston.

À toute volée, elle lui jeta la dernière insulte :

« Lâche !… »

Et il s'en alla, le dos courbé, la sueur au front.

Alors, Anne d'Autriche tomba à la renverse, évanouie.

Son rêve était fini…

Au jour fixé par Richelieu eut lieu sans aucun apparat le mariage de Mlle de Montpensier avec Gaston d'Anjou, qui dès lors s'appela Gaston d'Orléans. Le cardinal de Richelieu, en grand costume, officia. Le roi et la reine étaient là. Une trentaine de seigneurs de la cour, une douzaine de dames assistèrent à cette cérémonie. Anne d'Autriche fut magnifique de vaillance et de superbe. Le roi fut plus que jamais bourrelé de soupçons. Gaston trembla du commencement à la fin. Seul, le cardinal fut pleinement satisfait. Son triomphe commençait là.

Chalais avait avoué : le procès fut terminé en quelques jours. Chalais avait avoué parce que Gaston et Richelieu lui avaient promis vie sauve pour la duchesse de Chevreuse et pour lui-même. Ce fut donc avec stupeur qu'il s'entendit condamner à avoir le cou tranché par la hache. L'exécution fut fixée au troisième jour.

Chalais fut conduit à l'échafaud à neuf heures du matin. L'exécuteur des hautes œuvres avait été prévenu qu'il eût à se trouver dans la chapelle au point du jour afin de prendre sa place dans le cortège.

Mais, à l'heure dite, il ne se présenta pas. On trouva un soldat qui, moyennant remise de la peine des galères à laquelle il avait été condamné, consentit à remplacer l'exécuteur des hautes œuvres.

Pendant tout le trajet, la foule, étonnée, vit marcher près du condamné, tête nue comme lui, sans armes comme lui, ne le quittant pas des yeux, ne prononçant pas un mot, un homme... un homme jeune comme le condamné, beau comme lui... C'était Louvigni.

Le soir de ce jour, un carrosse de voyage emporté par un galop furieux de deux chevaux blancs d'écume entra dans Nantes, et poussa jusqu'au château. Une femme descendit du carrosse, franchit le pont-levis et, à l'officier qui accourait au bruit, jeta ces mots :

« Je suis la duchesse de Chevreuse. Allez dire au cardinal que je veux lui parler... »

L'officier, comme tout le monde, savait qu'une accusation capitale pesait sur la duchesse en fuite. Il murmura :

« Fuyez, madame, fuyez...

— Hâtez-vous, dit la duchesse en secouant la tête, vous ne comprenez donc pas ? Je veux parler au cardinal !

— Soit, madame ! Je vais avoir l'honneur de vous conduire. »

Quelques instants plus tard, la duchesse était en présence de Richelieu.

En sortant de Marchenoir, la duchesse de Chevreuse toucha Blois. L'arrestation du duc de Vendôme et du Grand-Prieur qu'elle apprit là ne l'effraya pas outre mesure.

Les deux chefs tombaient. Mais restait l'armée, toute la noblesse de France soulevée contre Richelieu. Il s'agissait donc simplement de trouver un autre chef.

Ce fut l'œuvre qu'entreprit la duchesse. Elle eut alors une quinzaine de journées d'activité fiévreuse ; elle poussa jusqu'à Nancy, séjourna un jour à Reims ; et, finalement, elle revint sur Paris, toute radieuse. Elle avait ranimé les défaillants, exaspéré les ardents, soufflé partout l'esprit de bataille.

« Ils tiennent Gaston, songeait-elle. Mais si faible que soit celui-ci, il tiendra bien encore un mois ou deux. D'ici là, Richelieu sera mort ; ce pauvre roi ira dans quelque couvent bégayer des prières. Anne sera la vraie maîtresse du royaume, et moi… »

C'était près de Paris qu'elle se disait ces choses. Et comme elle s'interrogeait sur ce qu'elle pourrait bien être dans la nouvelle cour, elle s'aperçut que cet avenir la laissait indifférente.

Maintenant, elle comprenait que toute cette conspiration ne l'intéressait plus. Et toute sa pensée tenait dans ces mots : Je vais le revoir !

À l'hôtel de Chevreuse, un serviteur unique, demeuré à son poste, lui apprit qu'après la perquisition qui avait suivi la journée de Fleury, nul n'était venu.

« Bien ! se dit la duchesse. Il est avec ceux de Cheverny. »

« Nul n'est venu, continuait le serviteur, si ce n'est un grand diable qui dit avoir une mission pour Madame la duchesse.

— C'est de lui ! dit-elle. Où est cette dépêche ?

— Le grand diable ne veut la remettre qu'à Madame la duchesse. Il va venir. Il vient trois fois par jour. »

La duchesse attendit donc. Deux heures plus tard, le grand diable apparut. C'était Corignan, porteur de la lettre de Marine. Cette lettre, la duchesse la lut en pâlissant.

« Louvigni ! murmura-t-elle. Henry prisonnier de Louvigni ! »

Elle interrogea Corignan. Des jours et des jours s'étaient écoulés depuis que Marine avait écrit sa lettre. Il n'y avait plus aucune chance que Chalais se trouvât à Beaugency. N'importe ! Elle remonta dans sa chaise de voyage et cria : « Route de Beaugency ! » Corignan l'avait suivie en grognant :

« Mes dix mille livres, Madame la duchesse voudra bien ne pas oublier mes dix mille livres… »

Le carrosse s'était élancé. La duchesse était comme folle.

Corignan demeura hébété. Il se mit à hurler :

« Que va dire Brigitte ! Plus de lettre ! Et pas de dix mille livres ! Que va-t-elle dire, Seigneur !… »

Le serviteur de la duchesse, attendri par cette douleur, lui tendit un petit écu en disant :

« Prenez toujours cela… »

Corignan essuya ses yeux, le regarda de travers, puis, avec un haussement d'épaules :

« Au fait, c'est toujours un acompte !… »

Il prit donc l'écu, fut s'enfermer dans une taverne où il le but jusqu'au dernier denier.

À Beaugency, la duchesse de Chevreuse trouva maître Panard qui se remettait tout doucement du coup que lui avait octroyé Chalais.

À ce nom de Chalais, que prononça tout d'abord la duchesse, l'hôte du Dieu d'Amour entra dans une indescriptible fureur, que la vue de quelques pistoles apaisa.

Le digne aubergiste raconta alors ce qui s'était passé.

La duchesse de Chevreuse respira.

Il lui parut que Chalais avait dû échapper à la poursuite. Le même jour, elle poussa à Blois et courut à l'hôtel Cheverny.

La duchesse trouva le vieux Cheverny qui lisait une lettre de M. de Droué, laquelle venait de lui être remise par un messager arrivé de Nantes. Le gentilhomme interrompit sa lecture, courut à sa rencontre et lui baisa la main en disant :

« Voici donc, au milieu de l'orage, un rayon de soleil qui nous arrive !

— L'orage ? » interrogea la duchesse.

Cheverny désigna la lettre qu'il avait laissée sur une table. La duchesse se mit à trembler. Ses yeux s'obscurcirent. Elle eut l'effroyable intuition que cette lettre apportait la mort. Cheverny hochait la tête et disait :

« Tous nos plans sont renversés, ma pauvre duchesse : le mariage de Monsieur avec Mlle de Montpensier est consommé ! »

La duchesse éclata d'un rire nerveux : ce qui, un mois plus tôt, lui eût semblé la pire catastrophe, la touchait à peine.

« Bah ! fit-elle, un mariage peut se faire et peut aussi se défaire. Est-ce tout ce que vous annonce cette dépêche ?

— Non, malheureusement. La suite est plus terrible : nos jeunes gens, pris de terreur, sont partis de Nantes.

— Mais d'où leur vient cette panique ?

— De la force du cardinal, de son audace : il a fait saisir l'un de vos amis, le plus hardi peut-être, le meilleur sans doute, un charmant compagnon que vous regretterez, duchesse... »

La duchesse de Chevreuse murmura :

« Chalais est arrêté !...

— Oui ! Arrêté, jugé, condamné...

— Condamné ! râla-t-elle.

— À avoir la tête tranchée !

— Adieu ! fit la duchesse qui se leva brusquement.

— Eh ! où courez-vous ? Ma foi, la voilà partie. Hum ! La nouvelle de la condamnation de Chalais semble... est-ce que ?... Pauvre duchesse !... »

La chaise de la duchesse roulait déjà sur les pavés de Blois.

La nuit vint...

Le carrosse, enfin, atteignit Nantes et, sur l'ordre de la duchesse, fila droit au château.

L'officier du poste la conduisit aux appartements du cardinal. Brusquement, elle se vit devant Richelieu. Et elle n'eut qu'un mot :

« Grâce !... »

Elle était à genoux, les mains tendues et, maintenant, elle sanglotait.

Ce furent d'effrayantes secondes. Et, lorsque, enfin, la crise parut se calmer un peu, d'une voix timide, honteuse, le cardinal glissa :

« Il est trop tard, madame !...

— Trop tard ! fit-elle. Le roi a toujours droit de grâce !...

— Je vous dis qu'il est trop tard.

— Laissez-moi le voir, dit-elle avec un sourire à faire pleurer. Cela me donnera la force de parler au roi, et à vous, monseigneur... de trouver les paroles qui doivent le sauver.

— Le voir ! le voir ! haleta Richelieu. Voir qui ?...

— Lui !... Le condamné !... Monseigneur, reprit-elle d'un accent rauque, ne me refusez pas cela ».

Richelieu jeta un manteau sur ses épaules. Une sorte de rage secouait ses gestes. La malheureuse s'étonnait de cette fureur. Il la saisit par un bras et l'entraîna...

Ils traversèrent la cour du château. Ils franchirent le pont-levis. Richelieu, d'un pas rude, s'avança vers le petit logis aux croisillons de bois. Il heurta le marteau. Elle bégaya :

« Monseigneur, monseigneur, où sommes-nous ?

— Chez Louvigni ! » répondit-il.

Chose étrange, ce mot la rassura. Chez Louvigni ! Tout s'expliquait. Sa haine faisait de lui un geôlier.

Richelieu frappait à coups redoublés.

« Qui frappe ? Qui es-tu ? Passe ton chemin, ou je tue !...

— Ouvre ! cria Richelieu. Ouvre à ton maître le cardinal. »

La porte s'ouvrit. Une sorte de spectre apparut. La duchesse ne le reconnut pas d'abord. Il avait les cheveux gris !...

« Louvigni, dit Richelieu, voici Mme de Chevreuse qui veut voir Chalais... »

Les yeux vides de Louvigni n'exprimèrent pas de surprise. Il eut un grognement qui signifiait :

« Venez !... »

Et il monta sans s'assurer si la duchesse le suivait.

Il arriva dans une petite pièce du premier étage et posa le flambeau sur une table. Puis, entrouvrant les tentures d'une portière, il passa dans la pièce voisine. Elle demeura là, figée, le regard fixé sur ces tentures, les yeux agrandis. Une voix, soudain, lui parvint qui la fit grelotter. La voix disait :

« Puisque vous avez voulu le voir, regardez-le... »

Et Louvigni parut dans l'encadrement de la portière, trébuchant, faisant des efforts inouïs pour se tenir debout et marcher. Il tenait dans sa main droite la tête du supplicié.

Rien ne lui répondit. Il s'avança, titubant.

Tout à coup, il heurta quelque chose du pied. Il baissa les yeux et vit la duchesse de Chevreuse étendue, livide, les yeux fermés, sans mouvements.

« Morte ? râla Louvigni. Tuée par moi ! »

Avec bien de la peine, car tout semblait brisé en lui, il se baissa et la toucha au front. Elle était glacée. Alors, il se releva. Il se mit à reculer. Il ne disait plus rien. Il n'y avait plus rien de vivant en lui. Il disparut derrière la portière. Un coup sourd ébranla le plancher.

Le lendemain matin, le roi, le cardinal de Richelieu, la reine, le duc d'Orléans et Madame, et toute la cour, reprirent le chemin de Paris. Richelieu triomphait…

En sortant du château, il jeta un sombre regard du côté du petit logis et vit que la porte en était restée ouverte. Une minute, il hésita, comme s'il eût eu quelque ordre à donner. Puis, haussant les épaules, il se mit en route. Que Louvigni et la duchesse fussent morts ou vivants, que lui importait à ce moment où tout tremblait devant lui ? …

La duchesse n'était pas morte.

Vers l'aube, l'air frais qui entrait par la porte ouverte et envahissait la maison la réveilla. Le hideux souvenir lui revint avec l'instantanéité d'un choc de foudre. Péniblement, elle parvint à se relever. Elle n'éprouvait aucune peur physique à se trouver si près du cadavre de son amant. L'affreuse douleur de son cœur eût suffi d'ailleurs à la préserver de toute appréhension nerveuse.

Elle entra sans trembler dans la pièce où se trouvait le cadavre. Et alors, soudain, dans l'angle le plus obscur de cette pièce, elle vit Louvigni qui semblait dormir.

Louvigni était mort !…

XXVIII – Fin d'Annaïs de Lespars

On se souvient que l'archevêque de Lyon avait invité à dîner Mauluys et Trencavel en l'hôtel de Lespars, sis rue Tourteau.

Le matin du jour où ce dîner devait avoir lieu, l'archevêque, en costume de cavalier, se rendit à la Belle Ferronnière, s'assit à une table et se fit servir de l'hypocras. Tout à coup, il vit une main fine qui enlevait le gobelet d'étain qu'une servante avait placé devant lui et le remplaçait par un gobelet d'or. Puis cette même main se mit à remplir le riche gobelet. Louis de Richelieu leva les yeux en souriant et reconnut Rose.

« À la politesse qui m'était faite, dit-il, je vous avais déjà reconnue. Vous me traitez en roi !

— Monseigneur, répondit la jeune fille qui pâlit légèrement, vous êtes pour moi plus qu'un roi : vous êtes celui qui a reçu la confidence du secret de ma vie… Et maintenant, ajouta-t-elle, si vous daignez me suivre, je vous conduirai dans une salle où vous ne serez pas exposé à être coudoyé… »

Louis de Richelieu suivit Mlle Rose qui le conduisit au parloir, c'est-à-dire à la salle d'honneur de la famille. « Mon enfant, dit le gentilhomme, je suis venu vous faire une invitation. La voici : vous êtes, par Mlle Annaïs de Lespars, priée à dîner ce jour même en son hôtel. Je suis sûr que vous accepterez…

— De grand cœur, monseigneur, mais pas aujourd'hui.

— Et quand ? » fit vivement l'archevêque.

Rose ne répondit pas. Son limpide regard perdu au loin semblait interroger son rêve. L'archevêque comprit que rien ne la déciderait à accepter cette invitation et qu'elle attendrait le jour où elle pourrait, présentée par son mari, entrer partout, même chez le roi.

Telle fut l'étrange démarche que fit en ce jour le cardinal-archevêque de Lyon.

Comme nous l'avons dit, c'était un noble esprit et sa foi profonde, sincère, très douce, ne lui inspirait que des pensées humaines.

Ce jour-là eut lieu dans l'hôtel de la rue Courteau le dîner d'adieu que Mlle de Lespars offrait aux trois hommes à qui elle devait la vie, c'est-à-dire Louis de Richelieu, Mauluys et Trencavel. Ce dîner fut glacial. Annaïs était profondément troublée. L'archevêque observait. Trencavel parut stupide. Mauluys, qui causait fort peu, dut sauver la situation et déploya toutes les ressources d'un esprit qu'on ne lui connaissait pas.

À la fin du dîner, Annaïs remercia ses hôtes et les invita à l'aller voir dans le domaine qu'elle possédait en Anjou. Elle ajouta que son départ était fixé au lendemain. Trencavel et Mauluys se retirèrent. Les adieux avaient été d'une froideur qui navrait le maître en fait d'armes.

Annaïs de Lespars fit ses préparatifs de départ. L'archevêque avait pris son logis dans l'hôtel. Maintenant que la paix était faite avec le cardinal, il n'y avait plus de raison pour se cacher. La maison avait donc été rapidement remontée et le service comportait une douzaine de valets et servantes. Ces gens devaient suivre en Anjou leur maîtresse.

Le lendemain matin, donc, tout était prêt pour le départ. L'archevêque n'avait fait à Annaïs aucune réflexion. Il se contentait de l'observer. Lorsque vint le moment d'atteler le carrosse qui devait emporter Annaïs, alors seulement, lui prenant la main :

« Si je vous demandais de rester quelques jours encore ? Nous allons nous séparer pour toujours peut-être. Je ne vous verrai plus, vous que je considère comme ma fille. Ne pouvez-vous m'accorder une semaine ou deux ? »

Annaïs tressaillit.

« Mon père, dit-elle d'une voix altérée.

— Ma fille, ma chère fille, fit l'archevêque, bouleversé par ce titre de père.

— Voici, reprit-elle d'une voix plus ferme. Vous voulez que je reste pour que je sache bien réellement ma propre pensée au sujet de M. Trencavel. Eh bien, je vous demande quinze jours !

— Vous êtes une noble fille », dit gravement l'archevêque.

Annaïs ne partit donc pas. Pendant ces quinze jours, elle fut la jeune fille gaie, aimable, que nul ne connaissait. Seulement, par les beaux soirs de ce mois d'août, elle allait s'asseoir dans son jardin près de ce banc où Trencavel, du haut de son grenier, l'avait vue pour la première fois. Alors, elle s'abandonnait à ses rêveries de jeune fille.

Ainsi songeait la jeune fille.

Et si elle eût levé les yeux vers ce grenier où avait habité Trencavel, elle eût entrevu la hideuse figure d'une guetteuse acharnée. Cette espionne, c'était dame Brigitte…

À la suite de la rapide entrevue qui eut lieu entre Corignan et la duchesse de Chevreuse, il y avait eu, en effet, une scène très violente au logis de la rue Sainte-Avoye, scène qui se termina par un incident bizarre.

Corignan ayant reçu un petit écu d'un valet pris de pitié au lieu des dix mille livres qu'il comptait fermement toucher, avait été noyer son chagrin au fond d'un cabaret.

Une fois que l'ivresse lui eut rendu le courage nécessaire pour affronter dame Brigitte, il se rendit rue Saint-Avoye. Quand dame Brigitte sut que Corignan avait enfin vu la duchesse, qu'il avait tout bonnement remis la lettre de Marine et qu'il ne rapportait rien, la fureur de la dame ne connut plus de bornes.

« Je suis ruinée ! rugit-elle. Écoutez, dit-elle enfin, vous chargez-vous de prévenir le cardinal lorsqu'il rentrera à Paris ? Vous chargez-vous de lui répéter mot à mot ce que je vous dirai ?

— Oui bien. Laissez faire, je suis intelligent quand je veux.

— Eh bien, tâchez de vouloir ce jour-là, mieux qu'aujourd'hui. D'ici là, ne bougez plus d'ici, et surtout ne vous montrez plus à la fenêtre du logis de Trencavel. »

Et dame Brigitte alla reprendre son poste d'observation.

C'était cette figure louche qui, encadrée à la fenêtre du grenier, surveillait Annaïs. Les quinze jours de répit que celle-ci avait demandés, s'écoulèrent. Le soir du quinzième jour, elle envoya, par un valet, chercher Trencavel et le comte de Mauluys. Près de l'archevêque, elle attendit dans la salle d'honneur de l'hôtel. Mauluys et le maître d'armes firent bientôt leur entrée. Annaïs était ferme. C'est à peine si on eût pu distinguer que son sein se soulevait d'un rythme plus rapide.

« Monsieur le cardinal, dit-elle, et vous, monsieur le comte, je vous ai réunis ici pour entendre ce que j'ai à dire à M. Trencavel. Monsieur Trencavel, vous avez surpris la triste histoire de ma mère… Ayant surpris dans les cryptes du couvent des capucins le secret de ma naissance, vous savez que je n'ai pas de père.

— Mademoiselle !… frissonna Trencavel.

— Pas de père ! répéta-t-elle plus âprement. Je n'ai donc pas de nom… pas d'autre nom que celui de ma mère… Monsieur Trencavel, je n'ai pas de nom, voulez-vous me donner le vôtre ?

— Moi !… Que… je… »

Le maître d'armes se mit à trembler.

« Je n'en connais pas de plus noble, dit Mauluys. C'est un nom qui signifie vaillance, esprit et probité de coeur. »

Annaïs, gravement, tendit sa main à Trencavel, qui tomba à genoux, et, sur cette main, versa des larmes brûlantes.

D'après les notes du « sieur Jean Montariol, prévôt de l'Académie royale, maître en fait d'armes en l'Académie des Bons Enfants », le mariage de Trencavel et d'Annaïs de Lespars fut célébré par le cardinal-archevêque de Lyon en la chapelle de Saint-Martin, dans l'église de Saint-Martin-des-Champs, à huit heures du soir, en présence de M. le comte de Mauluys, du sieur Montariol, de messire Grenu, curé, de M. le baron de Vaugée et de M. le comte de Puyseux, le 27 août de l'an 1626. Les mêmes témoins et officiants procédèrent, toujours d'après ces notes touchant quelques événements de sa vie, au mariage de M. le comte de Mauluys avec Mlle Rose Houdart, assistée de sa mère Rosalie Houdart, laquelle, ajoute le brave Montariol, ne comprit rien à l'honneur et au bonheur qui arrivaient à sa fille.

L'avant-veille de ce double mariage, célébré presque secrètement, le roi de France, trompettes sonnant, cloches carillonnant, avait fait son entrée dans son Louvre, tandis que le cardinal de Richelieu faisait la sienne en son palais.

Le surlendemain de cette rentrée, c'est-à-dire le jour même où devait se célébrer le mariage qui mettait fin aux aventures d'Annaïs de Lespars, le cardinal de Richelieu reçut la visite du Père Joseph.

« Eh bien, demanda celui-ci, où en êtes-vous ?

— Je triomphe, dit Richelieu : la reine vaincue, la duchesse de Chevreuse anéantie, Chalais exécuté ; Vendôme et le Grand-Prieur en prison, les turbulents épouvantés et dispersés.

— C'est un triomphe, en effet, dit tranquillement le Père Joseph. Votre règne date d'aujourd'hui…

— Mon règne ?… tressaillit Richelieu.

— Votre gouvernement, si vous aimez mieux ; ou plutôt… notre gouvernement. À l'œuvre, maintenant ! Et n'ayez pas de vaines révoltes, mon fils… Il y a bien peu de temps que, sur une parole inconsidérée de Mme de Givray, vous avez écrit une lettre que je vois encore flamboyer devant mes yeux. Si le texte de cette lettre était répété au roi, songez que vous seriez bientôt à la place d'Ornano, du Grand-Prieur et de Vendôme. Or, je suis seul à l'avoir lue. »

À ce moment, un huissier annonça que le moine Corignan demandait à être reçu par Son Éminence.

« Entendons-le », fit l'Éminence grise.

Corignan fut introduit. Il va sans dire qu'il avait à cette occasion repris son froc de capucin. Son premier mouvement fut de se jeter à genoux. Ses premières paroles furent :

« Monseigneur, je vous livre le Trencavel, le Mauluys, la Lespars et le Rascasse !

— Où sont ces rebelles ? demanda le Père Joseph. Frère Corignan, vous êtes un grand pécheur. Votre conduite à Marchenoir a été indigne.

— Vous savez donc ce qui s'est passé à Marchenoir ? » fit Richelieu stupéfait.

L'Éminence grise eut un mince sourire et continua :

« Vous avez, frère Corignan, contribué à l'évasion de la duchesse de Chevreuse, tout au moins par votre misérable stupidité. Vous avez laissé menacer, devant vous faire tuer, frère Corignan. Vous avez mérité la hart. Mais si vous nous livrez ces quatre rebelles, je supplierai Son Éminence de vous épargner. »

Corignan comprit qu'il avait gain de cause.

« J'aurai vie sauve, je l'espère. Mais ce n'est pas tout. Il y a dame Brigitte...

— Dame Brigitte ! fit le Père Joseph en fronçant les sourcils. Frère Corignan, vous avez toujours été le scandale de notre monastère. Il faut cesser ces accointances...

— Eh ! mon Révérendissime père, s'écria Corignan, un bon espion emploie tous les moyens. Frère Corignan a toujours respecté la décence, mais il veut servir ses maîtres.

— Soit. Parlez. Qu'est-ce que cette Brigitte ?

— Celle qui doit vous livrer les rebelles. Moi, je ne demande rien, non, rien que la vie sauve et le droit de continuer à me dévouer pour Son Éminence. Mais dame Brigitte...

— Que veut-elle ? demanda Richelieu d'un ton bref.

— Vingt mille livres, monseigneur.

— Ce n'est pas trop cher. Eh bien, qu'elle exécute la promesse que tu nous fais en son nom, et nous verrons.

— Monseigneur, elle doit venir elle-même vous indiquer ce soir comment et où les quatre rebelles pourront être pris. »

Là-dessus, Corignan fut congédié.

Richelieu demeura seul avec le Père Joseph.

« Ceci complète la victoire, si ce moine a dit vrai.

— Il a dit vrai, n'en doutez pas. Sans quoi, il n'eût pas risqué sa tête en venant ici. »

Et pensif, sourdement inquiet, le Père Joseph ajouta :

« Oui, ceci complète la victoire. Ce maître d'armes m'a toujours fait peur. Annaïs de Lespars est une ennemie redoutable... il faut, sans scandale, sans procès, nous défaire de ces deux êtres... les conduire à la Bastille aussitôt après l'arrestation, et, usant de votre pouvoir discrétionnaire... »

Les deux Éminences se regardèrent...

« Ce soir, dit sourdement Richelieu, il y aura un échafaud à la Bastille !... »

Le soir, à neuf heures, après la double et très simple cérémonie de leur mariage, Trencavel et Mauluys rentrèrent chacun chez eux ; Mauluys en son hôtel de la rue des Quatre-Fils où Rose pénétra sans émotion apparente, avec sans doute au fond d'elle-même le sentiment qu'elle prenait possession d'un logis qui était à elle depuis longtemps.

Cet étrange et charmant couple avait résolu de passer trois mois à Paris, puis d'aller au fond de l'Anjou vivre dans la retraite et le bonheur, le plus près possible des choses et des bêtes, le plus loin possible des hommes que l'affreuse, l'éternelle bataille pour la vie transforme en tigres.

Quant à Trencavel, il vivait dans un rêve.

Le brave Montariol avait accompagné les époux jusqu'à la porte de l'hôtel. Lorsque le portail neuf se referma, il demeura tout triste et morfondu, et murmura :

« Maintenant, l'académie est bien morte. »

Pour lui, Trencavel, qui allait être maître du comté de Lespars, qui allait s'appeler Trencavel de Lespars, était toujours le maître en fait d'armes, successeur du grand Barvillars, le maître enfin. Montariol, donc, se retira assez penaud. On lui avait préparé un logis à la Belle Ferronnière qui, soit dit par parenthèse, avait pour toujours fermé ses portes – non pas que Mauluys l'eût demandé, mais parce que dame Rosalie Houdart estima que la mère d'une comtesse ne pouvait pas tenir auberge.

Montariol donc tournait le coin de la rue Sainte-Avoye lorsqu'il entendit venir vers lui une troupe nombreuse : presque aussitôt, il vit briller dans la nuit des fers de piques ou de hallebardes. Il se rejeta dans une encoignure sous le surplomb d'une statue de saint. L'instant d'après, la troupe défilait devant lui : c'étaient des gardes du cardinal. En tête, une mule traînait une litière. Cette mule était conduite en main par un homme près de qui marchait une femme enveloppée d'une vaste mante.

« Par ici », dit la femme.

« Sang de tonnerre ! gronda Montariol haletant. Ils s'arrêtent devant l'hôtel !... et cet homme ! Oh ! cet homme à robe rouge qui descend de la litière !... mais c'est le cardinal !... »

Aussitôt Montariol se mit à courir comme un fou. En deux minutes, il fut devant l'hôtel de Mauluys et fit un tel tintamarre que plusieurs fenêtres s'ouvrirent aux environs, et, parmi elles, une de l'hôtel. Montariol hurla :

« Le cardinal attaque Trencavel !... »

Et il reprit sa course furieuse vers la rue Courteau. Presque au même instant, la porte de l'hôtel s'ouvrit, et Mauluys s'élança.

Puis, quelques secondes plus tard, un être sortit à son tour, huma l'air de la nuit, respira deux ou trois grands coups de brise fraîche, se gratta la tête, se gratta le nez, grogna nous ne savons trop quoi, et se mit en route.

Il y avait dix minutes à peine que Trencavel et Annaïs avaient pénétré dans la grande salle d'honneur de l'antique hôtel de Lespars. Leurs mains étreintes, ils se regardaient dans les yeux, s'admirant l'un l'autre avec la félicité, la candeur et la souveraine joie des amants sincères. Ils étaient troublés au fond de l'être. Ils se disaient des choses banales et leurs voix étaient des mélodies.

« C'est M. le cardinal qui va enrager quand il va savoir... »

Trencavel n'acheva pas. Il tournait le dos à la grande porte du salon, et Annaïs faisait face à cette porte. Trencavel, tout à coup, vit la jeune femme pâlir affreusement. Elle arracha sa main à l'étreinte de Trencavel, tendit le bras vers la porte et bégaya :

« Lui !... »

Trencavel se retourna et vit le cardinal qui entrait !...

« Mademoiselle, dit Richelieu, vous savez que vous êtes accusée de haute trahison et entreprise contre l'État. Veuillez suivre ces hommes. »

Les gardes s'avancèrent. D'un geste rude, Trencavel repoussa Annaïs derrière un canapé ; il était livide ; d'une voix rauque, il grogna :

« Allons donc, monseigneur, vous êtes fou ! »

L'épée flamboyante décrivit un moulinet. Les gardes s'arrêtèrent. Trencavel éclata de rire.

« Allons, Richelieu ! Je suis seul, mais je veux donner à tes cinquante faquins ma dernière leçon d'escrime !

« — Nous serons deux ! rugit une voix.

— Trois ! » dit une autre voix très calme.

Montariol, échevelé, surgit par une petite porte et tomba en garde à gauche de Trencavel. En même temps, Mauluys, arrivé par la même porte, tirait méthodiquement son épée et se plaçait à droite du maître d'armes. Trencavel ne parut pas les voir.

Les gardes s'avancèrent en masse en criant : « De par le roi ! » La collision était imminente. À ce moment, un homme parut qui se plaça vivement entre les deux troupes et, s'inclinant devant Richelieu, grinça :

« Monseigneur, je viens de la part de M. de Saint-Priac vous remettre cette dépêche… »

C'était Verdure !…

Verdure venait d'entrer par la même petite porte de côté qui avait livré passage à Mauluys et à Montariol. En passant près du comte, il lui glissa une lettre et lui dit :

« Cachez cela ! »

Mauluys prit la lettre et, obéissant d'instinct, la cacha dans son pourpoint. Il n'y avait jeté qu'un coup d'œil. Mais il tressaillit et devint un peu pâle : il avait reconnu la lettre !… La lettre qu'il avait prise sur Corignan ! La lettre qu'il avait enfermée dans son bahut sans jamais la lire ! La fameuse lettre, enfin que le Père Joseph avait lue avec tant de terreur avant qu'elle fût remise à Corignan !…

Or cette lettre que Saint-Priac avait conquise sur Verdure, qu'il avait remise au cardinal, et que le cardinal avait brûlée, cette même lettre que Verdure venait de remettre à Mauluys, le même Verdure la présentait à Richelieu. Le cardinal la vit. Sur-le-champ, il la reconnut.

Un vertige s'empara de lui.

Il jeta des yeux hagards sur cet homme aux vêtements en désordre, à la figure grimaçante, au nez rouge, et qui ricanait d'un air d'infinie jubilation. Et cet homme disait venir au nom de Saint-Priac qu'il savait mort ! Et cet homme lui présentait la lettre qu'il avait brûlée !… Richelieu rassembla toutes ses forces pour crier :

« Arrière, tous ! »

Les gardes reculèrent. En une minute, le grand salon d'honneur fut vide ; il n'y resta que le cardinal immobile et comme foudroyé, Mauluys rêveur, Montariol hébété de stupeur, et Trencavel qui avait pris une main d'Annaïs.

Un nouveau personnage, à ce moment, fit son entrée sans que nul le remarquât : une robe grise, un capuchon gris couvrant la tête. Cela s'immobilisa près de la petite porte, et cela regarda... Quant à Verdure, il reniflait et grognait :

« Il me semble que je sens quelque chose de très bon... où diable cela peut-il être ?... Ah ! ah ! voici ! voilà !... »

Et, titubant, la bouche fendue d'une oreille à l'autre, il s'avança vers une petite table sur laquelle était placée deux gobelets d'argent et un flacon de muscat. Il remplit les deux gobelets, en prit un, et le choqua contre l'autre. Le premier gobelet vidé, il saisit le deuxième et le vida.

« Ici ! gronda furieusement Richelieu.

— Voici, me voici, monseigneur, dit Verdure qui s'avança.

— D'où tiens-tu ceci ?

— De M. de Saint-Priac, tiens ! Il m'a dit : « Va remettre cette dépêche à Son Éminence. » Alors, je suis venu...

— Saint-Priac ! » murmura le cardinal.

Il y avait en lui cette conviction qu'il était le jouet d'un rêve, qu'il allait se réveiller.

Il ouvrit. Il parcourut. Il lut. Il relut. C'était sa lettre !... Et, cependant, il l'avait brûlée !...

À ce moment, ce fantôme, cette ombre grise qui s'était immobilisée à la porte s'avança. Richelieu eut un soupir de joie fébrile en reconnaissant le Père Joseph. Froidement, l'Éminence grise prit la lettre, l'examina, jeta un rapide regard sur les assistants et, d'un mouvement imprévu, courut à un flambeau. En un instant, la lettre flamba. Verdure vidait le flacon de muscat. Richelieu eut un rugissement de joie féroce.

« Agissez vite ! lui souffla le Père Joseph.

— Ah ! maintenant... » gronda Richelieu.

Et il s'avança vers l'antichambre pour jeter un ordre aux gardes.

« Monseigneur, grinça quelqu'un devant lui, je viens de la part de Saint-Priac vous remettre cette dépêche !... »

C'était Verdure ! Et Verdure tendit une lettre au cardinal… Et le cardinal reconnaissait sa lettre !… La lettre qu'il avait brûlée ! Sa lettre que le Père Joseph venait de brûler et dont il voyait encore voltiger les cendres !… C'était sa lettre, avec la même petite tache d'encre à gauche, la même petite cassure vers le milieu… Richelieu sentit ses cheveux se dresser. Le Père Joseph, livide lui aussi sous son capuchon, mais livide de rage, s'avançait.

« Tiens ! fit Verdure, vous aussi, vous en voulez une ? Eh bien, voici !… »

Et Verdure sortit de son vieux pourpoint une troisième lettre !… Avec la même tache, la même cassure !…

« Qui en veut ! se mit à hurler Verdure. J'en ai pour tout le monde, pour Trencavel le pourfendeur, pour Mauluys qui ne sait pas lire, pour le roi qui sait lire !… »

En même temps, de son pourpoint, Verdure sortit une quatrième, une cinquième lettre, qu'il jetait sur le tapis à droite et à gauche, il y en eut six, dix, vingt…

« Qui en veut ! Qui en veut !… »

Le Père Joseph le saisit par un bras, et, d'une voix basse, terrible de fureur contenue :

« Qui es-tu ?…

— Qui je suis ? Verdure, pardieu ! Verdure, le maître en fait d'écriture ! Tiens !

— C'est bien. La fortune ou la corde. Choisis. Combien as-tu fait de lettres pareilles à celles-ci ?

— Combien ?… Ah ! ah !… J'y ai usé, ma foi… dix, vingt flacons… non… une futaille ! demandez au sire de Mauluys… vingt-cinq lettres, mon brave… comptez, elles y sont toutes…

— Toutes ?…

— Toutes ! Excepté une ! Excepté la vraie !… Vous avez dit : « La fortune ou la corde. » Je vous renvoie le mot. Choisissez : nous sommes libres pour toujours ou la lettre remise au roi. »

Le père Joseph se rapprocha de Richelieu, et rapidement :

« Renvoyez vos gardes. Ces hommes nous sont sacrés, inviolables parce qu'ils sont invulnérables. Jouez la générosité. »

Et il se mit à ramasser les lettres qu'il brûlait au fur et à mesure.

Richelieu, machinalement, sans savoir ce qu'il faisait, obéit. Il donna un ordre, et les gardes allèrent l'attendre dans la rue.

Trencavel, Mauluys et Montariol avaient rengainé.

« Messieurs, dit Richelieu d'une voix altérée, je vous donne ma parole qu'aucun de vous ne sera inquiété, jamais plus.

— Je demande que Rascasse soit compris dans la même faveur, dit Mauluys.

— Accordé ! dit Richelieu. Mais vous, votre parole d'honneur que jamais la lettre, la vraie lettre ne parviendra au roi… »

Montariol et Trencavel étendirent la main pour jurer. À ce moment, Mauluys s'avança, tira de son pourpoint la lettre que lui avait remise Verdure et, s'inclinant devant Richelieu :

« Monseigneur, la vraie lettre, la vôtre, la voici ! Je vous la donne et vous assure que jamais je ne l'ai lue… »

Le Père Joseph saisit le papier et, sans même le regarder, le brûla. C'était la vraie lettre !…

« Tenez ferme, souffla l'Éminence grise à Richelieu ; de la générosité jusqu'au bout ; ce papier est une copie comme les autres ; jamais nous n'aurons la vraie lettre ; ils nous tiennent !

— Monsieur de Mauluys, dit Richelieu, vous êtes un galant homme. Je ferai demain donner l'ordre d'établir le remboursement des dépenses faites par votre famille pour le roi Henri IV. Monseigneur de Montariol, l'académie de la rue des Bons-Enfants sera rouverte. Dès que vous le voudrez, vous en serez le maître. Monsieur Trencavel, que puis-je pour vous ?

— Rien, monseigneur, que me pardonner de m'être heurté à vous. Mais j'avais mon bonheur et ma vie à conquérir…

— Messieurs, reprit Richelieu, à dater de cette nuit, vous avez en moi un ami… Heureux si je trouve chez vous une amitié pareille à celle que je vous offre. »

Les trois hommes s'inclinèrent profondément. Richelieu et le Père Joseph sortirent et descendirent. Dans le vestibule, ils trouvèrent dame Brigitte et Corignan. Dans un angle, Rascasse. Il avait tout entendu. Et, descendu une minute avant Richelieu, il couvait des yeux Corignan.

« Monseigneur est-il content ? demanda Corignan.

— J'espère, minauda Brigitte, que ce n'est pas trop des vingt mille livres promises…

— Vingt coups de lanière ! gronda le Père Joseph. Holà ! Qu'on saisisse cette maritorne et qu'on lui donne vingt coups de lanière. »

Corignan fut atterré. Brigitte poussa des cris lamentables. Mais la sentence fut rigoureusement exécutée sur l'heure.

« Et toi ! reprit le Père Joseph tandis qu'on fustigeait la mégère, que vais-je faire de toi ?

— Mon très révérendissime pater… bégaya Corignan.

— Monseigneur, dit Rascasse en s'avançant, vous ne m'avez rien donné à moi.

— Que veux-tu ? fit Richelieu.

— Eh bien, donnez-moi Corignan !

— Qu'en veux-tu faire ? demanda le Père Joseph.

— Le ramener au couvent pour qu'il y fasse son salut…

— Eh bien ! prends-le. »

Et Rascasse fit un signe à Corignan qui, hébété, se mit à le suivre. Corignan savait trop bien qu'il y allait de la potence en cas de rébellion. Il ne songea donc nullement à fuir.

Et Rascasse était si sûr de cette obéissance passive qu'il marchait devant, sans tourner la tête.

On atteignit enfin le couvent où le Père Joseph était entré depuis cinq minutes et avait sans doute donné des ordres.

Corignan fut enfermé au parloir, puis Rascasse entra enfin, suivi de deux grands gaillards qui attachèrent Corignan sur un solide fauteuil. Il hurlait :

« De grâce, mes frères, que veut-on faire de moi ?

— Répondez dit Rascasse. Voulez-vous me les rendre ?

— Quoi ? hurla Corignan.

— Mes dents, parbleu ! Les sept dents que vous m'avez arrachées avec votre genou. Je les veux.

— Je ne les ai plus, dit piteusement Corignan.

— Pardon, vous possédez un double râtelier de trente-deux dents blanches et solides. Voulez-vous me les rendre, mes dents ? Non ! Frère chirurgien, faites votre office !…

— Excommunicabo vobis ! vociféra Corignan. J'en appelle aux

Saints Livres qui disent… »

On ne put savoir ce que disaient les Saints Livres : la large poigne du frère chirurgien s'abattit sur la tête du patient. De l'autre main, l'opérateur, insensible et grave, lui ouvrit les mâchoires et, aussitôt, il introduisit dans sa bouche un instrument d'acier. Un hurlement retentit et le chirurgien tendit à Rascasse une grosse dent. Rascasse la prit et dit :

« Une !

— Mes dents ! Mes dents ! » hurlait Corignan.

Brusquement la redoutable poigne s'abattit sur son crâne et le maintint contre le dossier :

« Laissez faire, dit doucement l'opérateur, je choisis les meilleures.

— Deux ! » fit Rascasse au bout de quelques secondes, tandis que Corignan invoquait la Vierge…

À la troisième dent, Rascasse fit grâce. Corignan fut détaché. Mais le père Joseph ne le tenait pas quitte. L'infortuné était condamné à trois mois de cachot au pain et à l'eau. Il fut conduit à l'in pace.

Épilogue

Huit jours plus tard, Trencavel et Annaïs quittèrent Paris pour aller s'établir dans l'Anjou, en un domaine ou Mauluys et Rose devaient venir les rejoindre, Rascasse les accompagnait.

Le brave Montariol, devenu maître en fait d'armes, prit la direction de l'académie des Bons-Enfants. Il y fit fortune.

La duchesse de Chevreuse fut exilée.

Le duc de Vendôme et le Grand-Prieur avaient été transférés au donjon de Vincennes, où se trouvait déjà le maréchal d'Ornano. Le Grand-Prieur y mourut d'ennui… ou d'autre chose, deux ans et demi après ces événements. Le duc de Vendôme, lui, en sortit, mais ce fut en abandonnant son gouvernement de Bretagne. Il se retira en Hollande et plus tard en Angleterre. Il ne rentra en France qu'à la mort de Richelieu.

Quant à Ornano, il mourut dans son cachot le 27 septembre de cette même année 1626.

Chacun sait quelles furent par la suite les cabales et les lâchetés de Gaston d'Orléans.

Quelques jours après le départ de Trencavel pour l'Anjou, le cardinal de Richelieu et le Père Joseph, un soir, rentrèrent au Louvre. La Cour était assemblée.

Monsieur, qui avait déjà oublié la mort de l'infortuné Chalais, papillonnait. Madame était fort entourée de jeunes seigneurs qui lui faisaient la cour. Le roi jouait aux cartes. C'était en somme une fort brillante assemblée. La reine Anne d'Autriche seule semblait triste et découragée. Le Père Joseph entra discrètement et disparut dans la cohue élégante. Le cardinal de Richelieu alla droit au roi et s'inclina devant lui.

« Bonsoir, monsieur le cardinal, dit Louis XIII. Vous êtes le bienvenu.

— Sire, dit Richelieu, Votre Majesté a daigné assister à la messe que j'ai dite lors de la consécration de ma chapelle. J'ai maintenant l'intention d'inaugurer le palais Cardinal par une fête, et je viens supplier Votre Majesté de l'honorer de sa présence ainsi que Sa Majesté la reine, ainsi que Leurs Altesses royales Monsieur et Madame, ainsi que vous tous, messieurs !... »

La reine pâlit. Il se fit un lourd silence. On attendait ce qu'allait dire le roi pour savoir où en était la faveur du puissant ministre.

« Ma foi, monsieur le cardinal, dit le roi, votre fête est la bienvenue. On s'ennuie fort à la cour de France. J'irai. Et j'entends que tout le monde y soit.

— Certes ! » s'écria Gaston avec empressement.

Déjà le murmure d'admiration s'élevait dans la cohue des courtisans. À ce moment, la reine Anne d'Autriche se leva et prononça distinctement :

« Cela est odieux ! »

Le roi jeta violemment ses cartes, se leva, et, foudroyant la reine d'un regard :

« Rentrez chez vous, madame. »

La reine sortit en jetant un regard mortel à Richelieu. Le roi prit le cardinal par la main, et, d'une voix tremblante de fureur :

« Messieurs, voici celui à qui je veux que tout le monde obéisse ! ... »

Le cardinal de Richelieu se dressa dans sa robe rouge et vit toutes les têtes inclinées sous son regard. Il sentit la joie suprême du triomphe et, tandis qu'un souffle d'épouvante balayait la vaste salle, il songea :

« Je suis le maître. Le Père Joseph l'a dit. Mon règne commence. »

À ce moment, il pâlit. Car au-dessus de toutes ces têtes courbées par la terreur il y en avait une qui le regardait fixement d'un regard dur et dominateur. C'était une tête d'homme aux traits profondément burinés.

337

La France avait un maître, et ce maître s'appelait le Père Joseph !

Printed in Germany
by Amazon Distribution
GmbH, Leipzig